一个人遇到好老师是人生的幸运,一个学校拥有好老师是学校的光荣,一个民族源源不断涌现出一批又一批好老师则是民族的希望。

——摘自2014年9月9日习近平总书记在同北京师范大学师生代表座谈时的讲话

亲爱的小孩

唤醒与绽放生命

宋丽荣 著

线装书局

小孩这样说——

必须尊重小孩送给你的礼物，小孩觉得礼物就是他们送给你的一颗心，不能乱丢小孩送的东西。

读《香囊》周轩义　6岁

辛芯哭了，老师还夸她写字写得好，我向老师学习不生气，生气会变傻。

读《第一次上一年级》夏天　7岁

老师在听小朋友的秘密，哈哈，这个老师真有意思！原来，老师也有小心思，她竟然是这么想的。

读《老师，我有个秘密》孙骁芃　8岁

书中的每个人物都勾起了我的好奇心，我真想认识他们。希望老师们都像《斗罗大陆》里的大师，故事好玩，老师善良，名师出高徒！小伙伴们一起来看吧。

Max　10岁

我觉得故事里的老师就像太阳系里面的太阳，小孩就是太阳系里的无数小行星，老师用无形的引力指引着小孩正确的行驶方向。

徐溢佳　11岁

我惊叹世界上竟然有一个大人这么理解我们小孩。无论是犯错不想承认的小心眼，还是为了完成任务认真的样子……书中的每一个小孩都是我的影子。

林予涵　11岁

序 一
生命教育的鲜活文本

首都师范大学初等教育学院院长 刘慧

看到宋丽荣老师撰写的生命故事集《亲爱的小孩》，非常欣喜与兴奋。宋老师是我见过的一位非常富有爱心与爱力的小学老师，我与她结识于2012年中关村第二小学开展的"班主任生命教育校本培训项目"。当时，我做培训的一个主要方式是生命叙事，宋老师多次参加生命教育活动，并撰写生命教育案例发表于"悦享生命"公众号上。在她身上洋溢着爱的气息，那种对儿童生命的爱、对教育的爱，引导她开始从生命教育视角思考班主任工作。同时，也是在生命教育培训期间开启生命叙事研究。借助生命叙事，宋老师将自己班主任工作的日常点滴感受、体会和做法经系统整理，形成富有个人教育特色的生命叙事文本。这些故事中蕴含着她对教育的理解、对儿童的认识以及对自身教师角色的表达。通过阅读她的故事，我们可以看到，她是在用心与孩子交流，用生命与生命相互陶养的方式体验性地认识孩子的生命特点，并给予孩子恰当的帮助。她的三十六个故事从不同的角度解释和示范了教师应该如何与儿童打交道。

生命叙事的魅力在于鲜活生动"再现"。

"儿童的秘密"是贯穿儿童成长一生的"隐秘角落"。教师对儿童秘密的理解、尊重和保护就是对儿童生命的关爱。在宋老师"心里话"和"老师，我有个秘密"故事中，我们看到，她理解和尊重儿童纯真的想法，精心呵护着儿童稚嫩、纯真和美好的心灵，并努力从美好的、正向和积极的角度帮助孩子建立正确的价值观以及伦理观。这正是关爱儿童的真实体现与表达。

宋老师的故事也让我们可以看到，当她对教育、对生命的爱落实在对儿童的教育上的时候，她自身也在不断地自我重塑、自我成长和自我超越。而教师成长关键核心就是自我成长，这也是生命教育教师培训的最终落脚点。

我们透过宋老师的故事，看到的是一种活生生的教师的职业生活体验。故事围绕真实的师生关系问题等展开细致的描述，向我们真切地展现了身处其中的教师自身所体会到的矛盾与幸福交融的情感体验。教育现象学家马克斯·范梅南曾提出"教师替代父母的职责"。但教师与父母是不同的，教师有自身独特的角色责任。虽然教师和父母的角色之间有着共同的指向和目的，即都是爱孩子和促进孩子的健康成长，然而怎样理解爱和怎样能够促进儿童的健康成长，对于教师来说，是具有专业性要求的。从宋老师的故事中，我们能够看到她在处理特殊事件时，如何做到尊重孩子以及如何做好家长协调等方面，都反映出其作为教师专业性的一面，同时也反映出其尊重儿童生命独特性的视角。作为教师，她时时处处可能会面临着各种矛盾与纠结，但面临纷繁复杂的教育情境，教师该如何解决问题？就像世界上没有两片完全相同的叶子一样，很多时候教师面临的问题似乎很相似，但在具体的情境中如何处理才有效？答案可能各不相同。教师必须在尊重儿童生命独特性的基础上，站在历史和儿童的角度，思考儿童为什么如此做？儿童切身的需要是什么？我们应该怎样去帮助儿童？从这个意义上来说，教师自始至终都需要思考：儿童真正需要的是怎样的教育？

这些故事是一位一线教师真实的生命叙事。它承载着教师自身生命的感悟，倾注着作者对教育事业的忠诚、对孩子们的关爱。故事短小精悍、亲切质朴且又娓娓道来。每篇故事开头，作者用生动简洁、富有诗意的语言以及真挚饱满的情感进行概括，读起来令人身临其境，有拨云见日之感。

作者谈到在参与生命教育绘本教学培训期间，找寻到借助绘本与儿童谈论死亡问题的方式。透过宋老师的生命叙事，也让我们看到，生命教育培训可以作为教师专业成长的有效方式，促进教师的专业发展，提升教师生命意识的自觉。这本书也增强了我们将生命教育培训拓展到促进教师专业成长方面的信心。

2022 年 8 月

序 二
教育最动人的时刻就是生命与生命的美好相遇

北京市海淀区中关村第三小学校长　杨刚

三十六个教育故事构成了这本《亲爱的小孩》。一气呵成地读完，故事里的小孩、老师、家长以及这其中交织的各种关系，是那么生动真实，每个故事都展现出教育的机智与教育的艺术，让读者久久沉浸其中。

三十六个教育故事演绎了教育的千姿百态，体现了宋丽荣老师班主任工作的炉火纯青、思想教育的出神入化、对生命成长的深入思考，以及对自己教育工作的反思与修正。

宋老师是一个具有"教育家"气质和情怀的一线班主任教师，在她二十五年教学生涯中，她认为教育是"好玩"的，不好玩的事，她不做。她无法忍受一成不变的、没有生命力的教育教学。为了每一个"小胖墩"有尊严地在校园中生活，宋老师成立了学校里第一个学生自主锻炼的团体——胖胖跑团。陪伴学生一起运动，一起挥洒汗水，无言的激励使学生成为更好的自己。

正因如此，宋老师像一块磁石牢牢地吸引着每一位孩子，不信，请翻开书，看看她跟孩子一起经历的教育故事，相信你会感动，她与孩子的联结方式，既感性又理性，既人性又独特。这是老师尊重每个生命，理解每个生命，对每个生命负责的最美样态。

在书中我们可以看到，宋老师还是一位善于"制造问题"的老师，总会在班级生活中发现值得思考的关键问题。如何教，怎样育，才能滋养学生的心灵，涵养学生的行为呢？放手让学生在思辨中分析讨论，寻求解决之道，即便产生激烈的争辩，也是宋老师期待发生的成长变化。因为记得最牢、领会最深、能指导行为的一定是学生良好的动机被激发，对意义的自我探寻与理解。宋老师恰恰把握住了这一点，关注学生内化生成，从被动到自觉，从争执到认同，把学生牢牢地吸引在身边。

教育是一种美学。宋老师做得有韵味，很生动。这并不只是因为她教学技术精湛，而是因为她是一个内心细腻敏锐且温暖的人。即使是从她严格要求孩子的眼神里也能读出最温柔的关切。孩子们的悄悄话都愿意讲给宋老师，信任和宽容让彼此之间的心灵没有距离。

教育是一种实践。宋老师这本教育实践的书，浅显易懂，非常好读，却又充满教育的迷思。宋老师用说故事的方式分享她的教育理想、教育激情与教育智慧。因此，我想把这本书推荐给每一位愿意与孩子共同成长的朋友们。

这本书里，我们看到宋老师一步步达成自己的教育目标：做不生气的老师！做不说教的老师！做不急躁的老师！我们读懂了一位值得学生信赖的老师，她的所思所想，所行所获。

愿所有大人都能陪孩子，

一起面对生命的挑战。

愿所有的孩子都能勇敢地做真实而独特的自己，

遇见属于自己的幸福与光荣时刻。

2022 年 8 月 20 日

序 三
教育，是一种陪伴孩子的美学

中关村第二小学校长　倪百明

夜阑人静万籁悠，一盏明灯伴书舟。静坐在书桌前，翻阅着宋丽荣老师《亲爱的小孩》这本书稿，品味着书中故事的动人与温暖，我的心下不禁涌动着一份感动，一份思索。

习近平总书记曾说："一个人遇到好老师是人生的幸运，一个学校拥有好老师是学校的光荣，一个民族源源不断涌现出一批又一批好老师则是民族的希望。"作为一名校长，我常常会想什么样的老师是最好的老师？在孩子们的心中"一千个学生会有一千个好老师"。责任心强、教学专业、知识渊博、性格幽默、处事公道……好老师的品德、素养、知识、胸怀和性格或许各有不同，能从心底里爱学生，能走进学生心灵，懂得教育的爱与艺术，我想这就是身为一名人民教师最好的模样。我由衷地为中关村第二小学能有如宋老师般二十五年如一日，以一颗滚烫炽烈的爱生之心，用真情、实意、挚爱去呵护学生、培养学生、教育学生的好老师而感到幸运和骄傲！

我深以为，教育最动人的时刻就是生命与生命的美好相遇。宋老师用二十五年的教育体验和感悟讲述了三十六个富有生命力、有温度的育人故事，用爱心与童心和小天使、小淘气、小官儿、小丑、小孩的爸爸妈妈以及小家相遇，从生命教育出发，在真实的教育场域之中，演绎着心暖花开、桃红李白的筑梦故事。书中宋老师写下的一句看似平凡的话，却使我久久萦绕于心，她在对孩子的心里话中写道"你绽放最好的自己，就是我的最大快乐"。作为一名教师，选择了教育，就选择了一生的责任，宋老师在用爱心坚守着这份使命责任的同时，也用匠心成就着自己为人师表的快乐幸福。

鲁迅有言："谁塑造了孩子，谁就塑造了未来。"在某种程度上，教师怎么教意味着将给社会培养出一个什么样的孩子，意味着这个民族和国家又会有怎样的内涵和气质。希望我们中关村第二小学亲爱的教师们，都能以宋老师为榜样，不忘立德树人初心，牢记为党育人、为国育才责任和使命，做有情怀、有梦想、有爱心、有温度的教师，努力成为新时代的"大先生"，使二小高质量办学的每一缕足音都更为响亮，使二小师生的生命成长实现最美绽放！

2022 年 4 月 13 日

自 序
每个小孩都是独一无二的存在

宋丽荣

亲爱的小孩，无论你现在身居何方，年龄几何，你都是我曾经的小孩。你的样子定格在七八岁到十一二岁的年纪，定格在阳光明媚的日子，定格在我心里最温暖的地方。我在写故事的时候，遇见了当初的你，和你促膝谈心，帮你擦干泪痕，陪你玩耍嬉戏，在夜深人静时给你写信……《亲爱的小孩》呼之欲出。

书中写了三十六个故事，每个故事相对独立。小学共有六个年级，老师们总是在一到六之间循环着，跳跃着，于是就有了六六三十六个故事的想法。故事分为六个部分：小天使、小淘气、小官儿、小丑、小孩的爸爸妈妈、小家。这样分类，只是从内容上加以区分，并无他意。"小天使"记录孩子们最纯最美最真的心；"小淘气"讲述孩子们成长中"潜能"的迸发；"小官儿"呢，写的是各具特色的班级小干部成长；"小丑"说的是我自己在教育教学中曾犯下的错误；"小孩的爸爸妈妈"是我们教师最亲也最无奈的存在；"小家"当然是我们的班集体，家里的文化，家里大大小小的事情构成了小孩的生活空间。六个板块都离不开小孩，小孩是故事的中心。

我的教育故事跨度很大。我有二十五年的教龄，跨度就有二十五年之久。每个教育故事都有它特定的背景，也有着它不同的意义。我希望每个故事会带给读者或多或少的思考，会帮助现在的孩子或者未来的孩子更好地成长。二十五年，国家经历了很多次教育改革，我也从青涩冲动变得老成持重。不管教育的形式怎么变化，老师的职责——教书育人是不变的。二十五年的成长经历告诉我：每个小孩都可以做得更好，在成为更好的自己的路上，都需要教师的爱。

我的教育故事都来自真实的教育生活。这些关于小孩的故事对于我来说，既有幸福的甜蜜也有泪水的苦涩，既有直面问题的勇气也有内心挣扎的彷徨，既有深入的思考也有说不出的无奈……那些极其微妙的细节才是教育的真相。

我常常想，每一个小孩都是独一无二的存在，我们怎么可以用不变的"方法"去教育不一样的小孩呢？教育的方法从不是直接的经验模仿，而是根据孩子的具体情况随时随地地创作。小孩的事，往往不是方法的事，那都是"术"；小孩的事，应该是听着听着就有了方向，是"道"才对。

故事终归是故事，它一定有作者的再创作。"好"的故事更多地保留了原汁原味的呈现，"坏"的故事则是把几个故事进行了改编。教育没有方法，只有爱；我没有经验，只有故事。故事里藏着我们的影子。

老左神秘又爽朗的笑声，令狐博在草原上的策马奔腾，艾强跪在地上的泪流满面，评语中两个词语的纠缠，九十公斤的阚阚成功逆袭，"春城无处不飞花"诗词大会的惊艳……小孩的故事在时空里窜来窜去的，像自由的快闪，像电影的蒙太奇，一股脑儿地蹦出来。眼前、梦里，满满的，挥之不去，恍恍惚惚，不停地翻滚。那些曾与我朝夕相处的小孩，一届又一届走过我的生命四季，他们就是我生命的年轮。

我一直往前走，很缓慢。那些往事在那儿闪耀着，眨着眼，歪着头，一副调皮的样子，或有趣，或无奈……我忽然像个孩子，有自己的梦可以做。就这样，留恋着，思考着，向前走着。我不断地问自己：是否还记得为何出发？我要把怎样的时光留给孩子们未来的回忆？我不断地沉淀自己：适合的即是最好的；如果犯错，记得幽默，如果闯祸，我要负责；成长即出丑，真爱即赋能。

尽管我喜欢思考，但是我一直迷茫。老子所言，"太上，下知有之；其次，亲而誉之；其次，畏之；其次，侮之"。我处在哪一层？教育的路上，默默地行走了二十多年。那些闪亮的故事，有着旺盛的生命力，每一个都是我的珍藏。我会以怎样的方式与故事里独特的生命相遇相知？我是否为他"绽放最美的自己"做好了我能做的一切？

每一个故事都像小孩们藏在海边的贝壳，静静地在那儿，等着。冥冥之中，再次相遇，我小心翼翼地捧起，开始讲故事……

2022 年 4 月 8 日

目 录
CONTENTS

小天使

教育所有的秘密都在于
小孩感受到你深深地爱着他。
然后你发现了他的内驱力,
肯定,欣赏,鼓励,
让他始终觉得自己是最美好的那一个,
老师最爱的那一个。

心里话　　　　　　　　　　　　　　　　　　2

❤ 小孩的心事你怎么知道

> 人的生命过程就是由一次次的生命活动组成的,对学生的每一次生命活动进行真诚地关怀,提升的是我们师生共同的生命质量。

🍁 **老师**　每个小孩都是向善向好的天使,每天和天使在一起,要让自己配得上他们的美好。

🍁 **小孩**　那天课间,她跑过来,忽闪着大眼睛,一本正经地问我:"老师,您有烦恼吗?"她停顿几秒,郑重地说,"我也可以帮助您的"。

01

老师，我有个秘密　　　　　　　　　　　　　　　11

❤ 爸爸妈妈怎样树立起老师的形象

　　每一个小孩都带着纯净的情感来到这个陌生的世界。渐渐地，他们学会用情感认识世界，用情感和他人进行联结，可能他们还不会准确地表达出来，但是最初的情感体验从始至终会和孩子融为一体，永不分离。

🍁 老师　我遇见了最纯净的心，最纯净的情。

🍁 小孩　"老师，您能抱抱我吗？"森儿离我更近了一点。

花蕊的露珠儿　　　　　　　　　　　　　　　　18

❤ 小孩长大后会回忆起小时候的哪些场景

　　孩子在乎了谁，谁就要成倍地在乎孩子，她的内心才会丰盈。误会，和大人是可以解释的，但是孩子的心只有好好守护。

🍁 老师　孩子的心是一片纯净的大地，我们播种与守护，未来就会绿意盎然，繁花似锦。

🍁 小孩　"你骗人！"秋秋一只小手甩着，一只小手叉着腰，"你只顾和你们班的学生照相、照相、照相，洋洋叫你好几次，你都不理她，你是个偏心眼儿的老师！"

魔方女孩　　　　　　　　　　　　　　　　　　　　25

💭 小孩着魔的时候大人该怎么引导

<u>只要欣赏，小孩就会疯长；</u>
<u>只要相信，小孩就会闪亮。</u>

🍁 老师　快乐就是换一个角度解决问题，快乐就是计较得少，欣赏得多。
🍁 小孩　愚人节不快乐，那就制造快乐——给你好看！

香囊　　　　　　　　　　　　　　　　　　　　　33

💭 什么才是小孩最在意的事

<u>孩子的世界是什么样的奇妙组合呢？我们无从知道，但是，我们可以知道的是，他在乎的就是最好的教育契机。</u>

🍁 老师　我也常常问自己：惹是生非就不可爱吗？其实那些"亮眼"的孩子可能更敏感、更专一，思考更深入，内心世界更多维罢了。

🍁 小孩　"老师，您看，这个礼物呢，是个香囊。中午我们吃橘子，我就想到给您做个香囊。我把橘子皮掰开，找含水最多的几瓣儿。"

第一次上一年级

如何处理好小孩的"第一次"

面对小孩的第一次,需要用敏感的心去捕捉,然后是恰当的安慰、鼓励、欣赏,用教师的机智把握好每一个教育时机,巧妙地把个体生活故事转化为全班孩子的能量和营养。

- **老师** 老师的态度和做法,就是孩子们的方向,孩子也会敏感地捕捉。老师乐观包容的方式更能激发孩子的潜能,有利于孩子建立更好的思维模式和提升学习能力。
- **小孩** 辛芯也举起了手:"嗯,不能害怕,坏事有时候能变好事。"

小淘气

静静地，慢慢地，不要吓着他。
即使再难，也要相信他，无条件地相信他。
给他希望，再给他希望，
即使他做不到也要给他希望，
一直在信任中给他希望。
我们会发现小淘气其实都很美。

表白

● 小孩对异性有了好感怎么办

> 情窦初开的年纪，花心绽放的少年。透明的心事，纯净的情感，真得让人不敢直视，美得让人无语形容，就让他随着美好的愿望慢慢地生长吧。

❀ 老师 老师不是来批评你的，我只是和你聊聊。
❀ 小孩 "老师，我真的，很喜欢曼曼。"阿铭说了今天分量最重的话。

腕表丢失以后　　　　　　　　　　　　　　55

❤ 小孩拿了别人的东西怎么办

当孩子感觉到你在教育他的时候，教育就已经失败了。

🍁 老师　即使事实确凿，也要给孩子留有空间，成长即出丑，为师者以慈悲为怀。

🍁 小孩　"呜呜……"久久的眼泪夺眶而出，"那表，不是我的，是我，偷，偷的，偷晓晓的。"哭声伴着含糊不清的话。

老师，您溺爱我儿子！　　　　　　　　66

❤ 小孩总是逆反怎么办

"溺爱"有时候是一束光，尤其是对敏感的孩子。只有在光的照耀中，才可以让他精彩绽放。

🍁 老师　他们只看到"别人家的孩子"，而从来看不到"别人家的家长"。

🍁 小孩　"老师，您一定要告诉我爸我妈，让他们相——信——我！还有，他们和我在一起的那一丁点儿时间，别只盯着我学习。"他若有所思地看着墙壁。

滚，快滚，你快滚！　　　　　　　　　　　　　78

💗 家里有了二孩怎么办

> 妈妈们把孩子交给我们，这是多么大的信任。我们尽可能像妈妈一样，从孩子们的小眼神、小动作、微表情中体会孩子们的情绪，了解孩子们内心的每一种变化。

🌸 老师　孩子大了常常把自己包裹得很严，那是属于他们自己的独立世界。尽管那个世界他自己还没有建立好秩序，但是他们倔强地认为自己的一切想法都神圣无可反驳。

🌸 小孩　我恍然大悟，原来当哥哥其实很好，是我还没想开，换一个角度，事情立刻就不一样了。

怪女孩　　　　　　　　　　　　　　　　　　90

💗 大人走不进小孩的心怎么办

> 教育，从来都是一对一的安静深入，而不是站在讲台上的长篇大论。

🌸 老师　每个孩子的内心都有一个小小的世界，在那个世界里，都有一把无弦琴。我们老师都是探秘者，要想打开那扇通往小世界的门，就必须和她的心弦对准音，才能流淌出最和谐的乐曲。

🌸 小孩　"老师，你是个坏老师吗？"她和我开玩笑，她经常问这个问题。

07

恶作剧

❤ 当恶作剧横行时该怎么办

> 如果恶作剧也是一种戏的话,绝对是最烧脑的大片。走近,了解,激发,保护,我们有责任让每一个孩子都找到"好孩子"的感觉。

🍁 老师　处理恶作剧永远没有计划好的程序,只有无数前辈规划好的方向——爱。

🍁 小孩　"那,那个,香蕉——"曹操笑,咯咯咯地笑,"香蕉探长,你好,我遵守诺言,不再恶作剧。"

小官儿

"小官儿"
是给那些需要的孩子准备的舞台，
那是他发挥才智的地方；
如果他只成为老师的得力助手，
那或许是很可悲的。

蜗牛

114

● 所谓的"后进生"怎么才可以逆袭

> 每个人都有自己最闪亮的存在，只要一直保持着善于发现的眼睛，去相信，去赞美，怀着百分百的真诚。

❋ 老师 尽管前路充满艰辛，尽管要付出极大的勇气，对于一个孩子来说，还有什么比乐趣更具有吸引力呢？

❋ 小孩 "NICE！老师，这首歌，是为我，量身定做的吧？"阚阚笑得灿烂。

其实我不懂你的心 　　　　　　　　　　　　　　126

💗 品学兼优的孩子到底"优"在哪里

你是自己的小太阳,只管尽情地散发你的热和光。当你关注自己内心的时候,一切都会变得安静而美好。

🍁 老师　只要孩子内心敞亮,不伤友谊,得与失都是成长的过程。

🍁 小孩　"从那时起,我知道了学习的快乐。您总是花很多时间来教我们学习的方法和道理,让我知道学习不只是写一个答案……"

我还没想好 　　　　　　　　　　　　　　138

💗 总是慢半拍的孩子怎么实现突破

有自己的独立思想,有自己的自由空间,内心舒展,表情自然。保持善良勤奋,阳光灿烂。我想,每个小孩都会长成最美的样子。

🍁 老师　孩子会长大,不着急,让他先修炼好内心,先从心里长出力量。我猜,这力量就是对自己的掌控力吧。

🍁 小孩　"老师啊,我真不行,我太慢……太慢了……像'闪电'一样,会耽误事的。"果哥也幽默起来。

老师的"坏心眼儿"   147

❤ 从不犯错误的孩子怎么面对错误

<u>学会主动地面对困难，一定得动用自己的智慧，哪怕是面临艰难的考验，也要自己完成超越。因为他需要自己成长，任何人都代替不了。</u>

✿ 老师　教育有时候就像小鸡出壳，要么自己啄破，获得光明和新生；要么被闷在里面等着外力打开，打开很容易，但终究它会是个弱小的鸡。

✿ 小孩　"嗯，妈妈鼓励我，让我找您聊聊，我就来了。"她不看我，只顾说自己的话。

少年剑客   159

❤ 少年天才是怎样炼成的

<u>有意栽花，花儿开或者不开都开心，至少，栽花的时候心情是愉悦的，是带着无限期许的；无心插柳，柳儿成荫或者不成荫都坦然，至少，插柳的时候心情是自由的，是萌发着情趣的。</u>

✿ 老师　天才之路都是用爱心铺成的，并且在铺成这条道路的爱心中，一定有天才自己的一颗。

"Frank，你的字写得太潦草了，可以写得再工整一些吗？"

✿ 小孩　"老师，嗯，如果慢下来，我的脑子也慢了，我就写不了这么好的文章了呀。"

11

"七仔"老左

● 看似"大条"的孩子怎么担当重任

> 小干部的工作和老师无关,那是她个人能力的体现,更是她人格魅力的绽放。每个孩子都有无限的可能,我们要尽情打开他们的世界。

🍁 老师　真诚和宽容是老师能给予孩子最柔韧的力量。

🍁 小孩　"您是刚毕业的老师,您这件西服,这绿,太深了,穿上显得很土气,不太好看。老师,我就是觉得不好看,没别的意思,换了吧。"她轻松地坐下了。

小丑

尽自己的一切可能
影响孩子的心灵和精神的成长。
有时，本心的善良就那么不经意间误入歧途。
蓦然回首，亲爱的小孩，
还有机会和你道歉吗？

"丑小鸭" 182

对小孩在意的事情漠不关心，是对他心灵最大的伤害。大人GET不到小孩的心事，是对他最大的不公正。

* 老师 一念，可以让孩子的心跌入黑暗；一念，可以让孩子的心充满阳光。老师的情绪情感是孩子的镜子，它直接和孩子紧密相联。

* 小孩 "我下次去公园，给您捡漂亮的孔雀羽毛吧。"墩儿咧开嘴笑起来，憨憨的，真实。

时间的褶皱 188

❤ 小孩的自尊心该怎样保护

> 时钟总是以同样的频率向前，嘀嗒，嘀嗒，嘀嗒……对世界上任何人都平等而公正。

🌸 **老师** 在时间的褶皱里，善良的初心偶尔也会误入歧途，况且我一开始就怀着"疑邻盗斧"的"贼心"，一开始我就在歧途里勇往直前不自知。

🌸 **小孩** 艾强缓慢走出办公室，正午的阳光和他撞个满怀。他倔强的背影里写着大大的"尊严"二字。

被"陷害"的老师 196

❤ 小孩的心思你猜得到吗

> 一年之计在于春，一天之计在于晨。教育呢，分秒之计在于心。美好的教育是老师首先要蹲下来，用儿童的眼睛、儿童的视角、儿童的心和儿童相处。

🌸 **老师** "老师应无心，以学生之心为心。"

🌸 **小孩** "老师，你猜，嘻嘻嘻……双双说，她发现了个秘密——怎么往老师的椅子上抹肥皂。她想告诉我，我很害怕被老师听见，就说厕所里有老师。"妞妞捂着嘴巴笑。

"巨人"的花园   **202**

❤ 当小孩被误解后他会怎样做

> 尊重放在第一位，永远放在第一位，我们生而平等。

✤ 老师 我郑重地告诫自己：在不清楚事实的时候，不能有任何自以为是的举动。

✤ 小孩 "老师，我错了，我难受，怕咳出声，想拿一粒药，但是拿了好几次都没拿出来，结果，您都知道了。"

想起鲁迅"四角的天空"   **207**

❤ 当大人无知的时候有多可怕

> 眼见不一定为实，所见皆是表象。任何事不要着急下结论，用心地听一听，安静地看一看，仔细地想一想，真诚地聊一聊。

✤ 老师 如果只看见"四角的天空"，纵然执着地拥有着一腔负责的精神，还是欠学生一个世界的距离。

✤ 小孩 "没事儿，老师。"吴桐给予我真诚的微笑。

如此表扬 213

❤ 老师的话里暗藏着什么

当孩子在学校里感受不到老师的爱，他学习的动力就会减半；当老师的眼中没有孩子，心中就更不会有；即使嘴上说的都是爱，那也是虚无缥缈的，甚至是带着杀伤力的。

🍁 老师 为人师者，要能够配得上孩子的纯净。

🍁 小孩 "谢谢大家，谢谢老师，我会努力再得个'优'的。"朴厚不住地胡噜着头发憨憨地笑。

小孩的爸爸妈妈

孩子的脸上藏着家庭的所有秘密，

总会在某些时刻变得清晰。

亲爱的大人，

你是否还记得，

我们都曾当过很久很久的小孩。

小马和老马　　　　　　　　　　　　　　　　　　220

> 学习是快乐的事情，生活的每时每刻都是学习，孩子是天生的学习者，关键是不是每个小孩的身边都有这样一匹"老马"呢？

- 老师　每一个生命都有属于自己的轨道，我们对工作和生命都要保持尊重。
- 小孩　他摇着智慧的大脑袋认真地说："老师，不是，不是，才不是呢，我爱哭，还胆子小，而且写字也不好看，体育也糟糕。"说得句句真实。

"好担心"妈妈　　　　　　　　　　　　　　　　227

❤ 家长的担心会带给小孩什么

> 对老师而言,"负责任"的内涵是极其复杂的。有很多时候,要想一想负责任之后还有什么新责任要自己承担,注注想着想着就更无奈了。

🍁 老师　如果只一味地盯着学校教育的这个花园,而忽略了家庭教育这份最初的土壤,那是对教育最大的误会。

🍁 家长　古亦妈妈的声音有些颤抖:"老师,不是我护犊子,是我真担心出事啊!您让孩子们写事情的经过和反思的时候,我儿子说他想跳楼,看看窗子有护栏,没法跳。听着孩子这么说,我当妈的怎么能不担心呢?"

"非诚勿扰"　　　　　　　　　　　　　　　　240

❤ 家长真的了解自己的小孩吗

> 教育怎能允许虚情假意?教育怎能允许花言巧语?教育最需要的是真心实意。你若无情拒绝教育真相,也是无视孩子的成长。

🍁 老师　教育的"真"是我们教育者的本心,教育的"真"也是孩子进步的"基因"。

🍁 家长　"这一上学,幼儿园所有的好在你这儿全部都没啦,你说,这是不是你的责任?"

我们老师特别讨厌　　　　　　　　　　　　　　251

🍃 当小孩不喜欢老师的时候怎么办

<u>孩子行走在形成人生观和世界观的路上，关键是获得了怎样的思考问题的方式。起跑线有无数条，有的看得见，有的看不见。</u>

* 老师　小孩哪有不说错话，不干错事的时候。孩子犯错不要紧，重要的是教会孩子思考问题的方法。
* 家长　"看人得看优点，自己才能更好。人有十全十美的吗？何况老师要面对你们那么多熊孩子，个顶个儿的都不省心，多不容易。"

冰火之间　　　　　　　　　　　　　　　257

🍃 常常被戏弄的小孩会怎样

<u>每个不合时宜的举动，都暗示着养育环境的不足，一定会在集体生活中状况百出。</u>

* 老师　我们时时刻刻要把孩子当成完整的人，一个需要呵护、启迪和尊重的生命个体！
* 小孩　"嗯？"他把手指头放到嘴里，一脸的茫然，"笑，不都是开心和喜欢吗？还有不喜欢的笑？"

一条评语

● 老师和家长更好的相处之道是什么

> 评语的出发点是真。评语的意义，在于唤醒和点燃，在于激励和鼓舞。

- **老师** 教育教学中遇到任何问题，既要坚持原则，也要考虑家长和孩子的不同背景和需求。有时候看似不起眼的小事，都是天大的大事。

- **家长** "老师，我就是个实在的人，送给您这些，不成敬意的。"她露出认真的表情，"嗯，为了安全，我自己在家已经试吃过了，到现在过了两天，确保没问题才送给您的，您放心吃好了。"

班集体的意义是什么呢？
那是一种积极健康的情绪力量。
集体包含了所有成长的可能：
善良的本性，阳光的心态，
交往的艺术，团结的力量，
自由而独立的精神……

班级一　春城无处不飞花

约定　　　　　　　　　　　283

● 如果班集体有了太多自由会怎样

> 每个好办法都不可能完全适用于眼前的问题。静下来，观察，思考，孩子们就会指引我们找到前行的方向。

🌸 老师　如果一个规矩，屡屡遭到挑战和质疑，那就改规矩，而不是"治人"，因为规矩是为人服务的。

🌸 小孩　"老师，我们男生早上能出去玩一会儿吗？坐教室里啥也干不下去。"程诚表达得直接而坦率。

"老师，我们女生也想去操场走走圈儿。"我的秘书方玫和几个女生也来凑热闹。

小干部竞选　　　　　　　　　　　　　　　　　292

❤ 小干部怎么选才是最好的方式

　　每一个敢于演说的孩子都是值得敬佩的！自信地站在属于自己的舞台上，那是你最高光的时刻，不论结果，只享受过程。

🍁 老师　信任是有生命力的，我信，一直信。

🍁 小孩　他开心地鞠躬，说道："定不辜负您之期望，弟子必将尽心尽力，望您不吝赐教！"侯翼作揖，蹦跳着跑开。

"飞花令"　　　　　　　　　　　　　　　　　300

❤ 当孩子无意违反了规定怎么办

　　孩子，你所有的付出以及犯下的错误都会变成你的财富。成长即出丑，出丑之后才是飞跃式地成长。我永远会和你说，孩子，别怕，因为你正在长大。

🍁 老师　正所谓孩子天生有一对翅膀，老师的任务是帮助他们飞翔。

🍁 小孩　"所有人都曾经是小孩子，但是长大了，就变得不再理解小孩子的心思，而您却恰恰相反。虽说这个世界上，魔法师是不存在的，但是您却懂得一种魔法，那就是赢得我们班所有人的心……"

班级二　迷你班会

规矩　　　　　　　　　　　　　　　　　　　　315

💭 规矩都是为小孩成长服务的吗

　　　不判断，不评价，不分析，走近每个小孩，静静地听故事，好好地讲故事，就好了。

🍁 老师　家长、老师、学生构成一个等腰三角形，处在顶点的孩子怎样获得最好的成长？处在支撑位置的两个底角，家长和老师之间的信任和尊重至关重要。

🍁 小孩　"我有很多课外班，我不喜欢学习数学和语文，我最喜欢跳舞，就喜欢转呀转呀，飞呀飞呀，哇，很神奇。"芳芳像含苞待放的花骨朵，娇羞着又跃跃欲试地要绽放。

迷你班会　　　　　　　　　　　　　　　　　　324

💭 真正的民主生活会适合小孩吗

　　　孩子的事情，注注不能以对错而论，因湉着孩子幼小的心，小心翼翼地开渠引水，欢快而清亮地奔流……

🍁 老师　班级是一个能量场，能量流动中找到自己的方向。孩子的进步，取决于他能够自由的观察，能够独立的思考，能够安全的表达，能够在成就感中长大。

🍁 小孩　"文明秩序比抢时间更重要。"

看得见的，看不见的　　　　　　　　　　　　335

🍁 优秀的家长团队该是什么样子

> 有些教育，我们看得见；有些教育，往往看不见。要等到遥远的未来，那些所谓的"教育"已经和孩子融在了一起，却了无痕迹……

🍁 **老师**　什么都挡不住一个有爱的集体蓬勃生长的力量。

🍁 **小孩**　您记得吗？当时在操场您与我们打成一片，互相追跑，您就像一位老顽童，仿佛和我们一样的年纪……

小天使

教育所有的秘密都在于
小孩感受到你深深地爱着他。
然后你发现了他的内驱力，
肯定，欣赏，鼓励，
让他始终觉得自己是最美好的那一个，
老师最爱的那一个。

○ 人的生命过程就是由一次次的生命活动组成的，对学生的每一次生命活动进行真诚地关怀，提升的是我们师生共同的生命质量。

心 里 话

"有困难找宋老师，没困难制造困难也要找宋老师！"每当我这样说，孩子们就透着兴奋劲儿，这是我常常和孩子们说笑的话。想法简单，就是在不经意中传递轻松的师生关系，遇到困难了，至少会想到向自己的老师求助。

每一个班的学生就有了一个统一的活动——说说心里话。就是这心里话，我和孩子们之间有了更多的了解，也有了妙不可言的默契。一篇篇心里话，沉淀成一段又一段师生情。

接班一个月后，班会课。我给每人发了一张作文纸，孩子们面面

| 小天使 |

相觑。

"又是突然袭击。"有人小声嘀咕,我笑而不答。是的,只有这突然袭击,才会看见最真实的孩子。

我郑重地写下了"说说心里话"这五个大字,对他们说:"我们相识已经一个月了,你们对这个新老师有什么想法,有时候不好意思说,嗯,那就写给我,或是提建议,或是求帮助,只要真实就好,现在就写,写完就交,署名或者不署名,你自己做主。"我说得轻松愉快。

"啊?"或者皱着眉,或者扑通趴在桌子上,或者撒着娇哼哼唧唧,那样子,愁死人的感觉。孩子最怕写东西,尤其怕写作文。但是不管你信或者不信,就是这突然袭击,次数多了,小孩不但不怕写作文了,有人还悄悄地爱上了写作!因为它源自真实,没有限制,全是自由发挥。

"我承诺,每封信我都会有回音。我要给最能打动我的人写回信,其余的会面对面和你聊聊。"我带着点小神秘,抑扬顿挫地说。

教室里只有窸窸窣窣的纸和笔摩擦的声音,似乎每个人都沉浸在自己的心事中,我似乎看到清澈的情感淌过山谷的卵石。我托着下巴,仔细地研究起他们来:撅着小嘴,皱着眉头;仰起一张小脸,做了个深呼吸;四目相视,冲我吐舌头……

每一个都有自己的姿态,每一个都有自己的故事,只有读得懂,才能走得近。回想一个月来的点点滴滴,串成一串儿,就会有很多新发现,我好期待那些活泼有趣的文字串起的心事。时间悄无声息地滑过安静的教室,哪个纯净的心灵正在波涛汹涌?

"为了保密,我教给你方法,给长辈写信呢,需要这样折叠,表示礼貌。"我做了个示范,告诉他们谁先写完了,就交给我。

亲爱的小孩——唤醒与绽放生命

第一个男孩走向讲台，双手递给我，鞠躬，回座位；第二位女孩使劲儿伸着手递给我，根本不看我，捂着嘴转身就跑；陆续来的，有的认真，有的神秘，有的不好意思。

"嘻嘻，老师，我猜，你会给我写回信的。"这是小机灵琳琳。我盯着她，嘿，小孩，你可真会聊天。

那天，放学的气氛是与众不同的。似乎我们之间有了什么暗物质的链接，或是什么微弱的磁场，有一种力量在我和孩子们之间流动着，比以往更安静有序，也比以往更灵动神秘。

班会和校会间歇的空儿，极短，我忍不住偷看了几个。调皮的，写诗的，求助的……灵动自由，超出我的想象。校会一散，我迫不及待地坐在办公桌前，郑重地打开。一颗颗真诚的心，怀着最纯的信任和期待。

老师，我知道你很好，可是我上课老是走神，因为我太想原来的龚老师了，特别想。

哦，我懂你，原来的班主任和你们一起的时间比较长，那份情感深厚了，是不太容易立刻走出来的。因为老师是除了妈妈之外和你们相处时间最久的人了吧，我们得慢慢适应。每次见到原来的老师，你们都会远远地打招呼，然后飞似的把老师围起来。所以，有很多次，我会喊"一、二——"，你们齐声问候——"龚老师好！"那场面，我们一起感受着做老师的幸福。

我们班有同学犯错的时候，您不会大发雷霆，而是心平气和、一本正经地去告诉我们一些道理。在清明节放假前，您稍微有点脾气不好，不知是不是有点不舒服？

内心多么细腻的男孩啊，既鼓励我要继续心平气和地工作，又巧妙地告诉我那一刻的不妥当，恰当又理性，体贴又温暖。没有人喜欢坏脾气，尽管当时有百分之百的理由！孩子，放心，我会努力做个春风化雨、润物无声的老师。

| 小天使 |

  我的字总是写得很难看，您说您教过写字课，带过书法班，老师，我想你一定有好办法让我的字变得好看，嘻嘻~

  上进的你，这是在鼓励我吗？上班的第二年开始，我担任全校高年级毛笔写字课。满教室的墨香，满屋子的惬意。办公桌全是描红本，一共十八个班的课，每天的工作就是画大圆圈儿，越画越圆。孩子们最喜欢数自己的大红圆圈儿，数完了，还和别人比一比。现在的写字本写得好，也是要画的，不过画的是 ☆。现在的你们依然爱数星星，爱比星星。童心都是一样的渴望美好。

  每个小孩都是向善向好的天使，每天和天使在一起，要让自己配得上他们的美好。每个生命都是独一无二的，用孩子的心去走近孩子，像他们一样观察，像他们一样思考，才可能弄懂一点点他们的世界吧。

  读着稚嫩的文字，无声地和他们对着话，想着自由生长的孩子们，多么真实，多么善良，多么纯净的世界啊，我的幸福也悄然生长着。那个独立的小世界也在悄然生长，我们有时看不到真相，是因为世俗的眼光。

  我们习惯欣赏绽放的花儿，却不懂扎根泥土向更深处生长的胡萝卜。向外是生长，向内也是生长。

  守护好每一颗心，让每一双眼睛有光，老师的幸福只有老师最懂，教育的美妙只有教育者感同身受。

  打开琳琳的信，我的心掀起了波澜，变得沉重起来——

宋老师：

  我不知道您是不是喜欢我，我妈妈老说我是个开心果。

  宋老师，您有感受过最亲的人过世吗？这种感觉真不好。爷爷过世了，我非常痛苦，我想找您谈谈心，我看过许多老师，但是他们都可能不太懂我的，您看我平时乐呵呵的，但我心里一直想着爷爷。我给爷爷写了一首诗，我把它写给您。

亲爱的小孩——唤醒与绽放生命

《久时寻》

即使有别泪，

永无见我心。

我在家乡等，

亲在天上游。

从最开始，我就觉得您是心理专家，所以，我想问问您，我怎样才能减少痛苦。虽然，这有点不可能，但是我相信宋老师能行。

爱您的琳琳
2018 年 4 月 10 日

我犹豫了。茫然地想，我要怎么和你谈呢？更不知如何给你回信了。说来，写几个文字很容易，但是我真的不能够啊。小孩子的心最敏感，谁糊弄了孩子，谁就失去了孩子的心。

这一慎重，一个月很快就要过去了，我仍然不知道怎么安慰你。你总是满怀期待地问："老师，给我的回信您写好了吗？"每次我都很抱歉地和你说："别着急，快了。"虽然这样说着，心里无比地抱歉，因为我真的没有想出办法。

2018 年 5 月 25 日，我参加"2018 中国生命教育绘本教学论坛"学习研讨会。我深深地感受到那些学识渊博的先行者的担当，大道至简，大爱无声，这些学者们引领着时代的进步。首都师范大学初等教育学院的刘慧老师常说生命是教育的基点，生命教育是教育本真的回归，一切的教育都是生命的教育。

我无数次地琢磨老师的话，在教育中践行着老师的话。

我是幸运的，2013 年，我带着感恩的心第一次走进生命教育的培训现场。生命教育像一束光，照亮了我前行的路。唯有真心投入，理解

| 小天使 |

生命的真谛，才能惠己及人。

今天的现场会上，陈书梅老师正在讲解《儿童生命教育与情绪疗愈》——"绘本书目疗法"的运用。我的心瞬间被点亮——《獾的礼物》！我的礼物！琳琳的礼物！思考的漫漫长夜，终于看到黎明曙光，我激动不已。

陈老师讲道：在儿童成长的过程中，难免会遇到长辈、亲友离世之事。儿童面对此等重大的失落与死亡的人生议题，往往无法理解，且不知如何面对，而导致负面情绪积累，而我们大人又没有更好的方式走进孩子的心……我沉浸其中，及时雨啊及时雨，专门为我和琳琳从天而降。

《獾的礼物》是一本连环画册，是生命教育最好的读本，它用温暖的画面、委婉柔美的方式直面死亡的话题。片刻不能耽误，搜索、下单、付款！扯一张会议记录纸，立即写好了回信：

琳琳：

你好！

我知道你一直期待我的回信，都怪我，一直没想到最好的方式。我不愿意马马虎虎地回复你，你会懂我的。今天，在这里学习"生命教育绘本"，好辛苦，但是好有收获，也突然有了一份灵感。所以，对你说什么呢？生命是自然的过程，去理解这个过程，珍惜每一个瞬间，让美好的情绪，美好的事伴你左右。希望《獾的礼物》也是我的礼物，陪伴你健康成长。

宋老师

2018 年 5 月 26 日

我把信和书送给琳琳，当作儿童节的礼物。接过礼物的那一刻，她紧紧地抱着，就那么认真地看着我。回到座位，她把书放在书桌上，仍然痴痴地看着，并不打开。那么安静，那么入神，好久好久。

这本书形影不离地陪伴着她，她总是看，总是看。大概过了两周，

亲爱的小孩——唤醒与绽放生命

琳琳的妈妈向我表示感谢。我和她说，我应该感谢琳琳才对，是她的心里话丰富了我的生命。

琳琳这个小姑娘表情丰富，机灵可爱。琳琳的爸爸和妈妈都是自由职业者，对女儿的成长没有那么多条条框框的限制，也没有那么多的课外班，这对于海淀的家长来说是极其难得的。但是我知道，妈妈必做的事是每天睡觉前一定会陪着女儿聊聊天。

一个月之后，琳琳又写了一篇文章——

《我想你，爷爷》

谁最了解自己？当然是爸爸妈妈了，那，谁比爸爸妈妈更了解自己呢？那就是自己最了解自己了！我总是喜欢躺在自己的床上想，如果这是一场梦就好啦，希望它……

事情应该从三年前讲起，那是我最幸福的时候，尽管很短暂。那时，是我跟爷爷相处最好的时候，虽然很少见面，但一到爷爷那里我就很开心。那时，我觉得我是世界上最幸福的孩子！每次到爷爷家，我都跟爷爷玩得很好，而爸爸妈妈都不怎么陪我，所以我很爱爷爷。有时我坐在爷爷怀里数星星，不论他多困，他都会陪我一直到睡着；有时爷爷陪我玩我创造的游戏，不论多不好玩，他都会把游戏玩好；又有时我哭了，他总是第一个过来安慰我，即便他还有很多事要做，他也会一直安慰我到不哭才去干事。

可是，不好的事情发生了，我回家后不久爷爷就生病了，我一定要回去看他。我们到医院的时候，看到爷爷躺在冰冷的病床上，让人难过。在这里陪了爷爷几周之后，我要走了，我流着眼泪离开了这里。之后，我们收到了消息：爷爷死了！我们马上又赶去医院，爷爷已经闭上了眼睛。我们把他埋在了深深的土里，我再也看不到爷爷的面容了，再也看不到那让人舒服的笑容了，再也没法跟爷爷一起玩了。只有我的泪水，成为陪伴爷爷去天堂的礼物。

我觉得我现在是最悲伤的小孩。虽然我外表乐观，内心却有的是痛苦，我真希望这是一场梦，我也希望其他小孩能过得好一点，不像

| 小天使 |

我这么痛苦。我会永远记得爷爷，永远！

那天晚上，一切好像都变了，月色变得很美很亮，月亮上仿佛是爷爷，他微笑着，渐渐消失了，鸟儿不叫了，风儿也停了，好像这个世界上只有我和爷爷……我想，明天一定会好起来的。

我想你，爷爷！

琳琳

2018年7月2日

四月的你心事重重，五月的你期待回信，六月的你和一本书形影不离，七月的你给天堂的爷爷写信。你满心的忧伤渐行渐远，我们之间的默契愈来愈浓。《獾的礼物》的无声陪伴，你和爷爷的隔空对话……这是一个漫长的过程，是你成长中宝贵的情感历程。

琳琳的心亮起来了，我们更加亲密。作业也好，读书也好，习作也好，她的一切，事事都要做到最好。她不断地完成一个又一个超越，创造着一个又一个惊喜。一段珍贵的时光，一份独特的生命感悟，一次春天里崭新的成长，这是我和一个十岁小孩的秘密旅程。

最意外的是小孩认真的样子。那天课间，她跑过来，忽闪着大眼睛，一本正经地问我："老师，您有烦恼吗？"她停顿几秒，郑重地说，"我也可以帮助您的。"

我摸着她的头发，盯着她仰起的小脸，故作认真地对她说："嗯，嗯，有，有啊，没有困难就制造困难——"

她咯咯咯地笑，露出大酒窝，眼睛眯成一条缝儿，旁若无人般的，天真无邪。突然，她扎进我的怀里，抱着我，紧紧地，笑声钻进我的肚子里。我摸着她的头，揉啊揉地转着圈儿。

如果不曾有真心的付出，就不会有真正的体会。那一刻，我感受到生命与生命交汇的幸福，美妙得就要溢出来。

家长感悟

不去苛责外在的因素,而是去从内部找力量,对孩子教育是这样想也是这样做的。可是,对于孩子的成长,外在因素太重要了。小学的班主任是最容易走进孩子内心世界的长者,班主任也最辛苦,特别是要读懂每一位孩子,常年的高强度的付出十分考验人。小学阶段,知识可以有不足,但是孩子得到的肯定、爱、赞美,获得的关注,温暖不可或缺,那是他们一生的营养。或者说青春期之前的那个阶段,我们的教育(家庭和学校)情绪、情感教育太少,而且不成体系。关注心理、情绪、精神的成长,这或许是未来我们的教育要做好做强的基础。

2011 届毕业生曹正廷的家长　曹锋

没有爱,人是无法生存的,能够互相给予爱的社会,一定会充满温暖和幸福。学生会因老师的一个微笑而开心许久,因为一个肯定自信满满。

作为家长,说心里话,真的,尤其到青春期的孩子,他的心里话可能会憋许久才会跟爸爸妈妈讲出来,也许永远也不讲。但孩子面对他最最相信的老师,可以毫无遮掩地吐露自己的心里话。前提是孩子能感受到安全和信任,一个有爱的智慧的老师总会润物无声。

2019 届毕业生郝旷程的家长　王婷婷

| 小天使 |

○ 每一个小孩都带着纯净的情感来到这个陌生的世界。渐渐地，他们学会用情感认识世界，用情感和他人进行联结，可能他们还不会准确地表达出来，但是最初的情感体验从始至终会和孩子融为一体，永不分离。

老师，我有个秘密

又要说再见，却不能说出来。

每当此时，心里满满的全是留恋，全是孩子们的好，就连平日里那些淘气包，也依依不舍了。似乎每天摸爬滚打"斗争"的辛苦，都抵不过此时分离的伤感来得浓重，尽管我们只相处了两年。

那是一个夏天，晚饭后，我在办公室里收拾东西。往事历历在目，心事重重，怀着五味杂陈的心，准备离开我奋斗了两年的校区。

从 a、o、e 读起，从 1、2、3 写起。牵过你肉嘟嘟的小手，擦过你长短不一的大鼻涕，听过你自编自演的故事，亲过你白净的小脸蛋儿，为你轻轻地盖过被子……就要悄无声息地离开了，孩子们猝不及防地失去了朝夕相处的老师，老师默不作声地失去了孩子们，似乎少了点什么。

门外，传来轻柔的声音："老师，老师……下学期，您是不是……是不……是……就不教我们啦？"一个小姑娘悄悄地趴在门缝儿往里看。

"淼儿，快进来。"我冲她招手。二年级的淼儿无论学习还是处事，都透着机灵劲儿。

课堂上，无论什么样的问题，她都积极参加讨论。独到的见解，清晰的思路，让很多小孩羡慕不已。当小组长，小朋友们都听她的安排，事情总是完成得井然有序。班级里发生任何事情，她总是很热情地关注。

淼儿高高的个子，短短的头发，白白净净的皮肤，浑身还透着奶香味儿。但是她有个小问题……

"我还有个新……新想法，不知道对，对，对不对？"

"老师，我们组是……是这样安……安排的，您觉得，好，好不好？"

"老，老师，现在没事了，我想，想，想给大家分享一段文章，行不行？"

她说得紧张又吃力，时常耸着肩，脚也从来停不住，总是要在原地动来动去的。

淼儿在门口张望着，眨着小小的闪亮的眼睛，那一瞬间我很难过。

每次调换班级，都要保守秘密，这似乎成了约定俗成的规定。为了稳定，老师们都理解。可是呢，总是觉得，一直觉得，这个规定似乎"冷漠"了一些。体验一次分别，表达一下心声，也是孩子们成长路上的必修课，为什么不能自然而然地发生呢。不辞而别，对小孩子来说是不是有点太过绝情了？

| 小天使 |

但愿孩子们不要把我想成绝情的老师吧,因为这不是我想要的分别的样子。哦,说不定他们就是这样想自己的老师的。小孩的世界除了家庭之外就只有和班主任老师最近了,他们和班主任在一起的时间甚至超过了爸爸妈妈。他们会怎么想呢?

分别的时候,温情脉脉地诉说也好,甜蜜洋溢地拥抱也罢,情不自禁地流泪也好,哪怕就是"老师你太严了,赶紧换老师吧"的调侃也有趣呀。

"宋老师,您,是……是……不是不教我们了呢?"淼儿耸着肩,小碎步挪进来。

"淼儿,谁告诉你的?"我继续收拾着东西不看她,让她自己说。每次有事情的时候,她总是这样,尽管我一直做出无所谓的放松的状态,但是她似乎成了习惯。

"老师,是……是……是真的吗?您不教……教我们啦?我要……告诉您,您……一个一个……秘密。"淼儿一边说,小手不住地往袖子里缩,目光飘忽不定。

"哦,什么秘密?"我停下手里的活儿,看着她问。

"老师,您……您能抱……抱抱我吗?"淼儿的双脚仍在不停地小跳,只是距离我更近了一点。

我轻轻地拉过她的小手,把她揽在怀里。我坐着她站着,她比我高了一点点。淼儿的肌肉紧紧绷着,我感觉不太对劲儿。

小孩求抱抱,在大人的怀里应该是柔软的,舒展的,猫儿似的黏着的感觉,怎么淼儿像个惊慌的小兔子,一点也不安宁。我轻轻抚着淼儿的后背,希望她放松自己。如果我没记错,这是两年来我第一次抱她,或许……

"淼儿,你要告诉我什么秘密呀?"我望着她,这次她却不看我了。

13

亲爱的小孩——唤醒与绽放生命

停顿片刻，淼儿转向我，小眼睛黑亮清澈，她站直了，结结巴巴地说："老师，您，您知道吗？姥姥和爸爸，总——总是在背后说——说你的坏话。"

淼儿的小手攥得很紧，忽而又把小手捂到嘴巴上，小小的身子绷得更紧了。

"开学第一天，姥姥就说，你看这个老师，长，长得那么胖，胖——胖肯定，教不好学生。"淼儿说得无比认真。

"淼儿，那是姥姥开玩笑的，哈哈，我本来就是个结实的胖子呀。"我漫不经心地对她说，用力地抱了她一下。

淼儿的姥姥是一位大学教授。老人家啊，以您的学识一定知道帕瓦罗蒂就是个小学的教书匠，体重最高达到 280 斤，他可是世界上"高音 C 之王"啊。

"不是，姥姥说……说了好几次呢，爸爸也说，说你坏话。"淼儿认真地看着我，紧张得有点抖。我赶紧拉起她的小手，轻轻地放在我的大手里，顺势让她坐在我的腿上。

"淼儿，没事儿啊，那是你听错了吧？"我安慰淼儿。

"不会，爸爸说，你们班有……有……有老师的孩子，老师肯定偏向着他们，你表现好，老师也不会……不会喜欢你。我说不是的，爸爸不……不……不相信我，我就再……再不敢说了……"淼儿说着，情绪激动起来。

她一口气说完，深深地叹了口气，又黑又亮的小眼睛怔怔地看着我。

淼儿，最爱你的爸爸，最疼你的姥姥，他们没有意识到家庭的语言里藏着小孩以后怎么处理人际关系的模板。

我一只手握着她的小手，一只手轻轻抚摸她的后背，她浑身都在微微颤抖着，肌肉依然紧绷着。正值夏季，她的衣服潮乎乎的，我的心也湿漉漉的了。

我逗淼儿："淼儿，你看，我就是'大胖子'啊。那你觉得，我喜

| 小天使 |

欢你吗？"我学着蜡笔小新的腔调。

"嘻嘻，老师，我……我和他们说了，老师很喜欢我，可是他们不信……信哪。"淼儿一脸的无辜，低着头，不再看我。

我揽着淼儿，她的小手心也湿答答的了："淼儿，你说得对，我很喜欢，很喜欢你，是姥姥和爸爸不知道我喜欢你。"

淼儿看着我说："老师，可是，他们老说你的坏话，我都不敢让……让你抱，他们如果知道了一定会，会说我的。"淼儿低着头，像做错了什么事情一样。

她小小的身体渐渐放松下来，我赶紧抱了抱淼儿，把额头贴在她热乎乎的小肩膀上，不能让她看到我的眼睛，有什么东西溢满了我的眼眶。

我能和孩子说什么呢，我怎么说呢。亲人的语言对小孩的影响是无形的，是深不可测的。大人语言的强制暗示，会让孩子无所适从，小小的她只能回避和猜测，担心和怀疑。我终于知道，这个讨人喜欢的孩子为什么一直远远地躲着我，躲着老师们，一张口说话就结结巴巴的原因了。

"老师就是很喜欢你，就是很喜欢你，喜欢你。"我不住地说。

住宿的孩子，很多都会腻在老师怀里，寻求安慰，满足肌肤亲近的渴望。可是淼儿啊，你从来都是远远地看着……傻孩子，为什么不早点告诉我这个秘密呢？我抱着淼儿，喃喃自语着："你的秘密真好，抱着你真暖和儿。"

每一个小孩都带着纯净的情感来到这个陌生的世界。渐渐地，他们学会用情感认识世界，用情感和他人进行联结，可能他们还不会准确地表达出来，但是最初的情感体验始终会和孩子融为一体，永不分离。

我再一次深情地抱了抱淼儿，使劲闭起眼睛，深深地吸了一下鼻子："淼儿，你的衣服好香啊！我们俩一起保守这个秘密。"淼儿依偎在我的怀里，我们拉钩上吊，一百年不许变。她咯咯咯咯地笑得灿烂，雪白的牙齿都闪着光，这时的她像极了一只撒娇又可爱的小猫咪。

亲爱的小孩——唤醒与绽放生命

"老师，还有个秘密……密。"淼儿很调皮的样儿，举起右手的食指，认真地说，"我是偷……偷听到的，王老师说，您要不教我们了，要走了，你千万不要……要告诉王老师啊。"

"谁也不告诉，这是咱俩的秘密。"她的小手啪的一声击在我的掌心里。

瞬间，她挣脱我的怀抱，头也不回地，蹦蹦跳跳地跑开。临出办公室大门时，她转过身来，笑嘻嘻地说："老师，我今天特别开心。"

"我今天也特别开心哦。"我学着蜡笔小新，目送她离开。

淼儿竟然没有结巴。我遇见了最纯净的心，最纯净的情。

坐在椅子上，深呼吸，思绪万千，那些流传千古的"送别诗"撞击着我的心，如果古人也不辞而别——哪儿来的李白"桃花潭水深千尺，不及汪伦送我情"浪漫的谢别；哪儿来的王维"山中相送罢，日暮掩柴扉"深情的惜别；哪来的岑参"山回路转不见君，雪上空留马行处"奔放的壮别；哪来的高适"莫愁前路无知己，天下谁人不识君"豪迈的阔别……

没有情哪来的诗，如果多情而浪漫的古人知道我们把"离别"演绎成"无情"的格式化，一定会嘲笑我们的傻。

师生一场，如果不是淼儿的秘密，我们就错过了分别之美。我们的心事在夏天的晚上随着微风荡漾开来。

一个秘密，一个告别；

一个小孩，一个家庭；

一个老师，一个学校；

每一个每一个地加起来，就是一个人的一生。

每一个每一个地加起来，就是一个民族未来的样子。

家长感悟

小朋友的情感就像一捧清冽的泉水，纯澈得刺眼。让一切的难以启齿，一切的举棋不定，一切的纠结与踌躇最终都落在一句轻飘又厚重的"老师您能抱抱我吗"的童真里。如何面对情感，是我们每个人终其一生要学习的课题，对于孩子来说更是他们认识与接触世界的途径。让我动容的不仅是淼儿单纯的真诚，更是孩子与老师之间的双向奔赴。老师在聆听淼儿秘密的同时，其实也把她的秘密交换给了淼儿。这是双向奔赴的成长，也是情感交互的浪漫。

2003 届毕业生常笑晨的家长　王筱娟

我仿佛亲眼看到了，亲身感受到了老师与学生之间那最纯净的情感交流，字里行间都是老师对孩子的温柔以待，一边看一边想象着她教我女儿时的用心用情，泪水不知不觉模糊了双眼。每一个家长多么希望自己的孩子能遇到这样的好老师，文中的小天使淼儿和自己喜欢的老师倾诉完心中的小秘密，是多么的幸福开心。要知道，教育者的关注和爱护在学生的心灵上会留下不可磨灭的印象，我相信宋老师做到了！同时，家长的一句话，对孩子的成长会有怎样的影响呢，我们无法估量。请以正能量引导孩子成长。

2011 届毕业生王心伊的家长　佟雪丽

亲爱的小孩——唤醒与绽放生命

○ 孩子在乎了谁,谁就要成倍地在乎孩子,她的内心才会丰盈。误会,和大人是可以解释的,但是孩子的心只有好好守护。

花蕊的露珠儿

十六年前,一个阳光明媚的早上,盛开了一朵永不凋零的花儿。

朝阳公园,茵茵的草地上,暖暖的阳光照着,轻柔的风吹着,孩子们尽情撒着欢儿,嬉戏中传来银铃般的笑声……那是一次春游,全校的孩子都在一起活动。我是三年级某班的班主任,也同时担任二年级一个班的语文老师,这两个班我都很熟悉。

老师们坐在旁边,欣赏着孩子们在草地里打滚儿。这才是孩子们该有的样子,看着哪一个都无比喜欢。

"只要不谈学习,人人都是极可爱的。"老师们总是爱这么感叹。其实谈学习也可以，但是别比较，因为每个孩子都是独特的，只针对一个孩子谈学习，老师和家长都会欢喜。

"老师，和我们照一张相吧。"体育委员大声地招呼我。我冲他们招招手，跑到了孩子们中间。

"老师，我也想和您照一张。"

"老师和我们组照吧！我们都排好队形了。"

"不要嘛，我们女生先约好的，我们先。"

……

孩子们似乎觉得这样的撒娇与斗嘴是很难得的机会。他们争着，抢着，似乎抢到老师就是幸运的。

"好了，好了，一个一个来。"我也配合着做鬼脸，摆POSE。

"嗷——"孩子们的热情瞬间被点燃了，好几个小家伙在草地上扭啊扭的，跳啊跳的，好不快活。哄着孩子玩儿，怎么都快乐，小个子的可以抱起来，大块头的我就蹲下来，还有的像树懒一样绕在我身上。这时候，孩子们把老师当个大玩具，多难得的机会啊。

忽然，我觉得有人在使劲地拽我的衣服。

回头一看，秋秋？只见她叉着腰，瞪着眼睛，气呼呼地冲着我喊："我——们——喊——你——好——久——啦！"

"怎么了？秋秋。"我蹲下身，贴近了她的耳朵悄声问。

秋秋才不领我的情，把腰一转，扬起头："还说怎么了？你为什么把洋洋弄哭了？"秋秋板着脸，认真地教训起我来。

我一屁股摊在地上，表示服输。

秋秋是个二年级的小孩。她个子很矮，皮肤黝黑，短短的头发，长得肉嘟嘟的，是个结实又可爱的小姑娘。

"我，我，我……没做什么呀，我根本没见到她。"我吞吞吐吐，被小姑娘问得不知所措。我一脸无奈地仰头看看她，好让她"居高临下"地训斥我。

亲爱的小孩——唤醒与绽放生命

"你骗人!"秋秋一只小手甩着,一只小手叉着腰,"你只顾和你们班的学生照相,照相,照相,洋洋叫你好几次,你都不理她,你是个偏心眼儿的老师!"

此情此景,不就是很多老师训斥孩子的样子吗?我忍俊不禁,却又无可奈何。秋秋是来真的了,孩子,你为朋友打抱不平,可真不留情啊!

"对不起,对不起,是我没听见,洋洋在哪儿呢?"我双手作揖,希望她饶了我。仔细一想,仿佛是有个小孩一直站在不远处,看着我。可是孩子们都穿着校服,我确实也分不清是谁呀。可是,算了,有"委屈"也忍着吧。

"那儿。"她用小手指着,"她最喜欢的老师就是您,您却让她伤了心。我们越是哄她,她越哭得厉害。这次好了,哼!好多同学都在怪你呢,看你怎么收拾?"秋秋俨然是大家派来的谈判代表。

我右手一撑地,猛地站起来。秋秋还是不能放过我,仰着头问:"你难道忘记了,她总是喜欢给你画画?你还说你特别喜欢,是真的还是假的?"

我的个乖乖啊,你这"本领"跟谁学来的呢?模仿秀吗?我不知道说什么才好,真让人哭笑不得。

"好了,好了,别磨叽了,快带我去。"我给自己班的学生做了个等待的手势,拉起秋秋的手,飞快地跑向二年级那堆儿孩子。

"老师来了!老师来了!"孩子们兴奋的目光中透着埋怨的劲儿。

我觉得自己像个"罪人",窘迫得不得了,这可怎么办?"真心没听到"这几个字不能作为哄孩子的话啊。

孩子们自动闪开一个空当,我低着头,小碎步跑过去。一圈儿孩子围着哭得泪人似的洋洋。

我扑通一声坐在草地上,拉起她的小手,孩子们把我们俩围在中间。

"好了，我来了，真对不起，都是我不好。"我赶紧哄着。孩子们的叽叽喳喳，瞬间变成鸦雀无声。只有洋洋抽泣的声音显得很是突出。秋秋把手交叉胸前，那么高高在上地审视着我。

"孩子们，你们看，看，看我的耳朵，是不是没有长耳朵眼儿呢？"我拉起耳朵给她们看，"我怎么觉得耳朵被堵住了呢，洋洋，你快帮我看看。"

孩子们笑了。竟然有人真的揪我的耳朵，啊啊啊地喊。

洋洋抬起头，呜呜呜地还在哭。我轻轻抚摸着洋洋瘦瘦小小的背，她抽泣得起起伏伏，传递着湿乎乎的暖。我轻轻地帮她擦眼泪，好孩子，不哭了，不哭了，不断地安慰着。

看洋洋那伤心的样子，我的心里隐隐地有些不是滋味。孩子在乎了谁，谁就要成倍地在乎孩子，她的内心才会丰盈。误会，和大人是可以解释的，但是孩子的心只有好好守护。

我抱过洋洋，把她放在自己的腿上。她瘦瘦小小的身体还在断断续续抽泣，但她的小脸已经舒展开了。

"我们擦掉眼泪，拍照片好不好？"我在她的耳边轻声说。

洋洋用小手抹了一下眼睛，吸溜一下鼻子，长长舒了一口气，安静地点点头。

"看一下，我们够帅吗？摄影师呢，快来吧。"我招呼着。

小摄影师很专业，早已经抓住镜头，啪啪啪地按动快门。洋洋破涕为笑。

秋秋呢？嘿，什么时候她早已经变成花儿的一部分了。多亏了秋秋，否则我就会把一颗无情的种子无意地种在了洋洋心里，可能一辈子都不知道。孩子的心是一片纯净的大地，我们播种与守护，未来就会绿意盎然，繁花似锦。

那是我相册里最珍贵的照片之一：金色的阳光里，翠绿的草地上，

亲爱的小孩——唤醒与绽放生命

盛开着一大朵花。花心是我和洋洋,花瓣是一群灿烂的笑脸。最迷人的是花蕊上挂着的露珠,纯净,晶莹,像一颗小小的闪亮的珍珠。

这朵花儿盛开在我的相册里,也盛开在我的心里,有那么几个偶尔的瞬间,我还和花儿说句话呢。

桃红复含宿雨,柳绿更待朝烟。

日复一日,年复一年。

十六年之后,又是一个春天,一个绿草茵茵的春天。一位带着露珠儿的花儿即将出现在我面前,那个我只教了她一年,在我怀里哭着笑的小女孩。

她的记忆长河里流淌着我的影子,我的无声文字里回忆着她的样子,是巧合还是心有灵犀呢。冥冥之中,我们都把记忆珍藏起来,似乎等待着又一个春暖花开。

她站在校门口的梧桐树下,安静地等我。远远地,看见她,依旧是瘦瘦小小的,依旧是腼腆羞涩的。咖色的裙子,浅浅的米黄色开衫,灰蓝色的围巾,配着一个别致的发卡,散发着的迷人的文艺范儿,青春的气息向我迎面扑来……

她安静地站在那儿,只顾着笑。就像十六年前,她坐在那儿哭一样,跑着来的仍然是我。

我们紧紧拥抱的那一刻,暖流在心间也在眼中。我轻轻拍着她的背,她微微地抖动,恍如十六年前的花心。

她已经从澳大利亚新南威尔士大学毕业了,学习的是艺术设计。现在回国,开了自己的艺术社。那是她从小的热爱,一直未曾改变。

"老师,您给予我特别多的鼓励和欣赏,我的记忆很深刻。无论我在作业本上画,有时候上课也偷着画,您都没有批评过我。"

洋洋印象中的镜头和我印象中的不一样,我想到的是瘦瘦小小的她在草地上哭。

"洋洋，见到你真好，谢谢你记得我。"我仔细地看她，她依旧羞涩如初。

"老师，看到您，很高兴，我都不知道说什么好了。我一直都很内向，是老师们不太会注意的那种学生。"她停了一下，继续说，"您，对我特别包容，我只喜欢画画，您记得小时候我经常给您送画吗？每次您都夸我画得好。"她笑得很灿烂，纯情的还像是个孩子。

"看你，多美好啊，未来艺术家，真为你开心，做自己喜欢的事，就会幸福满满。"

临分别，我们约定下次见面，一定把故事好好讲一讲。我们再次相拥，那种温暖的感觉从十六年前穿越了时空。

十六个春秋，我们为彼此在心里珍藏了一个小小的角落。

十六年后，归来，依然是那朵带着露珠儿的春天的少年。

家长感悟

　　小学，老师往往是孩子们关注的焦点。孩子们往往也希望得到老师的关注。在这一对多的关系映射中，老师要想对每个孩子一一顾及，实属不易。现实中，往往冲到前面的孩子容易受到关注，可是站在后面的默默守望的孩子也渴望得到关注，只是他不敢而已。孩子就像春天的花朵，纯洁而美丽，他们的心好比娇嫩的花蕊，需要大人的精心呵护。对安静以及自卑的孩子多点关爱、耐心、包容和鼓励，这将会化作孩子成长过程中学习的动力和自信的源泉，为她将来的学业以及事业奠定自信的基础！

　　　　2019届毕业生晏嘉灏的家长　曹志国

亲爱的小孩——唤醒与绽放生命

每个孩子都是花朵：艳丽的，芬芳的，淡雅的，声希味淡的……只要努力开放，终究会有人欣赏。即使少有人问津，也要努力生长，展示生命的价值！老师做春风唤醒，做夏雨浇灌，做秋冬蕴力，关注每一株幼苗，绽放自己的色彩。

2014届毕业生宇家慧的家长　刘银燕

○ 只要欣赏，小孩就会疯长；
○ 只要相信，小孩就会闪亮。

魔方女孩

那些年的早自习，是可以布置一点学习任务的。淘气的，根本不拿这当回事儿。

我走进班级，大家都在写习题，只有朱莉娅专注地低着头，并没有察觉班主任的到来。我轻声走到她的座位旁边，她惊慌地抬起头，不情愿地把魔方放进了桌箱里。我刚走到教室门口，回头一看，她的小手又把魔方拿了出来。

我一瞪眼睛，她吐了个舌头，乖乖地拿出本子。

朱莉娅这个小机灵，一直不太安稳。她点子多，有个性，从不随波逐流。

亲爱的小孩——唤醒与绽放生命

她精致的小脸，薄薄的嘴唇，犀利的眼神儿，说起话来噼里啪啦的，足够快、准、狠，嘴巴尤其不饶人，很多男生也惧她三分；她思维敏捷，会一针见血地抓住别人发言的漏洞，也会幽默地调侃各类同学；她看书入迷的时候，经常忘记了作业的事儿；遇上自己喜欢的事，就进入真空状态……

课堂上只要认真听讲，回答问题的角度深度都很到位；但是很多时候，人在曹营心在茫茫宇宙遨游……你一喊她，她就笑眯眯地坐得笔直，一定会配合着积极发言。然后呢，继续任由自己的大脑驰骋去了。

十分钟之后，我再次走进教室，朱莉娅又在低头摆弄着魔方。

专注、热爱、全心贯注你所期望的事物上，必有收获。

爱默生说的话，肯定也包括玩。

我轻声走过去，站在她的身边，练习题一道也没写。

看到我，她嗖地把手伸进桌洞，仰起脸，摆好了微笑的姿态盯着我。默默无言就是最好的方式。我也摆好了微笑的姿态。

四目，相对；微笑，相亲。

我伸出手，魔方磨磨蹭蹭地挪进我的手里。

"下课到我办公室。"我说完，倒背着手，拿着魔方，走出教室。我知道背后会有一双眼睛正盯着我，充满无奈和忧伤；也会有几双眼睛盯着她，投去各怀心事的目光。

老师有时是阳光，偶尔也是阴云。

下课了，朱莉娅如约而至。我坐在椅子上，她低着头站在我旁边。

"玩魔方玩得不错，那么专注，提醒了还不改？"我慢悠悠地说，"你能拼上几个面了？"

"六个。"她嘀咕着，头埋得很低。

你这小丫头，能耐不小呀，反正至今我还不会呢。我话到嘴边，但不能说出来。

"哦，六个？那你给我演示一下，用多长时间拼完？"我来了兴趣。

"两分多吧。"她说得很谨慎。

"那么快？"我有点不相信，同时肃然起敬。当时魔方没那么火热，女孩子玩得就更少。

玩同样是学习呀，专注地玩又何罪之有呢？我很多次拿起魔方，都半途而废了。

"我，一直练呢。"她有点战战兢兢。

"那好，你表演给办公室的老师看，两分钟完成我还真得佩服你。"说完，我赶紧招呼着旁边的老师们。同处一室，老师们早已形成了默契。

为了增加难度，我成心把魔方拧了又拧，还不忘补上一句："你不许看，闭上眼。"

朱莉娅露出标志的微笑，拿过魔方，小手飞快地转动着，魔方的色彩在眼前翻飞，我虽然目不转睛，但已经眼花缭乱。

1分50秒，成功。

"大家给孩子鼓鼓掌，女孩子，不容易呀。"一位老教师由衷地赞叹。

"不错！批评就省了，回去把每日三题补上，不许出错。"我欣赏着她。

"谢谢老师们，谢谢宋老师不杀之恩。"朱莉娅标志的笑容又恢复了。

"等等！"她转身跑出办公室的瞬间，我喊她："这把新尺子，奖励你。"

朱莉娅的眼神里写着惊喜。

四目，相对；微笑，相亲。

"谢谢——老师。我，我，我真迷上魔方了，我玩魔方的时间不到一周，只是背诵了口诀所以才那么快，我每时每刻都在琢磨口诀……教

亲爱的小孩——唤醒与绽放生命

魔方的老师您知道是谁吗?是我爸爸!爸爸从小就是个魔方高手。我是土家族后代,我们祖传就是快,我对'快'很着魔……"这一开心不得了,朱莉娅打开了话匣子。

如果不是我催她回班写作业,她还说个没完呢。她走后,我琢磨了好一阵子。这事和土家族真有什么关系,还是她独特的幽默方式呢?

快乐就是换一个角度解决问题,快乐就是计较得少,欣赏得多。我怀着快乐的心情走进教室。

挽回她早上失去的颜面,双倍还她一个"尊重"。

上课前,我计时,让朱莉娅给全班进行魔方表演。1分43秒,全班为这个小姑娘欢呼雀跃。

"做事情想成功就得专注,沉浸其中,做到旁若无人,就得着魔,就像朱莉娅早自习玩魔方——我欣赏她的专注。"说话间,羡慕的目光把她包围,我补充道:"不过呢,如果把学习的任务先完成,再投入地玩,似乎更合理一些。"

"小意思,小意思,不要,不要给我压力嘛。"朱莉娅挥着手回复大家。这一天,她成为明星级的存在,课间总被围得水泄不通。

她应邀到隔壁班进行表演,时间是1分22秒;应邀到另一个班表演,时间是1分15秒。总是被自己超越的感觉,像是被阳光拥抱着,她兴奋得眉飞色舞。朱莉娅走班表演的成功,让她猝不及防地收获了无数粉丝,全年级顿时掀起玩魔方的高潮。

两天过去,她有了不少徒弟,也有高手找她切磋。

"老师,我又破纪录了,进入1分之内啦。"她开心不已。

"好,我们组织一场年级比赛,你要拿冠军哦。"我鼓励她。

孩子的快乐只要泛滥开来,大人就只剩下欣赏的份儿。她的课堂发言更加出色,她设计的语文作业更加用心,她的小提琴训练也更加勤奋刻苦。她的花期突然来了,遍地开着绚烂的花。

| 小天使 |

她和我的距离更近了，那种近，是只可意会不可言传的美妙感觉。一个手势，一个眼神儿，都可以秒懂。从此，她再也不给我添麻烦，总是给我带来惊喜和快乐，我叫她"魔方女孩"。

我们年级文明课间活动找到了最好的方式，耳旁总是一片哗啦啦拧魔方的声音，连老师也拜师孩子们学起来，朱莉娅的快乐呈几何式增长。

快乐是极好的日用品，老师们多给一些，再多给一些。

年级比赛的日子到了。主席台上，是各个班级玩魔方的佼佼者，她是唯一的女生，站在五个男生中间，显得无比靓丽。

哨音响起，孩子们巧手如飞，观众呐喊加油。

朱莉娅发挥失常，没有拿到冠军，但是她能和一群男生PK，无比荣耀。她就这样出名了。不知什么时候，"一姐"的称呼成为班级共识。从此以后，她身边总是围着追随者。

开心伴着她，伴着她的还有我对她的执着欣赏。她以优秀的表现被评为我的语文课代表。很快，她就从一个成绩平平、纪律散漫的姑娘，成长为一个成绩名列前茅、积极上进的魔方女孩。

只要欣赏，孩子就会疯长；只要相信，孩子就会闪亮。

小孩呀，你的力量藏在你的心里，在某个瞬间我和你的力量波相遇，你的内驱力开始苏醒，开足马力，以迅雷不及掩耳之势完成逆袭。

寒假回来，全班交流看课外书的收获和心得。名著特别多，朱莉娅看的也是名著，但是她磨磨叽叽地不上台。

"老师，我，我还是不分享了吧？"她支支吾吾的时候极少。她捂着书，扬起下巴，笑嘻嘻地看着我。

我轻轻地挪开她的小手——《鬼吹灯》。我也是服了。既然看了就分享吧。

亲爱的小孩——唤醒与绽放生命

她滔滔不绝、眉飞色舞地为《鬼吹灯》做了宣传。"一姐"在孩子们心中似乎更迷人了。

愚人节,她更是玩得火爆,带领几个好朋友,精心"陷害"了我一把。

不知什么时候,办公桌上飞来个超级大的手糊信封儿。收信人:丽丽(昵称)——打开它!——请打开它!!!寄信人:我是猪,我是傻子,我是呆子。

层层揭开信纸,内容丰富多彩,满满的都是脑洞大开——这简直是明目张胆的报复,平时老师们正儿八经的教育,今天全部要推翻。

拆开第一页,赫然写着愚人节不快乐,那就制造快乐——给你好看!

再拆,说得多自由:

时间就像海绵里的水,只要愿意挤,就一定有你的。

世上本没有路,走的人多了,就会堵车!

黑夜给了我黑色的眼睛,而我却用它翻白眼儿。

明月几时有,把酒问青天。青天说,我这么忙,哪有时间理你,问天气预报去!

再拆,画得无厘头:

两只都在翻白眼儿的猪,被丘比特的LOVE箭射穿。一大坨褐色的便便,还冒着热气。

再拆,玩得很任性:

层层叠叠折的套娃彩纸,一层层拨开,最外层写着5角,接着是1元、5元、10元、20元、50元、100元,最里面是"你想要吗?哼!没门儿"。

她搞怪的本领也是一流的,我只好配合着她玩个痛快。

就这么玩着闹着,转眼就毕业了。

| 小天使 |

初中和高中的六年最辛苦，大学的四年最忙碌，我们偶尔联系却没有见过面。

十年之后，朱莉娅要出国读研，我家成为孩子们小小的聚会地。朱莉娅的同班同学一共十几个人，还有一位上初二的师弟。在师哥师姐面前，师弟很腼腆，朱莉娅很照顾他。

"师弟，大方点，快过来，我们合个影。"

"师弟，师弟，来，挨着师姐坐，我罩着你。"

"师弟，别害羞嘛。来，姐姐为你夹一块牛排！"

"笑什么？师弟，看你呀小时候就没淘气过，你问问宋老师，我在淘气这个天赋上，简直就是巾帼不让须眉——"

她自带光芒，完全承包了聚会的气氛担当。我说什么好呢，她还是我的"魔方女孩"。

我赶紧对师弟说："快，跟师姐学学，她可不是一般人，当年班里的一姐，连我都得让三分呢。"

"哎呀，老师，您这是害了师弟呀，徒弟我不敢当啊！"她竟然还提着裙子，做了个动作。

她的活泼与洒脱，机智与幽默，依旧如同小时候，带着迷人的魔性。

疫情的原因，中国的新年，海外学子晒着自己异国他乡过节的样子。看到朱莉娅的朋友圈——漂洋过海，浮世万千。配图是赏名画，拉小提琴，街边美拍。

纯白色的裙子，精致的发卡，迷人的微笑，一样的精气神儿，怎么看都喜欢，真的是魔方一样的具有"魔性"的女孩。

手动留言：魔方女孩，新年快乐，天天快乐。

31

家长感悟

　　家长也好，老师也罢，以大人的视角发现了孩子身上出现的"瑕"时，哪怕很小，也会不由自主地感到焦虑，因此忽视孩子的优点，甚至过度管理。要知道，孩子的性格是在成长中塑造的，而成长最重要的特征之一，就是逐渐认识自己。作为老师和家长，提示他们哪些地方需要改进固然重要，但同时发现他们的优点，并在这个基础上培养自信和自驱力，对于孩子整个人生的发展都更有裨益。当孩子出现小问题时，不要急切地贴标签、下定义，要用积极的态度观察，思考这个所谓的"小问题"究竟代表着什么可能，并且挖掘其优势，给孩子提供展现自我的机会，这个案例在生活中很有参考意义。"有小缺点，但我依然相信自己很棒"是老师和家长引导孩子自我认识和良好发展的第一步，也是未来孩子成长过程中，遇到困难可以自我鼓励的底气。

2000届毕业生左玉洁的家长　左全

　　老天应该是公平的，赋予了每个孩子独特的个性与天赋。发现孩子自身的优秀基因与密码，并加以适时的引导、鼓励，使得孩子在适合自己的正确的轨道上自由、健康、可持续地成长，家长们魂牵梦绕的育子之心也可以得到安宁。如果老师仅对朱莉娅在课堂上玩魔方的行为进行了约束，完成了老师的职责，而没有后续的一系列引导、鼓励行为，朱莉娅未来的发展也许是另外一番景象。朱莉娅的兴趣爱好得到了老师的鼓励，魔方比赛成绩与天赋得到认可，建立了自信，在玩魔方的过程中，她的专注力又得以延续和加强，获得了学习的"利器"。女孩要证明自己是优秀的，不仅仅在魔方上，她要自己最闪亮，她的内驱力被唤醒，一直在积极快乐地前行。

2019届毕业生陈健安的家长　陈闻

| 小天使 |

○ 孩子的世界是什么样的奇妙组合呢？我们无从知道，但是，我们可以知道的是，他在乎的就是最好的教育契机。

香　囊

偶尔收个小礼物，体味着小欣喜；偶尔送个小礼物，也怀着美好的心境。又有谁不希望收到礼物呢。礼物既是情感的互动，有时候还会是一个法宝。

三八节，我不太喜欢有人送礼物。有小孩送一朵康乃馨啦，带一颗巧克力啦，做一张卡片啦……都是纯纯的真爱。

机灵的小孩说："老师女神节快乐！"我就自然喜欢了。俗是俗了点儿，但是真开心。

节日里总是洋溢着美好的气氛。早上一见面，萧刚跑来，恭恭敬敬

亲爱的小孩——唤醒与绽放生命

地鞠躬："老师，节日快乐。"

平时不修边幅的小男孩，今天穿得干净整洁，如此绅士，我好不适应呢。这个看似粗枝大叶的男孩，很注重仪式感。

"谢谢你，今天好帅噢，真是个暖心的男孩。"我这一夸奖，萧刚倒不好意思了，挠着头，喃喃地说着："没事儿，没事儿。"

他的回答让我莫名其妙。

下课后，他来办公室，进门后啥也没说，四处张望一下就离开了。看着他健壮结实的背影，若有所思的样子，让人百思不得其解。

这个小家伙奇奇怪怪的：有时候穿得西装革履，还扎着领带，有时候穿跨栏大背心却沾满了墨迹；有时候为一个极小的虫子念念不忘好几天，有时候你问他我们班有多少人他却不知道；很少的时候安静懂礼像是孔子的亲传弟子，很多的时候一言不合就开打；有时候做起手工如痴如醉，惟妙惟肖，有时候作业写得都像巨型蜘蛛一样，张牙舞爪……

我总是隐隐觉得他是心里同时住着天使与魔鬼的少年。

第二节课下课后，他又来办公室。我不知道他来办公室做什么，他不理我，我也不想问他。

很多时候，不打扰是最好的方式，我们要给彼此留有空白。

他转了一圈儿，就准备出去了。突然转头又回来："老师，您就收到这么几个小礼物？我真起晚了，忘记带礼物了。"

哎哟，原来小家伙一趟一趟地搞侦察呢。

"你懂事，不惹事，就是给我最好的礼物。"我想安慰一下他。不料，我还没说完，他理也不理我，转身走了。

小孩的心思你别猜，能够做得最好的，就是安静地欣赏和等待。

这是个经常不按照套路出牌的男孩。不按套路的都是创新的高手，

| 小天使 |

应该小心翼翼地保护——这是我的发现。

妈妈也是束手无策。他学习上丢三落四,纪律上也没规矩,人际关系呢,除了两个小伙伴,其他人几乎不来往,甚至有时候连我们班同学的名字都叫不出来。对于快升入四年级的男孩来说,也是个例外。

萧刚天真无邪的样儿,经常把我和他妈妈搞得晕头转向,偶尔气得牙根痒痒。

萧刚爸爸平时工作忙,一两个月才回来一次,亲热还来不及,很少教育。

萧刚脾气犟,妈妈有时候会打他几下。爷爷奶奶疼孙子,常理上是要护着孩子的,这是他的靠山。萧刚还有个妹妹,妹妹懂事又可爱,萧刚总是认为大人都偏向着妹妹,他很不服气,常把家里的不愉快带到班级里来。他像个小火药桶,有时候不点火都要自己燃起来。

第三个课间,又看到他一个人在楼道里溜达,根据他的一贯表现,我得随时盯着他才放心。

今天"三八妇女节",他一反常态的安静。顿时觉得他胖乎乎的挺可爱。不惹是生非的孩子哪一个不可爱呢?

我也常常问自己:惹是生非就不可爱吗?其实那些"亮眼"的孩子可能更敏感、更专一,思考更深入,内心世界更多维罢了。大人要好好去理解、爱护那些"亮眼"的孩子,事实证明,他们的内心更需要我们。

今天我不负责分发午餐,可以休息半小时。我趴在办公桌上,用外套蒙着头,听着歌曲《匆匆那年》,单曲循环。钢琴的婉转舒缓,大提琴的浑厚丰满,王菲空灵迷人的嗓音——我享受片刻的宁静。

"老师,祝您节日快乐,我给您的礼物!"这洪亮的声音一定是萧刚。不等我反应,他已经嗖地掀掉了我的外套。

亲爱的小孩——唤醒与绽放生命

我坐起来,欣喜地接过他的礼物,说:"哪儿变来的?谢谢你!"我很惊讶,这是啥礼物呢?一张被涂了绿色颜料的餐巾纸,似乎包裹着什么东西。

"我给您讲讲。"萧刚看出了我的疑惑,一本正经地对我说。

"老师,您看,这个礼物呢,是个香囊。中午我们吃橘子,我就想到给您做个香囊。我把橘子皮掰开,找含水最多的几瓣儿。"

他认真地看着我,似乎想读出我的表情,他接着介绍说:"这里面放根小棍,把它包成棒棒糖的形状。为了它不散开,我给它用胶水粘上了。下面加一根皮筋,就牢固了。"

"嗯,还有,您看,白色包装不好看,是吧?我还用彩笔涂上了绿色,象征春天和生命。您放在桌子上,可以香很久。"他滔滔不绝地比划着说完,最后还补充上,必须用餐巾纸,这样可以透出香味儿。

他专注地看着我,我惊讶地看着他。

我的个天!你的脑洞得有多大呀!

"哎呀,萧刚,你简直是个天才,这是我工作以来收到的最有创意的礼物。"我是发自内心地赞叹。

萧刚很得意的样子,眼神清澈深沉,目光柔和地看着我,带着毕恭毕敬的礼貌。

"您喜欢吗?"他问。

"特别喜欢,我要用好久。我闻闻,香不香。嗯,真的好香呢。"我摸了摸他的大头,"谢谢你,快去玩吧"。他嗯嗯地答应着,慢步退着走出教室,眼睛却一直盯着我手里的香囊。

从此,这个香囊就在办公桌上,静静地陪伴我。白色的纸巾被涂上了不均匀的嫩绿色,皱皱巴巴的纸上缠着一根黄皮筋,这里面是一片一片的橘子皮,更是一个小男孩一颗细腻温暖的心。

泰戈尔说,教育的目的应当是向人传递生命的信息。橘子皮香囊的确算不上美观,但我必须珍视它。

| 小天使 |

第二天，萧刚又来了。进门，伸着脖子看一眼，转身又出去。我知道他来干什么，故意面对窗外，偷偷地乐一会儿。

小孩送的礼物都是最真的情感。

记得一个小女孩曾经伤心地和我说："老师，我知道您不喜欢我了。"我瞬间就蒙了，赶忙问她为什么。

"那我送给你的画，就是那个简笔画小人，怎么不见了？"她满脸的不高兴。

我这才恍然大悟。画原来一直贴在我的办公桌一角，我换办公桌的时候，画找不到了。

孩子判断事情的真假好坏，不是用我们大人脑子里的标准，他们是用敏感细腻的心来判断的。

萧刚的香囊，我必须好好存着。

淘气的小孩，可以绷一会儿，但要正儿八经地一直绷着，那不是他真实的日常。第三天，萧刚这个阴晴不定的小家伙终于露出原形了。因为上课和同学打闹，被老师提醒批评。但是他不服气，一直和老师发脾气。我得知后上前和他说话，他的犟脾气还泛着牛劲儿呢，歪着脖子不理我。

"和我去办公室吧，在班里让大家看着多没面子。"他坐在我旁边，仍旧气呼呼地，瞪着大眼睛向我申诉，说同学招惹他，说老师偏心眼儿。

"萧刚，我知道你现在很不开心。上课的时间，不管什么情况都不要打闹吧？我一直留着你的礼物，放在最显眼的地方，你一来就能看到。我知道你最心疼老师，你也越来越懂事……"

我还没说完，他的眼神儿立刻变得柔和，瞬间变成了小猫般的

亲爱的小孩——唤醒与绽放生命

温顺。

"老师，我知道我错了，我给老师道歉去。"他站起来，转身就走，那么毅然决然的。我没看到他的表情。

孩子的世界是什么样的奇妙组合呢？我们无从知道，但是，我们可以知道的是，他在乎的就是最好的教育契机。

"宋老师，您真有办法，这犟孩子，怎么瞬间就好了，您和他说啥了？"任课老师惊讶地回来问我。

"你看——"我举起那个香囊，告诉任课老师，"我啥也没和他说，只是夸奖了这个香囊，夸奖了制作这个香囊的小孩多么懂事，这是三八节萧刚送给我的礼物——橘子皮香囊，世界独一份。"

"这礼物真是个法宝啊，得留着，一直留着。"同事心领神会，"下次，您要是不在，我就带他来看香囊就行了。"

"行！以后啊，任课老师是不是都可以带着香囊上课？"

"这个方法——好使！"我们俩相视而笑。

萧刚自然而自由地生长着，不过，每次看到自己精心制作的香囊，都会变得彬彬有礼。

每一个生命都是独特的，最好的方式就是尊重他，让他按照自己的样子存在。

期末过后，我收拾一下凌乱的桌面，准备搬家。拿起香囊——这个"神器"已经陪伴我很久……打开它，干瘪、僵硬、细细品，还是会有淡淡的清香。

萧刚是不是已经……我转身对着垃圾桶——不行，不行！还是留着吧。我收回手，把象征着生命的香囊再次珍藏好。

我要带着它搬到新的办公室，升入新的年级。

| 小天使 |

家长感悟

"橘子皮香囊"就是教育的契机和方法,很有启发性。面对一个调皮的孩子,老师借助一个橘皮香囊礼物,表达了对孩子的接受和喜爱,拉近了与孩子的距离,赢得了孩子的信任,实现了师生的互信互动,小小礼物成为激励和约束孩子的有效手段。古人说有教无类,没有绝对的好孩子,也没有绝对的坏孩子,好与坏都是我们每个人的认知加上去的标签。或许正如文章所说,每个孩子心中都同时住着天使和魔鬼,这是一个奇妙的组合。如何在适当的时机、采用适当的方式,不断激发塑造孩子天使的一面,是老师和家长需要共同面对的课题。每个孩子心中都有一颗名字叫"优秀"的种子,只要我们善于捕捉发现,精准浇灌培育,它都会成长为参天大树。

2019 届毕业生郑皓天的家长　郑立东

归属和爱、被接纳和被尊重是许多人的需求。

记得读过的一个故事,一个身世并不顺利的孩子,在几次自己看重的努力被轻易甚至是错误地否定后,内心彻底崩塌了,选择了专门与人作对的生活,结局当然悲惨,当然,这是一个极端的例子。在孩子单纯或者说"未经世事"的心中,他自己最希望被认可被尊重,但是孩子是弱小的,有些事儿,在成年人眼中往往微不足道,却无意间给孩子带来伤害。当孩子被温柔地接纳,孩子也尽力予以"涌泉相报"。呵护孩子心中珍视的那些看来似乎是微不足道的"小事",那些"小"的里面藏着奇迹。

2020 届毕业生陈子杭的家长　陈青昊

亲爱的小孩——唤醒与绽放生命

○ 面对小孩的第一次,需要用敏感的心去捕捉,然后是恰当的安慰、鼓励、欣赏,用教师的机智把握好每一个教育时机,巧妙地把个体生活故事转化为全班孩子的能量和营养。

第一次上一年级

每个小孩入小学后都会遇到无数的"第一次",是惊喜还是惊吓,是安全还是恐惧,是希望还是失望?这都会给孩子的童年打上生命的底色。以至于决定他今后面对此类事情的判断和感受。

那是正式开学的第一天,一年级小朋友正式成为小学生的第一天。我在讲台上收拾好东西,不仅做示范,还得做足功课。刻意训练是低年级小朋友养成好习惯的必修课。

"一天之计在于晨,第一件事就是整理好自己的物品,谁来评价一下我的桌面呢?"我问。

| 小天使 |

孩子们毫不吝啬地夸奖：老师把桌面擦得很干净，老师的东西摆放得很整齐，老师很爱劳动……

观察和发现，让孩子们自由地表达比让孩子们乖乖地听老师讲更有意义。我给两分钟时间，让他们整理好自己的学习用品。

"接下来，我们要收作业本。生字本、拼音本、抄书本，你们说我们该怎么收呢？"我问。

"可以让第一人收三回，只收自己的那一行。"

"可以让三个人收，每个人收一种。"

"可以自己拿着三个本，交到讲台上去。"

孩子们总会有自己的办法，教室就是提供空间让他们尽情表达的地方。有时候宁可让孩子们浪费三分钟，也绝不要用大人们快捷的三秒钟取而代之。

"你们很爱思考，方法还不一样，每个人最宝贵的就是自己的想法，智慧的小孩都爱思考。"师生对视的眼神也是交流的一部分，重要的一部分。

我继续说："我不想收那么快，我还想在收本子的时候，再认识一下你们，全班同学也要认识你，我们选择哪种方式呢？"

一个小男孩勇敢地走上台，站在中央，大声说："用这个方法，你们看我，我叫赵海洋。"说完，他把本子分别放好。

孩子们学着海洋的样子，依次来放作业本。

"葛皓菲，你的声音真响亮。"

"王丞相，你放本子时动作很轻。"

"高明亮，你放得真整齐。"

"攀毅，你的名字真好听。"

"郑钧桐，你的名字家长写得真工整。"

……

亲爱的小孩——唤醒与绽放生命

小孩子谁不希望得到老师的表扬呢？用心发现，及时表扬，每一个表扬里都是我对他们的期待。

忽然，我发现第六组的辛芯慌张地左顾右盼。这个名字特殊，我第一天就记住了她。我不知道她在看什么，我故意不看她，继续收我的本子。

等我收到第四组的时候，她显然更加不安了。她转头向后，拿起人家的本子，使劲盯着看。

我正莫名其妙，忽听得哇的一声，辛芯大哭起来。她趴在桌子上，把本子压得紧紧的，小小的身体颤抖着。

本子我是收不下去了。

从幼儿园到小学是个转折，孩子了解小学这个新世界的时候，总会怀着警惕和不安，任何孩子的情绪都要被重视，特别是第一次。

我喊辛芯来，她根本不理会我。我走过去，问她怎么了，她就那么死死地按住本子不松手，呜呜地哭。

我自言自语起来："你们第一次当小学生，第一次上一年级，会遇到很多的第一次。遇到任何困难，都不要怕，老师就是来帮助你长大的，家里妈妈爱你，学校里老师爱你。老师会很开心能帮助你们解决困难的。"我静静地等着她。

她抬起哭红的眼睛，哽咽着说："大人说，做不好事情，老师就会批评的，老师会不喜欢的。他们说，老师喜欢听话的乖孩子，喜欢不找麻烦的好孩子。"

她眼泪汪汪的样子，触动了我的心。

亲爱的大人，您为孩子描绘了一个怎样的未来世界呢？电影《美丽人生》中，一家人在纳粹集中营，圭多对美丽人生的憧憬和在残酷环境中特有的乐观，拯救了儿子。我们的教育生活还没有开始，很多家长就

| 小天使 |

为孩子蒙上恐怖的面纱。老师不是用来吓唬孩子的,我们是来帮助孩子成长的,我们应该是温暖的存在,是孩子安全感的存在。

"孩子们,大人说的不一定都对,课本上的也不一定都对,我也不一定都对,所以不用害怕出错。辛芯,你过来,告诉老师,你遇到什么困难啦?"我鼓励她。

她哭哭啼啼地站起来,使劲把本子贴在胸口,走到讲台,趴在我的耳朵边说:"同学的名字写得那么好看,都是爸爸妈妈写的。我的很难看,是我自己写的。"说完,她的眼泪扑簌簌地往下掉。

"没事儿,你来。"我边说边拉着她的小手,让她坐在我的腿上。

她抽泣着,哭红的眼睛看着地面。她的小心眼儿里承载着多么深重的害怕呢。

未来回忆童年的时候,我希望每个人看到自己的童年底色应该是明亮的,和谐的,多彩的。

"辛芯哭得很伤心,因为她是个爱美的小孩。她看到你们的名字写得很美,她觉得自己写得不美,她就哭了。"我停下来。

孩子们嘻嘻地笑。

"你们知道为什么她自己认为不美吗?辛芯,你自己说。"我鼓励她。

"我的名字很难看,是我自己写的,都写出了线外面了。"辛芯说得断断续续。

"辛芯最了不起。你想啊,我们还没学习写字,她就能写得这么好看了,真厉害。"我竖起大拇指,她转头看着我。

"同学们,你们是光荣的小学生了,只要自己能完成的任务都要自己完成。我们为这个小姑娘鼓掌。"掌声响起来,辛芯不好意思地吐着舌头。

我是班主任,我知道我的重要性。面对小孩的第一次,需要用敏感的心去捕捉,然后是恰当地安慰、鼓励、欣赏,用教师的机智把握好

亲爱的小孩——唤醒与绽放生命

每一个教育时机，巧妙地把个体的生活故事转化为全班孩子的能量和营养。

"孩子们，不过呢，第一次做事情可能会很丑，可能会一团糟……都没关系，因为长大就是要出丑，出丑之后，才能长本领，欢迎你们来出丑。"我说。

辛芯扑哧笑了，孩子们也放松了。

老师的态度和做法，就是孩子们的方向，孩子也会敏感地捕捉。老师乐观包容的方式更能激发孩子的潜能，有利于孩子建立更好的思维模式和提升学习能力。

"同学们，遇到困难是哭鼻子呢，还是生气呢，还是不说话呢，你要怎么做？"我问。

"都不选！"

"小的问题请同学帮忙，大的问题请老师帮忙。"

"不能生气，妈妈说生气的时候就不聪明了。"

"我爸爸说，遇到不开心，要清楚地说出来。"

……

孩子们七嘴八舌地说。

辛芯也举起了手："嗯，不能害怕，坏事有时候能变好事。"

"辛芯瞬间变为哲学家，什么是哲学家呢，就是最有大学问的人，就是我腿上坐着的这个人。"我皱着眉头说，"哎呦，我的腿都酸了，大哲学家，你什么时候回自己的座位啊。"

孩子们哈哈哈地笑着，参差不齐的小豁牙书写着童真的美。辛芯开心地回到座位。

轻松愉快地收完剩下的本子，这节课的任务没有完成。

不完成又怎样呢？我们总是被"圆满""完成"等字眼束缚着，而疏远了和"真实"的距离。教育不是为了完成任务，教育是跟随孩子的

| 小天使 |

真实，进行开放的多元探索。

"生活就是学习，我们感谢辛芯，她哭了一场，哭得真棒！她让我们学习了处理困难的方法，也感谢大家。我真开心，我们这个小家真温暖。"我总结道。

课间我在教室观察他们。"首因效应"是最鲜明、最牢固的，如果第一次的经历能留下好的印象，这些经历会自然而然地促成他们对该类事物的积极态度。反之亦然。

"老师，我给你，给你讲个笑话，特别好笑的笑话。就说啊，有几个人在深山探险……"一个小孩打断了我的思绪。

她洁白的牙齿上冒着泡泡，小豁牙处漏着风，眼睛眯成一条缝儿，咯咯咯地笑着。

我觉得她的动作和表情比笑话本身更有喜感，我不由得笑出了声儿。

讲笑话的是谁呢？

你猜对了——辛芯。

家长感悟

都说不要做孩子的"差评师"，那我们就要学一学怎样做孩子的"好评师"，宋老师就是个中高手，不折不扣的"夸夸大师"。在孩子交作业的短短几秒钟里，就能准确、不重复地找到每个孩子值得夸奖的点。我想，这不但要有快速的反应，更多是源于长年累月对孩子的观察琢磨，理解和用心。

一个孩子哭了，面对孩子的自卑和恐惧，宋老师用耐心、爱心和教科书般的"好评"把孩子的负面情绪消弭于无形。"她是个爱美的小孩。她看到你们的名字写得很美,她觉得自己写得不美,她就哭了。"这是一个老师对孩子深刻的理解,孩子还不会用语言来表达内心,那么老师替她把心里的话说了出来。一个人如果能得到别人的理解,她的委屈至少会消失一半,尤其是一个孩子,尤其这理解中还暗藏着赞美:爱美之心人皆有之,爱美是一种多么美好的品质,你是一个有追求,懂得美的姑娘。接着,她把小女孩的自卑转化成了自信,"你的名字不但不丑,你比其他人更厉害呢",那一刻,我想除了这位辛芯小同学,全班同学的心里都埋下了一颗"美"的种子,还有一颗"独立"的种子。

好评的力量超乎想象,你看,眼泪也可以变成咯咯的笑声呢。

2019 届毕业生唐泓原的家长　张帆

读完这篇文章,脑海中不禁想起台湾散文大家张晓风的《我交给你们一个孩子》的结尾段,道出无数一年级新生家长的心声:世界啊,今天早晨,我,一个母亲,向你交出她可爱的小男孩,而你们将还我一个怎样的呢?!文中辛芯的家长,我想当您读到这个有关自己孩子的故事,一定会笑中带泪,忍不住再细细读一遍,因为孩子的班主任是如此关注每一个第一次上一年级的学生,从他们踏入校园,班主任把握每一个教育契机,正面教育引导,这样的老师一定会还你一个自信大方、向上向善的孩子。

2019 届毕业生周奕博的家长　易静

小淘气

静静地，慢慢地，不要吓着他。
即使再难，也要相信他，无条件地相信他。
给他希望，再给他希望，
即使他做不到也要给他希望，
一直在信任中给他希望。
我们会发现小淘气其实都很美。

亲爱的小孩——唤醒与绽放生命

○ 情窦初开的年纪，花心绽放的少年。透明的心事，纯净的情感，真得让人不敢直视，美得让人无语形容，就让他随着美好的愿望慢慢地生长吧。

表　白

每次见到他，他都会很绅士地和我打招呼。或是轻轻问好，或是浅浅微笑，或是立正鞠躬，绅士范儿中透着安静阳光。他叫阿铭，是传说中的隔壁班的男生，虽然近在咫尺，但是认识他的原因，是因为一次惊动全班的"事故"。

"老师——我受不了啦！"小队长曼曼连"报告"都没喊，径直闯了进来，她身后跟着一群叽叽喳喳的伙伴。

曼曼哭丧着脸，气呼呼地喊："隔壁班的阿铭，他，他，他竟然跑到咱们班，冲我说，他喜欢我——我的面子全被丢光啦。"她气急败坏

| 小淘气 |

地跺着脚，眼泪就要掉下来了。

什么？小学生这样的表白，二十多年来，我还是第一次遇到。

到了六年级，大多数学生不会把状子都告到老师这里，一是会让他们觉得在同学面前没面子，二来呢，不告状也以此证明自己长大了。有些自己解决不了的事，实在不能忍受的事，他们才私下里报给老师。中午休息时间，孩子们总是会生出各种"事故"来。虽说是休息，老师们都会全员警惕，"眼观六路，耳听八方"，以防万一，随时救场。老师们永远想不到，接下来会有什么稀奇古怪的"事故"来临。

我让曼曼坐下，她和我详细说起来龙去脉：我认识阿铭还不到两周。有一天中午，很多同学在操场玩耍，追着跑着，又笑又闹地玩，就这样认识了。然后他就和咱们班的男生打听我的事，咱们班男生都告诉我了。今天中午，我安排我们组同学做值日，还有部分同学在班里写作业或者看书，阿铭就在班级门口往里面看。我们班几个男生就过来问他干什么呢？然后，他们所有人就看着我笑。我也不知道他们捣什么鬼，我就喊男生们快点进来做值日。谁知道阿铭就一起跟着进来了。他趾高气扬地走到咱们班中间，还神气地坐在椅子上，我还没搞懂这是为什么，他就大声说"曼曼，我喜欢你"，大家都起哄，都笑我，我就跑出来找您了。

听着曼曼的委屈，我是又恼又想笑。正值豆蔻年华的女孩，毫无准备，大庭广众之下，这样的表白确实透着一股辛辣味儿。

"曼曼，你没错，也不用难过。"我轻松地安慰曼曼，"有人喜欢是一件好事，问题在他的方式……"

曼曼放松了些。

我和曼曼说，大家笑大家的，你只做一件事——认真组织好值日。他们起哄的目的就是觉得新鲜好玩，想看你的窘相，如果你平静如初，大大方方的，他们就觉得没意思了。曼曼答应着，显然有点将信将疑。

亲爱的小孩——唤醒与绽放生命

我告诉她，一会儿我找阿铭聊聊。然后起身轻轻拍拍曼曼的背，示意她放心。

望着曼曼挪着脚步走出办公室，我捉摸着，敢于这么直接，这么大胆表白的，是个光明坦诚的大男孩，还是个没心没肺的愣头青呢？我和隔壁班的老师打个招呼，准备约阿铭去聊聊。

秋天的午后，阳光真好，校园里全是奔跑撒欢儿的孩子，身影飘移，笑声回荡。阿铭坐在我对面，阳光透过银杏树的影儿洒在他身上，男孩顿时有了阳光的味道。

阿铭个头中等，身材苗条，长得白白净净，加上乳白色的休闲外套和牛仔裤，更显得阳光帅气。小小的眼睛，一副小黑边眼镜，一头蓬松的自来卷儿，神似《来自星星的你》里的都敏俊。阳光里，我问他答，直接而简单。

"阿铭，知道我为什么找你吗？"我开门见山。

"不知道。"他的表情平静，目光柔和。

"我是你隔壁班的班主任，你是不是去了我们班？"我单刀直入。

"嗯，是。"他不回避，也不躲闪，平静得似一潭高原的湖水。

"那你去干吗了？说说刚才的经过吧。"我直奔主题。

"没干什么，我在您班门口站着，他们做值日的几个男生把我拉进班里——"他停下来，似乎是不好意思说出来。

"哦，然后呢。"我追问。

"我就说——"他腼腆地笑了笑，"说——曼曼，我喜欢你——"

"好直接的表白，阿铭，我得表扬你的勇敢。"我是真心称赞他。

他看看我，不说话，也没有任何表情。我看着他，心想，这小男孩，好沉稳呐。我们俩似乎都在捉摸对方。

沉默中，想起朋友家的阿呆，也在北京的名校，就是因为喜欢了一个女生，写了张纸条，结果闹得风风雨雨。

纸条的内容大概是：

你很漂亮，很温柔，学习也很好，我很喜欢你，你做我的好朋友吧。

女孩把纸条交给了老师，结果阿呆被老师批评了，后来不知道是谁的主意，还请来了双方家长。老师和家长让阿呆保证，以后不能这样做，要好好学习，天天向上。家长也保证回家教育阿呆。当着大人的面，阿呆给女孩道了歉。

事情过去之后，阿呆再不敢表达自己内心的喜欢了。口口声声总是说："女孩子都很讨厌，又娇气又矫情，才不喜欢她们呢。"这件事似乎让他很没面子。

看着眼前的阿铭，接下来我该怎么做？他就那么安静地坐在阳光里，依旧平静地看着我，不说话。沉默里，我们都各自想心事。或许他根本就没想，是我想着他在想吧。我看着他的样子，不禁笑了笑，还是我先开口。

"阿铭，你知不知道你的表白，给曼曼带来了什么呢？"

他轻轻摇头，他或许真的什么都不知道，只想表白一下。我看着眼前这个小男孩，怀着无限的好奇。

我和阿铭说出自己的想法：你很有礼貌，这是刚刚接触你的这几分钟你给我的印象。老师不是来批评你的，我只是和你聊聊。因为你的表白，班级很多同学都在笑曼曼，曼曼在班里简直无地自容了。你想，曼曼好无辜啊，你热情的表白给她造成了困窘，全班都知道了你，她此时在班级里非常尴尬。你的坦诚没有错，可是你的方法不太妥当啊。你最初的想法，是想让曼曼知道你喜欢她，是想让她开心，并不是想给她带来麻烦，对吧？

阿铭不好意思地点着头。依然安静，认真地听，抱歉地微笑，两个

亲爱的小孩——唤醒与绽放生命

手指有节奏地动着,清澈的眼睛看着我。

我继续说着我的。如果喜欢一个女生,也想让她同样关注你,就想想用什么方式告诉她,才是最妙的呢。让她能够感受到你的态度,为她着想,不要吓坏她,才是最重要的事情。如果以自己的魅力引来了女生的欣赏,那该有多酷,你说呢?

阿铭微笑,点头。

别管现在还是将来,喜欢一个女生,不急着表白。还有啊,想想怎样保护好她,体现一个男子汉的担当与智慧,有勇有谋,岂不更好?

阿铭"嗯嗯"地表示同意,看他郑重的表情,我想笑却不敢笑出来。谈话结束,我问阿铭你知道怎么处理吗?

阿铭说,谢谢老师,懂了。

"阿铭,你这么有修养的男孩,未来一定会有很多女生喜欢你。谈话结束,祝你好运!"我起身要走。

他看着我,笑得依旧很腼腆,但是一点也不躲闪,没有要走的意思。

"老师,我真的,很喜欢曼曼。"阿铭说了今天分量最重的话。

"哦?我信。那你喜欢她什么呢?"我又坐下来,想知道这个男孩一见钟情的冲动是什么。

"她性格特别好,活泼开朗,还很幽默。"阿铭眼睛里放着光,"我们第一次在一起玩,她就吸引了我,她头发很长,特别好看。"

"嗯,阿铭,用真心去欣赏,用智慧去保护,不管现在还是未来,你喜欢的女生也会喜欢你。"我说。

他深深地给我鞠躬,再次说谢谢,然后从容地离开。

银杏叶儿金灿灿地地跳着舞,就跟在他身后,秋天的味道很浓。我回味着他们美丽的"事故",伸开手臂,做了个伸展,仰起头,银杏叶间穿过几束阳光,洒到我的脸上。

有一天放学,曼曼的家长没来接。

| 小淘气 |

"曼曼，阿铭呢，我和他谈过话了，他有打扰你吗？"我轻松地问。

"哦，老师，没有啊，他给我道了歉，特别真诚的那种。他说要加我微信，做好朋友，我就通过了。大概俩星期了吧，也没聊天。"曼曼说得轻松。

看来这次表白就是个表白而已，什么都没什么。这是每个人成长中的功课，当它发生的时候，顺其自然地引领就好了。希望每个孩子最初的美好冲动被世界温柔以待。

情窦初开的年纪，花心绽放的少年。透明的心事，纯净的情感，真得让人不敢直视，美得让人无语形容，就让美好的心意伴着他们慢慢地成长吧。

学校门口，梧桐树下是一片蔷薇。晚风轻轻吹着叶子，叶子轻快舞着身子，曼曼哼着小曲儿在等着妈妈，我靠在栏杆上欣赏着曼曼飘飞的长发，心里琢磨着都敏俊一样的阿铭。

家长感悟

早恋现象不仅仅是初中和高中的学生才有的事，小学高年级出现懵懂的喜欢也不罕见。如何面对和处理这一现象，这是摆在班主任老师面前的难题。处理好了，问题消失了，家长和学生都满意；处理不好，不仅会带来沉重的思想包袱，有的学生还会因此走向极端。老师处理问题的方式是智慧的，润物无声般化解了矛盾，少男少女都解除尴尬，还成为好朋友。老师对男生阿铭说的话，真诚可信，沁人心扉，就连身为爸爸的我，也会情不自禁地表示赞叹。摒弃简单粗暴的批评教育，晓之以理，动之以情，耐心细致，做深做透，真实自然，不留痕迹。这篇文章从现实来讲，为如何面对和处理学生早恋现象提供了一个好的经验和范本。

2021届毕业生吕滢的家长　　吕德志

亲爱的小孩——唤醒与绽放生命

六年级的孩子对于异性的情感懵懂而简单，保护好孩子们最原始、最早的那份萌动是每个家长和老师应该用智慧去应对的，正确地引导孩童阶段对异性的喜欢，坦荡豁达地去处理这些事情，从小树立正确的异性观。喜欢人人会有，只不过有人表达了，有人埋藏在心底，这是一个自然的状态。到了一定的年龄，爱慕异性也是自然的，我们大人自然地接受就好了。

2020年毕业生李玉琳的家长　刘宏宇

| 小淘气 |

○ 当孩子感觉到你在教育他的时候，教育就已经失败了。

腕表丢失以后

探案绝对是一件增长智慧的事儿。福尔摩斯探案凭的是本事，老师探案靠的是爱心。每当案子来了，就想念福尔摩斯，脑子里幻化出循着蛛丝马迹深入的思路来。

那个秋天，一个平常的周末，又接到新"案子"，案发时间却是两周以前。报案者是晓晓妈妈，她的儿子晓晓丢失了限量款纪念手表。

晓晓妈妈委婉地表达了想法：

两周前，我儿子把手表丢了。这孩子，丢了也没说，后来我翻儿子的书包，问起这事，他才告诉我。我们也怕给老师添麻烦，再说孩子到底丢哪儿了，什么时间丢失的，也不确定。他自己说在班级丢的，我们又不清楚，我只是和您说说，并没有非要找到的意思，您是老师，您有丰富的经验。

有一个细节，我得和您讲一讲。咱们班墨墨说，他曾经在几天前发现久久戴了一款和晓晓一模一样的表，老师，我没有别的意思，一样的东西很多。不说，我心里老搁着这事，和您不见外，我就直接说。我家晓晓和墨墨周末一起上作文班，他们俩一起从商场买了同款漫威联名的美国队长的纪念表。墨墨是黑色的，晓晓的是白色的。

老师啊，这确实有点巧合，我总是觉得心里不踏实。当然我希望这是个误会，但是如果孩子真的有了拿别人东西的坏习惯，就非常值得注意了。不过，您千万放心，我并不是说您非要帮助找到手表。和您说说呢，看看您有没有机会问一下，我也只和您一个人说，麻烦您了。

一块纪念手表，过去了两周，涉及三个孩子……从哪儿入手调查呢？这才是难点所在。

人须在事上磨炼，做功夫，乃有益。若只好静，遇事便乱，终无长进。

那就听阳明先生的话，再长进一点。

调查任何案子，有经验的老师都会思考一下孩子背后的家长。知己知彼，方可入手，先画个像，很有必要。

福尔摩斯探案非常注重调查研究，我蹒跚学步，定有收获。

墨墨是知识分子家庭，爸爸妈妈对孩子要求细致，也严格，把儿子教育得本本分分。

晓晓的妈妈和爸爸开了一家文化公司，家长都知书达理。晓晓妈妈很好沟通，对儿子的教育要求高，处事很豁达敞亮，属于尽力做好自己的事儿，从来不给老师添麻烦的家长。

久久的妈妈，接触过几次，她快人快语，简洁率真，我们聊过孩子

| 小淘气 |

的教育问题,她对儿子的教育属于自由生长型。

久久的妈妈,可能并不是很了解自己的儿子,不能贸然地问。

这可真是个麻烦事。时间太久了,没头绪,既不能大张旗鼓,打草惊蛇,又不能不闻不问,应付了事。

我琢磨着这三个孩子,思考着事情的来龙去脉:墨墨,安静平和,踏踏实实,热爱集体,就像博大深邃的蓝色;晓晓,活泼单纯,敏而好学,博览群书,就像纯洁无瑕的白色;久久,淘气热情,机灵聪敏,创意不断,就像激情热烈的红色。从一年级领他们进校园,两年多来,往事历历在目,我很了解这些小孩,他们就像花园里的花,各有各的特色。

福尔摩斯探案还有一种精神,就是对案子极端热情,极端认真。热情加认真,思考着案子,凝视着眼前有趣的简笔画:

一棵大树,一朵小花,配着稚嫩的字——教师节快乐。署名:淘气又可爱的久久。

"老师,我的头发……哎哟,哎哟……"久久无奈地喊着。我一看,妈呀,口香糖粘在头发上了,裹成了一团。我急了:"谁给你弄的?"我真是无语。

"我,我自己,玩的——"久久歪着脑袋说。

再细问,他老实交代了。原来是上课偷吃口香糖,数学老师让他回答问题,匆忙中只好把口香糖攥在手心里,玩着玩着就忘了,粘到头发上。

我真是哭笑不得:"摘不下来,晚上回家让妈妈给你剪了吧,剪个秃瓢,下次就粘不上了,违反规矩是要付出代价的。"我根本没法弄干净,他就那样顶着口香糖的团团回了家。

稀奇古怪的事,层出不穷。自食其果的味道,小孩子自己能品出来吗?

"老师,不好啦,不好啦,久久——久久——撞到电线杆子上啦,

亲爱的小孩——唤醒与绽放生命

头上……头上撞了个大包……"中队长上气不接下气地冲进我的办公室。

我扔下饭碗,飞奔出办公室,远远地看到坐在地上的久久。

我拉起他,一路小跑直奔医务室,看着他额头上渐渐变紫的大包,真为他揪心。

他吓坏了,龇牙咧嘴,不住地说,特别疼,脑袋疼,真疼呀。

校医处理的当儿,我为了分散他的注意力,赶紧问问情况。他告诉我,吃完午饭着急跑出去玩,为了全校第一个冲到操场,跑得太快,就撞到那根杆子了。

哎,我的神呐!那杆子一直在那儿,你进校门时就在那儿,都三年级了,我说什么好呢?牛顿被苹果砸中,发现万有引力,你去撞杆子,有新的引力发现吗?久久,我真觉得你是个奇才。

他一边嘶哈嘶哈地喊疼,一边苦笑着,我拉着他的小手,心疼着。想着这些雷人的故事,发生在久久身上,一点儿不奇怪。但是,类似丢失手表这样的事,可从没发生过。

断案,无论怎样都要小心翼翼,无论怎样都要保护好孩子的自尊心。真情打动他比查出真相更重要。

这个纪念表,我该怎么找?

周一上课,我有意无意地观察了孩子们戴的手表,久久没有戴表。中午的时候,久久在操场爬栏杆,被值周生送回我的办公室。

"上学两年多了,你是个让老师省心的孩子吗?"我语重心长。

"不是。"久久干净利落。

"老师多希望你改掉身上的那些坏习惯,成为更加出色的孩子。你想吗?"

"想,当然想。"

"那你愿意接受老师的帮助吗?"

| 小淘气 |

"愿意。"

"那好,今天就把你这个学期已经改好的地方一一列举出来,画颗星星;还需要改进的事呢,打个问号,我们一起努力。"

"好!"

两节课后,久久大概写了十来条,有我知道的,有我不知道的,但是我没有看见我想要的那条。

我们不能怀疑任何孩子,但是教育依然要进行。当孩子感觉到你在教育他的时候,教育就已经失败了,必须怀着谨慎再谨慎的心。

三天就这样过去了,手表的事仍然没有任何进展。

课间,我会见了墨墨,想要欣赏一下他的腕表。MARVEL——美国队长,蓝色的腕表,镶着红色边,表盘图案是红白相间的神盾标识,看起来很是炫酷。

墨墨告诉我,晓晓买的是白色款。墨墨还认真地说,有一天看见久久也戴了一个和晓晓的一模一样的腕表。

第四天,仍然一无所获。

断案得有缜密的逻辑思维,严谨的推理过程,还得具备丰富的想象。让久久把表拿来才是关键,这怎么做得到呢?

对面的数学老师正在无奈地发着唠叨:时、分、秒的知识讲完了,时钟掌握得不太好,现在的表带指针的也少了,孩子接触的少,怎么都算不清时间的账……

什么?什么?念念不忘,必有回响,我的脑子里灵光一闪。

我无比期待着第二天来临,期待奇迹的诞生。

晨检时间,我装模作样地和数学老师一起查学具,久久忘记带表了,我有点失望。

我例行查全班的记事本。久久记得很全,妈妈签了字。

蹙眉细看,哦?不对,这个小机灵鬼,他竟然把带表的那一项擦掉了,又重新描画的,印痕还清晰可见呢。好啊,人小鬼大,此地无银三百两。

敏锐的观察力是侦探第一重要的素质。

我悄悄问他为什么。久久吞吞吐吐地告诉我,涂着玩呢,就真给忘记了。我问他有没有手表,他说有。再问他放在哪里,他说在家里的书柜上。

"好,我让妈妈给你送来吧,在书柜第几层?"我平静地问他。

"不是,老师,可能在床上,我不记得放哪里了。"久久支支吾吾起来,但是很镇静。

我让他确定到底在哪儿,我要给他妈妈打电话。久久的眼神忽而开始躲避,摆弄着手指,不看我。尽管我提醒他几次确认放的地方,他说了很多个地方,都没确定到底在哪里。

在没有把握之前,不要惊动孩子,保护好他的心才是最重要的,或许又是个巧合呢。

我在教室外面转啊转啊,把前因后果都想了一遍。深思熟虑之后,我拨通了久久妈妈的电话。

开门见山,聊了聊孩子最近的学习状态,我试探着问她有没有看到带表的那项作业。她告诉我,孩子说老师后来又说不用带了,就擦掉了。我有一搭无一搭地问孩子有没有手表,妈妈说他好像有个白色的腕表,说是同学送给他的礼物,她也没有很在意。

久久妈妈没有说什么,我也没再问什么。

挂掉电话,伫立窗前,凝望远方,斑斓的秋色不知什么时候已经在窗外等候了。

今日原头,黄叶飞成阵,知人闷,故来相趁,共结临岐恨。

| 小淘气 |

我不要词人的"恨",我要"趁"就好,刚刚好。

中午管理班时间,我约久久到楼道的尽头。

教育探案是保护,我们不能一厢情愿,做出哪怕一丁点儿错误的判断。即使事实确凿,也要给孩子留有空间,成长即出丑,为师者以慈悲为怀。

"我给你妈妈打电话了,你的白色手表在家里,但是我不想让你妈妈送来了。"我说。

我刚停下,他就反问我为什么。

我没有回答他,继续说:"我问你几个问题,希望你诚实地回答我。只回复'是'或者'不是'。"

我面对的是个九岁的孩子,我既不能伤害他,也不能纵容他;既要小心呵护,又得解决问题。看似做好了准备,其实我心里真没底。

凡是孩子的错误,不到万不得已,绝不要从大人的嘴里指出来,一定要孩子自己说出来。我不知道为什么这样做,但是我从来认为就该这样做。

一个好的侦探一定熟谙并善于运用心理学。我告诉自己慢慢来。

我在楼梯拐角,他站在台阶上。每次和孩子对话,我习惯让孩子和我平视。

"你是个聪明的孩子吗?"

"是。"

"你是个淘气的孩子吗?"

"是。"

"老师是不是一直在帮助你进步?"

"是。"

"老师是不是从不愿意在同学面前指出你们的错误?"

"是。"

"男子汉的尊严是不是很重要?"我调了 1.25 倍语速。

"是。"

"你是不是很信任老师？"我盯着他的眼睛。

"是。"

"你是不是想让自己变得更好？"我继续加快语速。

"是。"

"那你是不是在老师的面前应该很诚实。"

"是。"

"数学课不带手表来，是故意的吗？"

"——是。"他放下眼皮儿，不再和我对视。

站立，沉默。

除了呼吸，没有任何声音；除了眼皮儿里包着的眼珠儿微微地动着，没有任何动作。

我一直相信安静可以产生无穷多的可能。等待是漫长的空白，守护好那片空白，那里汇聚能量，也生长希望。

沉默，站立。

"孩子，告诉我，为什么不带来？"过了几分钟，我放慢语速，只有 0.5 倍速。

"不，不想带。"从牙缝里挤出的声音。

"为什么不想呢？"轻柔地问。

"因为，太好看了。"久久的声音很小。

"为什么太好看就不想带呢？"我也调低了音量。

"因为——"久久的眼睛里转着圈儿的盈满了泪水，他努力控制着，不让它掉下来。

"久久，你抬起头，看着我，我还是你信任的老师，你还是我喜欢的孩子。"我说。

久久的脸通红，眼里水汪汪的，他咬着嘴唇，忽然又叹着气，小脸上的肌肉微微地颤抖着。

"呜呜……"久久的眼泪夺眶而出，"那表，不是我的，是我，偷，

| 小淘气 |

偷的，偷晓晓的。"哭声伴着含糊不清的话。

这是一个孩子对大人的信任，也是一个孩子莫大的勇气，更是一个孩子拔节似的生长瞬间。

他抬起胳膊，用袖子擦眼泪，挡住眼睛。他小小的颤抖的身体绷得很紧很紧，脑门上渗出细密的汗珠儿。

他一直哭，良久。

安静往往蕴含着巨大的力量，这种力量不能被打扰，它脆弱而敏感。我相信某种东西正在他小小的身体里生长，努力地生长。我分明看到了它努力向上的样子，似乎要挣脱什么；我分明听到了生长的声音，脆脆的，响响的；我分明感受到它生长得如此顽强，拼尽全力……

我看着它，看着它生长。

我轻轻地移开久久的手臂，用纸巾轻轻地帮他擦去眼泪。

"别哭了，孩子，老师知道你不是故意的。成长中的小孩哪个不犯错误呢？老师常对你们说'成长即出丑'。你出丑了，就成长了，而且那也不叫'偷'，你只是觉得它太好看，你太喜欢了，就忍不住拿走了，对不对？"

久久使劲地点头，伴着扑簌簌的眼泪。

"久久，这些天，你内心很矛盾，也很担心，还有害怕，对不对？你是个好孩子，只是不小心犯了错，有些后悔，是不是？"我说。

久久使劲地点头，不住地吸溜着鼻子，眼泪一串儿一串儿的，似乎要把地面砸出个印迹。我轻轻地抱了抱这个小家伙，拉着他的小手，下楼梯，走向操场。

中午的阳光很亮，秋后的色彩很美。跑道上，我们俩一圈一圈地转，我边走边自言自语地说着。

不经别人允许拿了人家的东西，肯定是不对的。当做了错事，内心就不安，就害怕，人就变得不美好了。

亲爱的小孩——唤醒与绽放生命

人的一生中，遇见的好东西太多太多了，不是自己的，只欣赏一下就好了。所以啊，要禁得起诱惑才是真正的男子汉。

我想每个人都有可能第一次犯错误，第一次也是最后一次。每个孩子都是诚实的好孩子，都是老师信任的好孩子，也是同学们喜欢的好孩子。我不想让更多的人知道，这是咱们俩的秘密。明天就把表拿来，悄悄地给我，如果妈妈问，你就跟她说，送给你表的同学又后悔了，要你还回去。

微风轻轻地吹着，我们俩拉钩上吊。阳光肆意地宠爱他，宠得他睁不开眼。

"久久，看你的脸，像个大花猫，去把脸洗干净，等下课了，再回班，这样大家不会注意你。"我轻轻捏了他的小脸。

久久不好意思地挤出了一个微笑。哒哒哒哒，又是一阵风似地跑走了。似乎我只给他讲了个故事般的欢悦。

嘿，小孩！做小孩真好。

第二天一早，我的办公桌上，放着一个彩色的小纸袋子。红黄蓝的彩条，很是绚丽。"RYB"三个胖墩墩的英文字母，跃然彩条之上，透着俏皮活泼，这多像孩子们的童年，多彩而欢快。

没人的时候，我打开袋子，是那款颜值很高的白色纪念款手表。美国队长的神盾标识很是耀眼，我仿佛看到神盾正在聚集能量。

晚上，我打电话给晓晓妈妈。她立刻说，我会告诉晓晓，妈妈在家里找到了你的手表。

我们约定，要保护好每一个孩子，这是我们的秘密。很多事情上，我们总是能GET到对方的心意，和这样的家长交流起来，总是很舒服。

孩子最初的世界是纯白的，渐渐地，他们都有了属于自己的色彩，组成五彩斑斓的世界。

色彩没有分别，它们都是大自然的孩子，只是不同而已。

|小淘气|

家长感悟

　　孩子的心是最纯净的水晶，任何负面信息的输入都是向其中掺入杂质的过程。一旦有了杂质，就会伤到那些最娇嫩最纯真的部分，将他们从美好光明的路上带走，引入歧途。所以，无论是家长还是老师，我们要格外小心地去察觉，在每一次和孩子沟通时都确保自己相信他、爱他、接纳他的至善之心。这个故事里的老师对涉及的每个孩子都没有草率沟通，而是分析他们的特点，有针对性地制定沟通策略。特别是对拿了别人手表的小淘气，用了教练式沟通方法，每一句问话里都包含了对孩子正向的肯定理解，从而让孩子自己主动说出真相，认识到错误，勇敢地打开了心门，第一次也是最后一次。

2015 届毕业生孟尚骏的家长　韩彦

　　故事让人泪目，被老师的用心感动；被孩子知错后不知所措的哭泣感动；被文章中老师的观点感动：教育是保护。在孩子成长的轨迹中，他在不断试错，又不断被纠正。他所犯的错，就像一枚硬币，正面是问题，反面是成长。蹲下来，给手足无措的孩子一个拥抱，帮他擦去泪水，听听他的解释，拉着他的小手一起面对，一起解决。孩子的世界是纯白的，帮他在白色的世界中填充丰富的色彩，引领他走向溜光大道。孩子的成长只有一次，幸运的人一辈子被童年治愈，不幸的人一生都在治愈童年。真希望每个孩子都能遇到智慧的妈妈，智慧的老师，有个能治愈一生的童年。

2019 届毕业生郝旷程的家长　王婷婷

亲爱的小孩——唤醒与绽放生命

　　○"溺爱"有时候是一束光,尤其是对敏感的孩子。只有在光的照耀中,才可以让他精彩绽放。

老师,您溺爱我儿子!

　　刚毕业的老师,对于原生家庭的教育方式,是不可能有资格去影响的。即使是对于经验丰富的教师,有时候也是无能为力的。因为每个家庭都认为自己的做法是对的,只是自己家的孩子不争气罢了。他们只看到"别人家的孩子",而从来看不到"别人家的家长"。

　　"老师,您溺爱我儿子!"这是一个妈妈义正词严的质问。面对这突如其来的指责,我一下子不知所措。

　　事情发生在我刚毕业后不久。那时候我教四年级,一个班54人,语数包班,我一个人教。我用一副扑克牌把孩子们聚在一起。除了班长

| 小淘气 |

和中队长是大、小王之外,其余孩子抓阄确定自己的代号。

课堂上,活动中,我们都以"扑克"组合出牌,任性随机,妙不可言。

第一次见到红桃K的妈妈,她给我留下了深刻的印象。她穿着黑色半高跟鞋,看起来有近似一米七的身高。浅浅的茶色眼镜,卷卷的棕色短发,上穿米色格子的西服外套,配上深咖啡色的西裤,再配上精致的手提包,洋气而干练……在十几年前的小县城,这绝对是时尚的引领者。

看着她,我愣愣地没反应过来。我溺爱你儿子了?这是什么理论呢?

红桃K真名令狐博,是一个让人伤脑筋的男孩。刚刚接班的时候,我就发现令狐博的与众不同——坐不住。

跟班的年级组长告诉我,他像只猴子,翻墙、爬高,带着一帮孩子闹腾……有时候,他明显是故意的,想引起别人的注意。

新换了老师,一上来就把威严放第一位,有问题就批评,铁定掉进他的"思维陷阱"。

我们暗暗的较量中,我保持着不上当。他的眼神毫无掩饰地出卖了他,他经常边瞟着我边搞破坏。我准备缓一缓,看看他到底会变出什么花样来,也给自己时间,寻找教育契机。

小学六年,在换与不换老师的论辩中,我主张换,特别是对"特殊"的孩子或许是个转变的契机。

大概过了半个多月,课堂上分析应用题,几个同学发言后,分析得都不是很清晰。

令狐博特别兴奋地蹲在椅子上大喊着:"我,我,老师——我!"他把手举得笔直,还故意把声音拉得老长。

"既然你的声音最响亮,你肯定分析得最好。"我走到他旁边看着他。

他跳下椅子,认真地站好,小手紧紧贴着裤子,不紧不慢地开始分析,可是还没分析完,身体又开始扭摆起来,腿又要上椅子。

"我是不是料事如神呢，站得最高的，才是最有智慧的。一道题就看出令狐博思维敏捷，条理清晰，表达清楚，真不错！"我故意提高了他的"地位"。

他嘿嘿地笑着，摸了摸头，吐了吐舌头，得意地坐下了，而且比哪一次坐得都端正。

"令狐博，原来你数学学得这么棒，为什么不显露身手呢？看你上课不怎么听讲，都能回答得那么好，如果你能安静地听讲，可能很少有人能比得过你呢，要记得你可是了不起的红桃K哦。"下课了，我抓住机会赶紧跟进。

令狐博红了脸，又不好意思地挠挠头，一阵风似地跑去玩了。

第二节课后是课间操，令狐博一改往日的吊儿郎当，竟做得如此认真。他的眼睛又出卖了他——时不时地瞟着我。

我装作看不见，不和他的目光对视。有时候，迟到的肯定和迟到的表扬同样会有一种巨大的魔力。

绝大多数老师都喜欢懂事守规矩的学生，我当然也不例外，这样的学生省心啊。但我也欣赏那些活跃的有点个性的学生。他们顽皮、个性十足，创意无限，灵性使然，充满魅力。想尽办法挖掘他们的潜力是别有趣味的挑战。

第二天一早我就和同学们说：其实人人都会把课间操做得完美，秘密就在于态度。我发现了一个标兵，他动作规范，做操有力，可以和领操员比美。明天开始，他做临时体育委员，他就是令狐博。

孩子们都是最善良的天使，教室里立刻响起了热烈的掌声。

令狐博努力地做好每一件事，一本正经的样子经常惹得我们开怀大笑。

"笑什么笑？"他一半嗔怪一半自豪地说："请叫我红桃K。"

令狐博努力地生长着，精彩的发言，纪律的转变，成绩的节节上

| 小淘气 |

升,我们都很快乐。

期中考试,语、数、英三科总成绩,他神奇地考进了班级前十名,这是巨大的惊喜。

红桃 K 依旧还是红桃 K。上课时,他依然喜欢蹲在椅子上,依然喜欢接话茬儿,叽里咕噜的不老实。但这对于一个进步中的孩子来说,又有什么影响呢?

期中过后,令狐博妈妈突然来访。第一时间,我滔滔不绝地夸奖起令狐博来,什么思维敏捷积极上进啦,什么懂道理工作负责啦。令狐博妈妈不动声色地审视着我。

"老师,您有没有搞错?我是令狐博的妈妈。您不了解,我的孩子不是这样的,他老是犯事儿,我经常被请来,都习惯了,这俩月竟然没有一点儿动静?"她突然抢过话反问我。

令狐博曾告诉过我,他的爸爸妈妈都从事管理工作,这第一次见面就透着领导的风范。

淡淡的香水味儿,环绕着我们,这是给我的一点安慰。

"老师,您溺爱我儿子!"令狐博妈妈质问道,"他怎么能这么快就没有毛病了呢?"

我的天呀,多些表扬和欣赏,我就溺爱你儿子了吗?毕业不久,和家长谈话是没有什么底气的。工作之后才知道,课本上学来的那些东西,到了真正的问题面前,都在九霄云外飘着,根本不着地儿。遇上些不接地气的家长,就更加无所适从。

我只好乖乖地和她讲起令狐博的变化。他的小淘气肯定是有的,但都没啥妨碍。原来他淘气,总是爱蹲在椅子上,我们俩协商一下,座位调到最后就好了。他没有故意违反纪律,按照我们的约定,尽量做好自己就行。

"老师,放前面他都不听讲,在后面能认真吗?"妈妈很担心。

"后面他可以很自由啊,蹲椅子上、站椅子上,都没人看见,既不打扰别人，又解放了他自己，一举多得啊。"我很自信地补充。

不得不说，我们的教室真的很给力，是个借来的礼堂，估计可以放得下二百个学生。

"嗯，您的方法独特，您教育有方。"令狐博妈妈的话意味深长。

"这方法适合他，教育的方法好不好，看结果就知道；现在的方法对不对，未来就知道……"我说得眉飞色舞。

"我希望您告诉我孩子真实的情况。"令狐博妈妈很平静。

"我说的都是真的，再说，我没有理由非要溺爱他呀。"我回复得也很平静。

我们俩话不投机，谈话不欢而散。

红桃K依然喜欢蹲在椅子上听讲，喜欢手里摆弄着东西，喜欢想说就说的快感。平时吊儿郎当的，特别贫嘴。

他只要一上岗，工作起来有板有眼。上操的事交给他，我就不用操心了。大方向没错，纠缠小事无益，继续我们俩的新约定。

"溺爱"有时候是一束光，尤其是对敏感的孩子。只有在光的照耀中，才可以让他精彩绽放。

那天，令狐博很委屈地和我说："老师，我妈不相信我有那么好，真的，我已经很努力了。"

"都怪你原来太淘气了，总有一天妈妈会相信的。或许是妈妈故意不相信你，让你更加努力呢。"我微笑着安慰他。

"您不知道，她不信我也就罢了，还老说我这不好那不好，和别人一比，她儿子就没有优点了。我爸也是，跟着帮腔，他们俩只会挑我的毛病，打击我的信心。要么是乒乓混合双打，要么是俩人一人一杆打我进洞。"令狐博无奈地调侃着。

"你是红桃K！那就玩命努力，优秀给他们看啊！"我只能继续鼓励他。

| 小淘气 |

我和令狐博的师生缘分仅仅一年，彼此信任，互相欣赏。升入四年级的时候，他们五个班变为四个，我是抓阄抓来的班；升入五年级，他们又重新分班，四个变为六个。属于我的班在历史上只存在过一年。这之后，我改教全校高年级的毛笔写字课。

境缘无好丑，好丑在于心。

师生相遇一场，彼此不辜负，相互都成长。

"令狐博——红桃K，我真的溺爱你了吗？"我的脑海里时常被这句带着锋芒的话打扰。

墨韵琴音，毛笔写字课的好时光是舒缓的，也是浪漫的。时光荏苒，一年半过去，又到了春寒料峭的时节。

下课后，我提着笔墨，抱着宣纸正要回办公室，半路被副校长拦截下来。

她告诉我，有个家长找我。家长说找她儿子四年级时的班主任，姓宋，大概是你，家长挺着急的，留了个电话。

自从教了写字课，和家长联系得不多。尽管每周18节课，周末加半天兴趣班，也累，但是心不用老是绷着，少了那么多没完没了的琐碎事，精神还是放松的。

浸在墨香里，不做班主任，这样的好日子只有两年。怎样的好呢？"心静即声淡，其间无古今"，白居易的《船夜援琴》画出如此境界。

电话那端竟然是令狐博的妈妈，这让我惊讶不已。

她说有件事想麻烦我，然后迫不及待地说了起来："以前我错怪您了，总认为您溺爱我儿子，夸张了儿子的优点。哎，令狐博青春期，正和老师较劲呢，老师说什么都顶嘴，我已经被叫去学校好几次了。他在家也闹脾气，不学习。老师啊，再有三个月就要毕业了，我简直没有任何办法，愁死人了。"

71

亲爱的小孩——唤醒与绽放生命

我赶紧回应她。以前的事都过去了，孩子都有犯脾气的时候，让她注意和孩子沟通的方式。建议孩子爸爸和他聊聊，男孩子大了，有了自己的思想，男人之间沟通更方便些。

令狐博妈妈立刻激动了起来："他爹还不如我呢，爷俩一谈话就吵架，孩子太倔强了，根本听不进话去。想找个家庭教师吧，他死活不让。"

我似乎猜到了她的用意——无事不登三宝殿啊。

"那天，儿子突然和我说，要是宋老师来家教，他就同意，说您理解他，他听您的话。老师，我怪不好意思的，只能找您帮忙了，真是给您添麻烦了。"令狐博妈妈说得很诚恳。面对突如其来的请求，我心里不太愿意。

家教总是让人觉得有些不够光明正大，而且学校并不鼓励老师给自己的学生去做家教呀。

可是，红桃K到底逆反到啥程度了呢？他是个很有潜力的孩子，大人的请求可以推辞，孩子的心不可辜负，如果能让他变得更好……

我拿着电话正在犹豫的时候，副校长搭话了："小宋，这孩子最近在学校闹出名了，孩子能想到你，说明他真听你的，你试试吧。"

这下，我没有了退路，当然，也无所谓压力。

第一天去令狐博家，只有令狐博自己在，我并没有给令狐博补什么课，他说他的作业都写完了。那一晚，我当了俩小时听众，令狐博海阔天空地侃，眉飞色舞地聊，手里摆弄着红桃K。

原来，令狐博只是需要个听众，他选了个自己信任的"杂货店"。

"解忧杂货店"就是让无数人被它温暖、治愈。它最打动人的就是每一种烦恼都会被认真倾听——哪怕只是想恶作剧一番的孩子，也会在第二天从浪矢杂货店收到回答。杂货店的浪矢爷爷坚信"人的心声绝对不能无视"。

我，就是令狐博的"解忧杂货店"。

| 小淘气 |

情绪激昂时，他拿出一顶小黄帽："老师，您看，这个帽子，我一直留着，都没舍得戴，您看——"

"安金鹏！励志帽！"我没想到这看似大大咧咧的男孩真有心。小黄帽已经发白，显然好久没戴了。那是我给他们读过的文章《贫困是一所最好的大学》里的主人公。接班后不久，我从《读者》上看到这个故事，当我饱含深情地读故事时，安金鹏的精神赚取了我们师生无数的眼泪（多年以后，主人公澄清了，故事还有另一个版本）。

令狐博自顾自地说："您读完故事的那天，我就把安金鹏的名字写在了帽子里。谁知，嘿，被我勤快的妈给洗了。我又描写了一遍'安金鹏'，索性不戴了，就当古董珍藏了。"令狐博的脸上洋溢着自豪。

"红桃K，真想不到啊！你被安同学的精神鼓舞着？妈妈为什么又让我来家教？"我说。

"嘿嘿，嗯。其他老师不喜欢我，我也不喜欢老师——"他想继续他的理，我必须打断他。

"喜欢不喜欢都得喜欢，你得跟老师好好学习。妈妈让我和你聊聊，看看你需要什么帮助。我得完成妈妈交给的任务啊。"我不能再"溺爱"红桃K。

"老师，不用，我会好好学习的。我保证，毕业之前不和老师顶嘴了。老师，下次您来，我带您去打乒乓球啊！"说着就挥起了拍子。

"我是来陪你玩的吗？令狐博，这可不行，我忙着呢。"我必须正经地和他说。

"您放心，放心，没问题的。"他淘气的本性不改。

"一言为定，下周我约会你的班主任。"我正式地告诉他。

孩子成长的路，需要有人倾听，有人欣赏，有人理解，这或许也是必不可少的营养吧。

第二次去他家，我一进门，他就兴奋地喊："妈，作业写完了，我

亲爱的小孩——唤醒与绽放生命

带着老师去打球啦。"

　　妈妈不解的眼神里，他一溜烟儿跑下楼。我和他妈妈说先随着他，我再替您"溺爱"一下，好完成您交给的任务。

　　令狐博搬出二八大杠自行车，非要我坐在他的后座上，他说这样快一些。我只能勉为其难。我们一路颠簸，直奔球馆，一大排崭新的球案子一列排开，几个球手激战正酣。

　　我凭着小学时乒乓球校队的底子和令狐博较量一番，机灵的令狐博很快就找到我的弱项，拉弧圈、上旋、下旋地不断变换球的落点。我用连续稳、准、狠的强攻拿下首局。

　　第二局他的球更狡猾，把我杀得落花流水。

　　"老师，一比一，平局。嘿嘿，谁都不丢人。走，我带您去打台球去！"令狐博情商高，我知道他手下还是留了情的。

　　这似乎是我第一次打台球，看似简单，其实好难。

　　"来，老师，令狐教练教您。"当老师的时候，令狐博无比地认真。

　　那一次，我学会了怎样把台球打进球洞。忽然想起原来我带他的时候，他调侃自己的处境——乒乓混合双打，一人一杆打进洞。

　　"不错，老师，您是个好学生，悟性好，一教就会。"令狐博正儿八经地点评，真让我无语。

　　"令狐博，你是个好老师。不过，你要首先做个好学生。"在回来的路上，我们聊了很多关于学习的事，我不知道他是否听得进去，但态度好极了。

　　孩子也需要有人陪着他玩耍，需要一个真正的伙伴。一个既能欣赏他，又能一起玩耍的伙伴。如果这个伙伴是家长，那是极好的。此时此刻，我就是那个最合适的伙伴吗？呜呼，我有口难言——顺其自然吧。

　　再去他家，我和他妈妈聊得很深入，冰释前嫌，互相欣赏。

　　令狐博妈妈告诉我，老师说令狐博安静了，学习也上心了，和老师的关系也好了。孩子就是猫一阵狗一阵的,谁知道哪阵子就跑偏了呢。那天总算讲了点学习的内容。因为我的家教共四次就要结束了。

临走,令狐博和我说:"老师,您一定要告诉我爸我妈,让他们相—信—我!还有,他们和我在一起的那一丁点儿时间,别只盯着我学习。"他若有所思地看着墙壁。

他叹口气,说:"我爸工作那点事,忙得很,我也知道。只是不要有空就只想着怎么挤对我就行。我懒得听他们叨叨,一叨叨我就烦得学不进去了。"他低下头摆弄着笔。

"行,我一定转告。不过,你也要像个男子汉,得真学习,别忘了,你可曾是班级前十名呢。别故意犯错,你和我说的都得做到,否则,我才不陪你玩儿呢。"我警告他。

我想这家教也真是够有特色了,我一定准确转达他的托付。

这次,令狐博妈妈完全支持我对他儿子的"溺爱",因为状态摸得着,效果看得见。

那次,拗不过令狐博妈妈的盛情,勉为其难在令狐博家吃晚饭。

看着令狐博认认真真地学习了一个多小时,我又见到了他对学习的敏感和热情,他的眼神又闪亮起来。

"呃,好吧,好吧,我都学得这么好了,为了感谢您,我请您去骑马。"

"我只会一点点,不敢!"

"您的学生,我,骑马技术相当了得!您见识见识。"

"我是你妈妈请来的老师,你生生把我变成陪玩的伙伴。"

"都一样,都一样,您看到了,我变得越来越好了呀。什么来着,教学相长呗。"

"贫吧你!"

"说定了!周末去接您。"

亲爱的小孩——唤醒与绽放生命

令狐博妈妈倒是很开心,说大家一起去,最近孩子变化很大,我们去放松一下。

蓝天白云,天朗气清;绿草如茵,红花点点;马儿悠闲,心旷神怡。

令狐博飞身上马,绝尘而去,那是一匹黑色的精灵,矫健的马儿飞驰起来,速度与激情完美呈现,看得我心潮澎湃。红桃K,小小年纪,本事学了不少。

一圈回来之后,令狐博跳下马,得意得像个凯旋的战士。他喊:"老师,上马!"

我早已经让工作人员给我挑好了一匹高大帅气的枣红马,但必须是慢性子。上马之后,我只跟在别人的马后面慢悠悠地溜达。

"驾——"令狐博一鞭子打在我的马背上,两匹马一前一后飞驰在草原之上。我的心啊,揪着。如果不是从小当运动员的底子,不是小时候在乡下骑驴的经历,我非得从马身上飞出去不可。

返回的路上,两匹马并排走着,我和他随意地聊着。

你要知道你的梦想,记得每天的努力。你妈妈曾说,我这个老师太过溺爱你,看来,你的潜力必须得"溺爱"才可以绽放。我的家教生活结束了,接下来,看你的了。

他信誓旦旦,让我放心,坐等他的好消息。

孩子得有全面的营养才可以茁壮成长,如果只一味地盯着学习,忽略或者无视最基本的营养,势必会损失掉孩子的健康。此时空谈学习,就显得很荒唐。

"老师,谢谢您——"马鞭挥动,吆喝一响,黑色精灵,四蹄腾空,眨眼之间,绝尘而去。

我的枣红马呢,才懒得追赶,与世无争,慢悠悠地溜达,泰然自若地享受。

| 小淘气 |

家长感悟

每一个孩子都是一个独特的个体，尤其是那些敏感又聪明的孩子，他们的内心世界更为复杂，更渴望受到尊重和认可。表现出来的往往是淘气、调皮，喜欢出风头，不大守纪律，而他内心的希望是通过这样的方式来引起周围人的注意和欣赏。然而其结果就常常受到家长和老师的批评，成为家长和老师心目中的"头疼"孩子。孩子毕竟太小了，还不懂得用更恰当的方式来赢得关注和喜欢。该如何对待所谓的"问题"孩子？如何赢得孩子的内心？始终是家长和老师们需要解决的问题。老师敏锐地捕捉到令狐博的内心世界，因材施教，用尊重、信任、鼓励甚至是有点溺爱的方式，赢得了令狐博的信任喜爱，成为令狐博成长进步的重要驱动力。这种"溺爱"背后是一位师者的大爱，值得所有的老师和家长学习借鉴。

2019 届毕业生郑皓天的家长　郑立东

德国哲学家雅斯贝尔斯在《什么是教育》一书中说：教育是一棵树摇动另一棵树，一朵云推动另一朵云，一个灵魂唤醒另一个灵魂。老师就是一棵教育的大树、一朵引领的云、一个灵魂的大师。每一个孩子都是发光体，有的自带光源，闪闪发光；有的深藏不露，需要去发掘，去推动，去唤醒。文章中的令狐博就是这样一个活跃又有个性的宝藏男孩，他的种种表现，深层次的原因都是希望"被信任""被看见"。好一个"变本加厉"溺爱孩子的老师！无私地信任和包容，真心地欣赏和陪伴，就是照亮孩子的一束光。如何给予孩子真正的爱，保护孩子的天赋，是我们家长需要终生学习的课题。

2021 届毕业生王浩丞的家长　王斐

亲爱的小孩——唤醒与绽放生命

○ 妈妈们把孩子交给我们，这是多么大的信任。我们尽可能像妈妈一样，从孩子们的小眼神、小动作、微表情中体会孩子们的情绪，了解孩子们内心的每一种变化。

滚，快滚，你快滚！

"幸运的人一生都在被童年治愈，不幸的人一生都在治愈童年。"阿德勒的话给家长们最严肃的提醒。而我们小学老师，每一天每一秒面对的——全都是童年！这又何尝不是对我们所有教师郑重的忠告。

学校的红领巾广播站是少先队组织普遍建立的宣传阵地。每天中午，准时广播，时长15分钟，传递正能量，引领队员健康成长。广播丰富了少先队员的业余生活，也为队员们提供了锻炼的平台。

播音员声音圆润，情感充沛，很富有感染力。

今天讲的正是关于礼仪的故事：一次，苏轼游完莫干山，来到山

| 小淘气 |

腰的一座寺观。道士见来人穿着格外简朴,冷冷地应酬道:"坐!"对小童吩咐道:"茶!"苏轼落座,喝茶。他随便和道士谈了几句,道士见来人语出不凡,马上请苏轼入大殿,摆下椅子说:"请坐!"又吩咐小童:"敬茶!"苏轼继续和道士攀谈。苏轼妙语连珠,道士不禁问起苏轼的名字。苏轼自谦道:"小官乃杭州通判苏子瞻。"道士连忙起身,请苏轼进入一间静雅的客厅,恭敬地说:"请上座!"又吩咐随身道童:"敬香茶!"苏轼见道士十分势利,坐了一会儿就告辞了。道士见挽留不住苏轼,就请苏轼题字留念。苏轼写下了一副对联:"坐请坐请上座;茶敬茶敬香茶。"

安静的教室里,同学们听得很专注。我站在教室门口,品味着翰墨风雅的苏东坡。

中队长一个人在课桌行间慢慢地走,提醒着偶尔开小差的同学。小孩子总有闲不住的,这是由年龄和人的特性决定的,跟品德没有一分钱关系。

我瞥见中队长收了一张手掌大小的纸和一支笔,他自然地放到讲台上。

我和小干部说过,暂时收走的东西,听完广播都要还给同学。小干部只负责为班级做好服务,没有权力随意处置同学们的东西。

我把书放在讲台上,看到那张小纸条:"好,你好,你可好?滚,快滚,你快滚!"嚄!有才!这小对联模拟的,随性创作,书写流畅,意味深长。

即兴创作的是班里安静又敏感的布茨。男孩长得清秀白净,形象儒雅。他平时言语不多,但很有自己的见解。偶尔也淘气,眼神里时而又透着心事重重。

向班级后排望过去,布茨正摆弄着手中的笔,一副愤愤不平的样子。

亲爱的小孩——唤醒与绽放生命

我给布茨递了个眼神，他心领神会，稀稀松松地走出来。他出了教室，就软绵绵地靠在墙上，噘着嘴，皱着眉，深深地叹了口气。

我以前问过他，他都说没事儿。我一直关注着他，没再多问。这回违反规矩，创作歪诗，再加上这副全世界都欠着他的样子，真叫人拱火。

男孩子，一点儿都不痛快，真想劈头盖脸教育一番："布茨，你——"话到嘴边又停住。都说"我手写我心""言为心声"，这对联到底要表达什么呢？

要想探究竟，必须得冷静。

"你——这对联，模仿得不错，格式整齐，还很押韵。"我瞬间转了调儿。可能是我的台词转了，气势没转利落吧，布茨不为所动，并不买我的账，依旧是那个样子。

我们都沉默着，过了大概两分钟。

"布茨，对联什么意思，你给我讲讲？"都说先开口的会失败，但是马上就要上美术课了，我不能等他沉默下去了。

"没意思。"布茨咬着嘴唇，爱搭不理的样子。

"没意思？你——你不舒服了吗？"我问。

"嗯，有点头疼。"他轻描淡写地回复我，眼睛里有委屈的味道。我伸手摸了摸他的脑门，不发烧。

"心情不好？"我试探着问，"你和同学闹矛盾了吗？"

"没有，什么都没有。"他嘟囔着，还是不看我一眼。

真是没意思，我的积极主动就这样落了空。每个人都有秘密，每个人都有权保留自己的秘密，这是他的自由。关心也是有限度的。老师干嘛非让孩子说呢？他需要帮助会主动申请。如果不需要呢，老师要学会等待。

我拍拍他的肩膀，跟他说有事可以找老师帮忙，我更喜欢他阳光灿烂的一面。他叹了口气，嗯了一声，懒懒地挺了下身，离开墙壁，蔫头

| 小淘气 |

耷脑的，快快地走回教室。

六年级的孩子，就是这样，很多时候，你走不进他的内心。当班主任时间长些，有了默契和信任还好，如果是六年级新接班，估计交心的可能就更微乎其微了。

孩子大了常常把自己包裹得很严，那是属于他们自己的独立世界。尽管那个世界他自己还没有建立好秩序，但是他们倔强地认为自己的一切想法都神圣无可反驳。

回到办公室，我再次端详着布茨的对联，给布茨妈妈发了微信。告诉她布茨最近状态不好，是不是有什么事呢？

妈妈很快回复了我。这两周二宝生病了，得了肺炎，正在住院，她正在医院陪着，最近都没回家，根本顾不上大宝了。

我恍然大悟，想到六年级上学期的一篇习作。

作文要求是选择一个字，写一件事："悔""笑""乐""窘""泪""喜"，也可以自己选择一个字，布茨写的是《泪》。

我是个孤独的人，没人能理解我的痛苦。那时我五岁多，享受着爸爸妈妈的宠爱和一切美好。突然间，妈妈要去生二宝了。那天，我在家等着，等啊，等啊，一直不见爸爸妈妈回来。我就着急得要哭。

我觉得剩下了我一个人，我有些害怕，很晚很晚才睡觉，在床上我想了很多，以后，二宝要是真来了，那我怎么办呢？最后默默流着眼泪睡着了。

二宝回来了，我很开心爸爸妈妈也回来了。很多人都忙二宝，没有人和我在一起玩儿。后来，我一个人去睡小屋了，好多个晚上，难过时就抱着被子哭，哭着哭着就睡着了，我觉得没人爱我了，二宝，我好恨你。

你哭，妈妈就陪着你；你闹，妈妈也陪着你；等你长大，抢我的

亲爱的小孩——唤醒与绽放生命

玩具；我写作业，你给我捣乱，而大人说我都得让着你，是你夺走了我的一切。

我的世界变得黑暗了，陪伴我的只有眼泪……

我似乎一下子找到了症结所在，布茨的痛隐隐约约地藏在眼神里。这是从五岁就开始的心结，伴着成长的无能为力的日子，现实让他无休止地纠结在阴雨连绵的天气里。

他没有向妈妈爸爸及时表达自己的内心感受吗？我不得而知。

青少年心理问题研究专家李玫瑾曾说，童年的依恋满足，会成为人一生的"心理资本"。

妈妈们把孩子交给我们，这是多么大的信任。我们尽可能像妈妈一样，从孩子们的小眼神、小动作、微表情中体会孩子们的情绪，了解孩子们内心的每一种变化。

布茨，我多么想把你的心装满阳光，微风拂面，遍地花香，泉水清澈，鸟儿歌唱。

布茨，抱抱你。

六年的时间里，布茨经常咀嚼着孤独和无助，伴着眼泪和嗔怨，我一下子就心疼起这个时而品尝忧郁的男孩。

一下课，我立刻又喊来了布茨。办公室的一角，他坐在我的旁边，依旧是蔫头耷脑的样子。

"布茨，你创作的对联，写的是弟弟吧？"我轻轻地说。

布茨一激灵，转过头，认真地看着我，对视了十几秒。

"你，喜欢弟弟吗？"我试探着问。

"不是特别喜欢。"他冷冷地说。

我分明看到他眼睛里闪着亮晶晶的东西，他低下头，又咬着嘴唇。这个和我一样高的六年级的大男孩，此时此刻，有着怎样的内心世界呢。

"为什么不喜欢他？"我引导着他说出心里的话。

布茨含着泪，抽泣着，娓娓地诉说起来：

爸爸妈妈几乎没时间搭理我，一说话就只有学习、学习的。我玩的时间很少，我也不想玩儿，没意思。快小升初了，爸爸妈妈总是让我再努力提高成绩，我和爸爸妈妈之间除了学习就是学习。我越是烦，二宝越是给我捣乱，经常搅和得我学不下去，爸爸妈妈还不说他……这些天，家里只有我和我家阿姨，我有点想我妈妈了。

布茨低着头，两颗泪珠滑过脸颊。我怎样帮他解开心结呢？小心翼翼，再小心翼翼。

还没等我开口，眼睛保健操的铃声不合时宜地响起来，我只能拜托隔壁班的班主任，请她帮忙一起照看下学生。

"布茨，我很理解你现在的心情，你的对联写出了你的心声。妈妈不在身边，学习任务又很重，你希望被关注，被爱，你希望能放松下来。"我递给他一张纸巾，"如果感到特别压抑，特别委屈，就痛快地哭出来吧。"我说得很慢很轻，生怕触疼了他的心。

布茨依旧不抬头，眼泪扑簌簌地滴落在他的腿上，他捂着脸抽泣。我接过他的眼镜，又递给他一张纸巾。

每个人都是一个世界，孩子的世界那么单纯又那么脆弱。角落里，一师一生静静地坐着。我整理了一下思绪，和他推心置腹起来。

布茨，这不是你的错。你觉得弟弟猝不及防地夺走了本该属于你的一切，你却无能为力找回从前的快乐了，这感觉真的很糟糕。我想起了你上个学期的作文，你写的是《泪》，对不对？

这次弟弟病了，病得很严重。妈妈特别着急，又得陪床，又惦记着你，妈妈心疼两个儿子。爸爸忙工作回家太晚，你心里肯定特别失落，我懂你的感受。

布茨，其实，爸爸妈妈都是很爱你的，这一点我很确定，因为妈妈

亲爱的小孩——唤醒与绽放生命

曾说过对你的歉疚，私下里，也无数次和我交流你在学校的情况。妈妈应该在弟弟出生前给你做好功课，你有了心理准备，就不会感到那么委屈了。

事情呢，也许都没有我们自己想象的那么糟糕。换个角度想一想，也许是美好的呢？

布茨微微抬起头，擦了下鼻涕，很平静地看着我。

铃声又一次响起。可是，我们的谈话只进行了一半——"我们再聊一会儿，我跟美术老师请个假，好不好？"我征求他的意见。

布茨微微地点头，轻轻地说好。

我想起一个真实的故事，此时刚好讲给他听。

咱们班菘菘刚刚当了哥哥，你知道吧？妹妹没出生，他就开始要当个好哥哥了。因为爸爸妈妈一直告诉他，妹妹来到咱们家时，对他的关注会减少，但是他们依旧很爱他，希望这个哥哥能够理解爸爸妈妈，也和他们一起关心爱护妹妹，因为妹妹太小，需要无微不至的照顾。

前些天，菘菘跳绳时绊倒了，磕破了膝盖，流了血。我一看非常着急，要带他去卫生室。他却忍着疼，急切地跟我说不要告诉他的爸爸妈妈。我很惊讶问为什么。他说妈妈去生妹妹了，不想让爸爸妈妈担心他。他们不能分心，要好好照顾妹妹。

你知道吗？布茨，当时，我特别感动。菘菘说他现在已经学习了很多照顾妹妹的方法。他会给妹妹喂牛奶，会给妹妹换尿布，会陪着妹妹玩儿，他要和爸爸妈妈一起好好爱这个小妹妹，用行动做个最好的哥哥。

布茨，你那么细心，又那么温暖，你也可以的。

布茨红着眼睛看我，特别认真地点头。

布茨，你也可以是光荣的哥哥呀。弟弟生病，你要和爸爸妈妈一起分担，你小的时候爸爸妈妈爱你，现在他们一样爱你。但是现在弟弟太小了，他更需要照顾。别再难过了，你这么懂事，我知道你会是个有责任、有爱心的好哥哥的。

布茨长长地叹了口气，眨着哭红的眼睛："嗯，我，知道了，谢谢老师。"布茨看着我，又是紧咬着嘴唇，使劲地点头。

"生活中有很多事，要往那个快乐的方向去想，自己就会真快乐了。这富有创意的对联，这举世无双的创作，我就收藏了，作为你长大的标志，从今开始，快乐地成为最棒的哥哥。需要帮忙，我随时都在。"说完，我把眼镜递给他，"去洗洗脸，稳定好情绪再回班。"我不知道布茨心里怎么想，走出办公室的布茨，脚步轻快了很多，我的心也如释重负。

布茨，你的童年，也有我的参与。我很高兴，可以走近你。

拨打电话给布茨妈妈，妈妈不住地说感谢。妈妈认为布茨都这么大了，应该懂事了。她心里感觉对孩子有歉疚，但从没和孩子谈过自己的想法和感受。原来妈妈把爱深藏着，忽略了和孩子的情感的交流，只注重学习了。

我和布茨妈妈说，今晚要给儿子打电话，把你的心里话都和儿子说说。他很懂事的，问候他一下，关心他一下，你要表达，儿子才会懂你，爱要大声说出来。

"谁帮忙把跳绳收好？""谁能跑个腿送个东西？""谁赶紧做个保洁？""谁去把大家的雨伞收好？"……

每当我这样问的时候，总有个男孩变换着腔调说，"我来——""我来，我来！""我来啦！"这就是布茨。

马斯洛的需求层次理论是不是可以这样理解：生理和安全需求是基础，家庭的基础做好了，学校教育才可能更好地帮助孩子们完成社交、尊重、自我实现需求的升华。

亲爱的小孩——唤醒与绽放生命

请不要忽略他，安全感、爱和温暖是每个小孩都必须拥有的成长力量。

一个月后的作文测试，题目是《我要感谢的人》。布茨要感谢的竟然是我，他用细腻的笔触，记述了自己最真实的心路历程：

我的一次闹脾气，老师的一次谈话，我学会了换个角度看问题，老师，我要真诚地感谢您。

一次听广播，我因为弟弟的事难过着，听到广播讲"坐，请坐，请上坐。茶，敬茶，敬香茶。"我一时生气，便写道"好，你好，你可好？滚，快滚，你快滚！"结果被没收了。我等着挨一顿批评了事，可是却连批评也没等来，心里更加压抑难过。下午的时候，老师找我到办公室谈话。

老师轻轻地问："你喜欢你弟弟吗？"

我呆住了，几十秒后，我说："不是特别喜欢。"

"为什么不喜欢呢？"老师追问。

"他总吵我。"我生气地说。

"仅仅只是这样吗？"宋老师微笑着问。

我呆住了，心想宋老师是会读心术吗？怎么我想什么她都能知道？我觉得我信任了老师，我就把我的一直以来的苦恼都说给老师听，这一切的来源都是因为我家二宝。我的孤独、伤心、无助、愤怒一下子全说了，说着说着我就哭得泣不成声了。

本来做好准备挨批评的，结果宋老师一直都在安慰我，她特别理解我的心情。老师的话让我放松，老师的话让我重新想这件事，老师还语重心长地跟我讲起菘菘当哥哥的事……

我恍然大悟，原来当哥哥其实很好，是我还没想开，换一个角度，事情立刻就不一样了。当天晚上，妈妈和我聊天，我很感动。以后我

| 小淘气 |

会想开的,像菘菘一样做一个完美的哥哥。现在,我能帮助妈妈哄弟弟玩了,而且我不讨厌他了,感觉很好。

谢谢您,宋老师,您的一次谈话,让我改变了想法。让我的心里有了力量,充满了光和温暖。

看着布茨并不工整的字迹,感受着他一颗正在变得强大的心,拿起办公桌上夹着的纸条:

好,你好,你可好?滚,快滚,你快滚!

我工整地写下评语:

布茨,谢谢你。你真的长大了,为你开心,能陪伴你成长,老师也感到很幸福。作文选材真实,叙事完整,感情真挚,打动人心。语言描写和心理描写丰富,写出了自己的细腻的心路历程。祝你当哥哥愉快!

每一个不合时宜的举动,背后都藏着小孩不能言说的秘密。孩子出现不一样的状况时,正是我们最好的教育契机。陪伴就是我们老师每天最有意义的存在。今天哪个小孩我还没有一次眼神碰眼神的对话?这一周哪个小孩我还没有一次真诚的互动交流?

布茨,祝你好运。

因我的存在,他(她)的童年变得温暖。我是不是那束光都无所谓,我只为曾经的短暂照耀而幸福。但愿每一个小孩,都远离忧伤,沐浴暖阳。我沉思着,沉思着。打开手机,拍作文,发送,随后附上几行文字:

布茨妈,哈哈哈,这是儿子的作文,情真意切,好让人感动呢。今天回家一定抱抱他,每天晚上都陪他聊聊天,每天都好好地抱抱他。

"这是老师留给你的作业哦,一定记得完成。"语音补充。

亲爱的小孩——唤醒与绽放生命

家长感悟

读完老师和布茨之间这个小故事，内心既充满感动又非常忐忑。感动的是孩子的一次即兴创作，受到老师的关注和重视。教育者并没有停留在事情的表象层面去批评教育孩子，而是用心去理解孩子，感知到孩子外在表现下深层的原因。通过共情、分享对孩子正向引导。尊重孩子作为家庭成员的权利，共同去面对类似"生二娃"这类新增家庭成员的问题，并参与到过程中承担相应义务。希望每个面临这种问题的家庭都能把它作为家庭生活的重要课题去思考和实践，让家庭成员关系良性发展。

2020 届毕业生夏章然的家长　张艳、夏曙锋

娓娓道来，画面感十足，让我联想到日本作家川端康成。"滚，快滚，你快滚！"看似普普通通一件小事，却折射出社会上"二孩"对"大孩"的冲击。面对高年级有小心思的孩子，唯有老师的细腻，才能让他们敞开心扉。老师从布茨创作的对联出发，不断探究布茨噘嘴、皱眉、情绪低落的原因。一个微信，一篇习作，让老师像侦探一样找到了原因——弟弟夺走了原本属于哥哥的爱。老师不负家长的信任，循循善诱，鼓励布茨做一个有爱心的哥哥，让一个大男孩的心里充满了光和温暖。爱和温暖是每个小孩都必须拥有的，大人又何尝不是呢？

2012 年毕业生秦礼纳的家长　葛淑云

我有两个儿子，老大比老二大十岁。在弟弟到来之前，我就跟哥哥讲："有个弟弟妹妹多好啊！要不等爸爸妈妈老去以后，我们家就只剩下你一个人在这世界上了，想一想都好孤单。可是，如果你有兄

| 小淘气 |

弟姐妹，你就会有地方走亲戚串门，当你遇到困难时也会有他们帮助你！"正是因为做了这些思想工作，哥哥很欢迎弟弟的到来，也喜欢逗弟弟玩儿。当然，我们也知道不能因为老二让老大受冷落，也不会有偏袒："你们都是爸爸妈妈的孩子，都一样的爱，没有区别啊！"家长要把爱大声说出来。难能可贵的是老师能明察秋毫，通过观察孩子的日常行为和情绪的细微变化，循循善诱，让孩子吐露心声，与老师敞开心扉。要做到这点，除了老师对孩子视如己出的重视之外，还与她多年的教育经验息息相关，更是对每个生命个体的温暖关怀。

2020 届毕业生李屹康的家长　李继华

○ 教育，从来都是一对一的安静深入，而不是站在讲台上的长篇大论。

怪女孩

怪，异也，五行属金，有收敛之象。果断、坚毅、刻板、固执，以自我为中心。

班里有个"怪女孩"，我喊她陌陌。今年，她大概是二十七岁的美丽女孩了。亲爱的孩子，你还好吗？

自从踏进校门，她就怪得如此与众不同。她不和任何同学玩，也从不和老师说话，听不进老师的任何要求。她总是按照自己的想法去做自己的事情，是享受还是封闭，我不得而知。

语文写生字，每个字只写三遍，她就非要写一行，甚至写一页才罢休；数学作业选择写三道题，她非要都写完，直到累得写不动为止；老师让同学们把洗漱用具摆放在固定的地方，她非要自己单独放，哪怕那个地方并不起眼儿。如果我们要求她，她就会给自己的"怪"找到各种"合理的"借口。

"我的作业，我想写几个就写几个，我不愿意按你的格式写。"

"他们都太闹了，我才不想跟别人玩。"

"我自己能够做得很好，不用和别人一样啊。"

"我不愿意有很多人，就想坐着思考我的事儿。"

"什么叫违反纪律？我一直就这样儿的。"

……

老师们也真是无可奈何。先随她去吧，这或许是最好的安排。

想起《地球上的星星》，主人公伊夏的自信心某个时刻被击垮了，他以不服从来掩饰自己的无能，他这是在与世界斗争，与其承认"我不能"，不如说"我不想"。孩子是在用"我不想"表达着自己没有勇气，没有信心，害怕被伤害，这是一种本能的自我保护。

这是陌陌真实的内心世界吗？没有人知道，哪怕一丁点儿。她把自己包裹严实，还罩上密不透风的铠甲。

最要命的是陌陌的数学，算理糊里糊涂，做题时只认自己的章法。有时候，她写了满满的好几页，却对不了一二，她却固执地不接受任何建议。

怎么办呢？生硬地改变，就会无形地伤到她。伤到哪里我们往往不知道，孩子自己也不知道，未来某个时刻知道的时候，为时已晚。

随她去吧，这或许是最好的安排。

不是常说，幸福的人用童年治愈一生，不幸的人用一生治愈童年吗？我们要怎样保卫孩子的童年呢？这是摆在我们面前重要的课题。

亲爱的小孩——唤醒与绽放生命

一年级住宿的孩子，极其渴望见到班主任，总是说说笑笑，甚至总想让老师们摸摸她的头，紧紧地暖暖地抱抱他（她）。孩子们黏人，老师们都懂得他们的皮肤饥渴，不失时机地满足他们成长的渴望。陌陌只会远远地冷漠观望，忽闪的大眼睛里藏着让人捉摸不透的想法。

我小心翼翼地引导她，她根本不以为然；我认认真真地表扬她，她也没有任何表情。我的热情过度的时候，她会甩给我一句：不稀罕。然后无情地走开。她总是与世隔绝的样子。

如果大人没有给孩子做好心理建设，不要贸然地让小孩子寄宿。如果家庭的功课没有做到位，再好的寄宿都不能保证孩子的心理需求和安全需求的满足。

我无可奈何，走不近，更走不进。寄宿的孩子，六岁的孩子，我是她的班主任。她拒我千里之远，我被无情的挫败感包围着，被莫名的无力感侵蚀着。

陌陌，你到底经历过什么呢？那次和陌陌的谈话更让我无语。

"陌陌，老师很喜欢你，大眼睛很漂亮，字写得很工整。"

"真的？"她看都不看我一眼。

"当然是真的，老师特别希望看到你笑的样子，你有什么想法可以和老师说说呀。"

"我没有想法行吗？我不爱笑，不喜欢笑，我不喜欢上学，更讨厌发言，上幼儿园我就一次都不发言。我不喜欢任何人，我不想和老师说话，我从来就不和同学一起玩，都不打扰我行吗？老师讲的课我也不想听懂，听懂了也没有意思。我喜欢按照自己的方法做事，不喜欢听老师的话。我没有朋友的原因是不想和他们交朋友。我从小就是这样，幼儿园也这样，都习惯了，老师都不管我，你也别管我，要不我会很烦的，我会很烦的！你懂吗？"

我也真服了这个孩子，嘴巴如此利落，我插不上一句话，这特立独行我还是第一次遇到。没有经验，就不要以大人自居，更不要盲目地自信。我忧虑着，也烦恼着，没有人能走进她的内心，她自顾自地生活在自己的世界里。

一个多月过去，我试图用各种方法接近她，屡战屡败。我又不能强制执行"自己的规范"，如果这样，陌陌一旦受到伤害，可能就永远失掉了教育的机会。

教育，从来都是一对一的安静深入，而不是站在讲台上的长篇大论。

找到陌陌心理的症结，寻找时机，成了我每天要思考的问题。你所能看到的班主任工作，学校里可以量化的班主任工作，永远只是冰山一角，很小很小的角儿。

孩子出生的时候，是无知，但不愚蠢，愚蠢是后来的教育造成的。

想起波特兰·罗素的话，觉得自己为人师的使命更让人敬畏了。

Like stars on earth，每个孩子都是坠落在凡间的星辰。每个孩子都是独一无二的存在，总有一天，他们会走出自己的路。

我没见过陌陌的爸爸妈妈，每次接送孩子的是姥姥，匆匆地来，匆匆地走。那一次，我约陌陌姥姥聊聊孩子的事，姥姥欣然同意了。

姥姥讲述孩子的成长经历，缓慢而平静。她的爸爸妈妈一直在美国，好多年了。陌陌很小的时候，只见过爸爸妈妈两面，孩子是在大姨照顾下生活。这孩子也是的，从两岁多就寄宿了，一直到现在。她总是怪怪的，这孩子不太招人喜欢，我们都习惯她了。

我的心情更沉重了，将来，陌陌要独自面对这个世界，她的路将会怎样呢？我的工作就是发现每个孩子，引导她，欣赏她，让她成长为最好的自己，但是好难啊。

周末的晚上，学生们有游泳课。陌陌从自己家里带来了小号充气筒。老师给陌陌的游泳圈充好气后，就和陌陌说要给同学们的泳圈充气，要借用一下，陌陌什么都没说。充完同学们的泳圈，老师拿着气筒急匆匆地走出教室，想要给隔壁班的充气。

"老师！还我打气筒啊！"陌陌边跑边喊，执意地追了出去。

我正好要准备上课，看到她立在教室门口恶狠狠地盯着老师的背影，坚定地大喊："还——我——气——筒——啊！"

任凭我怎么哄，她都无视我的存在。

"你真小气呃，用你的气筒，不能有小气劲儿啊。"老师回头对着她开玩笑地说，"马上啊，我给三班充完气就还你。"

陌陌黏在原地，大眼睛里充满无辜的委屈与倔强的冷漠，这冷漠锋利无比。孩子的冷漠一定是环境造成的，她一定曾经独自面对过恐惧。

我回到讲台前，看到全班其他同学都已经坐得端端正正，再看看陌陌的侧影，依然倔强。没办法，她就是不回来。

当孩子难过的时候，得给她留有思考的时间和空间，试着以温柔的方式抚摸她。

"孩子们，我觉得陌陌不是小气，她是很大方，要不她怎么会让老师充完咱们班里所有的泳圈呢？她要是真小气，充完一个她早就抢回来了，你们说是吗？"

孩子们会意地点头："是——"

"还有，陌陌真是个负责任的好孩子，对自己的物品保管得好，别人借用后，她及时提醒别人归还，她的物品肯定很喜欢她这个小主人，我们为陌陌这两个优点鼓鼓掌！"我说。

掌声响起来，她的目光瞥进教室，默不作声。

"陌陌，要不先回到座位吧，一会儿，我帮助你找回充气筒。"她噘着嘴，跑回座位，趴在桌子上，再也不抬头。

孩子的心里承受了多少沉重？没有人能够计算得出。面对这个特别的孩子，要对她有特别的理解。

充气筒物归原主，我又表扬了一番，她依旧冷漠得爱搭不理的。

第二天课间操，她自己一个人非要在班里写作业。孩子是不能够单

| 小淘气 |

独留在班里的,我实在是分身乏术,这可如何是好,遇到这样较劲的孩子,真是束手无策。

"陌陌,拜托你快点,同学们都不等我啦,我好着急好难过呀。"关键时候,示弱吧,有时候示弱很好用的。

她哗啦一下丢掉作业,向我跑过来,飞快地拉过我的手。"我从家里偷着带的,给你!"说着,她把一块被小手攥得热乎乎的糖果塞到我手里,闪电般地跑了。

这?我黏在原地,这是她破天荒地主动交流啊!学校规定是不允许带零食的,你竟不管不顾,还敢给我?哼,是你的风格,与众不同。

这糖果躺在手心里,好暖好暖;融化在心里,好甜好甜。这糖果,带着陌陌的气息,安静欢喜。那一瞬间,是她第一次笑啊,那么灿烂,那么真实,那么可爱。

上操归来,我和孩子们说,你们的操做得真好。我意外收到一个好朋友的礼物,内心好甜蜜。但是,我今天不能告诉你们,这暂时是个秘密。

我小心翼翼地接近她,倾听她,鼓励她,悄无声息地关爱她。渐渐地,陌陌会听话了,笑容也多了。她依旧最后离开教室,和以前不同的是,她要争取机会单独和我多说几句话。

孟子说:

学问之道无它,求其放心而已矣。

对沉默的孩子,教育之道无它,求其放心而已矣。

"我听你的话,你不许骗我!"

"我试着和同学玩吧。"

"我试着做好一些吧。"

"你不要在班里表扬我,我不喜欢的。"

我不打算听她的话,我的表扬必须有,但是我会轻描淡写。我想,她的心里会接收到我的爱的信息。

亲爱的小孩——唤醒与绽放生命

陌陌的转变让我们惊喜,她渐渐打开自己,就像蜗牛的触角,那么小心地感知这个世界。她更加自信地参与班集体的事情。

教育之路总不会一帆风顺。有一次课上,她忽然站起来大声说:"老师,我不和大林坐了,他不是好学生,又在玩东西。"说着,把座位搬得远远的,怎么也不回来了。

课下,我对她悄悄地说:"原来你和他差不多,现在你进步啦,你忍心看着同学落后吗?我相信你有解决的办法,我等你的好消息哦。"

中午她不去吃饭,剩下我们俩,她拉着我,趴在我的耳朵上说:"老师,我想好了,我帮他一起进步,我找了俩小朋友,一起帮助他。"

"嗯,我就知道你行的!"习惯使然,说着话我摸了她的头。天哪!她竟然没有躲避,第一次允许我摸她的头。第一次,那么乖巧,那么安静。

下午开班会,我和陌陌已经约好,她说说自己的转变过程,再说说怎么帮助大林。她第一次站在讲台前讲话,同学们自然觉得很新奇,一个劲儿地拍着小手。教室里氛围出奇得好,这个时刻,我们的心在一起。

"谁做错了事都不要害怕,有困难也不要害怕,我们一起努力,总会有好的解决办法。老师会支持你们每一个人,因为你们都是我的好孩子。"我絮絮叨叨地总结着。

教育往往是在过程里感悟,教育需要一个生活的场,随时随地,每时每刻都在流动着的场。

家长总爱问孩子学习成绩怎么样,与同学交往怎么样,学习习惯不好怎么改变等问题,其实,细心的家长,你只需要关注孩子的生命状态就足够了。孩子的心灵营养充足,就一定会生长得健康。

转眼,一年就过去了。陌陌的变化是巨大的,作业认真,整洁干净;发言积极,遵守纪律;热爱集体,随时保洁,她总是要为班级做好事。

| 小淘气 |

二年级的陌陌，每周末都会写诗，返校时带给我看，创意十足，想象奇特；期末阶段，她竟然让我们所有人跌破眼镜，数学测验时获得了全班唯一的满分；她还是不大合群，她会想方设法和我一起走，总有着没完没了的话。

我们两个单独相处的时候，会互相扮鬼脸。有时候我会刮她鼻子，也会开小小的玩笑。她会摸我的脸，揪我的耳朵。

"老师，你是个坏老师吗？"她经常问这个问题。

我就会反问："你觉得呢？"

她清澈的眼睛，充满阳光。

心灵的成长是无法用尺子测量的，但孩子的眼睛是可以说话的。

我深入探索这个"怪"字。怪从心，表示用心思；圣，从手从土，以手治土，也释为超凡脱俗。

每个孩子的内心都有一个小小的世界，在那个世界里，都有一把无弦琴。我们老师都是探秘者，要想打开那扇通往小世界的门，就必须和她的心弦对准音，才能流淌出最和谐的乐曲。

怪（金文）

我希望，当我们注视那个小世界的时候，那里生机勃勃，那里鸟语花香，那里阳光正好。

二十年后，我重新写这个故事，内心澎湃着一个声音：陌陌，你还好吗？

我只教了陌陌两年，然后，我离开了，是那种无情的不辞而别，我惦记了她很久。我不知道陌陌后来获得了怎样的成长，我希望她找到了自己的光，迎着光向前奔跑，把背影忘掉。

地球是圆的，或许跑着跑着，我们又遇见了。

亲爱的小孩——唤醒与绽放生命

家长感悟

　　不只是千里马才需要伯乐，陌陌有幸遇到了自己的伯乐！教育中的"进"，不是单向的"师傅"让"徒弟"寻门而入；更需要"师傅"先破门而出！老师在教育中的进与出，需要先用自己心灵的尺子丈量孩子的成长，哪怕只是"走近"一点点：糖果躺在老师的手里，好暖好暖；融化在心里，好甜好甜。老师找到了那扇心门，走近那扇门，推开那扇门，"怪"女孩陌陌的小世界里，生机勃勃，鸟语花香，阳光正好。

　　教育是一个"磨"与"炼"的过程。磨的是时间，炼的是火候，因人而异，因环境而变，总有不完美。曾经青涩的自己也任性得如此"怪"，或许不完美才是真正的完美，用这样的心态来审视孩子的成长，才能走进孩子成长蜕变的小世界。在"鸟语花香"的风景线上，慢慢走，欣赏啊。

2015届毕业生邢籽栋的家长　邢予昆

　　读完"怪女孩"的故事，脑海中不自觉地想起被很多专家引用过的经典之句：教育就是一棵树摇动另一棵树，一朵云推动另一朵云，一个灵魂唤醒另一个灵魂。这句经典是德国著名哲学家雅思贝尔斯曾说的，向我们诠释了教育的本质。感动于老师对怪女孩的坚持和爱，正是一个灵魂唤醒了另一个灵魂，两年的陪伴，老师真正走进了怪女孩的内心，用理解和爱给予她足够的安全感，让她逐渐转变，怪女孩慢慢不再"怪"了，她的变化多么让人欣喜，让人欣慰。怪女孩多幸运，遇到了等待她转变，帮助她转变的老师，我也不禁想到怪女孩家人对她的描述"不招人喜欢，习惯了"，如果家庭的关爱和教育没有缺失，会有"怪女孩"吗？

2019年毕业学生周奕博的家长　易静

| 小淘气 |

○ 如果恶作剧也是一种戏的话，绝对是最烧脑的大片。走近，了解，激发，保护，我们有责任让每一个孩子都找到"好孩子"的感觉。

恶 作 剧

叔本华曾说：如果我们怀疑一个人说谎，我们就应该假装相信他。因为他会变得愈来愈神勇而有自信，并更大胆地说谎，最后会自己解开自己的面具。

然而，对于恶作剧的孩子，我想是不是这样：如果我们怀疑一个孩子说谎，我们就应该假装相信他。因为他会变得愈来愈不安和内省，并逐渐不再撒谎，最后会自己教育自己。

九月，我接了新班，是个有点出名的四年级某班。见面礼就是考验我智商的大戏，一出又一出。接班两个月来，班里接二连三地发生离奇

亲爱的小孩——唤醒与绽放生命

的事情，每次都是神不知鬼不觉，而且有愈演愈烈的趋势。

眼看着案子越来越蹊跷，越来越密集，尽管我不断精进着"眼观六路，耳听八方"的本领，机警地捕捉着一切蛛丝马迹，但还是一无所获。班里究竟有多少个"江湖大盗"呢？静观其变，不欲其乱，以静制动是最好的方式。

开学一周后，语文作业本莫名地失踪一半。平时少一本两本的，属于正常，这近一半都没了，怎么都找不到。两天后，我到小柜子里翻卷子，意外遇见了作业本。原来，那些本子三三两两地夹在一大摞试卷中。

问来问去，查无此人。

第三周，投影仪的遥控不翼而飞。我们当时的投影仪有同学专门负责，老师用的时候提前告诉他，用完收藏好。如果连着两节课都使用，课间十分钟就不用收了。第一节数学刚用完，第二三节课都是我的语文课，恰巧我用的时候，遥控没了。

这人来人往的课间十分钟，光天化日之下，遥控竟然丢了。

再三询问，无人知晓。

第四周，"盗亦有道"改变了对象。数学课代表闻闻说自己明明把套尺放在文具袋里了，中午玩回来就不见了。

四处寻找，不见踪迹。

我只能安慰孩子们："我们班一定有神奇的魔法存在，要不东西怎么总是失踪呢？就让魔法再变一会儿吧。说不定，还会'塞翁失马，焉知非福'呢。"

第五周，简直啼笑皆非。张三的语文书出现在李四的书包里，李四

| 小淘气 |

的水彩笔跑到王五的书包里，王五的水杯飞到赵六的书包里，赵六的字典藏到孙七的书包里，孙七的科学材料躲到周八的书包里……

纵妙手，能设连环，玩得好高级。到底是何人所为，到底是怎么做到的？我这个新班主任只能暗中窥伺：小样儿的，我才不会搭理你，爱谁谁，你自己先玩儿个痛快吧。

第六周之后，"大盗"玩得更 HIGH 了。好几个水杯，莫名其妙地跑到了走廊的饮水区；我的教科书、教案跑到学生的书包里；有一天中午，大半个班的书包都魔法般地玩起了拧魔方换位置，让人哭笑不得。

是修炼了"乾坤大挪移"吗？我一下子想到了武侠小说里的各路武林高手。这离奇的事，幕后的高手会有几个呢？这"武林×帮"也太团结了吧。

每个晚上，我都会捉摸捉摸白天的案子，细细品味，案子有一个共同点，东西都只是在我的眼皮子底下换了地方而已，不破坏，也不伤人。

练就如此出神入化的境地，定非一人所为，这一定是在组团挑战新班主任呢，我选择装傻。

无可奈何随它去，相似手法待君来。在我没有思路之前，直觉告诉我一要稳，二要等。稳住心，稳住全班的情绪；等机会，等大盗们露出马脚。此时，不求解就是最好的解。

又是一个闹哄哄的午间，孩子们快乐得叽叽喳喳停不下来，我的大脑嗡嗡作响，像是引来了一群小蜜蜂。

"老师，您看看，我的铅笔全蘸满墨水了。"玥玥尖利的嗓音，生气地告状。

"老师我的笔盒里被倒进了墨水，您看，东西全被淹了。"晶晶义愤填膺，气得直跺脚。

101

两个文静的姑娘，品学兼优，都是宽容开朗的小干部。平时严于律己，与世无争，第一次看到她们如此生气。

"准是曹操干的。"

"没错，准是他！他经常干这样的事儿。"

"我去找他！"

"走！我也去！"

两个女孩的遭遇，引来一群孩子的路见不平。不等我说话，五六个孩子吵吵嚷嚷着去找他们心中的"罪魁祸首"。

"老师，他不回来，死活都不回来。"

"就是他干的，不敢回来！"

"老师，您管不管呢？"

"老师！老师——"

我正在批改作业，看着这群积极踊跃的孩子们，我平静地告诉他们，别乱说话，我会调查清楚。如果没有证据，就先学会安静。

孩子们觉得我根本不了解曹操，有的孩子愤愤地翻我的白眼儿，并不买我的账。

"老师，不是我干的，他们凭什么冤枉我呀？凭什么冤枉好人呀？"曹操气呼呼地被一群孩子拽了回来，"松开我！老师——他们冤枉好人。"曹操极不耐烦地甩开同学的手。

我站起来，讲台上的我，一下子比孩子们高出很多，我再次重申我的态度："没有证据，谁也不能随意指责别人。"

"放开曹操。"我坐下来说，"班长，你把两个文具盒都放到我办公室去，其他人，谁有多余的文具，先借给她俩。"

虽然手里继续批改我的作业，然而我的大脑却瞬间进入另一个虚拟世界。

曹操冲同学做鬼脸，用力挥舞着拳头，得意地把头仰起来，一脸狡黠的笑。

| 小淘气 |

我瞥见一片不服气的表情，夹着埋怨声。曹操站在我面前，来回晃动，中间隔着讲桌，我的目光依然被他骨碌乱转的大眼睛吸引。

"曹操，垃圾撒出来了，你去帮忙整理一下。"还没等我说完，曹操噌地跑了，我以命令的口吻喊他回来。他远远地看着我，站在原地不动。

同学们幸灾乐祸地瞅着，一副新老师不了解民情的劲儿，如果他们会点九阳神功或者降龙十八掌的话，都得凝聚怨气直冲我来，估计我得哐当躺下。

曹操此人，大名鼎鼎。他长得一表人才，高高的个头，白净的皮肤，浓眉大眼。他会拉小提琴，手工折纸活灵活现。他反应敏捷，智商很高，一般人都辩不过他。

关于他的故事，我听说几个，都很不一般。

他善于观察，积极动脑。二年级的时候，有一天中午休息时，他悄悄溜进其他年级的教室，如入无人之境般地顺回来很多糖果，自己和小伙伴们吃得美滋滋时，被老师逮个正着。

他打击报复同学，创意十足。还是二年级的一个中午，老师们发现了一个奇迹：从三楼到一楼，每个台阶放一个东西，一本书，一个本子，一本书，一个文具……最后的一层放的是书包，一个台阶都不落，这事造成了轰动。

他爱顶嘴，好无厘头的那种。三年级在学校用午餐，他和几个男生总是淘气，弄得分饭的大师傅很难组织好纪律。师傅就吓唬他说，你要是再捣乱，我就把校长请来。他毫不在意地对师傅说："国家主席和总统都快要换届了，您懂的。"师傅们从此不来这个班级分餐了。

他爱尝试新鲜事，想起来就干。三年级的夏天，一个陌生人找到学校。他说从墙边走过，有孩子从楼上倒矿泉水，洒了他一身。那孩子一

亲爱的小孩——唤醒与绽放生命

边倒一边露着脑袋偷看。

教室临着一条小街,曹操的教室在四层。老师找到他,他一本正经地说:"我不知道有人路过呀,我只是想看看水下落时会不会有彩虹。"

他的妈妈很无奈,老师们也头疼不已。

今年他四年级,我又发现了另一个特点:爱思考,特别爱钻研数学。前不久,课堂讲完数学的思考题,下课后,他就追着老师非要给老师讲他的新解法,还没讲完就上课了。

可是他必须要讲完,老师怎么劝都劝不走。老师要去其他班上课,他就拦在老师前面,直到他叽里咕噜地把思路说完才算。

下课后,他拿着本子和笔,说自己又有新解法。男老师苦笑了一下,要去卫生间。他坚持说:"老师那您去厕所的路上我给您讲。"

于是,他跟在老师旁边,自顾自地说他的解题思路。老师去卫生间时,他就在门口等着,在本上飞快地画来画去。老师一出来,他继续讲,一路叽里咕噜地再讲回办公室。

老师竖起大拇指说:"你的精神可嘉,学数学学得走火入魔了,你很可能成为数学家。"

凡此种种,无不惊艳!曹操此人,如雷贯耳。

针对墨水事件,我必须站出来了。午管理时间,办公室的一角,曹操坐在我旁边,我们俩侧对着。曹操无疑是个与众不同的"小顽童",可是,我怎么开口才能以四两拨千斤呢?

和敏锐的孩子过招,得滴水不漏;和智慧的孩子过招,得走一步,想十步,曹操全部占着。我们安静地坐着,我无比热爱这珍贵的空白。

泰戈尔说:

不要试图去填满生命的空白,因为,音乐就来自那空白深处。

中国书画创作中的留白既是整体布局的考究,又是呼吸顺畅和想象

| 小淘气 |

的空间，空灵之美就在无意留白之处，教育亦如此。

老子说"三者即悟，唯见于空"。空白，有无数可能。在这空白里，我闪回了前几次离奇事件的画面。

遥控丢失案。当孩子们把矛头指向曹操时，曹操当场争辩："你们胡说什么呀，凭什么坏事都怨我？凭什么？"他反击的武器就是"凭什么"，并声称自己下课根本没在教室里。

当我们都要下楼上操的时候，曹操一个人非要留下来找，说什么都不走，我只能陪着他进行地毯式搜索。他从地上爬起来，通红的脸上沁着细密的汗珠，最后他连厕所都找了。我及时肯定他为集体着想的善良，不辞辛苦地付出。

上操回来，同学们还在议论纷纷，他依旧翻箱倒柜。下课后，曹操来我办公室，说要再找找，说不定今天就找到了呢。我说不找了，他执意地要帮我找，还说肯定能找到，我劝他别太累了。

下午体育课，我在教室里批改作业。孩子们陆续从外面回来，体育课后口渴，走后门进教室最方便。

"老师，找到啦！找到啦！"曹操举着遥控，从教室后面跑过来。

"哟，真行啊你，哪儿找到的？"我们俩一说话，几个同学同时围过来。

"大潘，大潘的书包里，我从他座位旁走过去，看到没拉拉锁儿。"曹操显得很激动，"大潘，大潘，这东西在你书包里。"大潘进门的瞬间，曹操挥动着遥控宣布。

大潘定在那儿，看着自己的书包，深吸一口气，张大了嘴："我，我，这怎么——可——能——啊？"大潘哐当瘫在椅子上，张开双臂，仰天长叹，"啊——冤枉啊！"

同学们被大潘逗得前仰后合。

大潘何许人也，高高大大，勤勤恳恳，老老实实，本本分分，从一

亲爱的小孩——唤醒与绽放生命

年级开始就是个学究范儿十足的正派人。

魔法套尺案在眼前晃动着,又可气,又可笑。下午第一节的课间,大家似乎忘了套尺的事儿。

"大家快看哪——树上!树上!闻闻的尺子!"曹操发现新大陆一般,扯着嗓门喊着,一边喊一边笑作一团,呼啦围上去一圈儿人看热闹。

我赶忙过去,劝大家别围观,人群聚集最危险。顺着目光看过去,果然,树上,挂着闻闻的套尺。

我们班在四楼阳面的教室,楼前有两棵雪松,高大挺拔,枝繁叶茂,是无数届学子乘凉纳暑、嬉戏玩耍的好地方。听说是 1980 年左右,建校后,友好单位赠送的树。

雪松很高,比四层楼还要高。我们班教室外面,三分之二都是雪松硕大的毛茸茸的手臂,像是穿着飘逸的袍袖。雪松婀娜摇曳的手臂舒展着,其中有两只很靠近教室的窗户,就在这其中一只手臂上,挂着闻闻的套尺。挂上去,刚刚好,里面够不着,外面也不掉。套尺就像它的一枚奇异的松果,慢慢摇啊摇,轻轻晃啊晃,长在那儿似的。

见此情此景,孩子们叽叽喳喳的,好不快活。我也快活地欣赏,真是个天才啊,无敌的天才。

这一幕幕正在重现。尽管同学们怀疑他,可是没有人有证据啊!再说,他一个人,怎么能做得如此天衣无缝呢?

这些"事故"不合逻辑啊,我想着,任由这空白继续。静默中我飞速地思考着穿破黑暗的秘籍,但我还得再严谨,不主动出击是最好的办法。

回过神儿,我问:"我让你过来整理卫生角,你为什么不来?"

"不想去,知道您就是想问我钢笔水的事儿。"他的大眼睛放松了警惕。

| 小淘气 |

"哎哟,你的想法太简单了。"我语重心长地说,"孩子,你想啊,大家都指责你,我安排你做件好事,想以此表扬你,转移大家注意力呀。"

曹操愣了一下,大眼睛怔怔地看着我,轻轻摇了摇头:"嗯,没想。"

"我想帮你,你却不懂我,怪不得大家冤枉你呢。每次我都想救你,可是你一点不配合,哎。"我叹了口气,"你呢,思维敏捷,有着太多的奇思妙想,我很欣赏你,你回忆一下,我对你的好。"

心如花木,向阳而生,我们的谈话比心而行。

曹操停顿了一下,开始细数起来。

您不大声训斥我,会给我讲道理;做错事了,爸爸妈妈要打我,您劝他们不能打人;作业写不完,交不了,您会给我补作业的时间,晚几天交;回答问题好,也会表扬我;有好几次,您不当着大家的面批评我;您给我班里的职务,安排我做好事;还有一次,给我机会在升旗仪式上发言;您让我从讲台前坐回到同学中间的座位,不孤立我……

孩子呀,你竟然认为老师是孤立你。你淘气得无法无天了呀!要不是给你戴着紧箍咒,您这能量还不得大闹几回天宫了呢!你还不如猴哥,猴哥人家名人做事名人当,可你呢?

我不动声色地想着这些,对他说:"前任班主任,是我最铁的朋友,你不怕我告诉她?老师把你放讲台前面那是帮助你,我把你放同学之间也是帮助你,我们的方法不同罢了。"

他哼哼着奇怪地笑了一下,算是回应我。

每一次和他谈话的时候,我都会告诉他:"曹操,我不会大声训斥你,不当面批评你,不是我向着你,因为我们是平等的。"

我没有想到的是,如此曹操,心里竟装着每一个细节,这孩子心里头透亮得很。

对视,沉默。

107

亲爱的小孩——唤醒与绽放生命

沉默，对视。

我们接着聊："接班以来，我一直觉得你是个有思想的孩子，而且你很热爱集体，找遥控器的时候，你是全班最热心的，现在我还记得你累得满脸通红的样子呢。作为你的老师，很多时候，看到同学们对你的误解，我都想帮助你树立好形象。我把你当朋友一样，信任你，保护你，我一直在努力，从没想过放弃。可是，你好像没有把我当朋友，我真有点伤心。"

他看了我一眼，目光很柔和，即刻又闪开目光，盯着自己摆弄的手。

"老师，我都知道，我努力了。"他看着我，很认真地回复我。

"你要是知道老师的心，就会跟我实话实说。诚信是我最看重的。"我把"诚信"两个字做了特殊的强调，"今天……哦，算了吧。"

我停顿一下，叹了口气，靠在椅子上，继续沉默。

他看着我，是那种安静而不躲闪的清澈眼神，这是开学以来的第一次。我读着他的眼睛："没关系，孩子，你不想说，我也会继续帮助你的。"

接下来，任时间流逝。空中生妙有，答案自来之。

"谢谢老师，我——"他看着我，目光坚定，声音很轻，"我——"曹操一时语塞。

时机来了！

"很多事情，我们只有真实地面对，才可以长大，长成顶天立地的男子汉。"我停顿了一下，"如果你实在不愿意说，那就写写吧。"办公桌上放好了纸和笔。

我起身，默默离开，把空间留给他自己。

十分钟后，我回来，他依旧安静地坐在那儿等我。

我无比地欣慰，要是以往，他早就跑没影了。看着他并不工整的字，一条一条地列数了十四件类似的事情。那些稀奇古怪的事，全部是

| 小淘气 |

他所为。

十四条啊,每一条背后都是一个神奇的存在。仿佛《哈利·波特与魔法石》,多么引人入胜。设计、悬念、道具、时机、包袱;有情节,有画面,有观众,有探案。能自导自演成这个水平,简直是个天才。

仅仅两个多月,曹操啊曹操,你孤身一个人,动用了多少智慧,创造了多少机会,享受了多少次恶作剧的得意啊!

曹操绝非等闲之辈,此时,我心里生发的不是暴跳如雷,而是肃然起敬。

"曹操,谢谢你信任我,这些事只属于我们俩,我会像朋友一样遵守诺言,你知我知。但是你得答应我,从此再不许恶作剧,只有这样,你的心里才会充满阳光,才会获得真快乐,才会有更多的人欣赏你。"我看着他的眼睛说。

说着,我把曹操写的十四条撕得粉碎,碎到像玉米豆儿大小,抛进垃圾筐。

"诚实地面对自己,才会拥有生长的力量。为了彻底结束这样的恶作剧,我们也对未来做出承诺——"话说一半,接下来,怎么承诺呢?一句话?太轻!拉钩上吊?不实!写保证书?不妥!

办公桌上,正酣睡着一只大香蕉,纯粹的金子般的颜色。

"曹操,这件事的见证者只有一个,就是这只香蕉。香蕉探长,请您作证,我遵守诺言,保守秘密。"

"那,那个,香蕉——"曹操笑,咯咯咯地笑,"香蕉探长,你好,我遵守诺言,不再恶作剧。"

我们俩傻笑。

啪——我把香蕉一分为二。他半只,我半只,做了个干杯的动作。他呵呵呵地笑,咬了一口,再笑。我们面对面,吃完了香蕉。快乐平和写在曹操的脸上,大眼睛静如止水,以往贼贼的小眼神儿早已飞到九霄云外。我拥抱了曹操,曹操也拥抱了我。

明朗的午后,一次具有历史意义的谈话,一个富有智慧的顽童能够向一个新老师敞开心扉,是多么妙不可言的事情。

拨云见日,轻松而惬意。

处理恶作剧永远没有计划好的程序,只有无数前辈指引的方向——爱。每一个小孩都向往进步,都期盼被欣赏,都渴望被信任,只是很多时候,大人没有时间倾听,没有耐心等待,没有把孩子当成孩子,更没有把自己当成孩子。

如果恶作剧也是一种戏的话,绝对是最烧脑的大片。走近,了解,激发,保护,我们有责任让每一个孩子都找到好孩子的感觉。

"损坏了的文具怎么办?"我轻轻地问。

"我赔她们新的吧!"曹操说完,回班级上课去了。

午后的阳光灿烂,秋天的校园多彩。我在小操场走了一圈儿,拨通了曹操爸爸的电话。我只告诉他,今晚根据孩子的要求去买文具,请不要问为什么,千万不要问。

"行,听您的。开学后,曹操还是有点进步的。"爸爸的自言自语像是在询问,我不能回复他,因为有时候太过清晰的交流会起到反作用。才想起,他的妈妈是教师,爸爸是警察,这孩子是不是太渴望被关注了呢?

五、六年级,曹操成了我经常表扬的对象。作业写得好,发言有见解,经常会帮助同学。曹操虽然还很淘气,但是再没有恶作剧发生过。信任是一种有生命的感觉,无比美好。

他越来越得到大家的欣赏,不过呢,他又长了新毛病——做事用力过猛。

我想找学生帮忙做事,还没等我说完,他就抢先去做了。作业还没布置,他就把本子交上来,已经提前写完好几课了。同学遇到困难了,

| 小淘气 |

无论人家有没有请他帮忙,他都会一马当先为别人服务。

他似乎有着用不完的精力,永远激流勇进般地向前。

那天,品德与社会课,我提前几分钟走进教室,目瞪口呆。大大的黑板上写满了密密麻麻的字,竟然是品德与社会的习题,他在滔滔不绝地给大家讲题呢,因为他是课代表。听课的说说笑笑,总是问他问题,他有求必应,好不热闹。说是听课,还不如说是看他滑稽的表演呢。

我晕!看样子,他是认真准备了的,讲得有模有样。嗯,这是走上正道儿了。一直到毕业,他的正道走得铿锵有力,也走得光明正大。

毕业了,后来呢?升入初中后,他打过几次电话给我。

"宋老师好!"

"曹操!啥事?"

"没事儿,就打个电话。"

"宋老师好!"

"曹操!有没有好消息?"

"没事儿,就打个电话。"

"曹操,有事?我们聊聊天?"

"嗯嗯——不用,我挺好的。"

……

"宋老师好!老师,没事儿,就打个电话,没事儿。"

每次都是差不多的模板,每次都是很短的问候。

再后来呢,他成为某大学数学系优等生。他说未来想当数学老师。

我发消息给他:"曹操,你要做好充分的准备,你会遇到一个像你一样的学生的!"

他回复:好的,老师!

家长感悟

魔法般丢失的物品，奇迹般易主的书包……这完美的恶作剧，在多数人眼中是很烦人的闹剧，而很少人能发觉这其实是精心设计的一场大戏。此时此刻，对于家长和老师来说，教育的方式就显得尤为重要。而去假装相信他，一定不是多数人会采取的方式，但它出奇地奏效了。老师接下来答应孩子保守秘密，即便对孩子的家长也留住孩子的面子。老师的方式让孩子相信：我们都是平等的。碰到有独特的思想、有无限的热情的孩子时，信任是最好的答案。

2019 届毕业生菅柏麟的家长　菅振国

懵懂少年在校园里，也会有"野蛮"生长的时候。成长的程序里偶尔会出现一些小 bug。老师掌握着孩子第一手成长动态信息，及时发现捕捉到问题，思考恰当的解决方法帮助他们改变，是孩子消除 bug、思想行为更新升级的有效方法。语文作业本丢失，遥控器不见了，铅笔蘸满钢笔水，套尺飞上树，一个个事件接连不断。老师发现这些"魔法"后，采取冷处理的办法，让同学们保持安静，稳住情绪，而不是去质问指责被怀疑的曹操同学，这既给同学们创造了安心学习的氛围，又给恶作剧制造者未来承认、改正错误留有充足空间。在解决问题过程中，老师的尊重、保护得到曹操同学的信任。假装相信与欣赏，也激发了曹操内在的向上的力量。曹操同学终于能够敞开心扉，坦诚地面对与修正自己。未来，他走出了属于自己的阳光大道。

2019 届毕业生陈健安的家长　陈闯

小官儿

"小官儿"
是给那些需要的孩子准备的舞台,
那是他发挥才智的地方;
如果他只成为老师的得力助手,
那或许是很可悲的。

亲爱的小孩——唤醒与绽放生命

○ 每个人都有自己最闪亮的存在，只要一直保持着善于发现的眼睛，去相信，去赞美，怀着百分百的真诚。

蜗　牛

我们之间有个一万公里的约定。

五年级接新班，走进教室的第一眼，阚阚抢先映入眼帘。黑色的T恤，黑亮的头发，黝黑的皮肤，黑框的眼镜，稳坐C位。好家伙！几乎占据了最后排一半的空间。

孩子们欢快地和我打招呼，我向孩子们微笑问好。

阚阚微微抬起下巴，悠悠地伸出右手，很绅士地打开拇指和食指，轻轻地捏住眼镜框，边推边缓缓地扬起脸，眼睛从镜框上边先移出来，漫不经心地，瞥我。

| 小官儿 |

我一下子想到了《疯狂动物城》里树懒"闪电"回眸的那个镜头——"YES？"百分百的相似度，着实给我留下难以磨灭的印象。

"阚阚，来，跳一段儿舞啊。"活跃的盈盈调侃他。

"阚阚，你说个绕口令，八百标兵奔北坡——"淘气的元元逗他。

"阚阚，最喜欢捏你的脸了，超级解压，肉肉的，软软的，太好玩了！"热情的嘉嘉一边捏着他的脸，一边招呼着伙伴。

同学们的各种玩笑说来就来，阚阚只会软绵绵地喊着："打咩——打咩——"但是没人理会他。他总是乐呵呵地一点儿不生气，任由小伙伴拿自己开心。性格好是第一法宝，阚阚是大家很喜欢的男孩。

"阚阚，我唱歌给你听——该不该搁下重重的壳，找到底哪里有蓝天，随着轻轻的风轻轻地飘，历经的伤都不感觉疼。"熟悉了之后我也喜欢逗他。

"NICE，老师，你唱得，真——不——错——。NICE，这个，歌词，很——不——错。NICE，这首歌，写得有——点——像——我。"说的每句话都一字一顿，慢吞吞；每个动作就像打太极，慢吞吞；就连眼神都像慢镜头般的，慢——吞——吞。他的确像极了大蜗牛，一米六的身高，体重一百八十斤，圆圆的身体就像蜗牛背着重重的壳。

"NICE！打咩！"是他独特的口头禅。

后来，同事们告诉我，阚阚是学习后进生。老师们给予很多的关注，但是效果并不理想。

阚阚的体重比年级升得快，只有学习成绩比较恒定——总在"达标"上下徘徊。

他很善良，力所能及为班级做事，满满正能量；他很懂事，从不违反规矩，待人温和谦逊。他在学校做得最好的事，就是吃午餐。必须两次或者两次以上加餐，肉那必须是多多益善。

亲爱的小孩——唤醒与绽放生命

这也为难老师们，不给加吧，有"虐"孩子的嫌疑，不让孩子吃饱哪行？加吧，看着他的长势，实在不忍心啊。

老师们的无可奈何是阶段性的，家长的无可奈何与日俱增。阚爸爸很多次向我表达了自己的担忧。我真的想帮忙，但是我真的有劲使不上。

奇了怪了，我总是遇见有小胖子的班，难道我和小胖子们有缘？

淘气鬼赖西元逼得我成立了校园第一个清晨胖胖跑跑团。后来对他最大的惩罚就是"停你三天不能来跑步！"赖西元立刻就软下来，信誓旦旦要彻底改错。

六年级一接班，欢欢、花花、晨晨三位姑娘，体重分别为170斤、190斤、210斤，着实让我跌破眼镜。学校运动会开幕式就有了史无前例的入场——她们三个成为旗手和护旗手，那是她们三个最自豪的童年往事。

六一儿童节的舞台上，一个胖嘟嘟的女孩在演唱《回娘家》。两条麻花辫儿，一件花布衫，涂着红脸蛋儿，背着小背篓。响亮的歌声，稚嫩的表演，引得台下欢呼一片……那样的高光时刻或许奠定了一生自信的基础。

遇见的每个小胖孩儿似乎都是童年的自己。

要想去改变，必先得了解，建立信任很重要。

熟悉了之后，我经常和阚阚开玩笑。

"你靠在椅子上的时候，一动不动，我们会以为那儿是一座塔；你写出的字，大大小小，挨挨挤挤，就像帝王蟹群里混杂着小龙虾。我命令你下课动起来，写字美起来……"

阚阚听我这么形容他，先是咧着嘴笑，"啊"的一声，仰起头，捂着脑门，慢悠悠地说上一句"打咩——"

| 小官儿 |

我会高高举起手,攥紧拳头,挥过去,如同慢镜头般打在一团"棉花"上。

阚阚真让我发愁。我有事没事就研究他,这可从哪儿入手呢?调座位!对!我把他调到第一桌!阚阚一落座,所有小朋友都瞪着眼睛惊呼起来。

"一成不变的生活多单调,我们需要有创意的生活。"我的台词一说完,大家轻松起来。阚阚嘟嘟着脸,噘着嘴,似乎并不买我的账,尽管这是我已经和他商量好的事。

"阚阚听讲特别专注,我必须表扬你。"阚阚慢慢抬起头,面无表情地看我一眼。

"阚阚今天的作业按时交了,这得付出很大的毅力呀。"阚阚不好意思缓缓地低下头,继续写他的字。

"我今天要点赞一个人,他的课堂笔记都跟上了。"阚阚舒展开表情,慢悠悠地点着头。

"阚阚你简直太让我们惊喜了,你这个问题回答得堪称完美。"阚阚胖胖的手捂住了黑框眼镜,老半天不舍得挪开……孩子们的掌声配合着阚阚笑得颤动的身体,带节奏,特和谐。

大多数时候,我读不懂阚阚的表情。我从他的眼神里揣摩到的信息是:为什么总是那么夸张地表扬我呢?

这是我的战略。

我号召孩子们一起都来发现小伙伴们更多的美,用即时贴随时贴到壁报栏里。当然,阚阚经常榜上有名,这让他享受着小惊喜。

每个人都有自己最闪亮的存在,只要一直保持着善于发现的眼睛,去相信,去赞美,怀着百分百的真诚。

半年刚熟悉,疫情就来了。最关心班里的四个孩子,阚阚排在首位。家访时,阚爸爸告诉我,孩子体重又长了,真发愁啊。我和他妈妈

亲爱的小孩——唤醒与绽放生命

商量着帮助阚阚瘦下来,可是阚阚根本动不起来,走一公里都做不到。

我安慰阚爸爸,慢慢来,不着急,坚持从 100 米开始,从他能做到的开始,关键您得拿出时间陪伴着他,阚爸爸都答应了。我说我监督你们俩,阚爸爸说请您放心,一定做到。

没几天,阚爸爸又打来电话:"老师,这个速度减不了啊,我上班起早贪黑的,顾不上他。老师您说说他,会管用得多,孩子就听老师的,您再帮我想想别的办法。"

孩子都听老师的就好了,老师也没有孙猴子的七十二变。只是角色不同,专业不同罢了。

但是办法当然有,运动这事我在行。可是,这个方法,算不算违反校规校纪?家长半路会不会反悔?帮还是不帮呢?私下里,我已经悄悄地咨询了专业减脂的朋友。

阚爸爸的束手无策,阚阚想瘦下来的愿望,我纯粹的教育理想……暑假第一周,阚阚勇敢地走进"壹季青少年暑期减脂训练营"。专业的事交给专业的人吧,我期待着会有奇迹发生。我每天祈祷着:平安无事,一切平安无事,All is well !

第一天,阚阚很是开心,如数家珍般地聊他的训练。他不仅没退缩,反而很有兴趣,这难道不是最好的开始吗?教练幽默,激情燃爆,这是他最喜欢的部分。训练计划,坐地铁的照片,低卡路里的餐食,训练的感受和短视频,阚阚统统地发给我。

"有意思吧,那就好好玩儿!玩着,玩着,就会瘦成闪电君了。"我不住地鼓励他。

一个全是胖子的团队,带来前所未有的运动乐趣。尽管前路充满艰辛,尽管要付出极大的勇气,对于一个孩子来说,还有什么比乐趣更具有吸引力呢?

一个训练周期,阚阚成功减脂八斤。他说,收获了科学的锻炼方法和科学饮食,还有运动的快乐。

| 小官儿 |

"万事开头难",这的确是个真理。"千里之行,始于足下",阒阒已经在路上。接下来,怎样保持成果,乘胜追击呢?我的意义就是"I have always been with you."暑假的家访任务很单纯,就是鼓励这个男孩享受运动。

"阒阒,我给你唱歌呀,我要一步一步往上爬,等待阳光静静看着它的脸,小小的天有大大的梦想,重重的壳裹着轻轻的仰望。"我在电话里哼着《蜗牛》的歌。

"真 NICE!老师,您放心,我会继续锻炼哒。"阒阒信誓旦旦地保证。

暑假马上就要结束了,阒阒说体重又降了五六斤,我真心为他自豪。不过,锻炼这件事,我从不说"坚持",去享受才是最好的境界,说"坚持"就不好玩了。

宽阔的操场,一道黑色的身影,绕着跑道一圈一圈地移动着。仔细听,黑影似乎念念有词。操场渐渐明亮起来,跑道被朝阳铺满,黑影染上了金边,影子被拉得老长。那是每天清晨校园里一道独特的风景。

"阒阒——走几圈了?"我远远地和他打招呼。走近了,我看到阒阒的脸上细密的汗珠。

"阒阒,单词背会了,就背语文吧——"我还没说完,他就说:"放心吧您,我先背的语文。"

"阒阒,你这风景独好的样子,被全校老师夸奖着,你都没退路了哈。"我打趣他。他才不买账,扔下一句:"我走我的,跟他们无关。"

早上,我路过操场去食堂,总会和阒阒聊上几句。安静的操场,初冬的冷风,专门宠爱一个人。

两个月过去了,黑塔般的阒阒渐渐远去,有事没事他就凑到我跟前,闲聊几句;或者喊我留步,问一道题;也或者会很认真地,给我讲一个很不好笑的笑话。

亲爱的小孩——唤醒与绽放生命

班级互助组，学习委员邀请阚阚成为自己的小伙伴。阚阚惊讶不已，这是多少人梦寐以求的呀。他不仅要接受帮助，还要想办法帮助别人，这样的成就感让他非常快乐。当然啦，这里有我故意的成分，学习委员是五年级的中队长。

阚阚已经换新颜。课间他再也闲不住了：问问题，改错题，判作业，做好事，忙得不亦乐乎。学习委员的身边，阚阚成了最爱学习的那一个。值日的时候，他会讲，学习委员的任务由我来。每周评比最佳合作伙伴，阚阚和学习委员总是榜上有名。我们的评选只选最有正能量的伙伴，从不以学习成绩为标准。

当一个孩子付出了全部的真诚和热情，即使慢一些，即使看起来没有那么出色，我们又有什么理由不为之感动呢？

"每天清晨，总有一个男孩早早地来到学校，在操场上走了一圈儿又一圈儿，他的身影越来越苗条，他的体育成绩越来越好，他坚持不懈的挑战精神，积极向上的乐观态度，得到全班同学的一致推荐，成为我们今天要介绍的校园榜样人物，他就是来自……"广播员把阚阚的事迹传递给校园的每个人。

临近期中，阚阚获此殊荣。他减脂前后的照片一出现，教学楼里一片惊呼。阚阚正在广播站接受采访，直播中阚阚有板有眼，话语朴实。阚阚一下子成为名人，名副其实的"校园榜样"。快乐情绪泛滥开，惯性让它停不下来。

"蜗牛"以自己的节奏，一步一个脚印地向金字塔顶攀登着。

十一月底，学校小干部改选。阚阚自信满满，他要竞选小队长。

哦，MY GOD！我的心里捏着把汗，阚阚啊，你是进步了，你是个名人了。但是，当小队长不是你一个人努力的事情了呀，要负责好全队的工作，你能胜任得了吗？我不想让你备受打击，可是，劝退的话我怎能说得出口呢。

面对阚阚的雄心勃勃，我把他叫到办公室，拍了拍他海绵似的肩膀，准备劝劝他。他用期待的眼神儿看着我。话在胸中，提神凝气，停在空中，足足有三四秒："阚阚，你——"

一念，一念。

我呼出悠缓的一口气，语重心长地说："阚阚，你——加油，无论成功与失败，都是宝贵的经历，我支持你！"我准备好了善意的建议，劝退的安慰，随着呼吸化为鼓励。

"NICE！"他依旧透着乐观的劲头儿。转身，他竟然扭着腰一溜小跑出了办公室。看着他的背影儿，我一屁股坐在椅子上，笑出了眼泪。

"瞧瞧——你们的阚阚，这状态真的无敌了。"旁边的老师禁不住也捂着嘴笑起来。

信心比天才更重要，阚阚的乐观感染着很多人，我期待着奇迹再次出现。

小队长竞选结果——他竟然以高票获胜。阚阚开心地笑着，挥着拳头祝贺自己的成功。他带领的是六位女生，这六位人高马大不说，各个思维活跃，思想超前，老师有时候都犯难，我还是担心他HOLD不住啊。

走马上任，风生水起。阚阚工作起来有自己的秘诀，这让我不得不佩服。那天午间休息，我路过图书区，瞥见阚阚的小队在开会。

后来我知道，任何活动他都要开个民主生活会。大到"道德与法治"课的讲解安排，小到每周座位的调整，他总是能把大家的积极性调到最好。谁有困难阚阚都热心帮助，小队活动他独挑大梁，任劳任怨。

和谐的氛围，快乐的情绪，团结的力量，这个小队蒸蒸日上。奥

亲爱的小孩——唤醒与绽放生命

斯特洛夫斯基说，人的巨大力量就在这里——觉得自己是在友好的集体里面。

初出茅庐，旗开得胜。

他们小队讲课，课件全是他制作的。希沃白板5，他运用得炉火纯青；班级优化大师，他把课堂提问变成游戏闯关。

阚阚站在讲台上，推推酷酷的黑边眼镜，悠然地踱着步子，用他自己的方式为大家讲解宪法常识。课堂简直就是为他而生的阵地：备课、讲课、点评课，张弛有度，俨然范儿十足的教书先生。他的课带给大家十足的新鲜感：笑声、掌声、辩论声，声声入耳，真是无拘无束的快乐课堂。讲解清晰有趣，提问有板有眼，奖励及时到位。他一下子收获了很多铁粉，毫不例外，也包括我。

"我们来评选道法课最佳合作小队，明星讲师，还有——"我的话还没说完，大家都喊着："六小队，阚阚！阚阚！"这呼声证明了一切。

阚阚缓慢低头，脸贴着桌子，双手抱着后脑勺。我们看到桌子和他的头一起颤抖着，停不下来。六小队的女生笑得花儿一样，舞动着手臂，坐在椅子上齐刷刷地跳着椅子舞。天真活泼的孩子们享受着小有成就的快乐，有了快乐的情绪，还有什么事情做不好呢？

操场走圈人人皆知，榜样人物闻名校园。

草长莺飞的时节，我们在阳光里做早操，校长说想见见阚阚。他一溜小跑去，一溜小跑回："老师，老师，校长也给我加油呢，我要继续努力啦——"

"我给你和校长拍照了，一会儿发给你爸爸。"我说。阚阚跳起来，做操时更加卖力气了。

那天，孩子们准备上体育课，我路过操场。

"老师快看呀，大家快看呀，阚阚会跑步啦——"那是我们班体委疯狂的叫喊声。阚阚正在全力飞奔，全班同学注视着他，又是尖叫又是跳跃，就像看到了会飞的蜗牛。

不久之后，阚阚的坐位体前屈能摸到地了，没有人不惊讶；十人八字跳绳他也能轻巧地跃过了，谁能不兴奋；体育成绩他能达标啦，谁又能不被鼓舞……只要是运动，每次他都像从水里捞出来的一样，痛快得大汗淋漓。

"老师，别太多，一点点肉，多些蔬菜。"每当午餐时，他会克制自己。

"老师，我可是人生第一次给大家读范文啊，请您多指导。"他开始淘气地耍贫。

"老师们，需要做课件，就别客气，我保您满意。"他的确课件做得一流。

一切的一切都欣欣向荣般地明朗起来。每一件事他都竭尽全力，每一件事他都充满激情。这个大蜗牛，乐观地爬向自己的金字塔顶。

当一个人具备了内驱力，他就会一次次完成不可思议的超越。

他一米七三了，体重一百六十多斤。阚阚改变的不仅是形象，更重要的是气质，他的内心住进了自信和阳光。强大的内驱力改变了他，集体的鼓励温暖了他，老师们真诚的欣赏激励了他。

"阚阚，我给你唱歌呀，我要一步一步往上爬，在最高点乘着叶片往前飞，小小的天流过的泪和汗，总有一天我有属于我的天。"期末练习他的成绩完成超越，我给他唱歌，可是唱不下去了，总是想笑。

"NICE！厉害了，老师！"说着，他一下一下地拍着我的肩，"老师啊，您，期末，注意休息，多喝水，别太累啦——做课件有我呢。"这是个十足的暖男。

阚阚的成绩和他的人气一样，芝麻开花节节高。毕业考试，他的语文和英语完成超越，都是优秀，数学是良好。

亲爱的小孩——唤醒与绽放生命

"原来，我也是可以的！"他扭着身子，扬起试卷，蹦跳的样子，像极了帝企鹅，憨憨的，灵活的。

我真想笑——他还是个孩子，天真烂漫的孩子。

毕业考试完，他组织队员去玩了密室逃脱，带领队员一起骑行，这羡煞了无数孩子的心。

毕业典礼，他再次登上舞台，作为"榜样毕业生"，接受母校最后一次颁奖。

那一刻，我没有笑出来，不知怎的，眼里噙满了泪水。

"一万公里之后，你会瘦成一道闪电！我需要仰视你哦。"典礼之后，我拍着他结实的肩膀把目标定到了未来。

"WHAT？一万，打咩。"他慢动作般地摇晃着头，定了定神儿，"NICE！那行吧，就约定一万公里。"

两个呆萌的词，一个呆萌的组长。阚阚从草根儿逆袭到明星，一步一个脚印儿，一个脚印儿一次飞跃，金字塔就在那儿，他一直仰望着，从没停下脚步。

"一、二——我有属于我的天，任风吹干流过的泪和汗，总有一天我有属于我的天。"教师节，阚阚和同学们回母校。校门口，我们俩不和曲调地合唱着《蜗牛》。

"NICE！老师，这首歌，是为我，量身定做的吧？"阚阚笑得灿烂。

"对，阚阚，周杰伦掐指一算，还不错哦——未来有个胖子会遇见这首歌……"

| 小官儿 |

家长感悟

孩子的肥胖,往往是由于家长良好的初衷和愿望逐步形成的,在孩子身上产生了意想不到的后果。习惯成自然,改变实在难。长此以往,冠以"懒"的标签,形成"笨"的印象。肥胖不是孩子的错误,但由孩子承担后果。每个胖小孩,都像陷在沼泽里的人。"逃生"——需要毅力和帮助,需要坚持和陪伴。让他看到希望,看到自己的力量。改变的途中,孩子会懂得人生必须面对困难,迈出第一步,其实也没那么难。

2015 届毕业生曾令旸家长　杨春梅

让一个孩子改掉缺点养成好习惯,最好的方法就是信任他、夸他,没有之一。奋斗对谁来说都是一件苦差事。是什么让我们每一天觉得阳光更加明媚,鸟鸣更加清脆,让我们满怀向下一个目标快乐冲锋的勇气?是那些懂你、欣赏你、完完全全接纳着你的人期待目光的召唤。我们都是喜欢被认可,害怕被批评,但是我们又都有一个天然的弱点就是容易看到别人的缺点。所以,越是亲近的人,我们真心期待他越来越好的人,我们就越容易吝啬夸赞,常备挑剔和建议。这是缺点——得改!爱他就夸他吧,夸他的努力,夸他的用心。只要你愿意用相信和赞美点燃他们心中的小火苗,你会惊讶地发现,天底下竟然没有一个平庸的孩子。

2015 届毕业生孟尚骏的家长　韩彦

○ 你是自己的小太阳，只管尽情地散发你的热和光。当你关注自己内心的时候，一切都会变得安静而美好。

其实我不懂你的心

憨憨是我的中队长，史无前例：她毅然辞去中队长甘当小队长；平静地放弃"北京市三好生"推荐；读"建党大业"，也读《未来简史》……我期待她的传奇。

她转身的一瞬间，把练习册甩在桌子上。瘦瘦的肩膀来回扭动着，脚烦乱地跺着地板。她目前坐在第一桌，一贯很注重形象，今天憨憨这举动有点反常。她不耐烦地反向骑在椅子上，呆呆地看大家收拾书包。

这就放学了，她却一动不动。

"憨憨，你怎么了？"我从背后凑过去问她。

| 小官儿 |

"我很烦,我不想回家。"她不看我,只是自顾自说着自己的话。这一下子触及了我的神经。

憨憨是我的中队长。她是四年级才转到我们班级来的,当年就以超高的人气获得区级"三好学生"的殊荣。五年级她自信参与竞选,成为中队长。干净利落的女孩,聪颖又博学,勤奋又自律,包容而通透。

"谁让你不开心啦?可以告诉我哦,我为小孩包治百病。"我逗她。

她皱着眉头,故意露着大板牙,仰头看着天花板,愣愣地叹了口气:"我不想回家,太烦人啦。"她哭丧着脸,小麦色的肌肤泛着青春的色彩,马尾辫甩来甩去的,透着俏皮可爱,又是那样的与众不同。

我拍拍她的肩膀,摸摸她的头,算作安慰。

小孩啊小孩,成长中你会有多少烦恼呢?你这个快乐的女孩,被同学们羡慕着,被老师们欣赏着,被爸爸妈妈宠爱着。你这烦恼来自哪里呢?我猜,又是那些小孩子们的八卦吧。青春期的孩子,就是这么敏感,他们的触角刚刚探出头,那么欣喜,又那么小心翼翼。

看着孩子们收拾着东西,还时而聊着天,我在心里捉摸着憨憨:小小年纪,她早已对自己有了健康的掌控力,内驱力十足。语文作业可以免做了,她可不会得意地炫耀,而是设计出更高思维含量的创意作业,书写的工整,思路的清晰,堪称教科书;英语呢,每天都会抱着英文小说看得如痴如醉,让我羡慕不已;数学总是会时不时得个满分,课堂上把难题讲解得清晰而简洁,小伙伴望尘莫及;课堂上,积极的发言,她是思辨和品质的担当。课余,她会和小朋友玩得很 high,也会把工作做到超过我想象的完美。有意无意地,我总是在欣赏她美好的样子。

孩子们陆陆续续地走出教室,憨憨慢吞吞地装着书本。我走过去,一只手搂着她的肩膀,压低了身子悄悄和她说:"乖,到底怎么了?我不希望你不快乐,需要我帮忙吗?"

她微微闭着眼睛,看着别处,嘟囔着:"我很烦回家,我爸爸——"

她哼哼唧唧地撒娇:"不说了,不说了,我爸爸老是监视我,我做什么他都不放心。他让我记日记养成好习惯,可是我怀疑他好像偷看。啊,啊,啊——他还不停地在我身边说呀说的,跟踪我似的,让我特别烦,我都没有自己的空间啦——"

"哈哈哈……"我禁不住笑了起来,贴近了她的耳朵,"孩子,爸爸是爱你爱得无处不在,你想多了。要不我和爸爸聊聊?"

"不要,不要,不要!"油亮粗壮的马尾辫又摇起来。她松松垮垮地挎起大书包,跑出教室。

到底要不要和孩子的妈妈说呢?老师不能多管闲事,这也不算个事;老师又不能不关注孩子内心的世界,孩子有了不良情绪呀。

我犹豫了半个晚上,临休息之前,我还是想委婉地和她妈妈聊几句。

妈妈是个乐观豁达的女士,听了我的分享,她也哈哈地笑起来:"都说女儿是爸爸上辈子的小情人,爸爸是爱女儿爱得不得了,姑娘的事大多都是爸爸负责的,随着女儿一天天长大,爸爸能亲近的机会越来越少,一有空就恨不得粘着闺女……老父亲对宝贝女儿的心呐"——我们俩聊得很火热。

第二次知道憨憨的心事是在寒假前写给我的"说说心里话":

老师,长大多烦呀,烦恼真的很烦,我感觉我们班很多男生不喜欢我这样子,他们更喜欢不太爱说话的文静的吧。我这么风风火火,我也改不了了。可是,课堂上我是真的想表达我的想法呀,课下我也得玩得尽兴!这才是真实的我。我做不到那么安静怎么办?

妈妈特别八卦,总是问我你们班里谁喜欢谁,你喜欢谁?谁喜欢你?我总被她弄得很别扭,她这么大的人怎么会关心这些无聊的事呢?

| 小官儿 |

爸爸也是的，他总是盯着我看，那眼神儿，看得我不知所措，我不知道他要干吗？我去哪儿，他就爱跟到哪儿，恨不得粘我身上。您知道吗？不知什么时候我家竟然装了摄像头。好烦呐，怎么办呢？

想着她表达烦恼的表情，我心里特别想笑。青春期的女孩，不停地发问，不住地质疑，迷茫着，思考着，探索着。有很多不理解，又有很多新奇的点子。

习作中，她洋洋洒洒，看着窗外飘落的雨会浮想联翩，梦想着乘着雨滴去旅行；闲聊时，她想要支铅笔呼朋引伴，勇敢地去撬地球。

体会着憨憨甜蜜的烦恼，我从微信里回复她：

我稀罕的小才女，生活是给自己的，不必为其他人而烦恼。有人说，无论你做得多么好，总会有人说长道短。所以，我们活在自己的梦想里，也生活在脚踏实地的每一天，足矣。你是独特的，是老师们喜欢的，是爸爸妈妈最爱的。你是自己的小太阳，只管尽情地散发你的光和热，当你关注自己内心的时候，一切都会变得安静而美好。

甜蜜的家的烦恼嘛，我想想，那就是幸福吧。你要放松，深呼吸……要学会不在意，反正爸爸妈妈是无比的爱你。当然了，我要巧妙地做点工作，如果他们稍稍地注意一下方式，你就舒畅了。

憨憨浅浅地回复我：

好，谢谢老师。

很久以后，再次读着我给她的回复，真的好不柔软，也好不贴心，是老师对学生的、长辈对晚辈的口吻，哎，我怎么会是这样的一个老师呢。

疫情来临，打乱了我们的一切。孩子居家学习生活，我们居家办公。除了按照要求每天批改作业和按时收集数据，最有意思的是孩子们

亲爱的小孩——唤醒与绽放生命

交流"成长档案",每周一计划,每周一总结,每周一分享。

憨憨作为中队长,第一周就抛出自己的庐山真面目——"写作业的时候,电子产品总是有巨大的吸引力。"憨憨,你要说啥?我在心里一阵叫苦。

"嗯,把电子产品放在距离自己较远的地方,或者锁起来。"憨憨的声音里透着调皮,"其实,表面上看,我的作息时间安排得多么完美,你们看我的规划。但是,我还是会偷懒的,以至于后面的计划就会拖拉。"她对着自己的图表,像在讲课般的认真,我的担心是多余的。

她说:"学习中总会分神,这是我的敌人,也是大家的敌人吧?如果把能造成分神的外部干扰都提前处理好,就减少了欲望,不给自己犯错的可能,比如把手机锁起来,就会专心投入学习。"她的率真着实让我开心不已。

中队长的真实,带动了所有小朋友都不避讳聊起真实的自我,"本真"的居家学习生活——说给我听。我第一时间了解到每个孩子的居家状况,教育也真正地做到了有的放矢,落地生根。

"六一儿童节"是每个孩子最期待的节日。疫情在家,我们怎么庆祝节日呢?根据学校的规划,我提前给小干部开了视频会,孩子们兴趣盎然,纷纷表示要打造一个意义非凡的联欢会。

憨憨是总负责人,我们俩沟通完之后,她在网络上部署工作,清晰明了。主持词撰写,宣传员,节目组、制作组、后勤组等一应俱全,各个组协同工作,有条不紊。她凭着自己的能力和责任心,把小干部紧紧地团结起来。深思熟虑的准备,排兵布阵的从容,她干得热火朝天。

临近"六一",最重要的就是落实主持人。憨憨写主持词,也最熟悉各个环节,她想自己当主持。当她和团队商量的时候,出现了分歧。宣传委员英英也想当主持。小干部们商量来,讨论去,认为两个才女各有各的优势。

| 小官儿 |

"憨憨，你是中队长，你就让我当主持人吧，我可是班级的气氛担当啊。"英英撒着娇，"让给我吧，让给我吧，这是联欢，需要我这个搞笑的人，下次一定不和你抢。"

"嗯，我再想想吧。"憨憨是很有主见的女孩，并不是这么轻易就会放弃的。我了解她的个性，主持也是她一直梦想的机会。

线上会议结束，憨憨就给我打来电话："老师，还是让给英英，她比我更适合这个位置。"

"那你，真的想好了？"我试探着她的内心想法。

"没事儿，老师。我想好了，她一直有当主持人的愿望，我支持她。"憨憨快活地说。

手心手背都是肉，都是冰雪聪慧的女孩。只要孩子内心敞亮，不伤友谊，得与失都是成长的过程。

时间滴滴答答地向前跑，孩子们如春笋般飞快地长。

六年级开启，疫情似乎渐行渐远了，我们充满欣喜，又回到了我们熟悉的校园。尽管课上、课下我们都戴着大口罩，看不清彼此的脸，但是师生拥有那间熟悉的教室的确是幸福的事儿。

六年级的元旦联欢之前，英英和我说，她特别感谢憨憨，上次憨憨那么大度地把机会给了她，这一点真让她非常佩服，中队长太有范儿啦。元旦联欢，她要全力支持憨憨当主持人。

元旦联欢，四、五、六年级的三位中队长联合主持节目。我只能说，高手搭戏，太好看了，他们的潜能得到完美呈现。

第一个线上"六一联欢会"，孩子们配合默契，精彩不断；元旦联欢会是现场，孩子们各司其职，惊喜连连。我心里美美地想，憨憨和伙伴们的健康成长不是更精彩的现场直播吗？

六年级上学期还进行了一年一度的小干部竞选。如果我带孩子的时间够长，我会在生活中有意无意地告诉孩子们：当小干部就是要体验为同学服务的过程，同时提升自己的能力，不是为老师当助手。我希望做过一年小干部的同学，主动把机会留给更多的同伴，因为人人都需要锻炼和成长。

尽管我这样说，但是孩子毕竟是孩子，"小官儿迷"还是很多的，家长的期许也是可以理解的。

按照我的设计，任职到期的班委要有个谢幕，我们必须隆重地整个仪式。不管他们会不会连任，我都会给老班委们颁奖，感谢他们曾经为集体做出的一切。然后我们等待新的班委选举。竞选成功与否都是他们成长的体验，既不可以打击也不可以强求。

想起很多竞选小干部的画面，有遗憾落选哭的，有竞选成功笑的，有对小干部一点都不"感冒"的，也有惴惴不安地错过的。这都是孩子成长的经历，不必过度分析，也不必加上大人的痕迹。每个孩子都是独立的个体，竞选小干部是孩子自己的事。

憨憨是五年级的中队长，连任的可能性很大，因为实力在。竞选正在进行中，憨憨第一个发言，她定了定神儿，说："感谢大家去年对我的支持，我体会到了辛苦，也收获了能力，锻炼了包容心，学会了担责任。大家这次就不要选我了，我放弃竞选，工作嘛，也挺好玩的，希望有其他人来试试，谢谢。"

鞠躬，掌声，她款步走回座位。人气依然高涨的憨憨，就这么气定神闲地选择了放弃。放弃或许需要更大的勇气，关键还放弃得轻松自然。

中队干部评选完，是小队干部评选。憨憨第一个举起了手，盯着我，一脸的急切。

这姑娘有啥急事？或者我疏漏了什么？因为在我忙忙叨叨偶尔出现失误的时候，她总会第一时间提醒我。

"憨憨，有事吗？"我走过去轻轻地问。

"没事儿，我竞选小队长啊。"瞬间，全班的目光投向我们俩。她嗖

| 小官儿 |

地站起来:"大家别误会,我不当中队干部,并不表示我不愿意为大家服务,我想当个小队长,把我们一个小队带好,请大家支持我。"

这还用选吗?憨憨如愿以偿成为一名小队长。

同学们打趣她——大材小用了吧,她不搭理人家,只顾着甩着她粗壮的马尾辫,笑嘻嘻的。憨憨走马上任,快乐自信,乐此不疲地带领着她的小队开展工作,三小队,团结一心,积极向上,乐观豁达,学习和工作都会精益求精,效率奇高。

班级朗诵比赛中,他们小队太强了,以至于我们组委会破格让他们全小队进入复赛。

"憨憨,你们组的值日生怎么少了俩人?"我中午会巡查一下值日情况。

"哦,他们研究魔方呢,没事的老师,我承包了。"不计较,不埋怨,跟没事儿似的快乐轻松。

"憨憨,你怎么没出去玩儿?"中午休息时,我看她在楼道拐角。

"哦,老师,她有点不开心,我陪她一会儿。"善良,宽厚,小太阳似的暖。

生活中有很多细小的事情,她自然而然,做得舒服得体。卸任了中队长,工作还是不分彼此,学习还是勤奋积极,为人依然坦荡真诚,她依旧是那个领头的。

小学最后一个学期如期而至了,到了要评选"北京市三好生"的时间。

我们班共有五个同学连续三年被评为区级三好学生,都有机会参与竞选,可是每个班级只有两个名额,竞争是不言而喻的。按照孩子们以往的心理预期,人气最高的是三个女孩,当然有憨憨。三个女孩一直都品学兼优,更可贵的是,她们是非常要好的朋友。我想这必将是个势均力敌的较量,谁落选我都会为孩子感到可惜。

133

亲爱的小孩——唤醒与绽放生命

我想着这句话的时候，觉得自己真 LOW，没准孩子们不是这样想呢，评选只是个经历而已，为何非得成功不允许失败呢。

第一是自荐环节。按照座位顺序，第一个就是憨憨。她竟然平静地冲着我摇头，摆手。

学生不进行自荐有时候也是自我保护吧。尊重学生自己的选择和想法，才是把成长的权利交给他们自己。只有如此，才能让他们获得更多的掌控力。

其余四位同学自荐完毕，进行推荐环节，不出所料，憨憨被推荐。

"谢谢你推荐我，我选择放弃。"憨憨依然平静。

这是多少孩子梦寐以求的机会，这是多少家长从上小学就盯着不放的机会，这是多么难得而又无比重要的机会——憨憨，你这是开天辟地，头一回啊。

关于评"三好生"，因为敏感，所以老师们极其谨慎。我带高年级，年年评比，年年培训。校级培训、年级培训、年级模拟，光是培训稿就有四五页，为的就是万无一失。

有的家长甚至因为评不上而找各种理由，质疑评选上的学生有拉票嫌疑，质疑老师的流程存在不妥当，质疑学校的标准执行得不彻底。凡此种种，无不闹得天翻地覆，直到老师们被折磨得筋疲力尽。最终，没有原则问题，都维持原来的结果。

这么多年，我可是第一次听说，并真实地遇到放弃"北京市三好生"的选手。她就在我眼前，她比我淡定。憨憨，你，这突如其来的举动，你到底在想什么呢。

我的憨憨，难道你小小年纪已经懂得"夫唯不争，故天下莫能与之争"的大道不成？评选结束，另两位女孩不出所料，一起晋级。

我不会去问憨憨其中的原因，我不会去打扰她内心的秩序。课堂上，憨憨依旧积极踊跃，课下依旧谈笑风生，轻松自如，一切如常。

不知为什么，我还是忍不住发了一条消息给憨憨妈妈：

憨憨放弃了推荐，我们作为她最亲近的人，祝福她有选择的自由。如果此生不为荣誉所累，就会拥有更广的空间和更多的快乐。

憨憨妈妈表示稍有遗憾，但是完全理解，我们尊重孩子的选择权。

我们不懂她的心，"00后"的新生代，不能用"70后、80后"的心去体会，世俗的心不要轻易揣摩内心纯净有思想的孩子。

孩子们写作业的时候，我从另一个角度欣赏憨憨。她正朝气蓬勃地生长着，与众不同地生长着，远远不是我想象中的模样，她有无限多的可能，她属于未来。我们抱着自己的线性思维，怎能看得透未来的孩子的立体思维和时间思维呢？

其实我不懂你的心，你的心装着星辰大海。

毕业典礼之后，小学生活就结束了，我依依不舍地送走孩子们。一个人瘫坐在空荡荡的教室里，怅然若失，酸酸甜甜，回忆过去，幅幅画面忘不了……

嘀嘀，学校的摄影师发来一张照片，是我的憨憨，毕业典礼抓拍：她双手捂住脸颊，眼睛紧紧闭着，任眼泪肆意奔流。

历史定格在她最柔情的时刻，我仿佛听到她抽泣的声音，我仿佛触摸到她内心的丰盈。我多想轻轻搂她入怀，拍拍她的背，轻轻地说："孩子，别哭，离别是为了更好的相遇。"

讲台上有一张卡片，憨憨写的，娟秀的字迹我一眼就认得出：

亲爱的宋老师：

您的第一节课，给我的记忆十分深刻。从那时起，我知道了学习的快乐。您总是花很多时间来教我们学习的方法和道理，让我知道学习不只是写一个答案……与您相处的日子里，您给我搭建了很多平台，我的潜能得到最好的发挥，既锻炼了自己，也重审了自己……

憨憨于毕业这一天

亲爱的小孩——唤醒与绽放生命

五年级，我接班的第一节课讲了啥？我努力回忆着。好像问的是为啥学习？然后把孩子们的发言凝练成词语板书下来，让他们画思维导图或者写一篇论文。那五个词我想起来了：知识、能力、思维、素养、文化。憨憨还做了分享，获得了大家的好评。

我回想着憨憨的点点滴滴。文字中的你和照片里的你，淡定潇洒的你和泪流满面的你，严谨认真的你和豁达乐观的你，哪一个才是真正的你呢？哪一个都是你，都是真正的你，都是独一无二的你。

成长伴随着烦恼，从不停歇；选择与放弃是人生的难题，永远在路上。

憨憨，祝福你学业有成，前程似锦！哦，不，不对，不对，这又是我不懂你的心了，应该祝福你活成你喜欢的样子。

归来，仍是我深深喜欢的那个少年。

家长感悟

即使是世俗的成功，如考好大学、挣很多钱，也不仅仅只有一条路径。小学生憨憨在小小的年纪就能主动放弃很多人趋之若鹜的荣誉，在我一个成人看来：一是她有能力打开通向"成功"的多个路径；二是她悟性好，理解"学习不只是写一个答案"，她懂得自己在成长。一个智慧已经开启的孩子，能够越早摆脱荣誉、金钱这些外在的束缚，就会越早拥有自由的灵魂。星辰大海之间，她会飞得更高更远。

2007 届毕业生栾思飞的家长　郭红玉

| 小官儿 |

人们之间的互相完全理解和互相完全"懂"对方,基本上是一个美好的愿望或者自我安慰,实在是太难做到,或者说几乎不能做到,因为我们自己往往也不能完全理解自己,也不完全懂自己是怎么回事。但不妨碍人们互相发出希望理解和懂得对方的愿望,背后是对彼此的善意尊重与接纳。有些孩子在小学高年级就已经开始青春期的经历了,关于青春期,家长和孩子也许不缺少这方面的知识准备,可是家长能真正理解并体会处在青春期的孩子,并能够做得好,对家长的挑战是非常大的。对孩子也是一个非常不容易的阶段,准确讲就是一个"非常难受"的阶段。

2011 届毕业生曹正廷的家长　曹锋

○ 有自己的独立思想，有自己的自由空间，内心舒展，表情自然。保持善良勤奋，阳光灿烂。我想，每个小孩都会长成最美的样子。

我还没想好

"我不当中队长，我还没想好。"他看了看同学们期待的眼神，深深地鞠了个躬，"谢谢大家，我真没做好准备，老师，请别人先来当吧。"说完，是他淡定的微笑。

这少年的话和标志的微笑清晰地印在我的脑海里，好几年都挥之不去。这男孩的反应太意外了，对常人来说这是求之不得的机会。

这是个英俊的男孩，有点憨憨的壮实感，皮肤是健康的小麦色，五官棱角分明，眼睛透着迷人的深沉感。小伙伴们亲切地喊他果哥，妈妈也喊他果哥，我呢，不搞例外，也喊他果哥。

| 小官儿 |

果哥是个慢性子，和帅气比较起来，他慢得有点过分。三年级接班的时候，一个月过去，他都没入我的眼。淘气的小孩太多，盖过了他的稳重。出类拔萃也没有果哥的事，他就那么安静地按照自己的节奏缓缓地前行。

上课回答问题，他举手总是慢一拍，心急的老师等不了他，不仅举手举得晚，动作也慢，等他标准地举好了手，做足了仪式感，抢着表达的孩子早就把答案脱口而出了。最让我们着急的是他写作业，一笔一画，精雕细琢地享受其中，总是最后几个才能交作业。

别人的慢是贪玩，果哥呢，是不贪玩的真慢。

当堂考试，他就更让人担心。卷子那么多的字，他总是写不完，别人都下了课，他依旧在专心致志地写，有时候还得收回来再补一个课间。

我真的是急在心里，哎，也只能急在心里吧。有时候，如果我的表情带着焦虑，他会边写边看我，眼神里透着不安。我就好像犯了错，不敢再看他了。他也着急，也会出汗，但是他就是得有自己的节奏，我不忍心去打乱。因为他执着的写字的仪式感，我也不能再勉为其难。单独教过他写字的方法，没什么效果。慢工出细活，基础过关再提速吧，剩下的只有他自己去感悟，我只好这样安慰自己。

可是，奇怪，一想到果哥，《从前慢》的旋律就飘来，让人内心安宁。

果哥除了慢，其实没有什么缺点。接班两个月之后我发现了他独特的魅力。

男孩子总是因为各种游戏的事儿起争执，他们最爱找果哥评理。果哥用心地倾听，慢条斯理地分析原因，开导完甲，又开导乙，果哥不偏不倚，娓娓道来，小伙伴是心服口服。解决问题获得双方的满意不是件容易的事，果哥为此收获很多粉丝。

亲爱的小孩——唤醒与绽放生命

思来想去，我猜出了果哥的慢大概是源于他没有经受那么多乱七八糟的课外班的"磨炼"。他专注自己所做的每一件事，很少因为匆忙和马虎出错，精准地掌控着自己。考试的习题只要是他做了的，几乎不会错。时间一长，我倒觉得这慢就是他的稳重。

迷你班会，大家积极讨论问题。果哥总是到最后才发言，字斟句酌，从容淡定，有理有据，一个磕巴不打，就像写好的稿子背出来一样，条理清晰，字字珠玑。原来，他的慢全是酝酿的过程。

他做事情稳稳的样子，像小坦克一样，让人踏实。班级取得了好成绩，果哥也会蹦着跳着欢呼；和小伙伴们玩游戏，他也会表现得机警而神勇。他的慢是心中有数，不焦躁，不盲从。

男孩子们爱踢足球，每天早上来到学校练球。果哥最适合守门员的位置，因为他篮球打得好，也可能他确实是个小坦克，有他守着大门，小伙伴心里踏实。齐全的装备，帅气的动作，无人不爱。

有一天，我发现他的小手指打着石膏，赶忙问："手，怎么了？"

他告诉我上周早上踢球时，不小心把小手指弄伤了。没事儿，老师，也不疼，就是一点点骨折。

我叮嘱他玩的时候要小心，做好保暖别冻伤，就没再问什么。

放学时，和果哥的妈妈聊天，内容是关于他的手。真诚表达我的歉意，孩子在学校受了伤，我却不知道。

"小孩子一起玩儿免不了受伤，他是极其认真的守门员，扑球时被踢了一下，过了三四天，他说感到疼，我们才去拍片子。"妈妈说得轻描淡写。

"可是，果哥没和我说是同学踢伤的呀。"我看着妈妈。

"他不想让您知道，怕您解决问题太麻烦。"听到这儿，我惭愧了一下。果哥啊，你的慢都在为他人着想吗？

"连踢到他手的同学他开始都没告诉我。没事儿，老师，您也别问，男孩子嘛,没那么娇气,我们尊重他。"妈妈说的时候,压低了声音。我们远远地看着果哥,两个小伙伴正在空手练习带球过人。大人谈话的时候,果哥总会自觉地离开一点距离。

妈妈补充说,男孩子的友谊是玩出来的,他们之间会有自己的生存方式。

那一刻,我内心感动,对果哥和妈妈产生由衷的敬意。

有自己的独立思想,有选择的权利,自己的空间,内心舒展,表情自然。保持善良勤奋,阳光灿烂,我想,每个小孩都会长成最美的样子。

四年级的足球联赛正在筹备中,我们班是八个班级的夺冠热门。我们班有年级短跑"闪电王",有盘球高手,有铁塔后卫。比赛临近,每个班级得选出队长。通过投票,守门员果哥以绝对优势当选,他握紧拳头,振臂跳跃,表情里全是男孩的自豪。这次,果哥的动作和表情,终于快了一回,快得真实。

课间,果哥拿着战术图和小伙伴分析讨论;中午,趁着阳光正好,他们换好足球服去操场"练兵"。果哥背着超级大的运动包,黑色的,镶着绿边。我好奇地跟过去,想看看装着啥宝贝。专业的足球训练鞋,足球袜,护腿板,守门员大手套,战术图,小黑板,粉笔……好家伙,一应俱全。正当我惊讶的时候,果哥从包里取出个绿色的长条板子,这是啥?我凑近一看——鞋拔子!我差点没笑出来,国家运动员好像也没有这高级配置吧。

足球比赛,我们班获得了亚军。男孩子们从此凝结起来,汇聚成以果哥为核心的正能量团队。

这就是果哥,有备无患的果哥风格,从容到位的果哥风格,玩也得玩得专业的果哥风格。

"果哥，下个月该竞选中队委了，我们班需要你这样的班干部，大家很佩服你的，要不你竞选中队长吧？"我试探果哥。

"不，不，老师，我可不行，没准备。"果哥摇着头，挥着手，一脸的认真。

"你这直接拒绝了？连回旋的余地都没有。"我打趣果哥。

"老师啊，我真不行，我太慢……太慢了……像'闪电'一样，会耽误事的。"果哥也幽默起来。

竞选当天，面对大家的呼声，果哥真的镇静地拒绝了，一点儿没有犹豫，果哥果然与众不同。

那天放学，我和果哥妈妈聊竞选的事。果妈说，他做任何事情，都想得周到，得自己有把握的事才会去做。从小，我们就特别放心他，我们从不催促他，也不会打扰他，他需要的时候会主动求助我们。

孩子会长大，不着急，让他先修炼好内心，先从心里长出力量。我猜，这力量就是对自己的掌控力吧。

果哥担任了组织委员。他走马上任，眼神里写着自信，脚步中透着欢喜。不知什么时候，果哥的慢悠悠的风格神不知鬼不觉变快了。果哥和小伙伴们成功组织了元旦联欢会和班级"飞花令"最佳现场。果哥当过值周长，也被评选过班级最佳小干部。男生都佩服他，女生都信任他。

四年级期末，我任职到期，离开了这个活跃而有思想的集体，我没能等到果哥大放异彩的时刻。

时常回想起果哥，鸡娃啦，起跑线啦，虎妈啦，补习班啦，统统和果哥无关。果哥的慢，和真实内卷的小学生活显得格格不入。果哥的"没想好"是标签，贴在生活里的方方面面。

果妈谦和温婉，透着知性和干练。关于果哥的教育，她说提前能想到的都会和孩子进行交流，把选择权交给孩子。没有极特殊的情况，我们不会干扰他做出选择。比如课外班,果哥不想上语、数、英的课程,我们就自然地不安排了;他喜欢动漫,我们支持他阅读和研究;他迷恋吉他,我们就安排了专业的老师;他酷爱篮球,爸爸就带着他看比赛,加入篮球训练营……

又是一个提前规划好方向,现实中给孩子自由选择权的好家长。

果妈说,当然果哥也有受挫的时候。五年级,他觉得自己数学有点吃力,主动提出需要补习,我们就帮他找老师补一段时间。

果哥的发展循着自然之道,这让果哥对任何事情都保持着热情,也保持着冷静。在属于自己的空间里,有的是时间钻研和思考。

果妈说果爸是全力以赴支持儿子的,只有陪伴和鼓励,没有指手画脚和说教。他给予儿子应有的平等与尊重,还有安静和欣赏。

在真正充满爱的环境中长大的孩子,能够清晰地看到自己,面对事情就不会害怕。真正的爱,是孩子的心感受到的力量,不是大人一厢情愿认为的"我真的爱"。

一年后,我又被调回这个年级——毕业年级。我在新班级的水深火热里焦头烂额,果哥在隔壁班带领着同学们蒸蒸日上。果哥已经是真正的中队长了,我就这么完美地错过。

果哥每次来办公室找班主任,总是弯下腰,轻声细语的。有时候,还礼貌地和老师们说"对不起,打扰您了"。看着他成长,有了不同的视角,我默默地祝福他。内心怀念果哥的点点滴滴,我似乎感觉得到,他会带来更多惊喜。

"红领巾奖章"评选来了,八个班选出来的唯一代表都是精英,不是大队委就是中队委,全是优等生,全是好榜样,全部实力非凡。

果哥也来了,这支队伍里唯一的男生。在我们年级,他还名不见经传。

六年的小学生活,他这是"小荷才露尖尖角",展露得慢悠悠,静悄悄，汗津津，亮闪闪。

远远地看着他，他正专注地念念有词，如入无人之境。果哥就是果哥，依然带着自己独特的节奏感。

八个班级代表竞争两个名额，果哥胜算并不高，一点点担心滑过我的脑海。投票的是老师和班级学生代表，加起来五十多位。竞选进行中，听着孩子们三分钟的述职，八仙过海各显神通；吹拉弹唱，无所不能；琴棋书画，无所不通；各种获奖，如数家珍……我是真心佩服，小小年纪，已经具备了十八般武艺。

果哥这个后起之秀，能胜出吗？他在学校还没有攒起来名气呢。我深呼吸，注视着主席台。

果哥登台，稳健如初，不疾不徐，目视前方，这定场很有果哥的范儿，一张口，完全不是司空见惯的述职套路，也没有一连串的获奖名头。他说自己与众不同的特点，他聊自己对班级工作的想法，他讲自己为梦想拼搏的故事。坦率而真诚，自信而大方。我手中这宝贵的两票，必有果哥一票。果哥入选，险胜第三名。

果哥赢在独一无二的气质，赢在不走寻常路的独特，似乎更是赢在他璞玉般的心。

"品学兼优"到底"优"在哪儿才是最合适的呢？这是个需要思考的问题。我知道的果哥成绩越来越出色，速度也越来越快了，只是"我还没想好"的范儿依旧。

"果哥，恭喜你。"会后，我祝福果哥。

"谢谢老师，我紧张得都出汗了，从没这么紧张过。"果哥说着话，轻抚着胸脯，做了个深呼吸。

"我可一点没看出来。"我拍着他的肩膀。

"您摸这儿，都是汗呀。"果哥摸着汗津津的脑门腼腆地笑。

"经过了历练，果哥，你还会飞得更高，期待你更多的好消息。"

"谢谢老师，我会继续加油的！"笑容很灿烂，态度很谦逊。果哥的晋级又让大家意外了一把,他忽然变得亮闪闪的。

距离毕业的日子越来越近了,果哥像个加速前进的小坦克,稳重霸气却并不张扬。

"果哥,你这么出色,初中准备去哪儿上?"楼道里遇见他。

"嗯,目前有几个意向,不过,还没想好去哪个,我要一一考察一下,看看哪个最适合我。"又是没想好。果哥的话就是果哥的心,连上中学的大事,他都要自己考察。

家长的放手让孩子有了自主选择的权利,家长给予孩子多大的空间,给予他多少信任,孩子就会有多大的掌控力。

记得两年前告别这个班级时,果哥妈妈给我发来消息:相处时很少主动联系您,我更相信我们为了孩子有无需言说的默契。与其为了一点小事常常去打扰您,我宁愿选择默默地信任和全力地支持。

"宝藏家长"很谦虚,相处起来很舒服。

我总是相信:如果小孩在家庭里完成了自我认知的过程,在自我觉醒中不断促进心智的提升,他在任何集体中都会生长得茁壮。果哥就是这样,一步一步,稳稳地成长,当一个小孩能掌控自己的时候,就会自信地面对一切。

半个月后,果哥如愿升入自己最理想的学校。

《道德经》曰:

知人者智,自知者明。胜人者有力,自胜者强。

生活中有至理,自然中是大道。

脑海中又浮现出他第一次拒绝当中队长的画面——鞠躬致谢,淡定谦虚,婉言谢绝,微笑坦然。

家长感悟

我们惊诧并欣赏着世界多样的同时，又在努力地让世界整齐划一。作为家长，我们理解孩子有急性子，也有慢性子，但我们又希望自己的孩子跑在最前面。虽然我们也懂得一步一个脚印的道理。当果哥说"我还没想好"的时候，我想，中队长在果哥心中更多的是责任，而不仅仅是荣誉；后来担任了中队长，说明当初果哥的拒绝不是一种胆怯和退缩。这样一份责任心在我们成年人的世界里也难得见到，更难得的是能够直面老师，表达自己内心的这份勇气。让人欣慰的是，老师和家长对这份责任心和勇气的理解、培养和呵护。老师没有把果哥的拒绝当成没有上进心，家长没有用各种培训班让果哥"奔跑"起来，他们接受果哥的"慢性子"，尊重果哥自己内心的想法和选择，让一切都变得自然而然，水到渠成。这就是最好的"教育"。

2011 届毕业生陈梓轩的家长　陈志武

觉得果哥真是难得的早慧：在 10 岁的年龄，已经具备了很多成年人也会欠缺的责任感。在荣誉和责任面前，果哥选择了后者。试问能有多少大人能做到呢？不难看出，果哥的慢，是他自己的节奏，是他对自己的掌控力。每件事情，哪怕小到一笔一划的落定，都有这样的或短或长，或轻或重的定力。我们表面看到的是"慢"，但他内心的力在积攒。花开虽迟，却会更艳丽芬芳。

2020 届毕业生陈子杭的家长　陈青昊

| 小官儿 |

○ 学会主动地面对困难,一定得动用自己的智慧,哪怕是面临艰难的考验,也要自己完成超越。因为他需要自己成长,任何人都代替不了。

老师的"坏心眼儿"

老师有时候也要使出"坏心眼儿",尝试着自导自演一出戏,当然啦,参演的角色必须得是有悟性的孩子,还得是有大智慧的家长,老师的尺度要刚刚好。天时地利人和,才能够是"一出好戏"。

班里有三个才女:悠悠、等等、笙笙,都是称职的小干部,大家的好榜样,老师心目中的优等生。她们从小学一年级开始成绩就名列前茅,各个方面都表现出色,这潜移默化地成为她们的骄傲。她们仨是好朋友,乖巧伶俐,我都很爱很爱。她们几乎不犯错误,也没怎么挨过批评,十足的好好小孩。

亲爱的小孩——唤醒与绽放生命

看似完美的小孩，在一次写作文的时候，意外卡壳了。

五年级我们写大作文，主题是"面对错误"。她们绞尽脑汁，也想不出合适的素材。看着那些小淘气们奋笔疾书，这几个只有抓耳挠腮的份儿。成长的路上，哪儿能不经受挫折和挑战呢？成长即出丑，不出丑怎么长？我捉摸着这仨可爱的姑娘，你们难道没有犯过错？难道你们从不出丑吗？

我心机一动，"坏心眼儿"就来了——设置点困难，给你们补上这一课。只要心里惦记着，机会说来就来。我的现场导演，也就立刻拉开序幕。

数学参赛报名的最后一天截止日期到了。数学杨老师急急忙忙地和我说，悠悠没有交报名费，她说家长不让她报了。

嗯？不太应该呀，这个女孩很不简单，没有上过乱七八糟的奥数班，但是她曾经是上届奥赛二等奖获得者。放弃报名没道理呀。

"杨老师，这不太对劲儿，等我问问吧。"我和杨老师说完，片刻没耽误就找来了悠悠。平时，悠悠安静而内敛，深邃又才华横溢。她瘦瘦高高的，看上去有些高冷，忽闪的大眼睛里永远写着对未知的好奇。

她酷爱泰戈尔，中英文一起酷爱的那种。我喜欢她的喜欢。

我们的语文作业特别开放，达到基本标准可以申请不写基础作业，选择自己喜欢的任何内容或方式都可以。悠悠的语文作业，我只有学习的份儿。通篇全是泰戈尔的诗，纯蓝的颜色，清秀的字迹，中英文对照，独特的赏析……批改着这样的作业，着实是一种享受。悠悠的好朋友笙笙全是"宋词"的赏析作业，也有写"繁星·春水"的赏析作业，也有抄写大段的《三国演义》的赏析……

高手如云，写啥都是学习，自由生长吧，我静静地欣赏就好。兴趣才是最好的老师，如果孩子没有阅读为基础，没有对文字的兴趣，老师们的课设计得再精细，效果也可想而知。

悠悠局促不安地站在我身边。"真的不报名了？可别后悔啊。"我询问着。

"嗯，嗯，不报了。"悠悠的眼神躲闪着，声音很小。

想到这个姑娘平时就很有自己的主意。我问："妈妈说——不报名啦？还是你自己——决定的？"

"是，是我，我妈。"她眨着大眼睛。

不出所料，我早就猜到了结果。

"姑娘，遇到问题，不能回避，赶紧想怎么解决？否则一直站在这儿。"时间不允许我给她留思考的余地了。

悠悠的大眼睛里闪动着泪花，紧张得不知说什么才好。

"实话实说，是家长说不报名了吗？"我干脆直截了当。

悠悠胆怯地低着头，小手揪着裤子，声如细丝般挤出来几个字："不是，是我，忘带钱了。"

"忘了，就是忘了，干嘛撒谎呢？如果让自己丧失了这次机会，就没有下一次了！你不觉得这太可惜了吗？"我分明看到了悠悠的紧张，我马上从女高音转到女中音，"遇到困难不可怕，孩子，你要做的是用自己的智慧寻找解决的办法。想不出来，今天就陪我坐办公室吧，我正好缺个助手。"关键时刻，不强迫一下，孩子就永远冲不过那个瓶颈。

教育有时候就像小鸡出壳，要么自己啄破，获得光明和新生；要么被闷在里面等着外力打开，打开很容易，但终究它会是个弱小的鸡。

悠悠低着头，眼泪吧嗒吧嗒地掉，我也真是心疼不已。给她10元吧，别难为她了，她还是个孩子呀；不，不行，再坚持一下，既然要动坏心眼儿，就要坚持到底，关键时刻不能心软……结果都是一样的，给她吧；不行，可是出壳后的小鸡质量不同啊。自我突破！心里发着狠，等待着她开口。

"老师——"悠悠抬起头，大眼睛看着我，鼓足勇气说，"您先借我10元，我明天还给您。"

亲爱的小孩——唤醒与绽放生命

"好样的！悠悠，这就是你的好方法，最好的办法，我喜欢这主意。"我轻轻拍了拍她的肩膀，给她一个大大的微笑。看着她拿着钱跑去的背影，马尾辫一摆一摆的，那么欢快。

学会主动地面对困难，一定得动用自己的智慧，哪怕是面临艰难的考验，也要自己完成超越。因为她需要自己成长，任何人都代替不了。她冲破了薄薄的蛋壳，感受了自己的力量，看到了新世界，我由衷地为她喝彩。

早上的事就算过去了。转眼就到了中午，我们训练跳绳。十人八字长绳比赛即将开始，从一年级开始凡是比赛我们班就几乎没失手过。

孩子们在紧张地演练着，我此时正盯着很有潜力的男生队，他们进步神速，两轮下来从255个一跃就超过300个了。回头却瞥见实力强劲的女生队正围成一团吵吵嚷嚷，过去一看，个个气哼哼的样子，谁都不服谁的傲气弥漫着。

我过来询问，女生七嘴八舌地指责。归纳起来就是当有人跳坏了的时候，总是互相埋怨。等等看大家这样子，不能团结一心，干脆不跳了，转身离开。悠悠和笙笙护着自己的好朋友，跟大家针锋相对。大家都有了情绪，就没法继续跳了。

等等最与世无争，人如其名，文文静静，戴着个黑边小眼镜，俨然一个小学究。懂事乖巧的等等也真是了不得，她对文学作品的领悟力非同一般，五年级，她就读过了《小妇人》《复活》《简·爱》《三个火枪手》……有时候还和我聊一聊其中的情节。同学们说她的英语已经有初中水平了，偶尔也捧着英文名著看，我心里也暗暗佩服这个小姑娘。

我派人去叫等等，她忸忸怩怩地来了。我得故意针对她一下——"跳绳讲究的是团队协作，少一个人就没法跳了，你为什么离队？"我没客气。

"她们老说我跳得不好，那我就不跳了呗，谁跳得好就去找谁吧。"

| 小官儿 |

她很不服气。

"你是排头,大家都看你呢!跳不好总结经验啊,你生气离队,她生气也离队,你想过你带来的影响吗?比赛当前,你一个人走了,把大家的士气全部带走了!作为小干部,责任在你!"我毫不留情,等等默不作声,呼呼喘着气,眼泪汪汪的。

小学的优等生最怕的是自己在同学们面前失误,他们顾及面子,缺少勇气。他们把自己架在那个位置,输不起。如果从小不经历磨炼,越长大越是问题。

"为什么不说她们,为什么只说我?我不参加了!"等等彻底愤怒了,委屈得稀里哗啦地哭。她不管不顾地走到树底下待着去了。

好!真好!小丫头,终于等到你有脾气了。这是个好机会,成长的最佳机会。正当我想着,悠悠和笙笙也来找我理论,认为老师应该公平,不能只批评等等一个人。

你们好朋友还真是共患难啊,哼,不拔刀相助就好。

三个才女,此时此刻满脸的不悦,气哼哼地在嘀咕什么,估计嘀咕里一定有我。怀着"坏心眼儿"的老师,似乎今天格外的较真儿。

一晃就放学了,我三番五次催促孩子们速度快些。再三提醒后,仍然不奏效,还有几个在磨磨蹭蹭。

"再给两分钟,走不出教室的就留下来。"只见笙笙仍然在分秒必争地写着什么?作业!我在等待你们站队,你此时此刻非要写作业?这是要跟我对着干吗?

笙笙是学习委员,白白净净,瘦瘦小小,文质彬彬,聪明好学,自律性好,自尊心强。画画是她的拿手好戏,得到过全国一等奖。我在教室门口催着,笙笙不紧不慢地收拾着东西,丝毫没有抓紧时间的意思。

"笙笙,你快点!"我喊。她瞟了我一眼,继续不慌不忙的。似乎她对我的不满都憋在胸口,随时准备喷薄而出。

亲爱的小孩——唤醒与绽放生命

"你留下来，和他们一起做值日吧，我去放学了。"只见笙笙的脸瞬间红了，眼泪唰地流出来。

我想，怎么了？这就不能承受啦？我哄一下带她走？不行，我的"坏心眼儿"就要坏到底，允许我心疼她一秒钟。

"你哭，老师冤枉你了吗？"我毫不客气地说。

笙笙流着眼泪摇头。

"那你为什么哭？哭可以解决什么问题？你说说，我听听。"我紧追不舍，笙笙眼泪更汹涌了。她只是哭，不理我。

我放学回来，值日快做完了，笙笙依旧在抹眼泪。我的心啊，一阵酸楚。送走了其他的孩子，我留下了她。

校园里有两棵高大挺拔的雪松，像慈祥的老爷爷，巨大的手臂，宽阔的胸怀，孩子们总是喜欢在他的怀里嬉戏。此时，我和笙笙并排坐在雪松下的台阶上，笙笙在抽泣。

"笙笙，别哭了，如果你有自己的理由，你可以解释，我听。"我试着打开话题，笙笙不语，都说刚柔相济，我怎么才能让她说话呢。

我继续说，"姑娘，我等你，聊完今天的事，我们就可以回家了。"我停下来，看她的反应。她面无表情，宁死不说的架势。如果今天笙笙不说话，我的"坏心眼儿"便真的是彻底坏的了。

"孩子，大人呢，也经常自以为是，我是不是误会了你，冤枉了你呢？你是这么美好的女孩，我有时候一着急就……"我说得很慢。笙笙看了我一眼，抹了把眼泪，长出了一口气，向我说了她的心里话。

她今天晚上有课外英语班，必须写完学校的作业。下个月有小提琴比赛，每天晚上加强练琴。本来时间紧张，中午又去跳绳，她的家庭作业没时间写了，放学时，正在争分夺秒地赶作业。

听孩子说着，深深地理解她的小心思，更心疼孩子的辛苦。

"那现在重新模仿一下，我当时催促你时，最好的方法是什么？"

我想，原景重现或许可以做最好的补偿。

笙笙说，可以跟老师说我的想法，还可以快点收拾东西回家再写。

"你，你还可以撒娇耍赖呀，请老师网开一面给个机会。还可以申请，今天的作业明天补上。如果都会了，还可以申请不写呀。"我看着笙笙。

笙笙水汪汪的眼睛透出一副惊讶的神色，似乎没有想到我会以这种方式劝解她。

"遇到事情先要想怎么更好地解决，用智慧的大脑去思考，快乐幽默地解决问题而不是哭鼻子。哭鼻子不仅不能解决问题，反而耽误自己更多的时间。"我停一下，"今天的语文作业可以不做了，按时睡觉，补或者不补都按你的想法来。"笙笙露出轻松的表情。

我帮她背好书包，拉着她的小手，送她走出校门。

这"坏心眼儿"的一天，刚刚开了个头。孩子回家会怎么和爸爸妈妈描述我呢？这出戏里面的人物众多啊。小孩是主角，其他人物关系怎么处理？沟通，及时沟通，有效沟通，才是把"坏心眼儿"的好事做好的基础。

再次回到雪松下，台阶似乎还热乎着呢。两棵雪松郁郁葱葱的，安静，平和，一年四季都那么慈祥。坐下来，我给悠悠妈妈发了短信：今晚女儿会问您要 10 元钱，如果她说了真相，你一定要夸赞她；如果她不说，我以后告诉你。

妈妈回复我一个"笑脸"。

晚饭后，我打电话给等等的妈妈，我把我的想法说给她听，希望等等经历点小小的困难与挫折，学会如何面对困难，这也是成长中的一课。等等妈妈和我的想法一致，她一直就觉得女儿太过内敛，欠缺主动。我们俩约好，借着这件事，想办法让等等更加自信，学会沟通，学会积极面对挫折。

亲爱的小孩——唤醒与绽放生命

第二天我收到了悠悠的 10 元钱。一天过去，我都没有等来等等。放学时，我的计划落空了。但是我绝不可以主动，否则我的"坏心眼儿"就会半途而废了。

晚上，等等妈妈偷偷打电话给我。她告诉我等等不敢找老师道歉，她担心同学指责她，她很害怕老师从此就不喜欢她了。她从没有过这样的经历，特别不自信，不敢去找您。

这几乎是所有优等生的通病——各种担心，无比不敢，太想在大家的眼里做个完美的人，而让自己紧张着，不敢自由地做自己。

不打破瓶颈，就长不上去。有些家教过于严格的孩子，也会如此谨慎的，在班级里一直放不开自己。

"请您转告等等，因为喜欢她，所以才难为她。"谈话的最后，我告诉等等妈妈。

第三天一早，等等来了。我为她的勇气而高兴，为她的成长而开心。

"欢迎你来找我，有什么事情呢？"我看着她故作疑惑地问。

"嗯，妈妈鼓励我，让我找您聊聊，我就来了。"她不看我，只顾说自己的话。

"你敢不敢在全班面前坦诚地和大家交流，把跳绳这事解决了，重新凝聚力量，鼓舞一下大家的士气？"我激将她。她两只眼睛看着地板，轻轻地摇了摇头。

"你要有信心，把坏事变好事。你是小干部，你有这个能力。"我鼓励她。她看着我，很久不说话。

"你必须敢，每个小干部都要敢于在大家面前坦诚地交流。"我看着她的眼睛，"你不试试怎么知道呢，人无完人，这点小事算什么呀，以后遇到的事情多着呢，你就当拿大家练练手。我教你，你学着我的话说。"她一边学，一边自己捂着嘴笑。

| 小官儿 |

当孩子觉得老师是爱自己的,她是安全的,就会敞开自己,自由地表达。

午管理班,等等小心翼翼地站在台前,略显得局促。承认自己的任性,动员大家团结起来好好练跳绳。请老师包涵,请大家原谅。

她把我们演练的那几条道歉变成了自己的真心话,她第一次完美地超越了自己。掌声响起的时候,她笑得很腼腆,低着头跑回到座位。

归队后的等等,带领大家团结一心,努力拼搏,我们班跳绳比赛再次获得冠军。三个好朋友拥抱在一起,又蹦又跳又尖叫,笑容无比灿烂,我的心里比她们更灿烂。

悠悠还是如此高冷,阅读量惊人,有时候她和我切磋,我得很慎重。这姑娘想法独特而深刻,很不寻常。等等的学校生活中,总会有些小烦恼,她很大方地和我交流。笙笙会撒娇了,也会耍赖了,和老师"讨价还价"的本领增强了。当然,这个娇小智慧的学习委员,工作起来更灵活了。

记得六年级快毕业的时候,等等和好朋友之间出现了不和谐,她把烦恼写给我看——夹在作业本里的小纸条。我也夹了一张纸条给她"世上本无事,庸人自扰之"。我鼓励她不要多想,积极去沟通,如果她做到了,我请她喝咖啡。她果真做到了,我为她开心不已。

匆匆那年,记得学校抗震加固提前进行,我们一时匆忙搁下没有兑现的诺言。一杯咖啡,我欠她的。我和等等的咖啡之约,就这样,搁置了。

送走一个毕业班,一部大戏终于杀青,但是真的杀青的那天,又总是很惆怅。

记得孩子们收到录取通知的那一天,我独自去爬香山。从山脚下到

亲爱的小孩——唤醒与绽放生命

山顶，足足走了近三个小时。我不断地收到孩子们的好消息，她们仨升入人人羡慕的海淀区六小强。

山还是那座山，路还是那条路，我小憩于那块熟悉的石头上，远眺北京城，似乎放飞了雄鹰无数。回忆过去，把一切故事和美好珍藏。

又是一个教师节，上高一的悠悠回来看我，她带着一本《山河岁月》。

"老师，您经常以书为礼物，赠予我们，我也赠您一本书当礼物。"她双手递给我。我们坐在学校的书虫区聊天。我一看，胡兰成著，我还真没读过。

"老师，虽然胡兰成口碑不是很好，但是这本书写得真好，我读过了，很受启发。"我一边感谢她一边想，弟子不必不如师，青出于蓝而胜于蓝啊。后来，我看到过悠悠的每月书单，大概有十本之多，内容包罗万象，且多是关于哲学和文化。

毕业后的笙笙，一路顺风顺水。某一个教师节，高中的笙笙发来消息：小时候，您狠狠地把我整哭，我委屈得泪如泉涌，那是我第一次挨批，印象深刻；您又奇迹般地免了我的作业，我感动得无法形容，那次之后，我知道犯错并不可怕，谢谢您特殊的爱。祝您教师节快乐哦。（ps：您为什么把我整哭了，我早已不记得了，哈哈。）

一欠，一晃，过去了十年。我们都没忘记，每次和等等聊天的时候，我们都不约而同："约咖啡呀？""好呀！"匆匆那些年我们究竟说了几遍，每次约了之后再拖延。

三个冰雪聪慧的女孩，面对淘气包们不屑一顾的"小错误"，她们却觉得如此难以跨越。当小鸡冲破蛋壳后，会感受到自我强大的力量，我相信，以后的人生路会越挫越勇。

"如果犯错，记得幽默"，如果想要突破，也可以幽默，这是多么有意思的成长呀。"坏心眼儿"的老师们在集体生活中要教给孩子们的还有很多很多。那些看不见的，摸不着的，不值得一提的，或许是比知识更令人怀念吧。

我至今收藏着悠悠的真迹，那本教科书般的作业是她童年对美的追求，那是她成长的足迹：清秀的字迹，书写着无限的热爱。

我欠等等的咖啡，终于有机会弥补了。她出国读研的日子临近。软件园，中信书店，books+coffee，我们约了咖啡。叙叙十年的过往，聊聊未来的方向，仿佛还是十年前的感觉，只不过受照顾的变为是我。时光流转，一杯咖啡穿越十年，以至于我们都忘记了，当年是因为什么事许诺的咖啡了。

师生一场，就这样，浅浅淡淡，清清楚楚。或飘散了，或联系着；或相忘于江湖，或想念于偶然。

暑假里，收拾书籍的时候，我无意翻出笙笙写给我的毕业留言：

二三年里故事多，小学老师胸怀阔；

六载风雨共兼程，四班明星永闪烁。

藏头诗啊，藏得好，藏得妙。

我的"坏心眼儿"的故事，还有很多深藏着呢。有的成功了，也有的失败了，下次该从流淌的记忆小溪里捧起哪一个呢？

慢慢来，慢慢来。

师生一场，就这样，隐隐约约，真真实实。或写出来，或藏心里；或相忘于江湖，或想念于偶然。

家长感悟

　　老师用自己的"小聪明""坏心眼儿"引领孩子前行，开发孩子潜能，唤醒孩子的智慧，激励孩子不断进步……孩子会觉得老师是无情的难为，实际却是老师深情的爱。天真无邪的小孩，心中一个不愉快的"结"可能会影响孩子一生，但有了老师的"坏心眼"点拨，也许就会柳暗花明，豁然开朗。但是老师的"坏心眼儿"是个很难把握的度：时机的把握，分寸的深浅，语言的艺术，和家长沟通的技巧，彼此之间的信任……这不是所有的老师都会信手拈来的吧。

2015 届毕业生张菁雨的家长　刘娟

　　老师的"坏心眼"是孩子成长中的一次突破，这样独特的方式会让孩子受用一生。孩子从小就要懂得：想要得到什么，必须要自己去想办法，战胜自己后去实践。很多人都是成人之后吃了无数次亏被迫改变的，或者说一辈子也没有悟到这个理儿。突破是很难的，老师和孩子的相遇也是缘分。尽管孩子或许并不知道这个秘密的存在。

2020 年毕业生李玉琳的家长　刘宏宇

| 小官儿 |

○ 有意栽花，花儿开或者不开都开心，至少，栽花的时候心情是愉悦的，是带着无限期许的；无心插柳，柳儿成荫或者不成荫都坦然，至少，插柳的时候心情是自由的，是萌发着情趣的。

少年剑客

提笔的时候，或许他正驾驶着飞机翱翔在加州一号公路的上空，鸟瞰山与海的相拥；或许他正站在猛犸湖滑雪胜地（Mammoth Mountain）的雪山之巅，酝酿着飞跃而下的畅快；或许他正在写一些我不能够理解的代码，想为未来做点什么……我亲切地称他Frank。

十六年过去，这个少年长成我仰慕的样子。

那年夏天，就是送走毕业班之后怅然若失的夏天。Frank妈妈来电说，受儿子委托，想约我一起坐一坐，心中一下子就有了美好的期待。六年未见，当初的那个小男孩到底什么样子了呢？我想象不出来。

亲爱的小孩——唤醒与绽放生命

等待见面的日子里，我努力拼接起小学的两年时光，链接起六年后的 Frank。

2003 年，宇宙中心的五道口，紧邻清华大学，我们的新校区建校了。我成了最高年级三年级的班主任。二十几个孩子来自五湖四海，Frank 的气质很快吸引了我的注意。

他瘦瘦高高的身材，白白净净的脸，戴着一副金边眼镜，总是很斯文的样子，无论你讲什么他都若有所思，总是专注地看着你，对于每个问题都有自己的独特见解。课未开讲，他已经有非常认真的预习；课堂之上，他从容自信娓娓道来；课堂之下，他又产生新奇的问题，追着老师来探讨……他凭着超高的人气，成为中队长。

最初的班级建设，我总是喜欢从游戏开始。教室、操场、楼道、办公室，随时随地做游戏。无论是师生两人的游戏，还是一群孩子的玩耍，总会洋溢着快乐，彰显着自由。

秋天的午后，操场只属于我们班。天空像被海水洗过般湛蓝，阳光环抱着一张张笑脸。韩国留学生熙姝，不太会讲中文，腼腆地站在那儿，两只小手握在一起远远地看着。Frank 瞥见了她，跑过去，拉起她的手，欢快地加入游戏。我看着，心里暖。孩子的世界多么纯洁，那个动作轻轻地落在我的心海，那么轻盈，那么自然，这才是孩子该有的美好样子。

学习是我们班级最头疼的事情，我不住地告诉自己，不要着急，不要着急，会好起来的。然而，不着急是假的，从孩子们的眼神中，我收到的信息是——听不懂，从孩子们的作业中我得到的回复是——没学会。

我和 Frank 商量，我们成立互助学习小组吧，他很开心有事情可做。对学习最没有兴趣的阿牛和最不会学习的魏宝成为 Frank 的合作伙伴。多少小伙伴羡慕阿牛和魏宝，多少小伙伴又为 Frank 感到为难。

Frank 并不在意，开开心心地投入工作了。

"开会啦，今天我们说作业的问题……"三个人聚在一起，说说笑笑。

"讨论一下，我们怎么才能够成为最优秀的小组？" Frank 又在准备着超越了。

Frank 为互助小组制定 VIP 计划，并承诺达到目标会给他们发奖。阿牛和魏宝顿觉喜从天降，第一次享有被学霸宠爱的高光时刻，开心不已。课间，阿牛或者魏宝的身边总会有 Frank 的身影。

阿牛坐在座位上，Frank 趴在她的桌子边，两个小伙伴写着算着，阿牛沉郁的脸上有了灿烂的光闪过，就连小辫子都绽开了花儿，他们嘻嘻哈哈地笑个不停，好不快乐。

魏宝靠在楼道的墙上，比比划划地样子很滑稽。Frank 站在他旁边，正在给他口头听写。只要魏宝说对了，Frank 就和他击掌庆祝，引来小伙伴惊讶的目光。日子长了，阿牛和魏宝都把 Frank 当成自己最好的朋友，他们一脸傲娇的小表情。

"我不能偷懒了，Frank 课间都不能玩儿了。"

"我们小组有 Frank，全无敌！争第一。"

小孩的心多么纯净，阿牛和魏宝就这样神奇地爱上学习了，他们似乎从 Frank 身上找到了学习的快乐，渐渐地融入了这个大家庭。

天才之路都是用爱心铺成的，并且在铺成这条道路的爱心中，一定有天才自己的一颗。

Frank 语文学习能力强，基础性的字词几乎不会出错。我干脆免了他的部分作业，只保留了周记和作文。Frank 笑得灿烂，洁白整齐的牙齿都放着光。他的作文速度飞快，提起笔来，旁征博引，洋洋洒洒，一气呵成。文字舞蹈着，字字句句都彰显着旺盛的生命力。

"Frank，你的字写得太潦草了，可以写得再工整一些吗？"我说。

亲爱的小孩——唤醒与绽放生命

"老师，嗯，如果慢下来，我的脑子也慢了，我就写不了这么好的文章了呀。"他说。

还真有点道理。文章的情感流淌、节奏变化、主旨表达，似乎比书写工整更重要呢。算了，干嘛非得十全十美呢？美观的字就留给写字课的田字格吧。

周记是 Frank 施展才华的舞台。妙笔生花、古诗欣赏、名人名言、读书笔记等固定栏目不能完全展示他的能力。百科知识、英文谚语、科技前沿等变着花样地出现在他的周记中。他自由发挥的散文、诗歌、议论文都是佳作。

他喜欢分享，又乐于听取大家的建议和点评。当一个优秀的孩子不突兀，而是和同学们融为一体，有了这样舒适的感觉，那一定是真正的优秀。

我们学习《古朗月行》"小时不识月，呼作白玉盘……"月亮初升时逐渐明朗，宛若仙境般的景致多么迷人。我们随着李白的浪漫，乘着想象的翅膀，沉浸在嫦娥起舞、桂树团团，玉兔捣药的画面中……

Frank 一反常态，一节课都没发言。下课后，Frank 抑制不住自己的兴奋，他说这些都是想象的作品，月亮是围绕地球旋转的球形天体，是地球的天然卫星。我们的童话梦被他生生地叫醒。

他滔滔不绝地给我们讲月球的环境、月海、潮汐变化。孩子们聚拢过来，听这个小科学家的演讲：月球轨道半径是 384403 千米，表面面积是 3.79×10^7 平方千米，平均密度为水的 3.35 倍，表面平均温度 23℃，月球的直径是地球平均直径的 1/4，质量只是地球的 1/81，引力是地球的 1/6，人在月球上可以飞起来是因为……我们听得目瞪口呆。

我们常人爱的是月亮，而 Frank 爱的是月球。

他对数字的敏感，超越了对语言文字的感悟力。学校的奥数班也敞开大门，迎接了这个与众不同的男孩。2000 年前后奥数处于理智期，奥数班是真正属于有数学天赋的孩子们的。我们学校每个年级不仅有两个纯粹的数学实验班,也有奥数精英的思维集训班。奥数尖子生都是老师们根据孩子的天赋,征得家长的同意,经过测试和选拔才能去的。

数学老师火眼金睛,在我们的班里,发现了三个数学小天才,其中就有Frank。我们俩当即决定,事不宜迟,立刻推进。

我们约了三位家长到学校商量此事。接送等安全问题家长负责,和总校沟通等细节问题老师负责。三个男孩从此开启了每周两个下午赶到总校上奥数课的漫漫征程。

我的心里一直放不下,他们是插班生,能跟上进度吗?会不会给老师增加麻烦?还有需要我叮嘱什么吗?几次课之后,终于忍不住问了负责的老师。

意想不到,老师们对他们赞不绝口。作业清晰整洁,发言积极踊跃,成绩保持优异。最可贵的是,Frank和两个好朋友经常主动擦黑板,放学后留下来做值日。我的心终于放下了,由衷地为他们自豪。

Frank成为奥数班的佼佼者。有一次,他和小伙伴在课间研究奥数题,我凑过去看热闹,16开的笔记本,一道奥数题的论证过程,写了满满一页,整洁得好似印刷品。

"Frank,这是你整理的笔记?"我好奇地问。

"不是,这是我的作业。"他淡定地说。

我翻开每一页,都是一样的一丝不苟。这只是个四年级的小孩,我暗暗佩服。"三剑客"的名字,在我们班传播开来。无论刮风下雨,严寒酷暑,Frank和小伙伴的奥数课从未间断。Frank自带光芒,一发不可收拾,他的学习力就像雨后的春笋噌噌地蹿。

带领同学们诵读经典是我的兴趣。见缝插针,时间总是有的。古诗、宋词、《论语》,背哪一个呢?调查之后,我改变了初衷,兴趣才是最好的老师,喜欢什么就背什么吧。

亲爱的小孩——唤醒与绽放生命

孩子们的比拼,颇具看点。课上齐颂,课间单挑,课后辩论。阿牛和魏宝毋庸置疑都随着 Frank 背《论语》,着实让我吃惊,这一定有 Frank 一半的功劳。

形式有时候会决定成败,有仪式感的学校生活是会发光的,浸染着孩子们对生活的热爱,对幸福的敏感。

每周一的"华山论剑"紧张激烈。三派的擂台赛如火如荼地进行着,我也被卷了进来。

"老师,这是我们论语派的测试卷,您一起加入吧?" Frank 递给我一页 A4 纸,侧目看去,全是打印的《论语》填空题。

"谁出的考题?你都会吗?"我惊讶得瞪着他看。

"我出的,我当然会,我们论语派每周都要答题的。" Frank 欢快地看着我,推了推他的眼镜,俨然文质彬彬的小老师。我顿时呆了,心里暗暗叫苦:我真不敢保证我都会啊。

"那——Frank,你会给我监考吗?"我轻轻地问,"你,会给我阅卷吗?"心跳加速中。

他看了我 5 秒钟,挠了挠头:"您是老师,您,随意吧。"他说得轻松快乐,我却一阵紧张。

四年级结束,他学完了一本《论语》。

真正的优等生不需要老师的肯定与赞美,因为他对自己做的事,有着执着的热爱。

我们师生的缘分,仅三、四年级,两年而已。

他升入高年级,我们偶尔在校园里见面。他毕恭毕敬地问"老师好"。我开开心心地喊一句"Frank 加油,等你好消息"。升入初中之后,孩子的忙碌加倍。六年中,我和 Frank 没有见面。偶尔从他妈妈那里得知他的消息一二。

一晃，Frank 就要上大学了。宇宙中心，五道口，零度空间，台湾小馆。两位一米八几的大男孩，阳光帅气，文质彬彬。曾经的两位"小剑客"，已然玉树临风，我痴痴地仰视，由衷地欣赏。

　　"老师，我没有发挥好，考上了复旦大学数学系。"阿豪摇头轻叹，一脸的不好意思，"Frank 很厉害，提前就被芝加哥大学录取了。"

　　"可能是机会好吧，高中参加了很多竞赛，获了一些奖。当然，还是遇到了最好的老师。"作为剑客的他们，依然保持着儒雅的样子。

　　多年不见，聊得甚欢。回顾初中的校园生活，畅聊对未来的憧憬，回忆小时候的"剑客行"。

　　"老师，您不知道，他们想请您吃饭，这么多年未见，又不好意思，我只好来作陪。"Frank 妈妈平和乐观。

　　我深深地记得她的育儿经——随时关注儿子身边是什么样的伙伴。

　　"没送孩子们到毕业，只带了两年，还被你们惦记着，我才不好意思。"我说。

　　"儿子运气好，遇到很多好老师，十二年来，两位老师对儿子的成长起到不可替代的作用。高二的英语老师，我们能去芝加哥大学上学，和英语老师的信任和鼓励分不开。"Frank 妈妈停了一下，"小学也很重要啊，您给他们非常大的自由空间，自信就培养起来了，那两年的时光太宝贵了。"

　　原来如此，我那是无心插柳。每个孩子都是独特的，家庭养育得好，老师们的劲儿才能用得上。有意栽花，花儿开或者不开都开心，至少，栽花的时候心情是愉悦的，是带着无限期许的；无心插柳，柳儿成荫或者不成荫都坦然，至少，插柳的时候心情是自由的，是萌发着情趣的。

　　初中和高中，Frank 和阿豪都在人大附中就读，都是佼佼者。Frank 是校园著名摄影师，学校信息化建设中（NOC 活动）全国一等奖获得者，也是世界中学生微电影中国区的获奖者。他活跃在自己的兴趣领域，青春的激情燃烧得淋漓尽致。

又是许多年过去，异国他乡的 Frank 和阿豪都已经工作了。

Frank 在芝加哥大学读本科的时候，休学两年筹款百万美元和朋友去硅谷创业；Facebook 成为最年轻的部门主管，推出重新定义程序员职业的代码工具 Aroma；事业如日中天的时候，又去加州大学伯克利分校读天空计算实验室的博士。

优秀的人永远怀着好奇心，永远积极乐观地开辟新天地。

上山、下海，飞在白云间；做人、学问，踏实又谦逊。他还是我心中的少年剑客 Frank，永远在阳光里奔跑着的大男孩。无数学弟学妹们听着他的故事，编织着自己的梦想。

码字至此，想看看剑客 Frank 在干嘛，翻开他的朋友圈：

打破了一项云计算和大数据处理的世界纪录：在公有云上用不到 $100 成本排序 100TB 的数据。

再翻：

最近开辟的新航线：

圣卡特琳娜岛（Santa Catalina Island）

拉斯维加斯

家长感悟

"教育的理想就是让每个人都去追求自己的顶峰"——苏霍姆林斯基。老师通过建立"互助队"、推荐"奥数班"、摆"古诗词擂台赛"等一个个寓教于乐的活动，助力"小剑客"们不断积蓄仗剑走天涯的能量。我们不能说"Frank 们"练就了自由飞翔的能力是哪个老师给予的，但也一定会有每一个老师的能量在他身体里存在着。回想学生时代，大多数人都会首先想到高中和大学，对于小学和初中阶段的美好时光反倒记忆模糊。但实际上，中小学阶段的基础教育对于孩子成长非常关键。它就像我们吃饭一样，我们虽然不会完全记得过去的每一天都吃了些什么，但你健硕的肌肉、坚实的骨骼、奔腾的热血中一定含有从曾经吃过的食物中吸收的营养及转化来的能量。透过文字，我清晰地感受到老师那种"待到山花浪漫时，她在丛中笑"的从容神态。

2019 届毕业生刘安京的家长　吕秋颖

这篇文章又印证了我的一个观点：老师对学生的记忆力是惊人的！教了那么多孩子，过了那么长时间，细节还能记得那么清晰！可能有的老师习惯把学生的资料和故事随手记录下来，但我想也可能是另一个原因：老师把自己的心血都倾注到了学生身上，情感的深度投入，让教过的学生都会像自己的孩子一样，成为自己生命的一部分，记忆如同刻入血脉和灵魂中，不可磨灭。是花是柳，都是园丁的心血。待到繁花似锦，绿柳成荫，她依然能分清每个花瓣的颜色，每个叶片的脉络。

2021 届毕业生任博源的家长　任中强

○ 小干部的工作和老师无关，那是她个人能力的体现，更是她人格魅力的绽放。每个孩子都有无限的可能，我们要尽情打开他们的世界。

"七仔"老左

"小宋！"

"老左！"

一生一师，惯性地打招呼后，我们哈哈大笑起来。又想起老左的妈妈总是笑眯眯地对我们说，你们俩没大没小的，一点儿不正经。是的，不正经的劲儿，从第一次见面，第一次说话，第一次的眼神儿，就开始了。

她一直喊我"小宋"，我只能喊她"老左"。电话拨通的那一刻，有点小激动，我们终于又找到了彼此。

然后，沉默。

"宋老师——"分别十几年后，这是老左第一次喊我宋老师。

"老左！"

然后又是沉默。

"老师，我哭了。"我隐隐地听到了老左笑中带泪的抽泣声。

"怎么啦？孩子，来，让小宋抱抱，别哭啊，那么快乐的你，怎么……"

我安慰她，隔空，并不温柔。

"就是一激动，就哭了，我想你了，这么多年……"老左像个小孩子，撒着娇。我努力着想象她梨花一枝春带雨的样子。

"老师，我都快 30 岁了，混得一点也不好，没有实现我爸我妈的要求。不好意思，我几乎不和任何人联系……"老左就像犯了错的孩子，说得很委屈。

我赶紧鼓励她，美好人生才刚刚开始，好与不好，不是别人说了算，自己来感受，未来你会越来越好的。

"就你还这么信任我，当时我就是一个小屁孩你对我那么信任，一直深深地记着呢。"她像个小猫一样柔软起来，"我哭了，忍不住，不好意思啊，嘿嘿。"

听着她吸鼻子的声音，想起刚入职时的自己，谨小慎微；想着老左十岁的年纪，个性张扬。我郑重其事地做好了一切准备，登上三尺讲台的第一课，老左当头就给我一棒，这是准备了一万条也没准备到位的。

那是我人生的第一个班，她是我的第一个班长，她的样子停留在那个时刻——开学第一天，一直。

老左像极了《长江7号》里的七仔，顶着毛茸茸的卷发，伸着天线般的"触角"，一切往事都暗潮涌动起来……我的老左，久违的老左，与众不同的老左。

亲爱的小孩——唤醒与绽放生命

毕业后分配，接了一个四年级的班。人生第一个班是我抓阄抓来的，是命中注定遇见的天使，正好凑成一副扑克牌——五十四个学生，历法的缩影，一切都是天意，吉祥如意。

开学第一天，我做足了准备，站在讲台上，严肃认真，想着不怒自威的班主任就要上任了，下马威还是得有的，我必须不能笑。

自我介绍之后，同学们也介绍自己，介绍也就是个过程，其实根本记不住几个人。接下来，随机发言，让孩子们说说自己的希望，本学期的规划，随意说说最想表达的吧。

由于班级是新的组合，至少四分之三的伙伴不熟悉，小朋友们坐得笔直，一双双明亮的眼睛看着我。心里一半是紧张，一半是兴奋，还有一点藏不住的是拿捏着班主任的劲儿。

沉默中，一个中等个子的小姑娘嗖地举起了手，精灵古怪的大眼睛盯着我。绣球绿的T恤，圆圆的脸庞，黝黑的皮肤，蓬蓬的短短的自来卷儿，毛茸茸的，好可爱。嚄，还有一只小"触角"呢。

"老师，您说您是新老师，能不能跟其他旧老师不一样，别那么严肃，老师们整天绷着个脸，跟学生欠着他两斗米似的，看起来真难受。"这姑娘像要宣布获奖似的举手，竟然是给我提建议。她噘着小嘴，一脸的正经。

我瞬间石化了，这建议还一点儿都不温柔。

我不知道当时自己的样子，是不是真的很僵硬，但这孩子的问题让全班惊讶了。大家瞟了她一眼，瞬间又盯着我，似乎等着一场宣判。我定了定神儿，下意识地舒展开紧绷的脸部肌肉，告诉大家："有想法就要直接表达，这位女生很率真，我接受她的建议。"

"老师，我还没说完呢。"她并没有坐下的意思，我是不是可以等来她的话锋一转呢。"您是刚毕业的老师，您这件西服，这绿，太深了，穿上显得很土气，不太好看。老师，我就是觉得不好看，没别的意思，换了吧。"她轻松地坐下了。

| 小官儿 |

我竟真不轻松了——这是我为了第一次登台,特意准备的薄款外套,螳螂绿。平生第一次要领导一群孩子,平常一直T恤牛仔的我,本想正式一点,树立个威严,定个形象。嚯,小家伙,你是特殊生啊,还是特殊生啊?

全班都鸦雀无声,盯着我,似乎要看看这个新班主任,会怎么出牌?考验!绝对的考验,人生入职后第一次真的考验,猝不及防。

"好,这个建议我也接受。"我试着挤出个笑容来,从讲台上走到同学们面前,"我猜啊,这位同学,她一定是个画画高手。如果你愿意,可以给我设计个你们喜欢的衣服,那我很乐意穿。"孩子们紧绷的小脸放松了下来。

"不过,我瞬间有个想法,你们要听听吗?"这见面的第一课,我遇到了意想不到的挑战。既然是挑战,就要迎难而上,化险为夷为上策,"尽管我还叫不出这位同学的名字,但是她很真诚,既坦率又自信,为了她的两个建议,我临时决定,就由她代理我们班的班长,掌声感谢她。"我说完,轮到她露出了惊讶的小表情。

我的心呀,跳得很紧,不知道她是否和我一样。

接下来,我从年级组长那里了解了一点儿这个小姑娘的历史:不太像个女孩,大大咧咧的。经常会迟到,学习中上等吧。爸爸妈妈人很热情,爽快,但是心都很大,不怎么管孩子。

鹰隼试翼掠长空,天高海阔任我纵。她就以这样前所未有的出场方式,成为我们班的临时班长,走马上任的她,深一脚浅一脚地工作着。

一个月后干部正式选举,她以高票当选真正的班长,她信心满满地用最高标准努力着。最突出的是作业,她认真极了。课堂上发言积极,思维活跃表达清晰,获得掌声的画面成了一道风景。奇迹般的,她迟到的次数越来越少了。

有一天,她胳膊上耷拉着大书包,在门口喊报告,自来卷儿的头发

亲爱的小孩——唤醒与绽放生命

上依旧是小触角直立着,一样的噘着小嘴。

我开门,她嘟囔着说:"起晚了,都没顾上梳头洗脸。"

我想笑,诚实的孩子,天真的样子,让人没法生气。

下课后,我把她叫到办公室梳洗打扮。她虽说着抱歉的话,但脸上全是得意。

关于这次迟到后又发生的事情,在我的班主任生涯中,她是唯一!前无古人后无来者!

最开心事情是她这个班长比我还有威力。班里的大事小事她总能化险为夷,化干戈为玉帛,同学们对她是佩服得五体投地。

当上班长后,她的小宇宙开始爆发,像雨后施了肥的春笋,嗖嗖嗖地蹿,又像电视里播放的春笋的广告,前半秒还蒙在土里,一眨眼就长成了。

纪律、作业、广播操……哪里做得不好,她就深入到哪里;深入到哪里,哪里就会有成效。

广播体操不严格要求,孩子们是不怎么用力的。淘气的孩子总是吊儿郎当的已经成为习惯,有些孩子根本做不下来。她在全班面前进行锻炼身体、热爱集体的演讲;她给小干部分工,制定单独训练计划;她制定了方案,给各个小队进行评比。班级广播操的面貌焕然一新。

殊不知,以前的她,也是这么个吊儿郎当的小孩。无私付出的工作热情,豁达乐观的生活态度,让她收获很多粉丝。当然,我知道自己的作用,就当个画龙点睛的幕后人物,挺好。

千万不要理解为她是老师的小助手。"小助手"这个词,用法值得商量,如果前面加上"老师的"仨字,再加上"得力"的话,就特别像马屁精了。

小干部的工作和老师无关,那是她个人能力的体现,更是她人格魅力的绽放。每个孩子都有无限的可能,我们要尽情打开他们的世界。

她的学习成绩也一下子名列前茅。当时还有闻名全国的数学竞赛,我记得我们年级共选拔出两个数学班,我带 B 班,有她。

我一个文科生要带华数班准备去打比赛?我自己心里打着鼓,但是必须得上,谁让咱是新毕业的呢。上学时我一直都混在奥数班里,再努力也不可能名列前茅,总是垫底儿,但混过就知道点套路。我既然没有能力讲好华数,就不要误人子弟。大多数时候,孩子们先思考,再分组讨论,最后上台讲课,我是跟着孩子们一起学习的。

这种方式完全适合老左。老左学习的热情极高,带动了所有的孩子。奇迹般的,这个 B 班比赛结果还不错,老左竟然获了奖。

"老左呀老左,这是我人生第一课,你这个独特的小姑娘,当面给我的挑战好高级啊。"回忆完这些故事,我不依不饶地控诉她,"你当时就像刚出山的孙猴子,自由自在,无所畏惧,还好你没有大闹天宫,我就阿弥陀佛了。"

"不会啊,小宋,我怎么会这样子呢?记错了,记错了。"老左不认账,"小宋,我记的事儿跟你的不一样啊。我就记着你对我,对我们,当时,一群土里土气的、晕乎乎的小屁孩,特别宽容,总会给我们新鲜感……不过,你都把我们惯坏啦!呵呵呵。"

我们俩互相揭发老底儿,笑个没完没了。只有一年的师生缘分,却拥有那么多真实和美好。电话里,师生相遇,竟然如此没有距离,想想就很甜蜜。

"小宋,第一个教师节,你送的古诗加印章我还存着呢。"她说。

二十多年了,竟然还存着。

接班第二周的周二就赶上教师节。学校第一周的校会,就号召老师们为孩子准备一个特殊的礼物,拉近和孩子们的距离。议论纷纷中,一个想法浮上脑海:一张字条,两句诗,闲章一点红,好情致,取意为

亲爱的小孩——唤醒与绽放生命

"踏雪寻梅"。白的纯净，红的热情。"踏雪寻梅春色近，雅兴尽藏……"心里美美地胡思乱想着，情怀旷达，意境静美。

这得益于上学时会写几个书法字，还有自己制作的几方闲章。我的书法老师常常语重心长叮嘱我习字要静心，练好基本功。我辜负了老师的期望，书法没能炉火纯青。关键时刻用来点燃小孩的梦还是可以应付的。

教师节当天，孩子们收到了我亲手制作的小书签，别提多开心了。没想到这无心插柳，竟然被学校表扬到不好意思。这似乎也形成一个惯性——以后的每个节日里，总是喜欢为孩子们准备一点有创意的小惊喜。

接班一个月后就买了一副扑克牌，送给孩子们当礼物。大概关于世界名枪的，孩子们抽签命名，各自有了代号，我就是那牌盒子。课堂上回答问题就像出牌一般有意外有惊喜。

这就是老左说的"新鲜"吧，以"礼"服人，是这么多年来最好用的方法之一。

"老左，你不说这些新鲜事我都忘了，你还是老样子，机智而调皮。"

"不，小宋，我还很大条。你怎么会喜欢我这么大条的孩子呢？嘻嘻……"她坏笑。

每一个小孩的内心都住着一颗太阳，拥着一个梦想，那是在混沌天成的时刻就住进去的——我喜欢孩子。

我替你记得你的大条，此生再没遇见过类似的，你是唯一。

六一儿童节，孩子们的兴奋是在所难免的。晚上睡不着，早上恨不得天不亮就爬起来。

一大早，我们就开始忙活，整道具，化妆，本想留点照片资料。可

| 小官儿 |

是老左没来,昨天她兴致勃勃地申请了摄影师的工作。入场是七点半,八点节目准时开始。我带着队伍出发时,仍然没见到摄影师老左。安顿学生坐好,已经快七点五十了,老左还没露面。操场上开始静场了,节目马上就开始,我的心就更着急。

我打算维持好班级秩序后,去哪个办公室打个电话。坏了!初出茅庐的我,竟然没有带着家长的联系方式。欢声笑语、掌声雷动,此起彼伏的节奏,对我来说像是警笛,两眼一直盯着学校大门的方向。

正当我四处寻找年级组长的时候,有人拽我的衣服。回头,是老左。

"老师,我坐哪儿?"她噘着嘴不好意思地笑,"七仔"一样的触角立着。

"你,你干嘛去了,急死我了!"我看她没事,担心和焦急瞬间转化为上火,脱口而出。

"我,嗯,那个,我妈,今儿不上班,所以,我,我起晚了,睡过头了。"小姑娘噘着嘴,一副无辜的样子。

今天31日,周日。她是真实的,一直都真,真得多么可贵。

童年是梦中的真,是真中的梦,是回忆时含泪的微笑。

冰心先生啊,您真的懂孩子。可是孩子啊,你的心真够大的啊,世界上有几个如你一般,六一儿童节会迟到呢?你爱坐哪儿就坐哪儿,我该忙我们班的节目《中国功夫》备场了。

老左机灵,嗖嗖地挪到了最前面,摆好架势,准备拍照,那心态好极了。班级演出超级成功,我的第一个六一儿童节过得一点都不轻松,都拜老左所赐。

一周后,我问老左,照片什么时候洗出来,她支吾半天,满脸的不高兴。我疏忽了,胶卷、照片都是要花钱的啊,这钱不能让家长出。"洗照片的钱老师出,快点洗出来大家等着呢。"我看着她。

"不是,我爸说,他洗照片——"她竟然不看我。

175

亲爱的小孩——唤醒与绽放生命

"对呀，老师今天给你带钱，让爸爸去洗照片啊。"

"不是，我没听爸爸的，我——"

"嗯？"我屏息聆听。

"我等不及了，特想看，结果把胶卷给扯出来了，全曝光了，洗不了了。"她委屈地快要哭出来。

我伸手摩挲一下她的"天线"。她快快地挪开脚步，小手揪着衣角，我那有点大条的老左啊，你的故事足以让我铭记一生。

万千的天使

要起来歌颂小孩子

小孩子

他细小的身躯里

含着伟大的灵魂

我恍然觉得冰心先生"灵魂"的字眼里包含着无尽的含义。

"老左，哈哈，不过你大条得挺可爱的，哪个小孩没有故事呢？"

"不过，小宋你都没批评我哦，你怎么那么宽容呢，哈哈……"

电话里我们笑得前仰后合。真诚和宽容是老师能给予孩子最柔韧的力量。

儿童节过后，期末紧锣密鼓地来临，我的班也就快要到期了。五年级他们再次分班，由四个班分成六个班，而我也因为工作需要，去担任写字课专职教师。师生的缘分有很大的偶然性。

五、六年级她依然是班长，我们只能在每周的课上见一面。我的四班，历史上这个班也只存在过一年。

她上初一，我工作调动到了北京市区。

又过了好几年，有一天下午，我乘坐302路公交车去中关村图书大厦。突然接到陌生电话，一猜就是老左，因为上来就喊我"小宋"。

| 小官儿 |

她只为告诉我一个好消息,她中考全县第四名,应届生第二,高中上北大附中。

我真为她开心。听她讲着故事,知道她的初中开挂了似的疯长。进入初中,学习成绩优异,工作能力超群,社团活动丰富,特别是绘画屡屡获得大奖。

心里默默祝福她,希望她永远像小时候的样子,努力生长,自带光芒。

"小宋,我睡不着,我很焦虑,您有时间吗,我想和您聊聊……"入秋的某个深夜,天气微寒,我就要休息的时候,收到老左的消息。她如愿来到北大附中上学了,寄宿。她说她曾经非常自豪的一切都不存在了,她很失落。她说身边的同学都太强了,她瞬间感觉到自己的光暗淡了。同学们各怀绝技,她感到压力山大,时常失眠。

我用心地听她诉说入学以来的点点滴滴。尽管她知道一切道理,人外有人,天外有天;尽管她还是那个豁达乐观的姑娘;尽管她做了很多调整,还是不能找到自己的节奏,失落感让她经历着苦涩。

我拥抱她的无助感,告诉她,不去想,不去争,不去比,安安静静做自己能做的,带着自己的光,专注自己的内心,好好爱自己。未来很长,不去计较暂时的得失。如果你需要,可以随时找我。

放下电话,我还是很惦记她。陌生的环境里,让她怎么揽这场愁山闷海?孩子最为难的时候,她依然会想起自己的老师。多年过去,孩子愿意把最私密的事说给你听,这就是师生的默契与幸福所在吧。

她后来没有找我,作为曾经的老师,我知道不要随意打扰任何一个孩子,他们正值青春年少,无数的机会与挑战,无数的可能在等着他们。

偶尔牵挂,深深祝福!

"小宋,我第一时间就想到了你,当时都觉得没有任何动力了,因为我觉得你会懂我。"她一下子深沉起来。

"谢谢你，老左，无论大喜或是大忧都记得我，你跟我联系过两次，不知道是否帮上了忙，惦记你很久。"我也深沉起来。

"小宋啊，你记得不准，我还在失恋的时候找过你呢！三次，肯定的。"她纠正我。

"老左，我敢打赌，就这两次，第三次你在做梦吧？"我辩解。

"小宋同学，那是我最难过的时候，我当然记得最清楚。你当听故事似的，可能就忘了呗。"她笑得纯粹，瞬间原形毕露了。

"老左，别笑，我不会忘的。"我坚定如初。

她迫不及待地说："我初恋的事啊，我刻骨铭心。肯德基，我约的你，你还说，如果把未来都想好了，就要和他在一起，就去找他，你可以给我出火车票或者机票呢，忘了？竟然忘了？小宋，就是因为我给您省了钱吧，要不你就记得了，呵呵呵。"她噼里啪啦地说得飞快。

我似乎想起有这么回事了，经过她的提示，我补上了我曾经遗忘的岁月。

大概是她大三那年，相恋了两年的师哥，要回到南京老家去。同是学生干部，男生离开，她丢了魂儿似的，难过极了。她爱得投入，痛得彻底，人生又一次跌入谷底，她爸她妈都劝她放弃，她偏要执着。她约我去肯德基，只记得我告诉她，青春年少的恋爱都是美好的，无关最后的结果成与不成。

我让她把他们能够在一起的优点写出来，把不能在一起的理由也写出来，针对每一条问内心的声音，是追他而去呢，还是忍痛割爱。在一段感情里纠结，折磨自己最傻，做好选择，重新开始。

"小宋同志，经过你的开导，慎重思考，我最终放弃了。重新结识了一个男孩，就是我现在的先生。"

"你自己想明白的,你睿智果敢!和我无关。"

"有关,关系大了。"

"没关,我都忘了。"

电话一直打了一个多小时,一会儿哭,一会儿笑,一会儿狡辩,一会儿撒娇。我们互相发照片的时候,结果,她竟然发给我一只狗。

"老左,你竟敢戏弄我?老左,你玩欺骗,不诚信啊。"我嗔怪她。

"怕您等得不耐烦,我现在就像一只狗,圆圆的狗。"一阵坏笑,"我都老了呀,没法看,变得圆滑了,一语双关哦。"听着老左的声音,终于看到了老左。神儿还是小时候的神儿,很像我心中的艺术家。

我说,再圆本质也是不会变的,一语双关啊。

老左说,她自己开公司,做文创,刚刚起步。

我说,适合自己的就是最好的,无论爱人还是工作。

我想去个卫生间,暂停一下。老左竟然和我说,不行,让我带着电话去。

"老左,你别闹,打电话呢,这多不礼貌呀。"

"没事儿,没事儿,小宋,您怕有水声……哈哈哈!"

"能不能别闹!一会儿接着聊,还是下次约?"

"快去吧,小宋,你呀,竟耽误我刷碗搞卫生,回头咱们约!"

这随性调皮,本性不改,又回到小时候了。在老师面前,永远是那个纯情的孩子,真实得可爱。

挂断电话,我内心生长出一个声音:老左啊老左,你会带着小时候的韧劲和乐观,活出属于你的精彩。

同时长出的还有另一个声音:好奇,老左,你什么时候开始喊我"小宋"的,为什么呢?

真是莫名其妙,至今没明白。

亲爱的小孩——唤醒与绽放生命

家长感悟

  一口气看完了，老师和学生之间的故事通过电话的形式呈现出来，竟然这样有画面感。多年未见，老师和学生能如此开怀，难能可贵。小孩的坦诚、失误得到了老师的包容；小孩的愿望、能力被重视和欣赏；小孩的权利和尊严，思想和情感都得到回应……成功时报喜，伤心时求助，就显得自然而然了。对老师和学生来说，她们都是幸福的。

2019届毕业生姜雨德的家长　姜钧

  喜欢"老左"的率真，希望她始终保持着那份清纯，逃脱世俗的洗礼。文中的字字句句，饱含着浓浓的师生情。人生职场中的第一天，注定是难以忘怀的。更何况是"小宋"老师遇到直抒情怀、如此特别的"老左"呢？老师允许"老左"在成长中试错，包容并鼓励她的点点滴滴。老师在每个孩子的成长过程中绝对是举足轻重的，为今后的成长道路指明了方向。我想替"老左"试着回答为何叫宋老师为"小宋"。因为在"老左"的心目中，宋老师是小小的美丽天使，勤奋地扇动着翅膀，把快乐与知识挥洒到每个孩子的身上……

2011届毕业生梁爽的家长　荞晶晶

  老师的心越是博大，孩子的成长就有更多的可能。作为家长要把平等的概念从小渗透给孩子。老左的家庭氛围一定很宽松，家长和孩子很平等，孩子一定很自由。对孩子来讲，"我要生长"是一种与生俱来的不可抗拒的力，不为任何权威而妥协自己，孩子的真实非常可贵。细品，文章中的老师、学生、家长看似都不太符合世俗的逻辑，但这恰好正是我们所要呼唤的真实，彼此信任的美好境界。

2003届毕业生常笑晨的家长　王筱娟

小 丑

尽自己的一切可能
影响孩子的心灵和精神的成长。
有时,本心的善良就那么不经意间误入歧途。
蓦然回首,亲爱的小孩,
还有机会和你道歉吗?

亲爱的小孩——唤醒与绽放生命

○ 对小孩在意的事情漠不关心，是对他心灵最大的伤害。大人 GET 不到小孩的心事，是对他最大的不公正。

"丑小鸭"

又是一个如期而至的期末，"双减"还未孕育的期末。"班主任＋语文老师"更害怕期末。俗话说：班主任是个筐，啥都往里装；俗话也说：上辈子杀了人，这辈子教语文。"俗话说"加起来，只是班主任期末生活的一部分。"俗话说"包含着调侃。当然，当了一辈子老师如果没有当过班主任，也是此生的遗憾。

期末是个"厚礼"：复习课、批试卷、讲试卷、改试卷、个别辅导、改作文、写评语、交材料、交各种总结，改不完的作业，辅导不完的小淘气。紧锣密鼓，马不停蹄，道不尽——"班主任＋语文老师"两个任务于一身的酸爽。

| 小　丑 |

嗓子有点不舒服，喝了口水，随手打开一沓卷子。一到下午，就有一种人困马乏的感觉。

"报告！报告！"满头大汗的墩儿闯进了办公室，气喘吁吁地跑到我面前："老师，我捡到一片羽毛，给您！"墩儿使劲儿地举着，通红的小脸上写满得意。他刚上完体育课，脸上画着横道道、竖道道，说不清是汗水还是泥印儿。

三年级的男孩子，经常是满头大汗，墩儿也不例外，时而手上握着"彩虹"，时而画个大花脸，时而衣服上一幅水墨画。也难怪，这小孩平时就大大咧咧的，经常自由自在地玩儿，忘我投入地玩儿。

看着墩儿，我瞥了一眼那根羽毛。那简直是普通得不能再普通的羽毛了，脏乎乎的，手指大小，上面似乎还有被人踩过的鞋印儿，本来的白色都变成灰色的了。说实话，我没有一点心情，倒吸了一口气，微微皱起了眉头，还没说话，墩儿举着羽毛的小手，微微地缩了回去。

"老师忙着呢，这太脏了，又不卫生，赶紧扔了吧。"我随口说。墩儿自讨个没趣，耷拉着脑袋，捏着羽毛，悻悻地向外走，脚步缓慢。

我继续批改我的试卷，脑海里飘过他落寞的背影和来时的兴奋。

手里的红钢笔在不停地飞驰，满眼的红勾勾、红杠杠、红圈圈，一串一串地闪过。

闪着闪着，我忽然觉得有点不对劲儿，大脑似乎转起来有点费劲，努力地搜索着什么，手却并没有停下来。

墩儿的兴奋和落寞之间是不是有点什么呢？他为什么要送我一根脏兮兮的羽毛呢？我就这样不问青红皂白、不假思索地将墩儿赶了出去？

期末的工作总是让老师颈椎不舒服，我晃了晃脖子，僵硬酸疼。再看右手小手指的指甲，竟然又被磨掉了一小半边儿。尽管如此，如果你

183

亲爱的小孩——唤醒与绽放生命

让老师们偷个懒，绝大多数老师都会跟你急，他们生怕落下某个小孩，生怕哪个知识点没有复习周全，生怕哪道题没讲透彻……

我再次转了转脖子，扭了扭肩膀，感觉更不对劲儿了。我立刻丢下手里的笔，急匆匆地追了出去。

"墩儿！墩儿！"他还没走远，不情愿地转过身，满脸的沮丧，"墩儿，那片羽毛呢？你为什么要送给老师那片羽毛呢？"我走过去，蹲下来，看着墩儿被汗水浸得湿乎乎的大脑门。

墩儿嘟着嘴："反正你不喜欢，垃圾桶了。"说着，他用胖嘟嘟的小手指了指。确切地说，那动作是甩着胳膊比划了一下。

我是不喜欢，可能没人喜欢，不好看，不干净。但我不能说不喜欢，只好用善意的谎言："墩儿，我现在有一点点喜欢了，你告诉我为啥？"

"您忘了？"墩儿莫名其妙地看着我，眼睛瞪得很圆，"老师，我……我是想让您做一支羽毛笔呀。"

"啊？"我的心猛地颤了一下，"嗯，老师喜欢，真的喜欢。"

不要以貌论小孩，他们的心都是一样的纯净；不要以看到的表象评价小孩，他们的出发点都是善意；不要以自己的认知分析小孩，那往往不是大人想象的样子。

事情得从上个月说起。孩子们不知怎的知道了我的生日，有的做了DIY的贺卡，有的画了最拿手的画，有的送上深深的拥抱。我被孩子们的爱暖暖地包围着，是怎样的幸福感觉呢，没当过班主任的人是不能体会到那种奇妙的。

我和他们分享了祝福和礼物的故事。

那是一支独一无二的羽毛笔，一支红色的圆珠笔芯，头上插进一片雪白的羽毛，红得热烈，白得纯洁。我告诉他们，那是师姐做的创新礼物，多么富有情趣，我还展示给他们看羽毛笔的样子。小孩看得如痴如

| 小　丑 |

醉，下课后还有人围着我叽叽喳喳地研究那支笔。事情过去了那么久，大大咧咧的墩儿竟然还记得，我的愧疚感油然而生。

对小孩在意的事情漠不关心，是对他心灵最大的伤害。老师GET不到孩子的心事，是对他最大的不公正。

"那片羽毛呢？我要好好地珍藏呢！"我看着墩儿问。

墩儿的眼睛亮了，惊喜地问："真的吗？"

我凝视着墩儿，使劲地点了点头。墩儿的心刚刚受了伤，我要尽最大努力弥补回来。小孩的心是被大人用来温柔地在意的，因为那小小的心是玻璃做的，透明而纯净，不允许半点马虎。

墩儿飞快地跑到垃圾桶旁捡起那片羽毛，跑着回来，郑重地放在我的手里，欢快地看着我，吐着舌头笑。

这哪里是一片轻轻的羽毛，分明是孩子最美的心，最重的情。我看看墩儿，看看这片羽毛——多么相似的外表，却都有着最美的初心。

"丑小鸭"，多可爱的丑小鸭。我捏了一下墩儿花花的小脸，说："我把它洗干净就是洁白如雪的新羽毛了，我用它做一只世界上最独特的羽毛笔。"

"嗯！"墩儿把头点得很深，"我下次去公园，给您捡漂亮的孔雀羽毛吧。"墩儿咧开嘴笑起来，憨憨的，真实。

我珍宝般地把羽毛托在掌心，仰视着墩儿说："好吧，我们做一支全世界最美丽的孔雀羽毛笔！"

拉钩，上吊，击掌，欢笑，就这么愉快地约定了。

回到办公室，我再也干不下去活了。我靠在椅子上，想着自己差点失去了一颗心。但愿班主任的工作没有那么多无聊的忙碌，有更多的时间真实地去贴近小孩的心，如果教育生活多些空白，那是最美的期待。

上周看过的央视《面对面》专访中，任正非特意引用了一个说法

185

亲爱的小孩——唤醒与绽放生命

"一个国家的强盛,是在小学教师的讲台上完成的"。这个说法让我倍感自豪,最基础的小学老师,多么重要。童年的底色,人生的基石,属于小学。

一念,可以让孩子的心跌入黑暗;一念,可以让孩子的心充满阳光。老师的情绪情感是孩子的镜子,它直接和孩子紧密相连。

我想象着墩儿走在回家的路上开开心心的样子。我还想着,明天一早就让墩儿看到一支最漂亮的羽毛笔。我拿起羽毛,走进卫生间,打上香皂,冲洗干净。瞬间羽毛变得雪白,还透着淡淡的清香。

回到办公室,我找来七色彩纸,裁成一条一条的,用胶水把它们一层一层地裹在一支笔芯上,笔管的末端插进那片洁白的羽毛,一支世界上独一无二的彩虹羽毛笔诞生了。

端详着,欣赏着,仿佛不起眼儿的丑小鸭化成美丽的白天鹅,在我眼前优雅地掠过。

家长感悟

在孩子们的心灵还未被社会上所谓的好与坏定义时,他们眼里一切都是最美丽的。一片羽毛虽又脏又轻,却是孩子珍藏在心上、捧到老师面前的珍贵的礼物。平日里老师的一句话,孩子们也都放在了心里。大人们总愿意去关注它是好是坏,也常常不曾发觉落在孩子心中的大石是那般沉重。对孩子奇奇怪怪的礼物,我们永远应该抱有感激和鼓励之心,跟着孩子发现它的美。当我们欣赏着孩子的礼物,用心装饰孩子眼中的美好时,为一切简单而美好的事物感到欢欣,脸上露出笑容的那一刻,仿佛我们又做了一回小孩。

2019届毕业生营柏麟的家长　营振国

| 小　丑 |

羽毛笔的诞生，过程和结果都是独一无二的。孩子的心被看到和被接纳，那是来自老师的爱，是对生命的发现和照顾，像是阳光照到嫩芽上，雨水浸入泥土，润泽根须，生命被滋养。老师的及时反思是可贵的，孩子被滋养的生命是幸运的！这种生命的力定会在某个路口发光，当孩子遇到困难时会珍惜自己和凝聚力量，学会爱、分享和付出。

2011届毕业生曹正廷的家长　曹锋

亲爱的小孩——唤醒与绽放生命

○ 时钟总是以同样的频率向前，嘀嗒，嘀嗒，嘀嗒……对世界上任何人都平等而公正。

时间的褶皱

老师的工作，干的时间长了，让人感觉日子似乎都是一样的。一学年，俩学期。每学年课表是一样的，每学期作息时间是一样的；同一间教室，同样的孩子；身边的同事固定的，用餐时间也是固定的。

然而真的一样吗？如果总是感受不到变化，小孩会告诉我们一切：两年，他们就像雨后春笋般，从老师的俯视就变成需要仰视，从听话乖巧悄然变得具有思辨能力，你曾经照顾的那些小淘气突然会照顾你了。

走进校园每个清晨都要告诉自己：每一天都是崭新的。

正值惊蛰时节，体会着春天的欣欣向荣，"春雷隆隆万物长，黄鹂

| 小　丑 |

鸣柳垒高仓"；也体会着春天的蠢蠢欲动，"一声霹雳醒蛇虫，几阵潇潇染紫红"。

每年惊蛰时，孩子们的淘气也随着节气一股脑儿地涌来，势不可挡。惹是生非的，打闹受伤的，五花八门调皮捣蛋的……防不胜防。

事情发生在四年级第二个学期，也是我为人师表的第二个学期，惊蛰刚过，班里第一次失窃了。阿涛的早餐面包和火腿，早上上操的当儿就不翼而飞了。这吃的东西瞬间就没了，连证据都很难查到。但是不解决呢，也不行，不能纵容孩子这种行为。

刚刚踏上工作岗位的时候，什么都拿不准，什么都要经历第一次，书本上得来的那些属于"纸上谈兵"，现实中常常是束手无策。老教师们说，解决丢东西的事是最让人头疼的。既要查得清楚，又要保护到位。

为了不影响更多人，课间，我找了几个同学了解情况，得到了很多信息：他经常吃不上早饭，因为他是起床困难户；他以前拿过别人的东西，有过先例，三年级找过家长；他和丢失早餐的阿涛曾经有矛盾，他不喜欢阿涛；他有很多坏习惯，但是他很厉害，很有劲儿，我们不敢惹他。

所有的调查几乎都指向艾强同学。这个男孩马马虎虎的，长得黝黑结实，像个小牛犊子般健壮，说话嘴巴极快。大眼睛，大耳朵，大板牙，经常不是这儿带着伤就是那儿带着疤。作业总是丢三落四，但他总是会给自己的错误找到各种理由。

这么一摸排，也就清晰了一些，艾强最有可能，而且丢失早饭的阿涛就坐在艾强的前面。

为了不打草惊蛇，我不动声色地观察着。课堂上的艾强不敢和我对视，似乎他的大眼睛一直躲闪着我。下课后，他一溜烟儿就跑没了影儿，我三番五次找人叫他来我这里改作业，他就是不来。玩得意犹未尽

亲爱的小孩——唤醒与绽放生命

跑着回教室,课间一秒都不待在班里。这不是明摆着是要逃开我的视线吗?此地无银三百两。

时间很快地流逝,我决定中午找他谈话。为了调查得公平,我先调查当事人,再调查当事人的同桌,第三个是艾强。

我等了好一会,艾强还没来。我一边看着这间办公室,一边胡思乱想。

办公室是临时租来的房子,地面是石灰的,还掉了好几块皮,斑斑驳驳,不平整了。墙面虽说是白色的,但是年久之后,变得发黄,有很多粘粘贴贴的痕迹。一切显得毫无生机。

最有活力的当属那款钟表,黑白分明,干干净净,既绅士,又低调,清脆的嘀嗒声透出欢快来,和这屋子很不和谐。时间不知不觉滑过12:30,如此稳健,没有停留。我有意无意地看着钟表,静静地等着艾强。

办公室里只有我一个人,孩子做错事还是要尽量私密,这是孩子的成长,保护好孩子的自尊。我这样想着。

艾强一只脚刚跨进办公室,就斩钉截铁地说:"老师,不是我干的,我真没偷吃他的早饭。"他粗声粗气,像是找我打架的样子。

我还没说话,他就急着给自己择干净,小孩就是小孩,想法简单,没调查就露馅儿。他摇头晃脑地大步进来,气冲冲地,连身体都随着生气使劲地拧着。

看着他的样子,我心里飘过一丝不耐烦,随口就说:"我还没问你什么事,你干嘛这么着急解释?"

"您不一直在调查嘛,大家都知道啊,反正不是我。"他一副满不在乎的样子。

"我也没有说是你,我只是调查一下情况。"我告诉他。

| 小　丑 |

"老师，我用人格担保，我没干坏事，绝对没有！"他拍着小胸脯。

他竟然在我面前拍着小胸脯。一个四年级的小家伙，有这么大的火气。

"你这什么态度？我需要你冷静诚实地和我说话！"我不容分说。

"不是我！我已经诚实地告诉您了，真不是我，不是我！"他理直气壮，眼睛都瞪起来了。

"不是你，你嚷嚷什么呀？会不会好好说话？"我提高了嗓音，"你看到他的早饭了吗？"我准备好的心平气和，彻底被他的气势粉碎个稀巴烂。

"看到了，他就放在桌洞里。"

"你今天吃早饭了吗？"

"没。"

"你和阿涛有过矛盾？"

"嗯。"

"但是早饭不是你偷吃的？"

"对。"

"你找个不是你的证据。"

"没证据！"艾强脸红脖子粗地冲我大叫。

"没证据，我怎么知道不是你呢？"我反问。

"反正谁吃到肚子里也挖不出来，没法找到证据，那也不能冤枉我！"艾强显然躁动起来，本来就黑黝黝的皮肤更加紧绷有力，说话速度越来越快，大眼睛里透着不屑与激动。本来就像一头小牛犊的他，此时更像做好了斗牛的准备，一触即发。

"谁冤枉你了？我在问你，艾强你能不能态度好点！"我站起来，冲着他吼。

"您态度也不好呀？我都说了不是我，您就是不信。自从上四年级之后，我就决心不干坏事了，我要做个好学生！您为什么不信任我？"艾强暴跳如雷了，他梗着脖子，眼睛都红了，似乎要喷出火。

亲爱的小孩——唤醒与绽放生命

我停下来让自己平静。脑海里滑过"疑邻盗斧"的诡异画面。那行步，那颜色，那言语，那态度……无为而不窃斧也。呜呼，难道列子穿越时空把"斧子"寄给我了吗？

我感到眼前有一面镜子，我从艾强的身上看到了我自己。我不再说话，闭着眼睛深呼吸。艾强噌噌地用袖子抹眼泪，他喘着小犊子一样的粗气。

一师一生就这么尬在了时光里。听着时钟滴答，我的心跳加快。

"艾强，要想让别人信任，得拿出行动来，不能光在嘴上说。"我想安慰他，"你看你的手，别碰到眼睛——"

"我发誓——真不是我干的！"艾强扑通一声跪在地上，"我给你磕头行不行？您能信任我吗？"这个小小的少年失控了！

这一跪，我像被打了镇静剂。我是个老师，我是个大人！这是个孩子啊。

我的心一阵猛烈地震颤，这明明是我失控了呀！艾强的这一跪，出乎我的意料之外。我的尊严呢，被跪下的双膝碾进地下的泥土里。

我的眼睛不敢直视这个小小的少年。

我的目光在时钟上停留，时钟嘀嗒嘀嗒滑过12：45，不会停留，也不会等我。

我伸出手，蹲下，想要把艾强扶起来。

"您不信任我，我就不起来。"艾强倔强地说。

我的心又是一阵剧烈地颤抖："我信任你，孩子，快起来。以后记得不要轻易跪下，男儿膝下有黄金。"我使劲地拉起他，他的眼泪哗啦啦地流下来，滴在坑洼不平的地上，滴进我的心里。

我递给他一张纸巾，连拥抱他的勇气都没了，连说话的力气都没了。对不起，孩子！老师不该这样，我在心里呼喊着，嘴上却说不出来。

小　丑

他抽泣着，看着地面，任眼泪扑簌簌地掉在地上，在斑驳的光影里晕开。

我凝视着时钟，它嘀嗒嘀嗒地走，一圈一圈地转，滑过 12：50，如此稳健，没有停留。时间的流里，我看到了渺小的自己。时间的流里，无数的后浪向前飞奔，才有了延续；时间的流里，承载多少喜怒哀乐。

"这事与你无关，从此以后我都信任你，你会成为最优秀的自己。"我轻柔而颤抖着说出来，"去把脸洗干净，走出办公室要像个真正的男子汉。"

艾强缓慢走出办公室，正午的阳光和他撞个满怀。他倔强的背影里写着大大的"尊严"二字。

阳光照进来，屋里亮堂了。脸犹如针刺一般，我瘫坐在椅子上，任由阳光嘲笑个够。在时间的褶皱里，善良的初心偶尔也会误入歧途，况且我一开始就怀着"疑邻盗斧"的贼心，就在歧途里越走越远而不自知。在时间的褶皱里我喘不过气来，我的心跳依然很快。

我必须调查出结果，还给艾强一个清白，认真地给他道歉。转眼两周过去了，探案的过程是辛苦的，事情最终水落石出，当然不是艾强。

道歉也要有仪式感，那天班会课，循环播放着歌曲《宝贝对不起》：

宝贝对不起，不是不疼你，真的不愿意，又让你哭泣。宝贝对不起，不是不爱你，我也不愿意，又让你伤心……

孩子们听着，安静得出奇。教室的时钟和办公室的时钟一样，嘀嗒嘀嗒，清晰可辨，不会停留，不会等我。

艾强一直低着头，一动不动，像一尊雕像凝固了。我不知道他的心里想着什么，就让他自由地做自己吧。

后来我一直警醒自己：如果爱就不要伤害，时刻警惕本心误入歧途。

亲爱的朋友，请记住，学生的自尊心是一种非常脆弱的东西。对待它要极为小心，要小心得像对待一朵玫瑰花上颤动的欲坠的露珠。

亲爱的小孩——唤醒与绽放生命

苏霍姆林斯基的话，是说给每一个大人的。事情过后，我才深刻地理解了它的含义。

感谢艾强给我上了一课，这件事就像一枚红色的印章，烙在一个老师的心上，清晰永恒，再不褪色。印章是四个字：尊重平等。

调查的过程很漫长，当然又有了另外的故事了。故事的另一个主人公也有一段传奇，那个故事至今还没有第三个人知道。

保护好每个孩子，因为他是孩子，我们没有任何借口让他（她）小小的心灵受到哪怕一丁点儿的伤害。

时钟总是以同样的频率向前，嘀嗒，嘀嗒，嘀嗒……每一天都是崭新的，每一分每一秒都是崭新的，时间对世界上任何人都平等而公正。

你听到了吗？嘀嗒，嘀嗒——不因任何变化而变化。亘古不变的节奏，在广袤的空间回响，我如尘埃般的质量又是什么意义的存在呢？

家长感悟

老师的工作是琐碎的，尤其在当今的教育背景下，工作压力可想而知。所以，不可避免的个别老师在处理这种"小问题"时，常会用惯性思维直接去否认甚至指责孩子，他们的品性得不到信任，长此下去，最终造就出不折不扣的"坏孩子"。珍贵的是老师的反思，在第一时间保护了艾强那颗脆弱的自尊心！育人先育心，我深信：信任与爱才是最好的教育！

2019 届毕业生刘安京的家长　吕秋颖

| 小　丑 |

当一个孩子坚称没有做某件错事的时候，我们宁可冒着天大的风险，也最好在第一时间选择相信他的话，因为我们承担不起冤枉他的后果。

孩子的心里只有黑色和白色，当他的白被抹黑，他声嘶力竭地为自己辩白，只换来更加怀疑的眼光，这个孩子生命中的某部分真善的东西就永远被破坏了。

而如果我们选择相信，最大的风险不过是让他滋长了一点侥幸心理，他终究有一天会主动认错并愿意改正的。孩子的内心只会被善意暖化，只会跟无条件接纳他的人说实话，只愿意因为被人信任而想做更好的人，不是吗？如果你曾经冤枉过孩子，还从没道歉，那就去给他放首歌，认认真真地道个歉吧。

2015届毕业生孟尚骏的家长　韩彦

○ 一年之计在于春，一天之计在于晨。教育呢，分秒之计在于心。美好的教育是老师首先要蹲下来，用儿童的眼睛，儿童的视角，儿童的心和儿童相处。

被"陷害"的老师

班主任的日常，几乎严丝合缝地不变。吃饭、进班、上课，去卫生间……这生物钟不"忠"都不行。孩子呢，也会掐着生物钟的点儿，和老师们斗智斗勇，相爱相杀。

小孩子就是在和大人的屡次过招当中，拥有了智慧和胆识，完成了"青出于蓝而胜于蓝"的超越。大人都这么说，但是也有意外。

吃完早饭，上楼的时候，顺便去班里看一眼，这是惯性。常规是开窗通风，开灯，看看要不要收拾一下卫生。当然还有个重要的目的——刷存在感。老师往教室门口一站，心里说着同样的话：孩子们，看见

| 小　丑 |

我，看见没？我已经来了啊。

今天来得稍晚，匆匆走进办公室，同事们都坏坏地冲着我笑，整得我莫名其妙。还有个好奇心重的老师，弯着腰，围着我转着圈儿地看。我一头雾水。

"听说你被学生陷害了，小心啊你。"陈老师边说边笑，快步走出办公室。她是成心气我，我瞬间糊涂了，我是接班时间不长，但我和学生的关系很好啊，怎么会陷害我呢？越想越迷惑。

"小宋，我跟你说啊，"章老师把椅子拉一下，机警地凑过来，"早上，我去卫生间，你们班两个孩子在擦水盆，你猜怎么着？"章老师压低声音，用手遮着半张嘴。

我无比好奇地期待着。

章老师清了清嗓子，压低声音说："一个问，你知道怎么往老师的椅子上抹肥皂吗？我一听就知道孩子在捣鬼，另一个回答，嗯。"

章老师停顿了一下，又清了清嗓子，神秘地说："第一个孩子又追着问，问你呢？怎么往老师的椅子上抹肥皂？那声音提高了八度。第二个孩子犹犹豫豫地说，嗯？嗯嗯，你快点，厕所里，别有老师啊。"章老师捂着嘴巴笑。

"哎哟，小宋，听得我大气不敢出。今天孩子来得特别早，老师办公室我还没进去，没开灯呢。我听着，心里暗暗想笑，但不敢出声音，你小心被她们算计啦。"章老师越说越来劲儿，我听得紧张兮兮，章老师真的是透着一种关心晚辈的温暖。

"简直了，小孩，你们竟然——"我的好奇心被勾引起来。

我走进教室，孩子们没有任何异样，正专注地看书呢。陆续有来的同学，礼貌地和我打招呼。

当然也有从来不爱理人的孩子，低头弯腰就想溜进去。我拽他一下，喊他一声，等他转过身，我会字正腔圆地说"同学早"。他就会吐着舌头，不好意思地笑着问"老师好"。

孩子的文明礼仪就是学着大人的样子形成的，生活的点点滴滴中，老师都要做好榜样。

我转身看墙壁上的值日表，今天周二是第二组，扫过七个人的名字，男生排除。四个女孩，盯着每个名字，过往就像电影般重现。

小干部晨晨，这个姑娘很正直，文文静静的也很规矩；妞妞，暂时后进生，她一直把我当成好朋友，正努力进步中；双双，她经常出乎意料地干些稀奇古怪的事，但是孩子单纯善良；还有莹莹，高高大大的，不怎么爱讲话，每天来得比较晚。转身一看，莹莹和晨晨还没来呢，最可能的就是两个人，妞妞和双双。从妞妞开始吧，我把她叫到办公室。

"今天你们小组做值日？"

"嗯。"孩子仰起脸，自豪地看着我。

"来得真早。"我说。

"嗯，第二名。"妞妞透着得意。

"谁负责打水呢？"我单刀直入。

"嗯，是我，还有双双，她第一个来的，我还是没有比过她。"她赖兮兮的像泄气的皮球。

果然是她们俩，这可怎么问呢？瞬间，我忽然觉得真复杂，社会很单纯，复杂的是人，特别是大人。

孩子在和你认真的对话，而你却言不由衷。可是也不能直奔主题呀，和小孩子谈话，还是要小心一点为好。

"孩子，你们早上都干啥了？"

"我们，洗了水盆儿，很认真地洗的，水很凉。"妞妞很认真。

"哦，很好。"我心不在焉地表扬，拉过她的小手，冰冰的，让人心疼。

"我们，没洗干净吗？"孩子很疑惑。

"干净，很干净，抹肥皂的事儿……"我问。

| 小　丑 |

"哦，对，抹了。"妞妞挠着头发说着，"我没听明白双双说的是什么，好像是往您的椅子上抹肥皂。我，我没说别的，只说厕所里可别有老师。"

"哦，抹肥皂，你不知道？"

"老师……我……我说不清楚……"

"嘿，怎么还说不清楚了呢？不是你们俩干的吗？"缓着点，缓着点，妞妞是刚刚找到好孩子的感觉的，自信心正在恢复中，我赶紧提醒自己。

妞妞在原学校上不下去学了，学习问题、交往问题、心理问题越来越糟糕，就转到了我们学校。三个月过去，她刚刚步入正轨。我怎么可以不信任她呢，我怎么可以暗地里调查她呢？

"妞妞，说不清楚呢，也没关系，你去问问，到底是怎么回事？不管是什么情况，我了解一下，行吗？"我刚说完，妞妞一溜烟儿跑了。

几分钟后，她拉着双双嘻嘻哈哈地闯进了办公室，一改往日学生进办公室的严肃。

"老师，你猜，嘻嘻嘻……双双说，她发现了个秘密——怎么往老师的椅子上抹肥皂。她想告诉我，我很害怕被老师听见，就说厕所里有老师。"妞妞捂着嘴巴笑。

"说的啥呢？快说清楚，否则的话，拿你们俩一同问罪！"我拿着腔调儿。

"其实啊，她，她是说，您的座椅脏了，她从家里带了肥皂，不知道怎么抹椅子，嗯，嗯……"妞妞笑得说不清楚了。

双双这个"鬼点子姑娘"抢过了话："我发明了，发明了专利。"她笑着，眯起了眼，就剩下两颗大板牙，像极了动画片里小白兔，"肥皂抹在湿布上，再擦椅子，又快又干净，我想考考她呀！"

"我以为你要犯坏呢。"妞妞推了双双一把。

我们开心地走进教室。果然，我的讲台，我的椅子，干干净净，还能闻到一丝丝肥皂味呢。课代表在带着大家背诵：一年之计在于春，一天之计在于晨。

一年之计在于春，一天之计在于晨。教育呢，分秒之计在于心。美好的教育是老师首先要蹲下来，用儿童的眼睛，儿童的视角，儿童的心和儿童相处。

"老师应无心，以学生之心为心"，孩子，对不起，我怀着疑惑偷偷调查了你们，而你们却把最纯的爱默默地给予了我。

这个早晨，这个清爽的早晨，我，这位班主任，是被陷害还是被拯救呢？

家长感悟

可爱的孩子，有趣的老师。老师没有被"道听途说"忽悠了。教育是什么？教育就是把自己变成孩子，把孩子变成自己；倾听孩子的声音，让孩子成为主角；孩子偶尔的张牙舞爪，我笑看不发飙；你犯了错，我看破不说破，不唠叨；让他把你当成学习的榜样，让他爱上你的微笑；和他说话的时候要蹲下来，让他看见你的眼睛，让他爱上你的拥抱……遇到任何事尊重放第一，从一件件小事中发现孩子的光芒。

2019届毕业生郝旷程的家长　王婷婷

悬疑开始——老师被算计了？——怎么能坐视不管呢？看我抽丝剥茧找出真相。通过老师的初步分析，找到了妞妞是破案的突破口，一个有心，一个天真，原来如此。

| 小　丑 |

文中描写细腻，对话生动，质朴又生活，娓娓道来，师生的日常生活展现跃然纸上。只有心中有爱的老师，才会对自己的学生视如珍宝，才能记住他们的点点滴滴。我们常以成年人的视角去看待和揣摩孩子，但他们往往报我们以"真"。

2014届毕业生吕婧文的家长　周鑫

○ 尊重放在第一位，永远放在第一位，我们生而平等。

"巨人"的花园

此生只做一件事，一往情深，不论水平，只说感情。

语文课上了二十多年，没上出过什么名堂来。研究课、评优课、示范课、视导课，统统与我无关。功夫不到也罢，缺少灵性也罢，形象不佳也罢，平平淡淡中度过了大半生的职业生涯。孩子们安慰我说，很喜欢我的语文课，有趣又有用。谁知道这话有没有给我面儿的成分呢。

讲解每一篇课文之前，认真备课的态度不能少。上班二十多年，也要像初登讲台时一样，怀着敬意进课堂。每次备课都还要花费很长时间，即使去年刚刚讲过，今年依然要准备充足。或许是记忆力不好了，

| 小　丑 |

或许是同一篇文章训练点不同了，或许孩子不同又是新的学情了。

我总是和孩子们说，课堂是神圣的，我们都要敬重它；课堂也是极其重要的，珍惜课堂的孩子才是智慧的。

然而再好的安排，也有意外的时候。

我正在激情四射地讲着王尔德的《巨人的花园》。这是一篇脍炙人口的童话作品。书中主要讲述巨人拥有一座美丽的花园，但他却不准任何人进入，花园变得不再美丽。有一天，由于小孩的来到，春天的美景又重现花园，触动了巨人的心，也让巨人不再自私。

"请同学们想一想，巨人的内心经历了怎样的变化呢？"我问。

米夏一会儿东张西望，一会儿又趴着，一会儿又在桌洞里捣鼓着什么。我已经用眼神提醒了他两次，每次目光相遇的刹那间，他就立刻坐好了。可是没两分钟，他又低着头，竟然弄出什么稀里哗啦的响声。

"米夏，好好听讲！"他坐得远，我直接就不客气了。

他竟然显示出一副委屈的样子来。这长相俊美、多才多艺的大男孩，聪明是真聪明，就是学习不上心。

"米夏，刚刚提醒过你，怎么还不听讲？你站起来！"我终于在提醒了他三次之后爆发了。

米夏扭扭捏捏地站在那儿，爱搭不理的，我就更加生气了。

"今天你是怎么了？怎么就不能好好听讲？就不能抬起头？"我反问得气势磅礴。米夏不说话却平静地看着我，这就让我更加搓火，"手里玩什么呢？拿出来！快点！"

孩子们鸦雀无声，坐得笔直，眼睛的余光瞥向我。我的声音越来越高，这几天感冒，情绪异常烦躁。我快步走向米夏，他惊慌地看着我，我直直地盯着他，哼！任凭你多快，也没时间藏起捣鼓的东西了。

"给我！"我伸出手，盛气凌人地站在他面前。

他缓慢地把手拿上来。

亲爱的小孩——唤醒与绽放生命

"就一个破药盒子,你至于不听讲吗?"我越说越急,有点得寸进尺,大声喊着,"你知道不知道——"

"我,我,咳咳咳……"一连串的咳嗽声让米夏的脸涨得通红。他捂着嘴,低着头,说不出话来,所有的孩子都盯着我们俩。

我无地自容了,这看似负责任似的不依不饶,非把自己置于尴尬的境地不可。

"来了,就要坚持,要是生病可以回家休息。"我仍然喋喋不休,要给自己找回点面子。

"咳咳咳……"我的嗓子瞬间也像是被什么东西粘住了,不由自主地咳嗽起来。我立刻转身,面对墙壁,上气不接下气的。前几天嗓子发炎,这一急一喊,旧病复发了。

我,这个趾高气扬的"巨人"!自取其辱。

清脆的铃声解救了我,我挥手示意下课。"巨人的花园"被彻底搅和得一片荒芜,荒芜了的还有我的心。

"咳咳咳……咳咳咳……"我停不下来了,趴在讲台上休息片刻。有时候安排得很好,可是谁知道课堂会有什么情况发生呢?孩子偷着打闹的,不小心弄伤手指的,有了情绪跑出教室的,吃得不舒服突然呕吐的。哭的,闹的,喊的,叫的……所有的偶发情况都是在考验老师处理问题的能力。

课堂任务完不成就得另找时间补上,可是到哪里找时间呢。我很后悔当时的不冷静,一点小事儿,处理成幼儿园水平。我咳着,胸口很憋闷。

突然有人摇我的胳膊,捂嘴抬头。怎么?是米夏,我怔住了。

"这些,全给您吧。"他沙哑着说,然后把一板草珊瑚含片放在我的桌子上,转身出了教室。我愣神的空儿,竟没看见他的表情,手里握着含片,百感交集。

| 小　丑 |

我，这个自以为是的"巨人"！像个侏儒。

我稍稍平静了一下，正要拿草珊瑚。米夏又进来了，手里竟然是我的水杯，盛着满满的热水，他就那么安静地把水放在讲台上。我冲他点头，表示感谢。

我，这个以大欺小的"巨人"！怎么配得上孩子的心！

米夏站在我面前，低着头，像犯了很大的错。他看着我，叹了口气，低声说："老师，我错了，我难受，怕咳出声，想拿一粒药，但是拿了好几次都没拿出来，结果，您都知道了。"

我挡着脸，又咳嗽一阵。

"谢谢你，米夏，老师今天，有点着急，对不起，孩子。来，你再吃一颗。"我掀开一粒，递给他。

我连珠炮似的语言攻击，他安静得像没有发生过什么；我毫不留情地批评，在集体面前他很没面子，他不动声色；我不舒服时，他却第一时间全心全意地关心我。他的眼神满含歉意，他的真诚让我无语。

珠玉在侧，觉我形秽。

那一刻，时间静止。我郑重地告诫自己：在不清楚事实的时候，不能有任何自以为是的举动。倾听，永远是倾听，尊重放在第一位，永远放在第一位，我们生而平等！

此生为师，可以没有光环，但一定少留遗憾。那一刻，用心感悟着世界上最美最纯的心。那一刻，我再一次和自己说，虚心向孩子学习，孩子才是我们大人的榜样。

铃声再次响起，我们继续讲《巨人的花园》。

我讲了最真的开场白："都说老师是园丁，学校就是花园，你们都是花儿。花园里每一朵花都与众不同，就像今天课堂上，我委屈了米夏，而他却依然开着美丽的花，这含片，这杯水，都是他开得最美的样子。我这个园丁，也是个巨人，我应该用心好好欣赏花儿。我见过许多美丽的花，你们是最美丽的花。花儿们，你在开吗？你们想对课文里的巨人和你眼前的'巨人'说什么呢？请你以《两个巨人》为题进行创作。"

看着孩子们写作，我似乎找到了初心。孩子们的笔下，我是一个怎样的巨人呢？上课之前，设计好的一切也只是设计而已。预设，往往随着课堂变化而变化，随着孩子的变化而变化。课堂就是我们的生活，我们的生活也在课堂。让真实在课堂发生，让课堂成为真实的生活。

思绪飘飞，情感激荡，提笔展纸，深情写下同题习作《两个巨人》。

家长感悟

确实有很多时候，我们的孩子就像一汪至纯至善的清水，在他们面前让我们这些大人汗颜。小孩的纯粹和美好是最无私、最真实的，所有的大人都要好好来呵护他们。老师给学生道歉，是更好的为人师表，不仅不会降低自己的威信，还会让老师和学生更亲近。如果犯了错，请坦诚给孩子道个歉吧，孩子会觉得你也很棒。

2005届毕业生王楠的家长　宋敏

尊重放在第一位，永远放在第一位，我们生而平等。这段话我非常有体悟，我在教育孩子的过程中也经常是高高在上的感觉。我们多数大人对于孩子的教育经常进入到这个误区里面，放下自己，好好地爱孩子吧。爱是尊重，爱是平等，在这样的环境下长大的孩子一定是自尊自爱，自信心爆棚的。

2020年毕业生李玉琳的家长　刘宏宇

| 小　丑 |

○ 眼见不一定为实,所见皆是表象。任何事不要着急下结论,用心地听一听,安静地看一看,仔细地想一想,真诚地聊一聊。

想起鲁迅"四角的天空"

京城如画里,秋色染梧桐。金秋九月,正值新的学期。

"天是那么高,那么蓝,那么亮,好像是含着笑告诉北平的人们:在这些天里,大自然是不会给你们什么威胁与损害的。西山北山的蓝色都加深了一些,每天傍晚还披上各色的霞帔。"老舍眼中的秋天边打扮边含笑走来。

我接了个四年级的新班。上操的时候,总有几个学生不够认真,我就一圈一圈地溜达。看见吴桐总是抬不起胳膊,吊儿郎当的样子。我轻轻提醒,他眨巴着大眼睛看我一下,并不改正。

初来乍到,不能太过强势,得给孩子们适应的时间,但是"树规矩严要求"必须得有。提醒了几次,他还不改,难道这又是个在试探我的"坏小子"吗?

前有虞明。第一天做眼睛保健操,音乐一响,他低头系鞋带儿,我也没在意。做完第三节他又在系鞋带儿。

我纳闷儿,你这都没离开椅子,鞋带儿怎么会开了呢?还是真的不会系鞋带儿呢?五分钟的操,临近做完的时候,他比划了两下子。

我走过去,看到他课本上的名字:虞明。嗯,小孩,你这是招待新班主任的"投石问路"吧?下午的眼睛保健操一开始,他就忙着系红领巾。然后,不出所料,他又低下头系鞋带儿。绕到其他组的后面,瞥见他慢悠悠地把鞋带儿系好,系完了,还不忘看我一眼,我装作看不见。

这其中的味道我懂了,他是故意的。没错,第二只鞋,他抽开鞋带儿,边系边瞄着我,然后解开,再系。

你在试探我,我才不搭理你,让你讨个没趣儿。我心里暗暗笑着,小孩,我得让你的"投石问路"变成"以身试法",我选第十六计——欲擒故纵。

后来者就是你吴桐吗?吴桐安静,白净,干净,是班级里公认的帅哥。他的头发微微的有点黄,眉毛和眼睛距离很近,眼睛大,眼窝深陷。仔细看,深邃的眼睛里还有着淡淡的蓝色呢,颇有几分新疆的维吾尔族小孩的英俊。我感叹着,这么帅气的男孩,怎么也和我作对呢?

几周过去了,他的侧平举还是老样子,我的提醒无济于事。

我有我的带班原则:阅读全情投入,锻炼全力以赴。这个大目标是二十多年带班唯一不变的。

"你把胳膊举平,用力举。"我走过他身边,一字一顿地说:"锻炼——就要有锻炼的样儿。"我有点颐指气使。

"我,举得很平呀。"他小声回应我。

"你那叫平吗?还有三道弯儿呢?"我反问。

他看了看左臂,又看了看右臂,使了使劲儿,挺直了胸脯。

| 小　丑 |

这是做给我看的吗？还是不平呀。孩子一大了就犯懒，不爱做操，不想锻炼，年级越高越不爱动。

班主任每天前前后后地查呀，纠正呀，督促呀，评比呀。孩子没有锻炼的习惯和对锻炼的认识，外力作用微乎其微。每次上操，班主任们立刻化为体育老师，口气一下子变得不容置疑的坚定，肺活量也大得出奇。

班主任腿勤点，嘴勤点，偷懒的就少点。班主任经常感慨，上操比上课还累。

"难道你们的锻炼都是给班主任锻炼的吗？"这是所有班主任都爱问的没用的话。没用也得叨叨，每天一个小时的锻炼，竭尽全力和应付了事效果是截然不同的。

曾经是体育特长生的我，坚决不能容忍孩子不好好锻炼，用我仅有的那点体育运动科学知识，非要给他们做指导。

"再举，举高，平不平，直不直，你自己看不出来呀？"我再次提醒他。

他睁大迷人的眼睛，似乎很疑惑，我冤枉了他似的。

我就站在他旁边，目不转睛地盯着他。大家都做其他动作了，我让他再做个标准的侧平举，做好了再继续，现场纠正效果最好。他乖乖地做着，还是不平呀。我实在不能等待了，就干脆帮着他梳理手臂。真是奇怪，我帮着他，还是举不平呀。

正当我无计可施的时候，巡视的体育老师背着手冲着我的方向来了。救星啊，救星。

"你举好了，我让体育老师看看。"我赶忙招手。

"屈老师，您看，这吴桐侧平举总是举不平，真偷懒儿。您帮个忙，用什么方法训练一下？"我求助心切。

"行了，他这样挺好的了。"屈老师漫不经心。

您竟然不懂我的意思吗？您是帮着谁呢？您这不是把我晾这儿了吗？怎么这么没默契呢？

209

"您看，这胳膊，三道弯呢。"我赶忙解释。

"他呀，举不平，我教他三年了，一年级就是我带的。赶紧让他往下做吧。"屈老师的认真让我更迷惑了，合着您就这么容忍他这吊儿郎当的样子三年不成？我欲言又止。

屈老师似乎看出了我的迷惑，拉了我一下，移步到旁边："他的骨骼和肌肉类型就是这样的。"

"啊？您是说，他不是态度问题而是身体自身的问题？"我惊讶不已。

"是，他是挺认真的孩子。"屈老师匆匆走来，说着已经匆匆走过。

我，又一次被自己的自作聪明雷到了。眼见不一定为实，所见皆是表象。任何事不要着急下结论，用心地听一听，安静地看一看，仔细地想一想，真诚地聊一聊。学无止境啊，我咬着后槽牙告诉自己。

"吴桐，老师——哎，老师错怪你了，好好做操吧。"我轻轻拍拍他的背，真诚地表示我的歉意。

"没事儿，老师。"吴桐给予我真诚的微笑。那一瞬间，他的侧平举在我眼里近乎完美起来。

男女生的行间，我缓步向后退着走。深呼吸，仰起头，校园的上空是一块天，是中关村的高高的教学楼围起来的一块天。想起鲁迅笔下的《故乡》——

他们不知道一些事，闰土在海边时，他们和我一样只看见院子里高墙上的四角的天空。

如果只看见"四角的天空"，纵然执着地拥有着一腔负责的精神，还是欠学生一个世界的距离。

相责天昏地暗，自责天清地明。此时，穹幕湛蓝，天高云淡。

北平之秋就是人间的天堂，也许比天堂更繁荣一点呢！

老舍眼中的秋天，无与伦比的美。我想跃出"四角的天空"，去自然中走走。

| 小　丑 |

家长感悟

　　一个小事故,一个大道理:你所眼见的人和事或许都不是事实真相,在没有进一步调查研究之前,不要轻易下结论,否则可能会带来很严重的后果,这一点在孩子的教育中尤其重要。孩子体操做得不规范,老师直观的判断是他做操不认真。如果没有体育老师的及时补位,班主任总是批评他,会让孩子的心理受到创伤,也许会让他自卑,甚至患上心理疾病,那将是一个多么可怕的"误会"。在孩子的成长过程中,误解常常具有异常巨大的杀伤力,甚至有人需要用一生来治愈。希望我们都能有一双发现真相的慧眼,以宽广的心胸对待孩子们出现的问题,让美好的童年温暖孩子的一生。

　　　　　　　　2019届毕业生郑皓天的家长　郑立东

　　记得老师的一个金句:"反思这么高档的事,不是每个人都会的!"成人对孩子的一句"我错了",是权威对事实的认错,是回避对直面的认错。孩子感受到了,将获益匪浅,善莫大焉!很多事,就像是"哥哥面前一道弯弯的河",而反思与更正就是河上那座桥。踏过去回头看河边的脚印,不过是一个美丽的错误,提醒着我们以后不要再行差踏错。而不上桥就会陷在河滩的泥坑里折腾,溅得自己和路人一身污迹,和美丽再没有一分钱的关系。

　　　　　　　　2014届毕业生沈疏桐的家长　沈源

　　虞明借口系鞋带试探老师的情节让人觉得好熟悉啊!那不就是当年一心跟老师"斗法"的我们曾经干过的那些事情的翻版吗?在这里老师的"真"和"诚"跃然纸上,读罢让人体会到了一种久违了的感

亲爱的小孩——唤醒与绽放生命

动！在我们的心被很多理所当然的事磨砺得犹如长了一层厚茧而不易被触及的当下，文中看似琐碎故事背后的"负责"和"小爱"让我感受到人性的温暖。文中的"我"知道了吴桐不能侧平举的原因之后在心中责备自己，一叶知秋，这里的"我"应是一个有"大爱"的老师。

2019届毕业生田睿轩的家长　田志远

| 小　丑 |

○ 当孩子在学校里感受不到老师的爱,他学习的动力就会减半;当老师的眼中没有孩子,心中就更不会有;即使嘴上说的都是爱,那也是虚无缥缈的,甚至是带着杀伤力的。

如此表扬

"小荷才露尖尖角,早有蜻蜓立上头",最爱这灵动的情趣,最爱这亲密的和谐。

明亮的晨光中,孩子们三三两两地来了。接班已经半年有余,日常啊,习惯啦,孩子的基本情况啦,都过了磨合期。

四年级是小学六年中比较好带的年级,这个阶段的孩子懂得规范,知道学习,但还没有到逆反的青春期,属于既懂事又上进的年级。新毕业的老师,常常放在四年级,我新来乍到,没有什么经验可谈,也在四年级。

亲爱的小孩——唤醒与绽放生命

这个班的习惯真好。原来的老班主任刚刚退休，孩子们也是依依不舍，作文中经常流露出对老师的思念。数学老师从1、2、3教起，一直跟班到现在，我们班的数学小天才还真不少。

我倚在教室的门框上，欣赏着沉浸在书海中的孩子们，着实是一种享受。阳光钻过雪松的缝隙，扑进教室里，温柔地抚着孩子们的背。

楼道尽头走来一个人，由于逆光，看轮廓不像我们的老师。她个子不高，微微低着头，快步经过六班、五班，向我们班这边走来。我赶紧站直了，以示礼貌。

"老师，您好，您有时间吗？"来人轻声问道。定睛一看，是我们班朴厚的妈妈，我们见过两次面，不是很熟悉。

"不好意思打扰您，我想跟您说个事儿。"朴厚妈妈很客气。一大早来学校的家长要么是"急事"，要么是"棘事"。我赶忙问好，告诉她还没上课。我们一起闪到学生看不到的地方。

"老师，我不知道这事怎么说合适，其实，挺小的一件事儿，我，我……"朴厚妈妈有点犹豫，似乎很难启齿。

"没事，您说吧。"我看着她，保持着亲切的微笑。

这似乎不是一件好事，我的内心掠过一丝警觉，有了不祥的预感。

"是这样，老师，昨天考试了，我儿子回家特别高兴。他说妈妈，我终于得到'优'了。"朴厚妈妈停顿了一下，双手紧紧地按在自己的布包上。我看到她的眼里分明不是喜悦。

"他是得了优秀，进步特别大。"我也赶紧送上我的表扬。

我知道朴厚妈妈很重视儿子的学习，温柔的陪伴是这位妈妈的日常。

朴厚呢，像只可爱的小熊猫，萌萌的，憨憨的。他总喜欢在地上滚着玩儿；头发卷卷的，软软的，他总喜欢用手摩挲自己的头，就像熊猫洗脸；他的眼睛总是眯眯的，加上黑框眼镜，总像是没睡好似的。

小　丑

他是那样的诚实善良，是那样的爱集体爱劳动。

他的动作是慢吞吞的，说话是慢吞吞的，他的快乐也是慢吞吞的。一件小事，他可以笑很久，可以笑很多次。

我尽量保持着轻松的微笑，希望朴厚妈妈放松心情。我期待朴厚妈妈说下去。

"老师，我的意思是，孩子问了我一个问题——"朴厚妈咽了下口水，停了十几秒。

我依然礼貌地注视着她。

"老师，他说您表扬他了。他还告诉我，老师说'你们平时成绩优秀的同学是怎么考的？这次连朴厚都得优秀了，你们难道考不好吗？妈妈，您说老师表扬我了吗？'我这当妈的一下子不知道说啥好了……"朴厚妈妈哽住了。

我的心咯噔一下，脸好像被电击了一样，火辣辣的，肿胀着。我没有想到朴厚妈是为这事而来，是为这点小事而来。我的嗓子瞬间被堵住的感觉。

朴厚妈妈向左扭转半个身位，面对着墙壁，说不出话，双手把包按得更紧了。在常人看来，这是一件普通的小事，但对于含辛茹苦的妈妈来讲，怎能不是生活中的一件大事？对于积极上进的孩子来讲，怎能不是人生的一件大事？

昨天讲评试卷我确实是这样说的，无所谓地说出来，意在批评没考好的同学。可是我表扬朴厚了吗？那是表扬的话吗？这是我工作的疏忽，这样说的时候，根本没有意识。我们总是自嘲嘴瓢了，而我这是心瓢了呀！

"您跟他解释一下，我的儿子上学之后，几乎没有得过'优'。他太慢，记忆力也不好，也不是聪明的孩子，但是他爱学习，爱集体，他特别希望有一次好成绩，这一次对他来说很重要。"妈妈似乎在恳请我似的，她说完又转过身去。

亲爱的小孩——唤醒与绽放生命

老师轻率的表扬如空气，母亲审慎的心事如泰山。明亮的晨光中，我们各怀心事。我看到朴厚妈妈眼睛里闪动的光，那是真诚的光，那是爱的光，那是一个母亲展望孩子未来的希望之光。

朴厚妈妈补充说，她已经跟儿子解释过了，可能老师要表扬你，又要批评没有考好的同学，话说得太赶罗了。可是儿子是个慢性子，也认真，一定要知道老师是不是表扬他。

内心的愧疚缠绕着我，我说了很多次对不起，说了很多次请您放心。我诚恳地感谢朴厚妈妈来找我，承诺我会向孩子解释，会向孩子道歉的。

"麻烦您了，老师，这么小的事，您看我——真不好意思。孩子不知道我来，我不想让他知道，谢谢您。"说完感谢的话，朴厚妈妈急匆匆地上班去了。

目送着朴厚妈妈逆光里渐行渐远的剪影，我僵在原地，内心充满对这位妈妈深深的敬意。楼道拐角处不知什么时候射进来一束光，朴厚妈妈在光中转弯，消失在我的视线里。

老师的话，妈妈的心。

孩子上学以后的人生，多数时间是和老师、同伴在一起的，这是他（她）生活的空间，是他（她）初入社会的成长环境。

我盯着楼道里雪白的墙壁，深深地叹气，深深地责备自己。当孩子在学校里感受不到老师的爱，他学习的动力就会减半；如果老师的眼中没有孩子，心中就更不会有；即使嘴上说的都是爱，那也是虚无缥缈的，甚至是带着杀伤力的。

晨检的铃声把我拉回现实世界，我招手叫朴厚出来。

"朴厚，你这次语文考得真好，老师看到了你的积极努力，老师为你开心。"我蹲下来，凝视着朴厚，"老师也是会犯错误的。如果老师说

| 小　丑 |

错了话，我得和你说，对不起。"

"老师，没事儿。"朴厚用小手摩挲着头，慢吞吞地说，"我知道，您，好像是表扬我，可是，昨天，我没有，搞懂，到底，您是不是表扬我呢。"说完，朴厚憨憨地笑。

如此表扬，我竟然毫无察觉；如此表扬，朴厚竟然这么轻易地谅解了我。

铃声再次响起，我准备上课了："孩子们，有时候如果我说错了话，或做错了事，你要大胆地告诉我，我会真诚向你道歉，我也会认真改错。"

我把目光投向朴厚："昨天的考试我要特别表扬朴厚，他的成绩是'优'，他脚踏实地，不断努力，获得了优异的成绩，大家给他鼓掌。"

"谢谢大家，谢谢老师，我会努力再得个'优'的。"朴厚不住地摩挲着头憨憨地笑。

陶行知先生说：

当心你的教鞭下有瓦特，你的冷眼里有牛顿，你的讥笑中有爱迪生。

老师出口的每一句话，面对孩子的每一个表情，难道不会影响孩子的喜怒哀乐吗？难道不会混淆孩子是非对错吗？

孩子越小，越接近自然，内心越是纯净，越有力量。难怪老子说：

专气致柔，能如婴儿乎？

为人师者，要能够配得上孩子的纯净。

泉眼无声惜细流，树阴照水爱晴柔。

孩子们应在这样的意境里享受生命的馈赠，书写真实生命的朴素自然。

想着今天要学习的新课文——荒无人烟的草地，倔强的小红军，被骗的陈赓……我赶紧转过身，面对黑板，一笔一画地写下了——《马背上的小红军》。

家长感悟

在所有那些孩子们不喜欢大人做的事情里，如果排个序，"拿他们跟别人比较"一定是稳居前三名。

我们总以为孩子是喜欢和别人比的，比别人好本身就是一种表扬，甚至还自以为是地觉得让他们被别人比下去也是一种激发斗志的妙招。殊不知，孩子的世界很单纯，当他们投入去做一件事，过程本身的体验才是最好的自我认同过程，他们只希望老师和家长能够看到他们的努力——在每一次每一天坚持下来克服了自己惰性的时候，能从他们最在意的人口中得到正向的反馈，是他们继续努力进取的赋能。所以，当一个孩子的努力变成了老师刺激其他孩子的武器，它伤害的是两个孩子，甚至一群孩子，无论出于何心，都变了味道。用你的眼和心去关注每一个幼小的生命，让他成为独一无二的主角吧。

2015届毕业生孟尚骏的家长　韩彦

老师在学生的心中往往是神圣的，老师对学生说的话往往很有分量，甚至重于父母所说的话，有时候相似内容的教导，父母对孩子说的时候，孩子未必会放在心上，但是话经过老师的口，孩子往往会认真对待。但是人非圣贤，孰能无过，所以老师在教导孩子的过程中也会有说错话的时候。其实，犯错并非不可原谅，对于所犯下的错的认知和处理方式非常关键，即便一个人犯了错，如果他敢于认错和勇于纠正自己的错误，那也是难能可贵的。一个会道歉的老师，是让家长更放心的老师，是让学生更喜欢的老师。亲爱的老师，您的每一句话，您的每一个动作，您的每一个表情，您的每一个声调……对孩子都有着重要的意义。

2019届毕业生晏嘉灏的家长　曹志国

小孩的爸爸妈妈

孩子的脸上藏着家庭的所有秘密，
总会在某些时刻变得清晰。
亲爱的大人，
你是否还记得，
我们都曾当过很久很久的小孩。

亲爱的小孩——唤醒与绽放生命

○ 学习是快乐的事情,生活的每时每刻都是学习,孩子是天生的学习者,关键是不是每个小孩的身边都有这样一匹"老马"呢?

小马和老马

回忆小马的时候,想起了《小雅·白驹》里的骏马:
皎皎白驹,在彼空谷。
生刍一束,其人如玉。

小马在班里真的是小白马。个子不高,有点婴儿肥,白白净净的脸,光亮的大脑门,各种搞怪的笑成了他的表情包,老师和同学们都喜欢他。要说他到底长啥样,过年时送祝福的福娃估计就是瞄着他画的像吧。

小马,二年级,特别独立。我说的独立不是普通意义的独立,而是

| 小孩的爸爸妈妈 |

作为寄宿生,他从不用老师操心还尽力帮助别人的那种独立。他总是乐观地面对一切,每天都无忧无虑的那种独立。小马对寄宿生活显得格外适应,每天都美美的。安静地学习,一丝不苟地做工作,有条不紊地安排好所有的事。

课堂上,他不抢着回答问题。开始,他认真听小朋友们发言,小朋友回答得好,他就高兴得不住地点头。大家都猜不出问题时,他才举手说话,不急不慌地,晃着智慧的大脑袋,却说得头头是道。这匹小白马,人见人爱,花见花开。

小马是我的班长,当然得管点小事。有一次,我开会,晚回来几分钟,进班之前,听到他在讲台前组织纪律呢:"老师没来,就自己读书,写作业,不能下座位,不能说话。"可是淘气的孩子哪个班级都有,老师在也敢丢下作业溜一圈儿,或者打个滚儿,小班长往往是管不住的。

"××,快坐好,老师回来就很开心。"小马说着,走到小淘气座位旁边:"大家都安静,老师觉得我们很懂事,就会奖励我们出去玩儿啦。"

"说话的,记在黑板上!"大声建议的是班级学习委员,同学们叫他大星,是转来的复读生。

"不能记,不能记,没人愿意被记名字,大家都做好自己就行啦。"小马回复大星时得仰视着,大星比他高出一头。

"要不,你们拿出语文书,我带着大家读书吧。"小马字正腔圆地读起来。我听着,好感动。这么个小小的小干部,不仅有胸怀还有办法。

由于儿子的与众不同,我认识了他的父亲;由于父亲的与众不同,我又重新认识了他的儿子。

我只教过小马两年,启蒙教育的一、二年级。每周五接自己的宝贝回家是每一个孩子和家长最迫不及待的事。小马的爸爸妈妈一般都不会

221

亲爱的小孩——唤醒与绽放生命

来得太早。他们一起来的时候,总是肩并肩,偶尔也挎着手臂。他们并不匆匆,聊着走着,缓慢地走向班级门口,似乎不是来接五天未见的儿子,而是在湖边漫步般从容。

多数时候是马爸爸一个人来,走到班级门口之后,马爸爸的目光首先和老师相遇,彬彬有礼地向老师们一一打招呼,或是简单问候老师的辛苦,或是微笑点头,平静的样子既绅士又得体。这样的场合,这样的方式,老师们都很喜欢这种轻松真诚的感觉。

教室里的孩子是坐不住的,他们嘻嘻哈哈地玩着,焦急地等着。马爸爸走进教室,定会站在那儿,微笑着看着孩子们,很自然地抱起离自己最近的孩子,拍拍他的背,或是问问他这周表现棒不棒。他有时蹲下来摸摸这个小孩的大头,或是慈祥地亲亲那个孩子的小脸。孩子们叽里呱啦地和叔叔说着话,露着小豁牙,乐得咯咯咯咯地笑。

这时,小马会笑着跑来,"爸爸!爸爸!"地喊着,开心得不得了。"儿子,这周过得快乐吗?"他会摸摸小马的头,或者抱抱,小马的快乐与马爸爸的快乐是那么地灿烂自然。马爸爸每次并不着急走,陪这个小家伙聊几句,问那个小家伙怎么样,或者干脆有事没事地看着孩子们。临走的时候,他仍然会和老师们告别,道谢。然后拉着儿子的手,边聊天边走出学校。

目送着这对父子渐渐走远,夕阳里,这背影慢悠悠的像流动的油画一般迷人。

事情往往不总是安静美好的样子。有一次,孩子们在等待家长来接。教室里还剩下五六个小孩。孩子追着跑着,安静不了。忽然听到小马呜呜地哭出来:"你挤疼我啦,快起开,快起开!"小马被大江挤在墙角里,大江使足了劲儿,挺着肚子,严严实实地把小马封在了里面。大江高高大大,得比小马大出一圈不止。

老师刚把大江拉过来,小马的爸爸正好走进教室,小马正靠在墙角

| 小孩的爸爸妈妈 |

抹眼泪。马爸爸目睹了这一切。但是，和往常一样，他一如既往地微笑着和老师打招呼。大江一看见马爸爸，呆呆地立在那，一动不敢动，叽里咕噜的大眼睛透着心惊和胆战。我还没有反应过来处理的办法，马爸爸依然是微笑着，蹲下身，微笑地看着大江，轻抚大江的脸，然后捏了捏他胖嘟嘟的脸蛋儿："又长肉肉啦，叔叔知道你不是故意的，下次你们一起好好玩，动作轻一点，你看小马呀，像个小白兔，你呢，像个大象。"

多有爱的爸爸啊，他用智慧让我们所有人的尴尬化作云烟。惊恐中的大江扑哧地笑了。说着对不起叔叔的话，大眼睛咕噜一转又跑开去玩耍了。

"不好意思，一会儿没看周到，让儿子受委屈了。"我也赶紧道歉。

"没事儿，都是小孩，这是他们交流的方式。放心，老师，真没事。"马爸爸拉着儿子的手，微笑着和老师、同学们挥手再见。

望着这对父子的背影，我想到了山，山，何其大也！骐骥以驰骋兮，小马游刃而有余。

说起学习，更是小马的天地，尽情驰骋与享受。我们要学习主题为"春天"的单元了，我让学生汇报周末搜集到的所有信息，小马发言最有质量，描绘得生动有趣又真实细腻。该学习建筑物的文章了，又是小马连画带比划，讲得井井有条。小朋友们总是无比崇拜地看着他。这个小马到底有什么秘密武器，让一切都显得那么从容自信呢？

我和小马聊天："语文课，你为什么会这么棒？"

小马眨着智慧的大眼睛，说："爸爸上周带我去了玉渊潭，公园特别漂亮，这周呢，爸爸带我参观了中央电视塔，好高好高……爸爸说，每个周末都要出去玩一玩，学习就是玩，玩也是学习。"我捉摸着这朴素的真理，认真地投入真实的生活，就是最好的学习吧。

原来，默默无闻的老马已经给跃跃欲试的小马准备了一望无垠的大草原。

亲爱的小孩——唤醒与绽放生命

都说家长是孩子最好的老师，老马也是小马最好的爸爸。孩子的成长每分每秒都是直播，而小马的直播是有着丰厚的营养积淀的，小朋友们都把小马当成自己的朋友就一点都不新鲜了。

有一次，一个老师夸奖小马真是个完美小孩。他摇着智慧的大脑袋认真地说："老师，不是，不是，才不是呢，我爱哭，还胆子小，而且写字也不好看，体育也糟糕。"说得句句真实。说完，他双手向上揪着自己的耳朵，吐着舌头，坏坏地笑。天下哪里有完美的小孩？分明是清楚地认识自己，乐观地面对罢了。

学习是快乐的事情，生活的每时每刻都是学习，孩子是天生的学习者，关键是不是每个小孩的身边都有这样一匹"老马"呢？

记得我们去陶然亭公园社会实践，体验过雪山时，孩子们对一个雪滑梯很感兴趣，争先恐后地去玩耍。小马怎么也不上去，到最后，全班也只有小马一个人不敢从高处滑下来。我只好做他的工作，不害怕啦，特好玩啦，要勇敢啦。说了半天，小马还是不为所动。他不好意思地看着我："那我陪您去上面看看吧。"

真是哭笑不得，你陪我去看看？小马同学，我是想诱惑你，陪着你滑下来好不好？你这个小滑头。不知不觉爬到顶上。看着其他孩子们依旧热火朝天地滑着，我拉着他胖乎乎的小手说："小马，来，试一次吧，多刺激呀。"

"老师，我，还是不敢。"他笑眯眯地安慰我，"我看，算了吧。"

"那我抱着你，和你一起滑，好不好？"我试着鼓励他。

"不要啦，不要啦，我还没想好呐。"他把头摇得像拨浪鼓似的，撒娇地坏笑。

"那你就留下遗憾了？"我实在没有办法了。

"不会呀，我挺开心的，看着他们滑就很开心啦。"他蹦蹦跳跳地是

| 小孩的爸爸妈妈 |

真的开心。

我拗不过小马,站在顶上愣神儿,身边有孩子跑过去,开心地奔向雪滑梯。

"老师,您把我送下去吧,好高呀!"小马摇着我的大手,紧紧拉着。

我只好把他原路送回到地面。他看着其他小朋友滑下来时的兴奋,也跟着又是拍手,又是跳。小马呀,你就是李贺笔下的"此马非凡马,房星本是星"吗?

周末,我和马爸爸说了小马不玩滑梯的情况,大概意思是男孩子还是要勇敢些。

"老师,您不用管他,他很惜命,他对自己没有把握的事情不会轻易冒险的。"爸爸一点也不在意,"我们平时尊重他,他很了解他自己,他有他自己的选择,我们不强求。"说完,马爸爸很认真地感谢我。

说感谢的应该是我才对!谢谢小马,谢谢马爸爸!你们给我上了一堂精彩的课。不敢又怎样,每个孩子都有自我选择的权利,这是他自己对生命负责的态度。每一个生命都有属于自己的轨道,我们对工作和生命都要保持尊重。

小马即将升入三年级时,我因学校工作安排的原因不辞而别。至今已经过去二十多年,我没有再见过小马。

后来偶然听说,他还是那匹与众不同的小马。他循着自己的节奏,自由地跑进了北大。

眼前出现了一望无际的大草原,萧萧马鸣,悠悠旆旌,阳光灿烂,天朗气清。

225

亲爱的小孩——唤醒与绽放生命

家长感悟

  金无足赤，人无完人，其实也无须有完人。以前我和儿子一起听过一个故事：有一只鹅，喜欢仙鹤完美的腿，喜欢孔雀完美的尾巴，喜欢乌鸦完美的翅膀，后面它终于得偿所愿，拥有了这些完美的东西于一身。有一天，一只狐狸突然从芦苇丛中跑出来，想吃掉它。它惊恐万分，想往水里跑，结果发现仙鹤的腿让它无法游泳，乌鸦的小翅膀也让它飞不起来，所以它只好奔跑，但孔雀的尾巴又让它被芦苇缠住了。所幸的是，群鹅从四面八方赶过来，吓走了狐狸，把它救了下来。从此，它知道了"虽然以前的自己不完美，但却是最好的自己"。每一个孩子都与众不同，都有不一样的长处和不足，也正是这些个性，世界才百花齐放，生动有趣。我们都强调老师的重要性，其实家庭才是教育最初的土壤。

2020 届毕业生李屹康的家长 李继华

  如果学生是一个等边三角形的优秀顶点，那么家长和老师就是这个顶点不可或缺的两个支点。小马同学的优秀，马爸爸功不可没。这不仅仅是智商层面的遗传，更多的是社会性遗传，即做人做事的三观和习惯与品质的养成，言传身教、耳濡目染讲的就是这个道理。当下，有些家长放大甚或直接介入到孩子与同学之间的磕磕绊绊，这不是在帮助孩子，这是让孩子失去了成长的机会。仅仅在这个问题上，马爸爸就给很多家长做出了表率。小马同学的优秀也离不开老师这个支点。一个优秀的老师，并不是高高在上，而是能够意识到在教育孩子过程中的自我成长：雪滑梯，在有些人眼里是勇敢，但对另外一些人而言，可能是鲁莽，人生是扬长避短，而不必补短。

2011 届毕业生陈梓轩的家长 陈志武

| 小孩的爸爸妈妈 |

○ 对老师而言,"负责任"的内涵是极其复杂的。有很多时候,要想一想负责任之后还有什么新责任要自己承担,往往想着想着就更无奈了。

"好担心"妈妈

愿世界对你温柔以待——是每个母亲内心深处最朴素的愿望。校门口有一道风景,名曰"不舍"。孩子走进校园,背后是爸爸妈妈悠长的目光,直到孩子消失在学校的拐角。爸爸妈妈转身,表情写满漫长的牵挂。

更有多情的一年级父母,望着小孩走进校园,不知不觉已经泪潸潸了。龙应台说,孩子你慢慢来。父母子女之爱,是一场渐行渐远的离别,世间所有的爱都是为了团聚,唯有父母的爱指向别离。

为了更好的别离,那别离前呢,是不是高质量的陪伴呢。

"老师,我担心……"这是很多爸爸妈妈最放不下的焦虑。名副其实的"好担心"家长绝非一二而已。

古亦，男生，五年级时身高不到一米六，体重飙升到一百七十斤。三天两头生病请假，前天鼻子不舒服，昨天肚子不舒服，今天腿不舒服。最近又添了新毛病，血压高，血糖不正常，小小年纪，怎么这么多的病呢。我总是有事没事替他担心着。

我才接班两个月，明显发现他学习很吃力。注意力不能集中，作业也完不成，体育成绩连"达标"都难。遇到这样的学生特别困惑，综合状况都不乐观，老师往往不知道从哪里下手"拯救"孩子。

有时候老师就是一个有点"强迫症"的职业，非要把孩子的毛病"正"过来，才算为人师的尽职尽责。

有一次，体育老师很负责任，坚持了原则：没有家长的请假条，不可以请假，结果捅了马蜂窝。

古亦的妈妈不依不饶："我孩子说脚趾甲疼，那是真疼，它长肉里了，甲沟炎了，他没撒谎。他疼啊，老师为什么不能让他请假？嗯，再说了，老师上课前为什么不看看孩子的脚？早上走时好好的，突然就疼了，他回家哭了很久，他很委屈呀。"

体育老师好难啊，一上课，孩子就想请假，一个见习，好几个都要见习，怎么办？准还是不准呢？为了便于管理，老师要求孩子们得有医生假条或者家长的请假说明才可以见习，突发事情得有班主任打招呼。这合情合理，无可厚非。

体育老师也会根据见习孩子的身体情况，合理安排活动。既要坚持原则保证孩子每天的体育锻炼，也要关注确实不舒服的孩子的健康。但是决不能纵容孩子偷懒，逃避运动。这是老师必须负的责任。这甲沟炎的事，老师该怎么做才是最合理的呢？

说到学习，古亦就更让人头疼不已。作业没有一次是按要求写的，想怎么写就怎么写，完全凭着感觉，没有章法不说，还时常完不成作业。每次和妈妈沟通，她都说儿子在家特别有干劲儿，学习积极主动，写字认真，不仅学习小学的内容，还自学了初中化学呢，他可感兴趣了。

这一通夸奖，懂事的老师，是不是也不能再说什么了。不过我每次还得说，听不听是家长的选择，说不说是教师的工作。

家长们请您实事求是。那些不接地气的家长们，是真的不了解孩子呢，还是欲盖弥彰呢，亦或是保护得太周全了呢？

最重要的是"好担心"妈妈时时刻刻都好担心，她担心得我无所适从，但又不能听之任之。

"老师，我想给古亦再请个假，他鼻炎不舒服，昨晚睡得不好，我担心他去了学校也听不进去课，上午让他睡个觉，请您同意。"

收到消息，我回顾了一下。他因为鼻炎请了好几次假了，我迟迟没给她回复，心想能不能劝一下，没有大碍还是来上学吧。

但是我怎么劝呢？老师一定得以学生身心健康为第一要义，家长请假，必须同意，再说老师也没有权利不同意学生请假。还是算了吧，多一事不如少一事。

"老师，我上午带古亦看病去，他大脚趾又疼了，我想再带他去查查。我看下午没有主课，我就不送他去上学了。上午去医院，我担心孩子太累，下午让他回家休息吧，请您批准。"

没过一周，又来请假。现在的课程还有主科、副科之分吗？所有的课程都一视同仁！学校一直这样说，老师坚持这样做。任课老师不得以任何理由私自留下孩子，必须保证孩子上每一节课。

之前的班主任接班时告诉过我，古亦没有先天的疾病，只是妈妈太护着孩子，再不救救就养废了。

亲爱的小孩——唤醒与绽放生命

您大学毕业，全职妈妈，竟然把孩子照顾得如此凌乱。我顺手拿出学生登记表一看，他家就在学校对面，步行也就六七分钟的路程。

上学是必须的事情，怎么就这么随随便便呢？规矩是从小就要树立起来的。对合理的规矩我们应该怀有敬意——不以规矩不能成方圆。

但是身边无数事例告诉我，这样的情况下，如果老师不知趣，就会给自己惹来不必要的麻烦。

对老师而言，"负责任"内涵是极其复杂的。有很多时候，要想一想负责任之后还有什么新责任要自己承担，往往想着想着就更无奈了。

"古亦妈妈，今天课间活动，古亦伸手打了萱萱，胳膊都给人家打红了一片，一处挠破皮儿了。我问了原因，女生感到莫名其妙，很委屈，几个女生小伙伴说说笑笑一起玩呢，就莫名地被古亦打了。古亦承认自己没搞清楚原因，先打了人，后来才知道他误会别人了。回家您跟孩子聊聊，注意交往，任何情况都不可以动手打人。"

这是我解决完俩孩子之间的事之后，发给古亦妈妈的语音留言，因为古亦妈妈没有接我的电话。

"等孩子到家，您和孩子谈完，我们通个话。"

我又补充了一条。

几分钟后古亦妈妈就回复我了，我没想到回复得这么快。

"老师，我儿子从来没打过人，更不会主动打女生了。他很正义，从小啊别人都夸他善良。对，他呀，他好打抱不平，是不是又主持正义了？您再好好问问孩子，我担心他好面子，您问什么他委屈着也答应。他胆子小，可能不敢说出实际情况吧……我儿子我了解，肯定是因为有什么别的事情了吧。"

我实在是听不下去了。推开手机，深呼吸，再次深呼吸。这是什么思维逻辑呢？事实很清楚，没有道歉，没有反思，只有反问！

叫来古亦和萱萱，一人一张信纸，请他们俩分别写出今天的事情经过。复印两份，拿回家给家长看，签字带来。

有时候，老师真的是没办法，看似的"无用功"有时候是个好方法。

时隔两周，古亦又惹祸了。

"古亦妈妈，今天午间休息，男孩子们一起操场上玩追人游戏，因为仓仓说古亦跑得慢追不着人，古亦就起脚踢了仓仓的裆部，这很危险，咱家儿子人高马大的，要是踢坏了，这可不是小事儿。"我尽量把话说得得体，"我已经带孩子看了校医，目前看仓仓没什么事。我也及时和对方家长联系了，仓仓家长说暂时不需要去医院，等回家观察一下看看。您回家一定叮嘱孩子，游戏时要学会相处，不可以伤人，这已经是第二次了，您得引起重视。晚上您打电话给仓仓家长，问候一下吧。"

我打电话给古亦妈妈，告诉她处理学生矛盾的做法。她"嗯嗯"地说着知道了的话，保证回家教育孩子，她此时正办事，答应晚上回复我。

晚上七点三十分，我正在吃晚饭，电话来了。

"老师，我回家问了，他也说不清楚为什么这么冲动。哎，他最近学习很紧张，也很累，都没时间锻炼了。周六上午有网课，下午去爬爬山，回来写写作业。周末全天报了科学特长集训，为小升初冲刺一下，我们想升入重点初中。"

家长的能量都很大，我们要相信每个人会有好运。不过，我心里也替他担心，他连课堂的基础知识都学不明白，参加特长集训能行吗？再说了重点初中也不是这么个突击方式呀。

"我担心他是不是累得犯大发了，情绪不稳定了，确实没有时间玩，孩子也挺不容易的。孩子以前没有这些问题，他从小就诚实、正义，长得高高大大的，是人见人爱的孩子。上了六年级，您接班之后吧，为什么不会和同学相处了呢？我也很奇怪呢，成绩也下降得厉害。"她说得

亲爱的小孩——唤醒与绽放生命

很快。

哼！哼！哼！我还真带着魔咒不成？言下之意，这么短时间，竟然是我给他教出这么多毛病？冰冻三尺岂是一日之寒！小毛病不重视，孩子越长大，问题越突显，这个道理真的不懂吗？我心里越想越激动。

如果只一味地盯着学校教育的这个花园，而忽略了家庭教育这份最初的土壤，那是对教育最大的误会。

我缓了缓："对不起，我打断您一下，您要是说完了，我先吃饭好不好？"

"哎哟，老师，看您忙的，这点还没吃饭，孩子放学我们就吃完了。那您快吃吧，老师这一天真辛苦。"她说。

胡乱地吃完，看着一桌子碗筷，胃不舒服。上班这么多年了，还得继续修行啊。距离宠辱不惊的境界还有十万八千里呢。

想着那些过往，我又拿起电话，再次告诉古亦妈妈该做的事："动手打人还是欠妥当的，寻求和平的解决方法；如果给别人造成伤害，首先要诚恳地向别人道歉；错误必须正视起来，别给孩子找理由，您的力度到了，孩子才会真正改过。他还小，很多小毛病可以纠正。"

两天后，我问仓仓妈妈孩子的情况。她顺便告诉我，古亦家长没有和她联系。

我猜，古亦妈妈是担心自己的儿子没面子。西汉经学家刘向的话回响在耳边：

父母之爱子，则为之计深远。

"担心袒护"何时了，往事知多少？大事小事总有事，无时无刻不在祈祷中。很不幸，古亦果然按照他的轨迹发展着，可是我能做些什么呢？

吾日三省吾身：为人谋而不忠乎？与朋友交而不信乎？传不习乎？育人不尽职尽责乎？为人师海人不倦，我的任务就是教育学生啊。但是老师无力改变任何一位家长，我做我能做的，从孩子开始。

| 小孩的爸爸妈妈 |

我想到给古亦安排学习伙伴,就让体育委员来吧,都是男生,也方便学习交流。我把他的座位调到最前排,周围都是自律且积极的女生;课间老师抽空三五分钟单独给他辅导功课,或者和他聊聊天都方便。

积跬步成千里,哪怕是个蜗牛,也得动起来。一周后,我告诉古亦妈妈我的安排,把她的儿子放到最前排,我不想引起她的误会。

古亦妈妈发来看似感谢的消息:谢谢老师这么贴心,孩子肯定没想到老师这么支持他。还有,坐第一桌,我担心他可别近视啊。

看着这消息,我笑着摇头叹息,我什么也不说。

他不能按时完成作业的情况更严重了。我"于情于理"都得如实反馈给他妈妈。他妈妈每次都劝我:"老师,您别生气,我们一起帮助他,您也千万别放弃他,我们得给他时间取得进步,慢慢来。他很善良,有时候看他认真学习的样子,学到很晚,我又心疼又担心呢。"

我听着真不是滋味,可是我又能怎样呢。

班级的孩子一半在学校都能完成所有作业。他呢,作业拖了好几天了,越积越多。难道都在学习初中的知识了?按照尊重人权的想法,孩子可以选择不完成作业,那是他们的权利。我的班级语文作业一向很民主,学生达到要求,可以申请减免基础性作业,这是孩子的自信,也是该有的奖励。

无故不写作业,我要负责任呢,还是尊重孩子的权利呢?这看似是个难题。在学校是没时间补作业的,每个科目都是重要的学科,我们不能为了作业而影响孩子其他学科学习,也绝不能占用孩子的体育锻炼时间。

"老师,这段时间,古亦作业完成得不好,又打了同学。他心情很沮丧,我看孩子那样我也很担心他的学习。想想吧,这些可能和我没收他的 iPad 和手机有关。"

亲爱的小孩——唤醒与绽放生命

哦？您可从来没和我说这个事呀。

"因为他老偷着玩游戏，别的孩子玩，硬不让他玩吧，也没法交朋友。我发现他晚上在被窝里玩，我就没收了。但是我担心他情绪上不能接受，他需要时间慢慢适应。希望老师给他改正的机会，您千万别放弃他。"这消息来得很突然。

"古亦妈妈，您多虑了，我的职业是教师，我的工作是教书育人，怎么可能放弃我的学生呢？我以师德为师，以专业的教育为背景，引领个性不同的孩子成长。"我立刻回复，一秒都不耽误。

等我平静下来之后，我想邀请古亦妈妈来深度座谈。原来的班主任告诉我，请我放平心态，她之前已经谈过几次，谈的和做的是两回事。

我必须自己亲自谈才知道有没有作用，我们约在一个周五的放学后。谈话中，我把孩子的情况、我对孩子的期待，委婉地告诉古亦妈妈。

妈妈也希望儿子各个方面出色，但是她觉得儿子还小，太单纯，需要她好好地陪伴。尽管我的"男孩子要独立"的思想强调了好几次。她似乎都没有接我的话，总是拐到她关注的话题，什么儿子孝顺啦，手巧啦，热情啦。

谈话蜻蜓点水，云淡风轻。难道这就是《后汉书》所言：

爱之则不觉其过？

该来的还是来了。

中午休息时间，灵儿大哭着，被一群女生拥着跑进办公室。我起身迎上来，灵儿的眼泪像一串串珍珠滑落，她的左脸上有一片通红的掌印。耳边是女生气急败坏地申诉：

"老师，古亦打人了。"

"他打得特别狠，扇了灵儿一个大嘴巴子。"

"但是这事不怨灵儿，完全是古亦的错。"

| 小孩的爸爸妈妈 |

我的心真疼啊！就像有东西刺痛的疼。哪个姑娘不是爸爸妈妈的公主呢？哪个姑娘受过这样的委屈呢？我轻轻抱着她，拍着她的肩膀安慰着。

"古亦给我们捣乱，还打人！"

"老师，我们都是证人！"

"他打人，太过分了！老师！"

灵儿在我的怀里，抽泣着，胸前的衣服已被泪水打湿，不停地抖，此时此刻什么都不能抚慰女孩受伤的心。

原来，那天，一群女孩子在玩跳皮筋游戏，古亦也很想玩，可是女孩不愿意加他，他就给女生捣乱，搅和得女生也玩不好了，几个女生上去推开他。他还成心的不怀好意地笑，一会儿又来捣乱。女生玩不成，就生气了。灵儿嘴快，说他不要脸，结果古亦冲上前去狠狠地抽了灵儿一个嘴巴，女生都被吓坏了。

第一时间了解事情的经过，孩子们说的和古亦说的一致。做了调查笔记和旁证——这是我们班主任工作的正常流程，如果事实不清晰，还要申请查监控录像求证。

电话打给灵儿的妈妈，电话那端瞬间已经泣不成声。作为班主任的我没有任何语言可以安慰受伤的母亲，任何语言都显得苍白无力。我只能不住地说抱歉，我只能说抱歉。几分钟之后，妈妈抽泣着说："我们是女儿啊，老师，我们女儿从来没有挨过打，这还当众——"或许现在听着她痛心的哭声才是对她最好的理解。

第二个电话打给古亦的妈妈。

"怎么会这样呢？老师，这是为什么呀？我天天教育着呢，怎么出手打女生了呢？女生也是的，是啊，女生骂了他，他就好面子，我就担心他自尊心受伤就会……"

我又听不下去了："您，先听我说！我尽量和灵儿妈妈沟通，如果灵儿受到损伤,你要想好承担您的责任。如果灵儿妈妈认定这是校园欺凌,我没有任何办法帮助你,而且古亦还可能受到处分。如果灵儿妈妈不计较,那是您的幸运。"我必须说得严重点。

我停了一下,告诉她,根据校园突发情况处理办法,需要几个孩子把事情的过程写下来。我和她说,暂时停掉孩子一节课,她得同意。

一节课就要过去了,我收集好资料,理清了思路,向领导再次详细汇报情况。

积羽沉舟,小孩子的错误往往看似轻如羽毛,但是这羽毛要是不断地累积呢,您还认为它没有重量吗?

晚上九点多,电话响起。

"老师啊,古亦明天不去上学了,他精神压力太大了,害怕同学指责他,害怕在全班面前给女生道歉认错,害怕老师从此之后不喜欢他了。我担心古亦他承受不了,老师你知道吗……"

我,我,哎!我又不淡定了,但是我不能喊出来,还得咽回去。

古亦妈妈的声音有些颤抖:"老师,不是我护犊子,是我真担心出事啊!您让孩子们写事情的经过和反思的时候,我儿子说他想跳楼,看看窗子有护栏,没法跳。听着孩子这么说,我当妈的怎么能不担心呢?"

"老师,我好担心哪,媒体总是报道孩子有跳楼的——他万一,有个三长两短,这,这谁都负不起责任呀!万一出了事儿,您也得被牵涉。我给孩子请个假,明天休息一天,我担心……"我再次听到一位妈妈的泣不成声。这含着眼泪的请求,让我的心波涛汹涌。

溺爱者不明,贪得者无厌,是则偏之为害,而家之所以不齐也。

朱熹老前辈啊,那些糊涂的为人父母,该怎样才能被唤醒呢。

"我知道了,按照您的意思办,孩子的生命健康第一,请您写正规假条。不过呢,您应该趁机进行热爱生命教育。"挂掉电话,躺在沙发上发呆。需要教育的,首先往往不是孩子,而是家长!

小孩的爸爸妈妈

虽曰爱之，其实害之。虽曰忧之，其实仇之。

试问郭橐驼，为人父母者必先种树实践乎？

凡植木之性，其本欲舒，其培欲平，其土欲故，其筑欲密。

"十年树木，百年树人"，远非早先理解的时间的含义那么狭隘了。顺天致性，硕茂以蕃，动机与效果始终保持完美统一者有几多父母？

手机闪烁，摸过来，是灵儿的妈妈发来的消息："老师，下午我有些控制不住自己的情绪，哭得很没礼貌，我很抱歉。"灵儿妈妈，应该道歉的是我啊。

"给您添麻烦了，我回家和女儿郑重地谈了这件事情。女儿很委屈，但是她说同学一场，就快毕业了，不想闹得决裂，不计较了。我虽难过，但是我遵从孩子的意见。我们有一个要求，男生在班级里当众道歉并写保证书，这也是为了以后着想，请您理解。"灵儿妈妈的理性让我很是感动。当孩子出现矛盾，老师们不偏袒任何一方，公正公平。但是我的心，怎么会一样的感受呢？谢谢您，谢谢您的女儿。

"我家女儿出言不逊，我也会教育她以后学会说话。问题只限于班级内解决吧，我们不想给老师，给学校添麻烦，也不想让班级的孩子们受损失。我相信您会有您的处理方式，也相信孩子们会越来越好。老师，您辛苦了，给您添麻烦了。"我内心百感交集，我把灵儿妈妈的信息截图发给古亦妈妈。

"老师，我担心当众道歉，孩子会伤害自尊的，灵儿也没受外伤，您能不能和灵儿妈妈商量下，我们私下里见面，我真担心孩子今后在同学面前抬不起头。"古亦妈妈有点得寸进尺，她还是"好担心"！

"这是每个常人犯错误之后，应该有的最基本的态度。您要给孩子做个榜样。不管您是否同意，孩子当众打人，就要当众道歉，要写保证，这对他是个教训。私下里，约个时间，您和灵儿妈妈也得当面道个歉。"我冷静而不容置疑地回复消息。

亲爱的小孩——唤醒与绽放生命

如果，只看见孩子们在集体中的差距，而看不见孩子们从小到大环境潜移默化的影响，对这间平凡的教室来说是不公平的。

关机！睡觉！此时已经夜里十点了。

临近毕业考试，古亦妈妈发消息给我：老师，古亦说您经常鼓励他，又给了他最前面的座位。英语这次又没达标，老师中午给他补了课。数学没考好，老师又给他讲了一遍，他积极性特别高。您要继续鼓励他，老师们千万别放弃他。哎，我就担心他三天热乎。

我们老师一直都是这么做的，可是，您一直都在"担心"！您的担心，也让我们老师教育孩子时煞费苦心。教育孩子的时候，我们第一想到的是您的态度。但我只能这么想想，怎么说得出呢。

没有教不好的学生，只有不会教的老师。

陈鹤琴先生，您是儿童教育专家，您这自勉的话，绝不是针对我此时面临的困惑，对不对？时间啊，你真的会告诉我们一切的一切吗？

毕业了，校门口，最后一次和孩子们一一道别。深情拥抱，默默凝望，放飞理想，祝福永远。古亦羞涩地挥手，和我说再见，我微笑着注视着他。望着他高高胖胖的背影渐行渐远，我满心的惆怅。

未来已来，孩子，我是真的真的好担心你呀，为师祝你好运！

家长感悟

小学阶段是儿童向少年的转型时期，难免懵懂、莽撞，甚至身不由己地犯一些不可理喻的错误，需要周围成年人的包容、引导和教育。因此，时时刻刻考验老师的格局——能把学生带到的高度，耐心——对孩子心灵的呵护，方法——孩子能听进去多少老师的话。在这个故事中，我们看到老师们在给成长中的孩子确立是非观念，建立规则意识，同时也在提供具体的帮助鼓励孩子。忍俊不禁的是孩子的家长，一位被带进孩子情绪中的母亲！母亲是孩子的保护神，也是孩子的教育者。母亲的格局，是孩子人生的天花板！

2007届毕业生栾思飞的家长　郭红玉

家长是孩子的第一任老师，在孩子的成长过程中起着无可替代的作用。我们有很多的事不怕犯错，错了可以重来，但孩子的成长却是不可逆的，影响也是极其深远的。没有出了问题的孩子，只有出了问题的教育，教育需要家庭和学校相互配合。孩子的成长需要学习，同样家长和老师也需要不断地学习和成长。家长的言传身教无形中就会影响着孩子的价值观和是非观。孩子需要的不是简单的陪伴和没有营养的说教，爱是需要智慧和方法的！

2011届毕业生王楠的家长　宋敏

○ 教育怎能允许虚情假意？教育怎能允许花言巧语？教育最需要的是真心实意。你若无情拒绝教育真相，也是无视孩子的成长。

"非诚勿扰"

仲夏苦夜短，开轩纳微凉。

夏日的学期末，总是热得让人无处躲藏。白天少有机会专注做事，周五的晚上，我正在给孩子们写期末评语。

"喂，宋老师吗？"办公室的电话铃响了，话筒里传来严肃的南方男高音。我抬头看了看表，此时已经夜里九点了。

"您好，我是，您说，有什么事吗？"我保持着彬彬有礼的职业素养。

"什么事？你自己想想！"那边的语气很不友好。这应该是家长，但是我听不出是哪个孩子的爸爸。

"您是哪位?什么事,您直说。"我喜欢快人快语,简单。

"你自己想,你做了什么事!"那边有些怒气冲冲。

"不好意思,请问您是哪一位?"我保持平静,我没干什么事呀。

"哼,哪一位?我小孩都被你打了!我是穆斯她爸!"语气恶狠狠的。

"您说什么?是不是误会了?"我想缓和一下气氛。

"不可能!你要承担责任的!我怎么可能搞错!"

"如果是我错了,我可以承担,但是您这样没头没脑地问我,我确实糊涂,请您把话说明白好吗?"

"你别装糊涂!我告你去!你打了我家的孩子,孩子受到了惊吓,回家一直在哭,你还装?什么老师!等着吧你!"一连串的狠话,我还没来得及解释,他哐当挂了电话。

这下子可好,那点写评语的灵感全部被这凶巴巴的男人吓跑了。这是什么乱七八糟的,我丈二和尚摸不着头脑,家长朋友啊,如此沟通,我只剩一声叹息。

这突如其来的"事故"搅和得我心烦意乱,他咿哩哇啦地嚷叫,到底是为了啥?我使劲地回忆,却想不出任何违反师德的事情来。莫非他无中生有?或者是……

沉思中,电话铃又响起。

"你说话呀?既然做了就得敢于承认!你装什么装?"又是咄咄逼人的架势。

"我真的不知道,既然您这样生气,肯定是有什么事?那您就别兜圈子,说明白点,也省得浪费时间!"在他的狂轰滥炸之下,我的语气也带着点儿火药味儿。

"你装得好啊,你听着!你周五打了我家小孩。"那边盛气凌人。

"说话要负责任，不能信口开河！我怎么不知道呢，我怎么打的呢？"我有些不甘示弱。

"用棍子打的！"那边声嘶力竭。

"怎么可能？！我们老师从来没用过棍子！"

"小孩子会说谎吗？我家小孩哭着告诉我的！"

"撒谎不分大人孩子！孩子撒谎要么是受到惊吓，要么是和大人学的。"

"穆斯，你说！老师是不是拿棍子打你的？"

"爸爸，不是，老师拿的是个可以变长又变短的棍子。"孩子在电话一旁抽抽搭搭地说。

哦，是我们刚发的可伸缩的教鞭。上课的时候，有个男孩在玩东西，我提醒了他。同桌的穆斯被吓到了。我回忆着今天的细节。

"那是我上课的教鞭——"

"用教鞭打的，那也是打人了。"

"我只是用教鞭点了穆斯同桌的桌面。"

"那孩子为什么哭？"

"你问问孩子。"

"你打人了，你得承认！"

"我承认什么呢？你不信，那你说吧，打成什么样了？"

"还打成什么样呢？小孩子一直哭，精神受损失了。"

"请你问清楚你家孩子！你这纯属于胡编乱造！"

"哼，我周一就去找你们校长，我家孩子是不能受委屈的！"

"爱来不来！我告诉你，我以师德担保，别说见校长，就是见局长、市长我也不怕！如果是你错了呢？你该承担什么责任？"

"事实在，我怎么可能错呢？"他趾高气扬地叫嚣。

"事实在，我怎么可能错呢？"我成竹在胸地回击。

我把电话扔在一旁，心态彻底崩了。一些人争论是为了证明自己某

| 小孩的爸爸妈妈 |

一观点,另一些人争论则是为了证明他自己。

一地鸡毛。

电话里传来孩子断断续续的哭声:"爸爸,不是老师打我——是打在别人——桌子上。"孩子在电话那端使劲地喊着。

"您听到孩子说的话了吗?请你认真听。"我抓起电话反驳道。

"啊?不是你吗?那你怎么哭个没完?别给我哭了!"他对着孩子叫喊后,转向我吼起来,"那你这个老师,也是打了人呀,不是打我小孩,就是打了别人家的。"他振振有词。

我听出了"狼和小羊"的味道,放下电话,身心疲惫。我感到灾难来临,却无力躲避。我懒得听电话了,任由话筒自言自语。

我瘫在椅子上,想到前不久看到卡耐基的话——

反驳和争辩只会徒增隔阂。建立沟通的桥梁,不要筑起误解的壁垒。

承受委屈是一种胸怀,我可以不去跟他计较,保持我的职业素养,但是我不能无端地背黑锅,给自己扣上个违反师德的帽子呀。

"爸爸,爸爸,我不会写作业啊,你又不教我——"孩子着急地喊着,伴着委屈的哭声。

"你自己想想!老师怎么教的?小孩什么都不会,还打人,什么老师!"他又来了。

"那我打了谁,谁的家长应该找我呀,你瞎操什么心?你闲的呀!"我不能再忍受这样的无理取闹。

"你打人家孩子也不对啊,我怎么不能管管。"他似乎变得神气起来。

不等他说完,我愤然挂掉电话。

非诚勿扰!

诚也自扰!

243

亲爱的小孩——唤醒与绽放生命

争吵没有赢家，只有管理好自己的心态，争吵失去的东西当事人往往不会清醒地认识到。

他打来，我挂掉。

再打来，再挂掉。

又打来，我把电话扔一边，爱咋咋地。

"你还优秀老师，态度这么恶劣？"他继续咆哮，"你不说话，就是师德不好啦，竟然还打小孩子！你这个人，总是说我家孩子这跟不上，那跟不上，你对我家小孩有什么意见啦？"

……

蒙田曾说：

吵架，先是以理由为对象，后来就以人为对象。

我想，如果开始就以人为对象的争吵，必将雪上加霜！

"爸爸，爸爸，不是老师打了人，是那个同学走了神，老师打了桌子，很响的一下，吓了我一跳。"孩子想要补充什么。

"你去一边去，爸没问你！不管怎么说你打人就是不对！"前面半句恶狠狠对着旁边的孩子压低声音，后半句对着话筒声音尖利。

我跨步到电话前："没调查清楚之前，别乱吼！"我声音提高了八度。

"我家孩子受到了惊吓，不敢上学去了。"那边还胡搅蛮缠。

"你家孩子最近在老师们的帮助下，进步很大。成绩从'不达标'刚刚可以'达标'了。你问孩子，她很想上学。"

"她被你吓坏了，不敢去了！"

"哎，你根本不了解孩子，我没时间跟你耽误这功夫。"面对这个男人的没完没了，我的心都要着火了。

"废话别说，周一我去校长那告你。"

"随你的便！"我离开电话，任他自己在电话里叨叨。

| 小孩的爸爸妈妈 |

若以争吵对抗误解，怨恨则无休无止。唯有得体的处世能力、怀柔技巧和同理心才能够化解争执。

我似乎豁然明白了卡耐基的话，但只是似乎明白而已。

电话里的声音仍然在继续着："我家孩子幼儿园的时候，老师们都喜欢她！夸她乖巧、聪明，我们也很放心啦。我们和老师的关系非常亲密的，经常一起聚会，怎么一上小学，你就总是要我们培养这个，注意那个的！过个周末吧，生活习惯要抓啦，亲子交流要有啦，学习也要重视一下啦，每次测验我们都不达标！这一上学，幼儿园所有的好在你这全部都没啦，你说，这是不是你的责任？"

我恍然大悟，症结原来在这里！心存芥蒂，耿耿于怀，久矣！呜呼哀哉，呜呼哀哉！

教育的"真"是我们教育者的本心，教育的"真"也是孩子进步的"基因"。老前辈陶行知"活教育，真教育，好教育"的理念，是我们的航向。教育怎能允许虚情假意？教育怎能允许花言巧语？教育最需要的是真心实意。你若无情拒绝教育真相，也是无视孩子的成长。

穆斯上学三个月了，几乎不怎么说话，总是呆呆的没有什么表情。学习呢，更是一塌糊涂，习惯谈不上，老师的一些要求也听不懂。这么小的孩子遇到任何不如意都以哭表达自己的情绪。作为班主任，我真是心疼她。因为孩子住校，我们老师能做的就是竭尽全力帮她。宿管的老师们细致入微地陪伴，任课老师呕心沥血地教导，孩子总算刚刚有了丁点儿的进步。

我真诚的推心置腹，着实刺激了他，他压根接受不了。每周五，我实事求是地反馈，苦口婆心地沟通，措辞考究，表达委婉，合着都是对牛弹琴了，似乎还是个"斗牛"。

想起一位老前辈说过，老师和家长虽然是同一个目的，但是老师和

亲爱的小孩——唤醒与绽放生命

家长就像甲方和乙方，永远是站在对立着的两个面上，老师说话做事都要留分寸，我一直记得前辈的话。可是今天我失态了。

周一，他竟然真的来了。下课后，我去学校办公室。当着我们校长和主任的面，他继续告我的状，采用的是纯粹的"倒序"，外加夸张恐吓。

"这老师工作态度不好，和家长交流大喊大叫，是我来找学校的原因。上课怎能使用教鞭？惊得我家小孩精神受刺激，回家见我就一直哭，你们的老师到底怎么搞的？怎么能把小孩教成这样？知识学不会，情绪又不好，上学的这半年，孩子一点都不快乐。幼儿园，我们小孩是最受老师喜欢的，我们和老师的关系特别亲密的。你们这个老师对我家小孩有成见，要么换班，要么换老师，如果校长不处理，我将继续上告，把事闹大。"他不停地说。

我站在一旁愤愤地听着。我刚想解释什么，主任递了个眼色："小宋，家长也不容易，一周见不到孩子，你多理解一下。"

我看着主任，几次欲言又止。此时，校长有事离开了。

主任和颜悦色地说："家长，您消消气。我们的老师是很负责任的，对孩子无微不至的，可能老师年轻，说话比较冲。家长您也别上火，有事咱们好好聊聊，我们会和老师沟通，老师向你道个歉，以后会多关照孩子，你也好好配合老师工作，有什么事及时和老师联系。"

"主任，请让我解释下——"我总得有我的权利吧。

"小宋，家长在气头上呢，你先不说话。"主任拍拍我的肩。

主任啊主任，您这是主持的哪门子公道呢？家长的任性很多时候是学校惯出来的，没有原则的退步就会失去底线，我们还有什么为人师表的尊严？我感到自己热爱的工作被活生生扭曲了。

我不能痛快地说，那我就肆意地想：外面您是个说话不准反驳的小老板，您是家缠万贯的有钱人，但这和我一分钱关系都没有。无论家长

| 小孩的爸爸妈妈 |

身居高位还是普通农民，因为孩子，大家的身份都平等，在老师这里就俩字——家长！

这个男人越说越起劲儿，趾高气扬的样子让人很不舒服。主任的目光温和地看我，我的目光急切地争取。我们俩眼神无声地交流，他一个人奋力地吵嚷。老主任呀，您好歹让我说句话啊。

我受不了了，愤然转身！管他主任还是家长，本人不伺候了。我就这样昂首挺胸地走了。年轻气盛，好不痛快！

时过境迁，总是觉得对不住和善宽厚的老主任。后来的事情不了了之，谁也没有打扰谁，是真正的非诚勿扰的安稳日子。家长没再找我的麻烦，校长、主任们公务繁忙，或许淡忘了那件事吧。我呢，工作还要继续，毕竟孩子是无辜的，该怎么对待还是怎么对待，但是心境不同从前了。

老子说：

大小多少，报怨以德。

我还没有修炼成清静无为的境界呢。

升入二年级之后赶上分班，四个班变六个班，穆斯被自然地分到其他的班。

分班前老主任曾和我说，你把她换到其他班级吧，家长也是个不明白的人，咱是老师身份的原因，别和家长对着干，老师都不容易，工作啊讲究点方法，学会保护自己。

我知道老主任的心意，她语重心长地叮嘱，更让我觉得当初自己的不理性多么幼稚。没头没脑地想到一句话：心很小的时候，世界就变得很小，小得照不进一束光；心很乱的时候，路就变得很多，我们都是这样走失的。

穆斯真的是被现场抓阄分走了。新的班级她很不适应，除了学习的困难，也变得越来越不合群。作为年级组长的我，着急也无奈。

那个不堪回首的夜晚，作为老师的自己，心乱如麻，针锋相对，违

亲爱的小孩——唤醒与绽放生命

背了职业操守，这会给一个幼小的心灵埋下怎样的种子？

白居易的"念此私自愧，尽日不能忘"写出了我的心事。后来的日子，我反反复复想到那个"夜半电话"，特别是穆斯见到我羞涩地向我问好的时候，我总是觉得我对不起这个小女孩。

二年级元旦前的一个周五，穆斯的妈妈带了一大盒熟栗子送到我的办公室。我惊讶之余，婉言谢绝。穆斯的妈妈执意放下，我怎么也推辞不掉。我们俩推让着，盒子里飞出一张卡片。

字写得歪歪扭扭：

我很感谢老师，也表示不好意思，您让我认识了小孩真实的一面，以前我们都蒙在鼓里了。您是个负责任的老师，栗子不多，表达下我的感谢。穆斯妈妈。

最后一行字歪扭得更厉害：

祝老师节日快乐。穆斯。

我百感交集，这个礼物必须得收。我赶紧从抽屉里取出一个带锁的笔记本，以表达我的心意。顺手扯下一张精美的即时贴，写下我的祝福语：

老师最喜欢看到你甜甜微笑的样子。祝你快乐成长，学习进步！

——大朋友：宋老师

穆斯妈妈走后，我呆呆地望着栗子，又想起一年前那个荒唐的夜晚。这对一个刚刚入学的孩子来讲或许是个灾难大片：

我和爸爸一周没见面，他不和我玩，还大吼我，我只有哭，委屈地哭。

我让他教我写作业，他说我是笨小孩，我不会写题，我只有哭，着急地哭。

我刚说老师用棍打——桌子，爸爸就大呼小叫，我再也不敢说话了，他在和老师吵架呢，我只有哭，害怕地哭。

我的老师，她为什么这么凶，一点也不像学校里的温柔样子，我好害怕。他们吵架，没人在意我，我只有哭，伤心地哭。

后来我常常想，那个夜晚会不会印在孩子的心上，成为噩梦般的回忆呢？我不敢想，只有在心里默默祈祷孩子会越来越好。

我拿起一颗饱满的栗子，熟透的感觉，沉甸甸的。油亮亮的栗子散发出淡淡的香味儿，这是自然的味道。

老子说：

为无为，事无事，味无味。

"非诚勿扰"，不扰他人，也不扰自己。本着一颗纯粹的心，爱自己的工作，爱这个世界。

一辈子很短，生活得有情趣，说话做事得负责任。为了孩子更好，老师和家长互相信任，彼此尊重，怀着善良，非诚勿扰。

安得万里风，飘飖吹我裳。昊天出华月，茂林延疏光。
享受自然恩赐，安静生长。
虚明见纤毫，羽虫亦飞扬。物情无巨细，自适固其常。
顺应自然之道，各自安好。

家长感悟

作为家长，要和孩子一起成长，一起面对解决困难，而不是一味地以自我为中心，不考虑事情缘由就妄下结论，有时父母的焦虑和苦恼，也是对自家孩子的顾虑和疑惑无形中进行的发泄。可以理解爸爸的冲动，但理性的沟通才是解决的办法。碰上误解老师的家长，老师会很尴尬，瞬间心灰意冷，但是优秀的老师会理性自卫，用职业素养恰到好处地处理矛盾。家校合作共育祖国花朵，一场误会引起的"夜半电话"，可以引起家长们和老师的集体反思。

2015届毕业生张菁雨的家长　刘娟

孩子成长过程中会出现各种问题，尤其是刚入学的时候。作为家长，不管是读了多少教育方面的书，还是自认为有多厉害，在没有亲身经历的情况下，遇到问题往往是手忙脚乱的。在这个时候，和老师好好沟通，是最好的办法。千万不能自以为是，错误的方法对孩子的影响深远。孩子的出生仅仅是父母进入教育事业的入学证明。

2021届毕业生任博源的家长　任中强

|小孩的爸爸妈妈|

○ 孩子行走在形成人生观和世界观的路上,关键是获得了怎样的思考问题的方式。起跑线有无数条,有的看得见,有的看不见。

我们老师特别讨厌

老师的一己之力,几十分之一的力,能够有多大的作用呢?只有家庭给予的营养丰厚了,孩子才能GET到集体中老师和同学的能量,才可以更精彩地绽放。

早上的公交车上,挤得水泄不通,上班的时候天天如此。六点半之前,我就得坐上公交车,否则就会有迟到的可能。

运通105公交车走走停停地开往中关村。我真困,车上一点都不暖和,我裹紧了羽绒服,附和着车的节奏,迷迷糊糊地打着盹。

那是2009年的冬天,在北京,乘坐公共交通工具上学的学生不

亲爱的小孩——唤醒与绽放生命

多，零星的会遇上两三个。学校离家比较远的孩子得在车上补个觉，还是私家车比较方便。

车路过上地站，一下子涌进来很多人。冬天裹着羽绒服，车厢就显得更加拥挤。过道里的衣服总是在我脸前呼扇来呼扇去的。我识趣地往里面的座位挪了挪，侧过身坐着，继续迷糊着补觉。

说是补觉，也在心里演练着今天要讲的课。真正当了老师，当个正正的老师，光有好的理念和教案是远远不够的。还要清晰顺畅地，深入浅出地讲出来，把学生带入情境中，学生自己就会成为探索者。小孩子上课是非常容易走神的，吸引小孩的注意力是一件很难的事情。转换角度体会学生的认知感受，才能理解透彻你要讲的东西。肚子里神不知鬼不觉地磨课是每个老师进步的必经之路。

"妈，我跟你说个事儿，我们老师特别讨厌，她——"忽然听到一个小女孩的声音。

有小孩，还是让座吧。我整了下包，准备起身的瞬间有意无意地转头瞟了一眼——碧绿的校服，深粉色的大书包，这——孩子竟然是我们学校的，看样子也就是三四年级吧。我教五年级，又刚到这个校区，她肯定不认识我。我今天可不想给小孩让座了，把羽绒服的帽子拉了一下，遮挡了一下脸，立刻低下头继续我的迷糊状态。出于职业的敏感，我期待着一场对话。

"停，停，别说了。"妈妈立刻制止了小孩，"闺女啊，你说老师不好之前，那我先问问你，你是不是一个好学生？"妈妈压低声音，语气温和，但透着严肃。

"我？我，还行吧。"孩子有点支支吾吾。

"既然，你还不是一个好学生，怎么怪老师不好呢。先把老师的优点学过来，那是本事。"妈妈的声音很小，但掷地有声，"每个人都不完美，老师也一样啊，别没事总盯着别人的不足。"

因为距离近，我专注地听，听得清清楚楚。

"哎？妈，这可不是我说的啊，是我们班的同学说的。我就是想告诉您一下，您就——"孩子很想辩解。

"那就更不应该乱说话，你要有自己的判断。说不定你们这些糊里巴涂的小孩子误解了人家好老师呢，任何时候都不要在背后瞎嘀咕。"妈妈打断了孩子的话，语气里透着点北京人的幽默感。

停了停，妈妈又说："你说出来就是你不尊重老师，被人听到就认为你这孩子缺教养，更重要的——"妈妈的话语重心长，却突然停了下来。

"什么呀，妈！我很尊重老师的。"孩子有点急切。

"更重要的是自己的心里住进了挑剔和埋怨，就住不进欣赏和阳光了。"妈妈的话字字句句都灌入我的耳朵。我一动不动地迷糊着，多想看一眼妈妈的模样啊，却只能在心里暗暗给她点赞。

小孩哪有不说错话，不干错事的时候。孩子犯错不要紧，重要的是教会孩子思考问题的方法。

梁启超曾说：

人生百年，立于幼学。

《大戴礼记·保傅》也说：

少成若性，习贯之为常。

不经意间传递价值观，这才是智慧的家长，这才是给予孩子真正的爱。

"妈——我就说了一句，还没说完，您看您，又教育我了吧？"孩子嘟囔着，并没有生气。

"不教育你，你就变得俗气不被人喜欢了。"妈妈的声音充满了爱和趣味，小姑娘哼哼唧唧地耍赖。

"看人得看优点，自己才能更好。人有十全十美的吗？何况老师要

亲爱的小孩——唤醒与绽放生命

面对你们那么多熊孩子,个顶个儿的都不省心,多不容易。"

"哦,知道了。"孩子很平静。

"妮儿,女生之间不要传闲话啊,最好也不聊同学间的八卦。女孩越长大越要管好自己的嘴巴,这样就会减少很多麻烦。当然了,如果你有烦恼,解不开的问题,妈妈都会是你最好的听众,你说好不好?"妈妈说得很慢,很轻。

"好,妈,我知道了。"孩子说完,我的耳边陷入了沉默。

我对这位妈妈肃然起敬,再没有了困意,但是我伴装着迷糊状态。都说不要让孩子输在起跑线上,这难道不也是起跑线吗?浮躁的社会总是把起跑线误认为是知识,是早教,各种各样的培训班,无数大人在做着一样的蠢事——拔苗助长。真正的起跑线是看不见的,更是没办法用分数来衡量的。

太多的家长挖空心思,竭尽全力,把孩子送到好学校,期待遇到好老师。殊不知,再好的学校,再好的老师,如果家庭根本没有重视孩子生活中点点滴滴的教育,家庭的土壤不够肥沃,孩子都不会有想象中的好。

爸爸妈妈的亲自陪伴多重要啊,及时发现,随时引导,日积月累,才可以成就幸福的童年。再牛的培训班都不可能做到眼前这位妈妈的境界。

小孩的成长,需要爸爸妈妈和老师细致入微地观察,小心翼翼地引领。我们最要做的是先守护好孩子的心,白纸一样的心。

好家长,好学校,好老师,好孩子……美好的一生。

就这样,晃晃荡荡的车上,我的脑海翻滚着巨大的浪花,活蹦乱跳地跃出一大串的想法来。眼看着中关村站就要到了。陆续有人挪下去,陆续又有人挤上来。站立的人随着车子的晃动一拥一拥的,发出窸窸窣

| 小孩的爸爸妈妈 |

窣的衣服摩擦的声音。

"妈,你喷了哪款香水,好香。我觉得您今天的围巾,特好看。"听声音,呜呜的感觉,孩子像是被拥到了妈妈的怀里。

"贫嘴儿,谢谢乖,好看你就多看看。"妈妈说得很轻松,"听到你夸我,我一下子就如沐春风了。"身边传来孩子咯咯的笑声,是埋在柔软的羽绒服里的笑声。

"妮儿,你夸妈的时候,是不是自己也很快乐?"妈妈悄悄地问。

"是呀。"

"刚才一上车,你说老师的时候——"妈妈悄悄地问。

"嗯~嗯~"孩子似乎捂住了妈妈的嘴巴。

两个人在悄悄地交流着什么,我听不到了,但是快乐的情绪在我身边晕染开来。

晃晃悠悠,大家挤着换位置。很快,车子到了中关村,我们都下车了。她们俩走在我前面,女儿挎着妈妈的手臂,蹦蹦跳跳的。我没有机会看到妈妈的脸,但是我想象着她一定有着舒展的面庞,安静而阳光。

"孩子行走在形成人生观和世界观的路上,关键是获得了怎样的思考问题的方式。起跑线有无数条,有的看得见,有的看不见。"我想出这句珍贵的话,在心里重复了很多遍。

冬天的太阳正在升起,天越来越亮。我们迎着光走上天桥。天桥下,车辆川流不息,驶向自己的目的地;天桥上,女儿拉着妈妈的手,走向校门的方向。晨光里的剪影活泼而温暖,我一下子想到了另一幅画面——《小马和马爸爸》。

走进朝霞里的背影,消逝夕阳里的背影,多么相似,多么动人。一样的慈爱,一样的智慧,一样的传承。

我深深地呼吸早上的空气,似乎又闻到了阳光的味道。

家长感悟

"每个人都不完美""那就更不应该乱说话,你要有自己的判断""看人得看优点",简短的几句对话,睿智的妈妈教会孩子看人要全面看,以包容的态度接受,培养独立思考、积极向上的立身社会的优秀品质。孩子的正确三观的形成很大一部分是在小学毕业之前的教育里。正如文中所说,给孩子良好的教育,不只是给孩子找好的学校、好的老师,更要重视家庭教育。用爱心、耐心、精心陪伴引导。家长是孩子的第一任老师,不仅要针对自己孩子的性格特性制定一套适合孩子的培育思路,还要以身示范,给孩子做好榜样。成功的家庭教育,伴随着孩子的成长,家长也会有共同的进步。

2011届毕业生刘一笑的家长　张月琴

看完这篇文章,我突然有一个强烈的想法,希望时光回到女儿上学时,因为她也曾经向我抱怨过某位老师如何如何,我没有文中的妈妈回答得好,虽然没有做负面的引导,但没有这个睿智的妈妈讲得透彻,她给孩子的回答可以做家长们的范文了。学校的教育固然重要,而家庭教育是日积月累处处渗透的。文中老师在心头重复好多遍的那句珍贵的话应该会引发家长们的思考,孩子行走在人生观和世界观的路上,关键是给孩子一种怎样的思考问题的方式。

2011届毕业生王心伊的家长　佟雪丽

| 小孩的爸爸妈妈 |

○ 每个不合时宜的举动，都暗示着养育环境的不足，一定会在集体生活中状况百出。

冰火之间

一年级是话最多的年级，六年级是最有挑战的年级。某种程度上，老师们更愿意在中年级待着。一年级的累是体力上的，生活琐事，点点滴滴，絮絮叨叨，无奇不有；六年级的累是脑力上的，想法奇特，青春碰撞，情绪多变，防不胜防。

语文课上，我提出了一个很有意思的问题。孩子们若有所思的样子很美，歪着头，皱着小眉头，这思考的样子是一道风景——好看！孩子们举手的样子也美，虎头虎脑的样儿，齐刷刷的小手，闪亮着小眼睛，满怀期待的目光。

亲爱的小孩——唤醒与绽放生命

辛百认真地看着我，高高地举起手。真不错，必须给他一个机会，因为他很少积极发言。我用鼓励的眼光看着他："辛百，你来。"

"老师，我要——拉屎。"声音响亮，石破天惊，全班哄堂大笑。

"不舒服要提前说，悄悄和老师说，说自己要去卫生间，都快升二年级了，是大孩子了，公众场合，应该学会说合适的话。"我要给他做个示范。

"老师，我不舒服，要去卫生间。"我一本正经地教他说，"你重复老师教给你的话。"对于小孩子，他说的"知道，懂了"，只是在呼应我们。只有他自己说出来，才会真的形成记忆。

"老师，我要去卫生间，您给点卫生纸，我妈没给我带。"辛百就像回答问题般大大方方。孩子内急是常有的事儿，一年级的老师哪个没收拾过拉裤兜子的呢，不同的是辛百把去厕所变成经常。

学前到幼小衔接阶段，孩子还没有建立起规则意识，也正是我们立规矩的好时机。一、二年级的教育更多的是要注重细节，养成习惯。生活习惯优先于学习习惯，某种程度上小学是习惯养成的阶段，为今后的独立学习奠定坚实的基础。

"你快去，同学马上给你送去。"我还没说完，他拉开门跑了出去。排便的习惯是个非常重要的生活习惯，上学前的刻意练习是家庭的必修课。

记得有个寄宿的女孩，一个星期不排便，妈妈说她不敢，不习惯，不在家里她排不出来。为此，老师们煞费苦心。

片刻不能耽误，停下讲课，先找纸巾。我让体育委员拿着卫生纸赶紧送去。过了几分钟，辛百跑回来了，可是，体委却没回来。

"你怎么回来了？体委给你送纸去了。"我轻声问。全班都静得出奇，莫名其妙地盯着辛百。

"我擦完了。"辛百边说边笑，大步走进教室。

| 小孩的爸爸妈妈 |

"你哪儿来的纸呀？"体委怔在门口，惊讶地问。他每次都像个哥哥一样，用心地帮助辛百。

"我有办法。"辛百一张口，学生们面面相觑，"老师，我真擦了，我从厕所纸筐里捡纸擦的。"

"啊？哈哈哈……"全班像炸开了锅，辛百带着"备受关注"的存在感，心满意足地回到座位，显得有点神气。课堂，不仅考验老师的教学能力，很多时候考验的是老师综合处理事情的应变能力。走上讲台容易，会讲知识也容易，关键是遇到突发和棘手的问题如何处理，怎样潜移默化渗透班级文化和价值观。

我站在讲台上，不知道说什么好。一分钟过去了，机灵的孩子似乎感到了我的严肃，迅速坐好了，教室很快安静下来。我继续争分夺秒地进行着教学，辛百的事课下再说吧。

辛百坐在座位上，晃来晃去的。一会儿低着头，一会儿捂着嘴，时不时瞥我一眼。这孩子闹肚子了吧。我很不放心，赶忙走到辛百身边，悄声问："辛百，你怎么了，还不舒服吗？"

"啊——呜——"辛百双手紧紧地捂着嘴，紧闭着眼睛，低着头，不停摇着。呜呜呜地闷声，呼噜着。

根据经验，我觉得孩子要吐了，我喊了一声："快！班长拿垃圾筐。"说着，我赶紧扶起辛百，"辛百，辛百，你坚持……"

"阿嚏——"一只白色的袜子，从辛百的嘴里被拽了出来。我才发现他脱了鞋子，光着脚呢。

课是讲不完了，我没时间再多说什么，走回讲台，但等我回过头，另一只袜子正被他从裤子里艰难地拉出来。他周围的孩子都捂着鼻子，皱着眉头。

遇上状况百出的班集体，就需要让每个孩子看到成长的真相。没有办法改变环境的时候，我们首先得教会孩子做好自己。

亲爱的小孩——唤醒与绽放生命

好不容易下课了，我让辛百穿好袜子，洗干净手，然后带着他去我办公室。

每个不合时宜的举动，都暗示着养育环境的不足，一定会在集体生活中状况百出。我不由自主地怜惜起这孩子来，他是正常的孩子，只是总做出不正当的行为。

对集体生活的不适应，如果不能很快解决，孩子一开始就会被落下，人们眼中所谓的差距，心中的输不起的起跑线，难道仅仅是知识吗？教育的起跑线到底从什么时候开始呢？那条线到底长成啥样子呢？学校教育承载的重量远远超过了她脆弱的脊梁。她在艰难地呼吸，她也在顽强地挣扎，有时候她也不堪重负。还好，她的生命力足够顽强。

我们在办公室坐下来，我告诉他不能在课堂上随意脱袜子。他振振有词地和我说，他不喜欢这双袜子，不想穿，妈妈非让他穿。妈妈把他骂哭了，他只好穿着上学了。

"你去厕所捡起纸擦屁股，你把袜子放嘴里，这样不讲卫生，同学们会笑话你，大家都不喜欢这样的行为，你这样做——"我尽量温和地告诉他这个道理。

他怔怔地看着我，问："大家笑了，开心地笑了，笑，笑不就是喜欢我吗？"他认真的表情，让我此生难忘。

"笑，不都是喜欢呀，还有嘲笑、讥笑、耻笑……表示不喜欢呢，那是羞你呢，臊你呢。"

"嗯？"他把手指头放到嘴里，一脸的茫然，"笑，不都是开心和喜欢吗？还有不喜欢的笑？"辛百似乎回到记忆深处去了，这句话嘟囔了好几遍。

我看着他，一阵辛酸和难过。他是我的学生，孩子快七岁了——任重道远啊。

家庭教育是土壤，家把小苗培育得健康，学校才能助力他茁壮成长。一味地期待学校和老师培养出优秀的小苗，那多少有点违背自然之道。正如花儿的育种、育苗出了问题，却期待未来都是好天气，遇见的都是好园丁，一样的天真，一样的不靠谱。

下午的美术课发小红花。辛百没有，就去抢同学们的。抢一个不够，还抢第二个，第三个，一边跑一边抢，一边抢一边自鸣得意地炫耀。乖巧听话的孩子被抢后，着急难过；大胆的男孩，会冲上去，抢回来；豪放的孩子，踢他一脚或杵他一拳。

老师们尽管小心再小心，也拿不准孩子哪里会出状况，也猜不透哪个孩子会突然爆发。作为班主任就更加提心吊胆，每天都得进行安全教育，孩子都是鲜活的个体，突发事情防不胜防。然而，最难的是辛百对男同学偶尔的"武力"显得格外兴奋。

他拿着抢来的花，开心地喊着："来呀，来呀，打不着我；打啊，打啊，我不疼哦。"他边喊边跑的样子，充满引诱和挑衅。

辛百以这种"武力"交流的方式为快乐，他总会时不时地故意招惹男生，我几度陷入思考的深渊。交流障碍综合征吗？心理障碍综合征吗？这到底是什么问题导致的？

不能就这么习惯了辛百的所有行为。他还小，还有机会改变。尽管我带了辛百已经快一年了，但我找不到更好地帮助他的办法，未来的日子似乎并不好走。

辛百个子小小的，智商一点没问题。他坐不住，不爱写字，没有规矩，他的文具总是撒一地，方圆两米之内，都是他的地盘。随着年龄增长，他圈的地盘有越来越大的趋势。

孩子们理解他的行为，不计较，也不嫌弃，谁挨着他谁就帮他捡起文具。体委是他的互助伙伴，有空就会手把手地教他收拾。

辛百学起来也很认真，不知道怎么做时，还会问问小伙伴，当然这是他心里顺溜的时候。他生气的时候，激动的时候，就会张牙舞爪的，不知深浅疯打疯闹。我告诉孩子们，要学会保护自己，他一来劲儿，你

亲爱的小孩——唤醒与绽放生命

们就躲开。

良好的家校沟通有助于孩子的学习和成长。那天放学的时候，我们排着整齐的路队出来，为了辛百能跟上队伍不乱跑，我会牵着他的手。等学生们都走了，我让辛百到旁边自己玩，我和辛百的妈妈简单交流几句。

"总体上比原来进步多了。今天的生字作业没有交，昨晚是不是落在家里了？今天文具盒又是空的了，借笔写的字，您再给孩子准备些文具，存我这儿，用一支给一支吧。还有，孩子的排便习惯……"我压低声音，尽量平静地告诉她。

"辛百，你过来，文具都去哪儿了？刚给你换的新的，满满一盒笔，这才不到三天！连自己的东西都看不住！人家拿去了，你也不知道。每天都丢，那就别上学了！"辛百妈妈声音很高，连珠炮似的，她像火一样迅速燃烧起来。

"别吓着孩子，小声点儿。"我轻轻拉了她一下。我真后悔。不告诉她吧，有违家长的要求；告诉她吧，每次都胆战心惊。说也不是，不说也不是。

"辛百妈，咱回家教育孩子，当着这么多人，不合适。小孩子经常自己玩铅笔，玩着玩着就丢得哪里都是。再说了，学生们也没有拿人家东西的坏习惯。回家后一件事一件事教给孩子怎样做，咱得一步一步来。"我看着她说得缓慢。

孩子再小，也有他的尊严，小心翼翼地保护，设身处地为他着想。孩子们不仅仅是需要物质方面的关爱，更重要的是让孩子们感受到来自家长的尊重和理解。

辛百就在旁边，玩着地上的小石子，时不时瞟我们一下。

"教不会啊，烦死我了。您看人家的家长，孩子省心，大人轻松，我怎么就这么倒霉，怎么生了个这样的孩子。为了他，我都辞职啦，专门带他。"辛百妈妈情绪激动起来。

"您耐心点,别着急啊。孩子小,我们慢慢教他,一次不行就反复训练。学会了的,适时地鼓励他,您也要看到他的进步,这么多人——"我赶紧缓和气氛。

"老师说我进步了,妈。"辛百站起来,凑到我们身边,抱着妈妈的腿,仰着胖嘟嘟的小脸望着妈妈。妈妈不看他,眼睛瞟着校门口的栏杆,唉声叹气。

"别生气了,快带儿子回家。老师们还要开会,改天约时间聊。"我拍拍辛百妈妈的手臂,示意她。可是我刚转身,只听得背后再次响起妈妈的咆哮。

"你作业呢?给我找!昨天写好了,让你装起来,你就是玩,不听。你找,找不到别回家!"辛百妈扯开嗓子,不依不饶。

"辛百妈,找不到就回家找找,作业明天给我也行啊,别在这凶孩子,这么多人,真不合适。"我转回头,再次劝她。

"不行,让他不长记性,非找到不可。"她气急败坏地,一把夺过辛百的书包,摞在地上,扯开拉链,用力一抖——书包里的东西稀里哗啦地撒了一地。我伸手去拦,可为时已晚。

连同这文具一起的,还有孩子的尊严,我的尴尬,纷纷扬扬碎了一地。

"给我找,今天必须找到!"尖厉的声音刺破了辛百的笑脸,也刺破了我美好的愿望。

一个家长的失控,会摧毁孩子的世界,只会让孩子更恐慌,更没有信心。

辛百愣在那儿,一动不动,眼睛里充满了惊恐,像个木偶般被妈妈呵斥着,拉扯着。此时,他终于意识到妈妈的威力了。

"妈——!我错啦,我改!妈——别不要我呀!"说着,辛百就跪在地上，抱着妈妈的腿，一把鼻涕一把泪的，他的目光里全是乞求。任妈妈怎么拉扯，他都不会松手，就那么死死地抱着，长在妈妈的腿上一样，哇哇地哭。

我的内心，五味杂陈，赶忙劝阻："您，您，您吓坏孩子了，在老师面前不可以这样！"我蹲下来去扶辛百，他望着妈妈，不松手。

后悔自己为什么要把实情都说了呢，明明知道辛百妈是这样的人，可我——内心的不安侵蚀着每一寸肌肤。远处的目光仿佛犀利的钢针，刺向了我，我窘迫得无地自容。

"来，起来，辛百，老师和你一起收拾好。"我低声说着，伸手去拉孩子，孩子死死地抱着妈妈的腿，眼泪鼻涕沾了一脸。

"起开，给我找，必须找到，找不到别回家。"辛百妈妈不耐烦地甩了一下腿，孩子趔趄了一下，继续死死地抱着妈妈的腿，大哭不止。

中年级的要放学了，看着等候的家长，我简直像要着火了一般的灼热。意大利幼教专家蒙特梭利有一句话：

对人的惩罚莫过于剥夺他的两样东西，一个是内心的力量，一个是人格的尊严。

剥夺孩子的人格尊严正是很多父母经常无意有意在做的事情。

"辛百，老师知道你写作业了，我们一起把书包先装好。好孩子，别哭了。"辛百的大眼睛盯着妈妈，似乎要得到妈妈的命令后他才可以行动。妈妈的眼睛却盯着远方。

"辛百，来，我来捡，你来装书包吧。"我轻轻地去拉辛百的手。辛百哆嗦着松开小手，去摸书包，眼睛瞟着妈妈。我蹲在地上，一本一本地递给孩子，辛百的小手慌乱地总是装不进去，装进去的也是毫无条理。一会儿，辛百妈妈终于蹲下来，我们仨一起装好了书包。

辛百妈妈独自走在前面，辛百背着书包胆怯地走在后面。目送母子一前一后渐渐走远，我的内心无比忧伤，他们母子的忧伤肯定比我的忧伤还深。

　　一个人慢吞吞地回到教室，有气无力地靠在椅子上，值日生放在讲台上长长短短好几支铅笔，笔杆上是坑坑洼洼的牙齿印儿，还有各种形状、各种伤残的橡皮……老师的忧伤各种各样。

　　"就是个孩子王""哄孩子的小学老师"，能说出这样的话的，不是外行就是超级外行。

　　天哪！我忘记开会了。一路小跑冲进会议室，低头弯腰找了个最后的座位，就像犯了错的孩子。

　　我决定与辛百家长约时间，必须马上座谈，这次得认真详细地谈。

　　我和辛百父母三个人，加上数学老师，四个人坐成一圈儿。辛百的妈妈获得了 90% 的话语权。我们反馈的问题，她认为她都做了。我说，孩子自己的物品要一个一个教给他怎么安排，让他自己独立起来。妈妈就说，我教了呀，他做不到，我就又得帮他做。

　　"你不能着急，得多教几次，咱孩子需要反反复复地教，进步一点就赶紧表扬，不能总是批评。"爸爸这样说。我们寄希望于辛百爸爸，他瘦瘦高高的，文质彬彬，是那种儒雅且安静的人。

　　爸爸告诉我们，家里五口人，就辛百一个孩子，亲戚也多，六七个大人，总爱逗着他玩儿，一逗他，他就特别疯，没深没浅地闹。大人嘛，看他可爱的样儿，就乐得不行，他跟个猴子似的耍，有时候大人戏弄他，他就乐得停不下来，就没养成规矩。平时，四个大人，他贼着呢，父母一批评，他就躲爷爷奶奶身后藏猫猫，他觉得都是逗着玩，弄得父母也没办法。他妈妈脾气不好，动不动就上手打，这得改改。爸爸一般都会好好和孩子说，但是工作忙，带孩子时间少。没想到孩子上学这样，家长们也真犯愁……辛百爸爸诉说着，平静而谦逊的样子。

亲爱的小孩——唤醒与绽放生命

我想象着，爸爸妈妈，爷爷奶奶，随时来的亲戚……孩子的世界是怎样的呢？冰火之间，就是他成长的空间吧。孩子混乱着，迷失了自己。当孩子对自己没有掌控力，缺失内心的动力，他将找不到成长的力量和方向。

"逗孩子""捉弄孩子"，一听到这样的字眼儿，我会很愤怒。

"你唱首歌，我带你去坐飞机。你学个大猩猩，我给你买冰激凌。"

"你妈妈生了妹妹，你不乖就不要你了。"

"再不听话把你卖给垃圾站。"

"这'饮料'（酒）特别好喝，你尝尝，不骗你，真的，来。"

……

说这些话的大人，只是幸灾乐祸地看着孩子出洋相，把孩子当成了玩偶。有些大人的幼稚何时能停止呢？恶意逗孩子，捉弄孩子，是对一个生命的不尊重。

孩子那么小，不能区分事实和笑话。长此以往，孩子还有安全感吗？孩子健康的人际关系怎么形成呢？

我们时时刻刻要把孩子当成完整的人，一个需要呵护、启迪和尊重的生命个体！

我理解了辛百为什么"无拘无束"地上厕所了，我理解了辛百对"笑"的含义的认识了，我理解了这个孩子身处复杂环境之下的艰难了。我开始心疼这个孩子。

接下来，我们给辛百的家庭几个建议：不要把辛百和任何孩子比较，好好关注他就可以，一点一点来；任何事情都要尝试着让他来做，如果他暂时不会，做不好，可以耐心地教；短期内，不要要求他的学习成绩，可以带着他做运动养习惯；最重要的是鼓励他，相信他，包容他，不要打击他，建立信心很重要。

送走家长们，我的忧伤又来了。集体生活是检验孩子家庭教育的一个场景。既要保证集体绝大多数孩子的权益，又要想办法帮助辛百进步。接下来，我该如何做呢。基础教育不是培养几个最优秀的学生，而是要让所有的孩子感受到爱，获得成长的力量。

仰在椅子上，一阵的头疼，我忽然意识到：集体生活对每个孩子来说，锦上添花容易，雪中送炭其实很难。

愿每个孩子都得到保护，获得安全感，得到真正的爱和尊重，拥有无穷的生命能量。

亲爱的孩子，愿你拥有快乐幸福的童年。如果未来的生活一帆风顺，童年就是滋养你的根；如果未来的路风雨兼程，就用你的爱和宽容撑起一片晴朗的天空。

家长感悟

作为"园丁"的教师，不可能像园丁育苗那样，选苗、间苗，而是要对每个"苗"负责，不抛弃、不放弃。孩子的教育应该是社会性的系统工程。需要家长学校配合去完成。一代独生子女的产生，使社会产生了教育上的难题。由于家庭背景不同，家庭教育认知不同，孩子的经历不同，在孩子身上形成的毛病也就不同。对不同类型孩子的教育要因人而异，没有现成的模式，也不可能一蹴而就。作为家长谁也不期望自己的教育失败，这就需要面对孩子身上的不足，反思自己的家庭教育，一点一点地用心做起。

2015 年毕业生曾令旸的家长　杨春梅

文章引发了我们对于家庭教育、学校教育、社会教育在孩子成长

亲爱的小孩——唤醒与绽放生命

过程中所起作用的思考。这三种教育相辅相成、相互促进、三位一体，对孩子成长至关重要。其中家庭教育是起点，它对孩子品质、性格、生活习惯、行为习惯等的养成起到了重要的奠定基础的作用。父母不仅要"养"孩子，更应该承担起"育"的责任。一个孩子只有在家庭中完成了初级社会化，才能更好地进入学校，适应学校生活和规则，开展次级社会化。我们要给予孩子充分的爱，从心去理解孩子，奠定孩子的生命内核。

2020届毕业生夏章然的家长 夏曙锋、张艳

○ 评语的出发点是真。评语的意义,在于唤醒和点燃,在于激励和鼓舞。

一条评语

两个词,一段经历,一次成长。

这事过去了很多年,但它深深地刻在我的心上,每次写评语,都会想到那段往事。

百度百科这样定义评语:

指含有说明、解释或评论的话。学生操行评语的解释为学生在校表现的简短文字。具有综合性、简要性,一般涉及德、智、体、美、劳诸方面。通常在学期末由班主任评定,并抄录在成绩报告单上。

写评语是个良心活儿,就如同老师这职业就是个良心活儿一样。网

亲爱的小孩——唤醒与绽放生命

上COPY来的美文佳句，光鲜亮丽，人人皆可用；旧评语修改个名字，省时省力，瞬间就搞定；打开一款评语软件，德、智、体、美、劳各选一条，放之四海皆高大上。

虽然这省事的活儿信手拈来，但偏偏有那么一些人非要自己写，我佩服这部分人，包括我自己。他们心里住着一个火热的东西——教育的情怀。多年以来，我始终坚持为每个孩子"写"评语，写真正的属于每个孩子的评语。这不仅是工作的一部分，更是和孩子一对一真心交流的机会，发现优点，鼓励进步，提出期望。

评语既要照顾到学生的全面发展，又要写出人情味儿，如果再有点文采就更吸引人。我知道有的小孩会看很多遍，还有的家长竟然把评语裱起来，作为激励孩子进步的礼物。

你肯定会问，没有硬性要求的评语，这么多年，你都是自己写的吗？诚实地讲，不是。用过一次软件，觉得不好用，拼凑得生硬拧巴；也使用过旧评语，修改起来很麻烦，经常前言不搭后语；网上齐整的格式化评语，匆忙中摘过一次，那不是发自真心，都是套话，读起来冷冰冰，少个性，没真情。

天气阴冷，操场周围还有些若隐若现的雪。狭小的办公室里，挤着十来个老师。繁重的期末工作终于接近尾声，干完活儿，我和好朋友相约去逛商场。说是逛，其实只是放松一下，无所谓买什么，随意看看而已。

正逛着，宗源妈妈发来短信：

老师，我想跟您交流点事，不知您是否方便，一句两句说不完。

我回复：

没事，您说吧，我在外面，回家可能很晚。

宗源妈发来消息：

您写的评语我看了，很不舒服。语言很刻薄，几乎每一句都有言外之意，您应该以表扬鼓励为主，怎么全是批评指责呢？我不知道您怎么想的。

不会吧，每一条都是我认真写的呀，是不是检查疏漏，出现失误啦？我立刻和宗源妈妈说把评语发给我。等着消息的时候，我内心惴惴不安。

宗源：在老师眼里你活泼聪明，但又淘气散漫。其实你完全可以做得更好。认真就可以写一手蛮帅气的字，用心就可以画出最美的画，做事情你总是很麻利……可见你是一个相当不错的男孩。可是，孩子，你要学会约束自己。在集体中生活，要让大家喜欢你，尊重你，就要努力展示自己的实力。老师相信，你行的！

班主任：宋老师

反复看我的评语，没问题呀。我把电话打过去："宗源妈，没有问题，我重新看了评语，这就是孩子真实的表现和我的期望。"

"您认为没问题，我认为有问题。'淘气''散漫'这样的词语根本不应该写上去，平时您提了要求，我们正在努力改，干吗还要写在评语上呢。"语气中听出了她的不愉快。

"您听我说，这是孩子的真实情况，评语呢，只是这个学期的评价，既发现优点鼓励孩子进步，又得指出孩子努力方向，提出希望！"我平静地解释。

"您还是年级组长，优秀老师，还是党员，就这样写评语呀？这事我可不想拿到桌面上去说，如果别人都知道了，对谁都不好吧……"

听着这样的话，颇有唬小孩子的感觉。我想到问题没那么容易解决，我示意朋友先逛着，我得专心地把这个事解决好。

教育教学中遇到任何问题，既要坚持原则，也要考虑家长和孩子的不同背景和需求。有时候，看似不起眼儿的小事，都是天大的大事。

"您看，这么小的事，没必要吧。"我重新缓和一下气氛。

"您认为是小事，可我觉得是大事。这对我们孩子将来升入中学是有影响的，你要把内容更改过来。"

"没问题，CIMS系统我还没有录入呢，录的时候我再改一下，您放心吧。"我站起来，示意朋友我马上就完事。写评语什么标准来着？评语不能提出希望吗？我真的写得过分了吗？我思考着。

"那我得看到您录入的是改过之后的，那我手里的评语你也得重新打印一份。"宗源妈妈在要求我。

"行，CIMS录入完我拍给您看，评价手册呢，如果您着急，您可以删除掉这两个词语，重新打一个贴上。如果不着急，下学期开学我们记得重写一个。不过呢，我写的是真实的孩子，您也承认吧。"我听了她的话，带着点情绪。

"对，我承认，可是您不应该写上去。他有那么多优点不写，干吗非用这么刻薄的语言来写孩子的缺点呢？"宗源妈妈坚持己见。

"请您认真读一读，哪里刻薄了？而且字字句句就是在写他的优点啊。"

"你给我个承诺，一定会改，我才放心。"

"您觉得有必要吗？我没有犯错误，只是您不能接受而已。我都答应您了，您非得要个承诺，我承诺什么呢？"瞬间甩出一句，"您认为孩子优点多，那您自己写评语，我给您贴上。"

"写评语是您的工作，我修改，我重写，哪怕我换两个词，都是不合适的，我得尊重您的工作。再说了，这是我的诉求，您的态度真不好。"

我们俩一直谈不妥，终于以手机没电而告终，通话时间为25分0秒。

难道我认为的合适，从家长的角度就不合适了？想到这儿，我把评语发送给我的朋友和学生，让他们告诉我真实的感受。

第一个学生很真实：

| 小孩的爸爸妈妈 |

老师对我很了解,含蓄地指出我的缺点,对我的优点也很了解。希望我进步,只是"懒散"这个词语觉得不舒服。不过,如果我真是这样的,我觉得也没什么,我要决心改掉它。

第二个学生很豁达:

我希望成为老师希望的样子。有进步的动力,也能接受老师这样的批评方式。我有潜力可挖,我坚信和老师的承诺。改掉自身不足,争取做得更好。

朋友的回复角度不同。

第一个朋友说:

对中年级的孩子来说,把希望改进的地方说得更加具体点,他的努力方向就会更加明确,这样写也还可以。

第二个朋友说:

含蓄地指出不足,肯定优点,我们和孩子一起克服缺点,共同努力。同意老师的评价,我们愿意配合老师,一起关注孩子成长中的每一个细节,及时沟通,把这棵小树培养成才。

第三个朋友说:

老师通过在美好的赞扬中穿插对孩子缺点的要求,很容易接受。想做的:和孩子一起看老师的评语,分析评语后,和老师沟通孩子的情况,坚持对孩子的要求,不能出现反复。家长也注意言行,尊重老师,尊重孩子。

朋友和学生们的回复,让我得到一丝安慰。回家的路上一直想,总是觉得哪儿不对劲儿。想来想去,这个做法也真幼稚——朋友也好,学生也罢,他们都不是当事人,可以云淡风轻,世界上没有所谓的感同身受。做事怎么不过脑子呢,多么缺心眼儿。冲动是魔鬼,我在心里埋怨自己的不成熟。

天下有大勇者,卒然临之而不惊,无故加之而不怒;此其所挟持者甚大,而其志甚远也。

亲爱的小孩——唤醒与绽放生命

东坡的大度,我的冲动,有着天壤之别。

静静地思考后,还是坚持自己的原则,评语不能一味地表扬,好听的话谁都会说,千篇一律的评语,对孩子有指导意义吗?中年级的评语要真正起到它的作用,帮助孩子成长,到了高年级就要高抬贵手吧。

第三天晚上大概七点多,电话响起,还是宗源妈妈。我说我在理发店,不方便,一会儿联系。她说她没有办法辨别我的话是真是假。她还说她两个晚上都没有睡好,为这事失眠了。

哎,我该怎么办呢,这事她要求马上解决,可是这已经放假了呀。况且这事不大,我已经答应她改CIMS了,我也同意重新打印。

"这周孩子有集训,我在校门口见到校长了,看样子校长很忙,我就没有跟校长说这事,要是我说了——您看看怎么办吧?"她说得很平静。

怎么又搬出校长来呢,我心烦意乱起来。"您错了,您应该和校长说,错过机会了,再找校长难了,放假了。"我还没说完赌气的话,就把她的斗志彻底激发出来了。

"那我还非得找到校长不可了,您这不是逼我吗?"她依旧说得很平静。

"忍小忿而就大谋",相去远矣。后来,我为自己的一句话冲动买全单。

手机又没电,关键时刻,手机也会帮倒忙,"达成协议"各自安心就更加渺茫。借来电话,勉强开机记下号码,打过去,为了尊重,也为了缓和矛盾。

她也有点失控了:"怎么这么不通情达理,这么没有礼貌,这么没耐心。老拿手机没电说事,你是不是故意的,我也不知道啊。"

看来我不承诺,就不会结束了。可是,我要怎么个承诺法呢?一肚子的无语,回家我就上网查资料,看看我哪里欠妥当。百度说:

| 小孩的爸爸妈妈 |

学生操行评语既可以适时地帮助学生发扬成绩，克服缺点，又有利于家长较为全面地了解孩子在校的表现，以便配合学校做好教育工作。写操行评语应注意以下几点：一、严肃认真，客观公允。二、以调动学生积极性，引导学生健康、向上地全面发展为出发点。成绩要充分肯定；缺点也应明确指出，但要用发展的眼光看问题，不要拘泥于无伤大雅的小疵。三、抓住特点、重点，做到因人而异，切忌空泛、雷同，千人一面。四、符合学生的年龄和心理特征。五、措辞妥帖，文笔朴实、简洁。

评语的出发点是真，评语的意义，在于唤醒和点燃，在于激励和鼓舞。我想这个内核找到了，形式应该是"八仙过海，各显神通"吧。

寒假过后，CIMS 系统里我改好了，那天放学后，我和宗源妈妈说了这件事，然而她计较的似乎不再是那条评语，而是我对宗源的要求过于严格。她说她必须要见校长。我告诉她，校长很忙的，找我就行了，她不答应。

北京的三月，春寒料峭。某一天，门卫告诉我，宗源妈妈每天都在校门口等校长呢。好家伙，来真的了。我可不想这事扯到校长那儿，更不想给领导添麻烦，即使没事也有事了。我劝她，她不听，她说她非要找校长面谈。我告诉她，孩子的问题，找班主任，找任课老师直接谈，校长也得委托我们一线的当事人解决问题。

那天放学，我开玩笑地告诉她，我们有那么多个校区，您等到校长的概率太小了。评语的事解决了不就完了吗？

她执着地说："我就要等，我天天等，总有一天会等到校长。"话如其人，执着得没有一丝余地。

我们班和校长办公室斜对门，那次遇见校长，我只好难为情地告诉他，可能会有个家长要找您，给您添麻烦了。

亲爱的小孩——唤醒与绽放生命

惊蛰过后，花儿争奇斗艳着，孩子们都像草原上的野马般活跃。我几次试图与她沟通，都没有任何效果。她认为我很固执，跟我说没用，必须得见校长。看来，她不见校长不死心了。

"宋老师，您来一下校长办公室。"几天后，我终于等来了这一天，打电话的是校长助理。她是一位经验丰富、待人热情的女老师。她告诉我一个女家长在校门口拦住校长，说有重要的事情谈。但是她又说不清楚，执意要和校长一起到办公室，后来家长留下一封信，就走了。

该来的还是来了。秘书把信打开，我瞬间傻眼了。天哪！方正姚体的字迹，如刻印般清晰，工工整整三页纸，每一个字都如此规范，就连一个标点符号都不含糊，看得我目瞪口呆。如此干净整洁的书写，这是我见到过的最牛的成年人的字。字如其人，执着得没有一点瑕疵。

第二遍，我才静下来认真看内容。只记得信中说，关于评语的事老师的态度不好，配不上优秀教师的称号。有一次，孩子放学站队打闹，老师让他罚了站，又批评教育，我在风中等了快二十分钟，孩子在那么多同学面前站着，多没有尊严呀。信中的实例，表达一个中心意思：全是老师平时要求孩子太严格了。

"校长，给您添麻烦了，您不用操心，我会处理好的。"校长一进门，我赶紧表示我的歉意。

"好，那你耐心点儿，做好家长工作。"校长很平静，一个重点词就切中了要害。

教育孩子，学校有学校的规范；教育孩子，我有我的原则。怎么在规范中，灵活地运用教育方法，是一辈子都学习不完的功课。时代在变，教育的理念在变，孩子的思想在变，家长的要求也在变，但是，老师的教育初心——"教书育人"不能变。

我和她电话联系，沟通了这件事。首先感谢她对我工作提出的建议，并承诺以后在各个方面多为孩子们着想。其次，请她放心，我会真诚地对待每个孩子。同时，也欢迎她有任何问题，及时沟通。这次之

| 小孩的爸爸妈妈 |

后,我们相安无事。孩子在缓慢中进步着,我和她似乎没有了交集。

又是一个繁花似锦的季节,孩子们就要毕业了。五一假期,绿树成荫。我在学校值班,顺便批改作文。正在开心地唰唰画着红色大波浪,门卫说宗源妈妈要见我。

走近了,我们隔着一张桌子站着,彼此保持着距离,也保持着微笑,她一直盯着我看。

"老师,评语那事,不好意思,给你添了麻烦。"她说。

"都过去这么久了,我都忘了,儿子都快毕业了。有些细节,也怪我做得不到位,跟您沟通不够及时。孩子当时确实淘气,我又太直率爱着急,您多包涵。"我赶紧回应。

我们坐下来聊,她放下手里提着的纸袋子,把椅子拉近了些。我们似乎说了些有关毕业的事,毕业前的冲刺啦,毕业后假期的学习啦,升入中学后注意的事项之类的,就像好姐妹在聊家常般轻松。

临别,她把纸袋子递给我,说是出差带回来的东北特产木耳和蘑菇。她特意补充道:"散装的不好看,别介意。我觉得给老师送礼物,特别不好,我这是第一次给老师送礼物,您得收着,快毕业了,我没有别的想法。"

我领会了她的心意,委婉谢绝。她看着我,不好意思地笑笑:"您放心,这是老乡自己采的,纯天然的,好吃着呢。"

我再次鞠躬感谢她。

"老师,我就是个实在人,送给您这些,不成敬意的。"她露出认真的表情,"嗯,为了安全,我自己在家已经试吃过了,到现在过了两天,确保没问题才送给您的,您放心吃好了。"

事如其人,执着地百分百保证安全。

天哪!多么可爱的人啊!我似乎瞬间明白了什么,这三年来的点点

亲爱的小孩——唤醒与绽放生命

滴滴绘成一幅流动的画：你对两个词语的执着，你苦等校长的决心，你镌刻般整洁的字迹，你这以身"试毒"的精神……我糊涂啊，糊涂。

我简单的，仅仅从表面上处理问题，产生了对立的情绪，不礼貌地故意怨怼你。我怎么就没有静下来思考呢？我怎么就没有深入地思考呢？我怎么没有换位思考呢？

我愣在那儿，一动不动地看了她好几秒，内心一阵翻腾。正如执着的当初，容不得半点含糊。这就是真实的你，一个无比纯粹的你。

老校长曾告诉我，老师和家长是相对着的两个面，我们是服务者，我们要时刻清晰自己的位置，凡事站在家长的角度想一想，凡事多听一听，深入了解一下，面对孩子的问题，任何时候都不要着急下结论。"知人者智，自知者明"，我既自负，又自欺，我的脸瞬间热了起来。

我收下了礼物，真诚地感谢她。她又不好意思地笑。

我们同时把目光集中到作文上，工工整整，干干净净，看起来赏心悦目，恰巧是宗源的作文。

"老师，他现在做事非常用心，感觉长大了。"她说。

"您看，这作文选材多新颖，描写得生动具体，都可以当范文了。"我说。

说完，我们俩一起欣赏起作文来。习作评语呢，我已经写了一半：

作文选材真实新颖；层次清晰，结构安排合理，首尾呼应运用得很好；内容吸引人，动作描写很传神，有画面感，心理描写很细腻，有身临其境的感觉；立意高远，结尾耐人寻味……

耐人寻味：一次成长，一段经历，起源是两个词。

|小孩的爸爸妈妈|

家长感悟

　　这正是印证了"教育是农业生产不是工业生产"的道理。如果是工业生产，就会强调标准化，面对每个孩子都一个模式，一个方法，一个评语。那跟加工机器有什么区别呢？

　　面对不同的孩子，老师用了不同的真实的、个性化的方案。负责任的老师，用负责任的方法和态度，面对不理解，也能坚持自己的做法是更加宝贵的。随着人工智能和信息化的发展，很多工作都可以通过工具和模板来实现。但是教育这个职业还是要人工，人是需要情感链接的，只有这样才能让教育更有温度。

2019 届毕业生姜雨德的家长　姜钧

　　"评语"，是一次坦诚的交流，还是一次定论呢？不是行业中人，未经深研不敢妄断。若是坦诚的交流，贵在"真"与"信"；若是评定，现在大多求"美"吧。人无完人，所以评语往往"信言不美，美言不信"。对不同标准的执着，也许故事中关于评语的矛盾根源于此吧。每一次矛盾的化解，会让人找到事情新的一种可能性，其实对任何人都是一次丰富和成长，对孩子是成长的契机，对家长也是一次丰富阅历的机会，对老师是一次检验的机会。老师重新认识家长和工作，家长重新认识老师和孩子。可喜的是老师和家长冰释前嫌，初心依旧。

2020 届毕业生陈子杭的家长　陈青昊

小　家

班集体的意义是什么呢？
那是一种积极健康的情绪力量。
集体包含了所有成长的可能：
善良的本性，阳光的心态，
交往的艺术，团结的力量，
自由而独立的精神……

亲爱的小孩——唤醒与绽放生命

班级一

春城无处不飞花

某种意义上来说
这是个老师们眼中的"乱班"
从接班时师生的"约定"
到学期中激烈的"竞选"
再到分别前精彩的"飞花令"
每一次都有动人的故事
每一次都是真实的表达
每一次都是坚实的成长
他们闪亮着
第一个走进我的生命叙事
缘由简单
我主动放弃了他们
我把故事命名为"春城无处不飞花"
既表达歉意也暗含着偏爱

| 小　家 |

○ 每个好办法都不可能完全适用于眼前的问题。静下来，观察，思考，孩子们就会指引我们找到前行的方向。

约　定

送走了一个毕业班，最期待的就是接一个乖巧懂事的班。那你也许会说，接一个聪明机灵的班岂不更好？如果你当过班主任，估计99%会选择前者。

接班前，主任特意约我聊聊。一二年级这两年，这个班由于种种原因吧，换了四个班主任了，班级的规矩不是很好，习惯没有养成。家长志愿者希望班主任固定下来，你接班，我们就放心了。

领导的工作艺术我心领神会，连连感谢领导的信任。作为老班主任，挑些重担，也是应该的。如果给年轻班主任，弄不好孩子们和老师都不能获得更好的成长，代价太大，无可弥补。我和领导约定，我必将竭尽全力带好这个班，但彻底换新颜得半年或许更久。

　　金色的九月，缘分使然，我和我的班这样相遇了。接班后，孩子们确实机灵，家长们配合得也好。孩子们也一直活跃，花样百出地活跃。二十几个男孩子，掰着手指头数，省心的不足六七，打打闹闹中，三天两头受伤。我整天提心吊胆，就怕带孩子去医院。

　　每个课间，铃声一响，我便冲进教室。每节课开始，都要目送他们一程。有时特殊情况，我就陪着他们上课。晚上经常梦见白天未解的事，一段时间，身心疲惫。要想解决这"乱"，不能靠"武力"，这有限的空间里，光凭着嘴说也解决不了问题。

　　有一次，我去看病的路上，接到副班电话，孩子们打架了，有人受伤得去医院，得有老师陪着去。我的心一阵痉挛，不省心啊不省心。不一会儿，主管领导也打来电话，让我尽快回来。她安慰我说不舒服哪怕在办公室里躺着休息也行，得有人镇着他们。

　　我懂领导的意思，这就是所谓的"病虎威风在"吧。班主任请假，那些和学生有关的事一件也逃不了。接到一入学就省心的班是运气，接到总是闹心的班只能算命运。

　　我怀着各种不安，看完了病，回到学校。还好，家长不计较，孩子也没大碍，总算过去了。

　　立规矩，必须立规矩！从进校门到出校门，都得有规矩。开班会，孩子们自己讨论，制定方方面面的规矩。如他们的见识和聪慧，聊规矩头头是道，可是孩子就是孩子，他根本做不到啊。

　　早自习的规矩屡次被破，说教的作用已经微乎其微了。他们的能量太大，习惯性地享受随心所欲，我却被限制了自由！

　　随着长大，他们也越来越有自己的思想，我不得不再想新招。孩子们只是个性十足，情绪多变，可是他们都很仁义，也都明白道理。必须

| 小 家 |

找到突破口，能把他们凝聚起来的突破口。

转眼间，就到了春季的新学期。

"老师，我们男生早上能出去玩一会儿吗？坐教室里啥也干不下去。"程诚表达得直接而坦率。这个直性子的时尚小男孩，有一说一，真实不虚，讲义气，也爱打抱不平。

"老师，我们女生也想去操场走走圈儿。"我的秘书方攻和几个女生也来凑热闹。

"不行，不行，净搞特殊。"我虽然嘴上不答应，可是心里却琢磨起来。既然能量大不守规矩，既然坐不住静不下来，既然圈在教室里就惹麻烦，既然我累得筋疲力尽没有效果，那我们是不是逆向思维呢？

仔细想想孩子们也真不容易。早上高高兴兴来上学，一进教室就安安静静上自习。不能下座位，不能讲话，更不能玩闹，没有交流，也没有笑声，试问哪个大人做得到呢？

但是这一切都是为了安全，孩子来了，就得有老师在。但是孩子的生活需要新鲜感，更需要自由释放。我陷入更深的思考。如果一个规矩，屡屡遭到挑战和质疑，那就改规矩，而不是"治人"，因为规矩是为人服务的。我们的任务是让每一个孩子绽放自己。

老子说的自然之道，那不就是符合孩子的成长规律吗？深思熟虑后，决定尝试废掉早自习的规矩，还他们自由。

我向学校提出申请，早自习我想带着孩子们到操场活动活动，一定保证孩子们的安全，学校同意了。但同时也要建立新的规矩。想法很好，但压力也随之而来。如果孩子出现任何的安全问题，都要我承担啊，也许还有我承担不了的呢。试想想，学生的安全问题，百分之一百都是班主任的职责范围。任何学生问题百分之一百都要班主任参与处理。所以大会小会，凡是学生的事，几乎全都是说给班主任的。班主任

亲爱的小孩——唤醒与绽放生命

经常开玩笑说,自己的职业是"高危职业"。

那天班会课,当我神秘地宣布早自习的好消息时,孩子们欢呼雀跃,手舞足蹈,兴奋到尖叫:"老师,我爱你!老师,您是最帅的!老师,女神,女神,女神!"

约定还是要有的。我既不能分身,也不可能盯着每一个人。早上愿意留在教室看书的学生,不能离开教室,安静有序,确保安全第一。

操场自由活动的学生,聊天、踢球、散步、当观众……自己随意选择,但不允许中途回教室。凡是运动的同学,一定得有五分钟以上热身。七点四十五分一定回到班里,做好准备八点上课。

活动中遇到争议,先冷静,用大度和智慧解决问题;如果受伤,第一时间告诉老师,要实事求是。凡是球类活动,都要选出队长,团队自己制定活动规则,张贴出来,人人知晓。如果早上运动量大,可以带上要换的衣服。如果累计违反约定三次,我们就取消早上自由活动的福利。

时间,方法,规则,健康,安全……我把能想到的,队长们想到的,都和孩子们沟通好,这是我们的约定。

三月的清晨,金子般的阳光洒满操场。朝阳是多么诱人,笑声是多么动听。奔跑的灵动,散步的惬意,看书的专注。是谁把孩子们的影子拉得那么长,是什么让孩子的眼睛那么亮?

游戏是孩子最重要的功课,自由中,他们学习驾驭自我。

奇迹般的变化发生着。为了约一场球,早早来到操场热身;为了会一个伙伴,安静地在长椅上等候;听讲时专注了,游戏中有分寸了,井然有序悄然走来了。安全排在第一,是的,必须排第一。

说来也怪,就是这么自由地耍开了,反而没有了争执,没有了那些总是缠绕着我解决不完的问题。孩子们自由了,我也自由了。没有人违

| 小　家 |

反我们的约定，他们都珍惜这来之不易的特殊福利。

校园里最动人的风景，是孩子们欢乐自由的身影，是每一个生命和自然交流的声音。

一直都风平浪静吗？不会的，小孩子们总会有摩擦，那是他们成长的必须，但他们不会惊动我。孩子有孩子的方法，化干戈为玉帛，他们比我们大人的方式简单，还出奇的高效。他们不再斤斤计较，也不会无事生非。小事双方"cèi dīng ké"解决，解决不了的就找队长解决。

玩耍的清晨，他们学会和自己相处，也学会和小伙伴相处，他们悄悄地成长，我只静静地欣赏。"处无为之事，行不言之教"，想起老子的话，多么神奇和美妙。原来幸福的日子就是"道法自然"。

学校的足球联赛打响了！那是唯一举行足球联赛的一年。我们班瞬间燃爆了。作为球迷的我，全力支持！男孩子们组建球队，选队长，起队名，选队服，固定训练时间，忙得不亦乐乎。女生忙着研究啦啦操，征集口号，制作标牌，配合得默契有加。

我也不能袖手旁观，拿出班会课，欣赏足球比赛精彩片段，讲解足球的规则；课间，队长又拿着小黑板和大家研究足球战术，女子啦啦队也紧张地排练队形。我们全班都有着一种不可言说的激情在燃烧，人人都乐享其中。备战的日子是兴奋的，也是辛苦的。看着他们一本正经地讨论，看着他们大汗淋漓的样子，一半是欣慰，一半是欣赏。孩子对自己喜爱的事情，总会忘我地投入。

午管理的时间，男孩子又要去练球，作业怎么办呢？我只能再提出我的要求："任何课上不能被老师投诉，作业竭尽全力不出错，课堂专注投入，积极发言——"

"老师，您不用提醒啦，我们肯定都做好，绝不辜负您对我们的信任！大家说，能不能够？"机灵鬼侯翼最有忽悠大家的能耐。

我不禁被他们的诚意打动。

亲爱的小孩——唤醒与绽放生命

"走,踢球去!"我们异口同声。

队长打个手势让队员换衣服;班长讲了要求,号召大家安静快速;体委立刻指挥整队。这三位都是男生班委,男生一旦有了责任,班级就会越带越顺畅,越带越有成就感。男孩子全部上场,重点在模拟队形和打法。孩子们奔跑着,大喊着,正午的阳光里一个个都像精灵般耀眼,我只能鼓掌。

看着他们,想着自己十岁的时候,班里来了一位刚刚毕业的数学老师。记得老师姓高,长得白净帅气,这个老师最让我们迷恋。踢球是老师的法宝,只要一有空,他就带着我们奔跑在尘土飞扬的操场上,无论细雨蒙蒙,大雪纷飞,还是北风呼啸。那时候,我们觉得足球就像老师一样充满魅力。

又想起我和我的球队。初二的时候,母校延庆中学举行足球联赛。不知天高地厚的我成立了班级女生足球队,尽管班主任委婉地反对我们女生踢足球,尽管我们被高中球队踢得落花流水,尽管我们一场没赢,但当时我们着了魔似的。那是我们难忘的青春记忆。

这次学校的足球赛制是淘汰赛,八个班级抽签决定对战双方。我还得和孩子们有个约定。比赛展示的是能力和风采,赛出友谊,赛出风格;无论输赢都要像个男子汉,场上竭尽全力,只可互相鼓励,不能有任何埋怨。

我们班一路过关斩将,势如破竹,以绝对优势进入决赛。一路凯歌之后,遇上最强劲的对手——隔壁班,这是年级卫冕冠军班。

他们有三位校足球队的成员坐镇,各个身怀绝技。为了战胜我们,他们竟然请来了专业足球教练员,提前看了我们班的两场比赛,这是有备而来。我这个业余的教练急得火烧眉毛,赶紧呼叫爸爸团来助力。

决赛在全班的摩拳擦掌中到来。队长果哥赛前动员:"我们不要怕他们,我们团队训练更扎实。我们班有年级最快前锋安仔,我们有最灵活右边锋笑天,我们还有大中锋程诚,我们更有铁塔后卫侯翼和大硕……我们有实力,我们更自信,我们更团结。可以输球但不可以丢人!"嚆,这动员简直足够专业。

场上,男孩子们尽情挥洒汗水,奔跑、传切、过人、射门……纯黑色队服,白色的号码牌,意为黑马。场上的男孩如同黑色闪电,独特耀眼;场外,女生啦啦队扯开大旗,举着口号,振臂呐喊。也怪,平时文文静静的女孩,从不大声言语的女孩,也扯开嗓门高呼起来。我们班的啦啦队声势浩大,似乎气势可以压倒一切。

那一刻,所有的目光都在一个圆圆的足球上,是玩耍,让我们全班的心凝聚在一起;是自由,让我们更遵守规则;是彼此的信任与约定,让我们向着更好加速前进。

我的心揪得紧紧的,特别期待我的孩子们能赢得冠军振奋士气。我不断地提醒着队员的站位。神呐,愿足球给我们带来好运!

拼尽全力,获得亚军。

男孩们哭了,痛快淋漓地哭了。女孩子递上纸巾,打开水杯,眼里噙着泪水。这眼泪是成长的玉露琼浆,滴进孩子酷爱的球场;这眼泪是集体成长的力量,汇聚起来成为博大的海洋。躺在草地上的男孩把自己书写成"大"字,任眼泪肆意奔流;坐在草地上的男孩把头埋得很深,眼泪滴进草丛里;围在我身边的男孩趴在我的肩上,扎进我的怀里,任鼻涕和眼泪打湿我的衣衫……

那一刻,所有人的心在一起,一起跳动,一起呼吸。

第二天,眼泪早已化为成长的养料,迎着清晨的曙光,操场上依旧自由洒脱,笑语回荡。

"拿出我们班的精神,下一次啊,我和你们一起踢球!"我还得和他们有个约定。

"老师,此话当真?一言为定!"班长侯翼伸出手和我拉钩上吊。

一路从泥泞走到了美景，泥泞到美景的转化剂，就是孩子们放飞自我的游戏。集体成长的路上，总会有挑战。每个好办法都不可能完全适用于眼前的问题。静下来，观察，思考，孩子们就会指引我们找到前行的方向。

班集体是能量交换的场，无形的能量就是孩子们的营养，这营养融进他们的血液，和他们一起茁壮成长。

到底是哪一件事，哪一个活动，哪一句话，让"乱"成"序"，让集体成为真正的集体呢？都不是，又都是。

家长感悟

班级从泥泞走到了美景，这得益于孩子们和老师的约定。约，束缚吗？约，更需要在爱孩子们中做减法，简约！宋老师抓住"定"字中那高悬的一点——爱的责任。"约定"是老师用爱在丈量孩子行为的安全，更是孩子们用成长来丈量、回馈老师的信任。

1986 年，美国学者克里斯托佛·兰顿创造了一种号称可以聆听宇宙心脏跳动的奇特游戏兰顿蚂蚁。见微知著，我们可以从蚂蚁的步伐中看到兰顿蚂蚁最核心的含义，当无序到达了一个节点，有序便会自然而然地发生。因为兰顿蚂蚁的规则是如此简单，这是道法自然的"约定"！孩子们是幸运的，你们和老师用爱的责任相互"约定"，找到了属于自己的"兰顿蚂蚁高速公路"！

2021 届毕业生邢籽栋的家长　邢予昆

"乘势利导，因时制宜"，这是刻在都江堰二王庙山墙的治水的八

| 小　家 |

字格言。俯瞰历史，都江堰经历二千多年日升日落的流转，未曾在潮起潮落中淹没。太守李冰不塞不堰，不破坏大自然的生命系统，岷江东流水自动分流，自动排沙，他以顺势利导的原则，活用了江水，嘉惠了百姓，这是顺应自然、长久共生的生命哲学，是道法自然天人合一的智慧展现。育人虽与治水不同，但其中道意相通。文中老师在教育实践中，不断思考规矩、治人、服务、自由，追溯教育本源是符合孩子的成长规律，改立规矩为还自由，从强制变自制，相约定与互信任。老师对老子所谓自然之道的认识，大胆地实践，用勇气与决心换来欣喜结果。

2014 届毕业生吕婧文的家长　周鑫

○ 每一个敢于演说的孩子都是值得敬佩的！自信地站在属于自己的舞台上，那是你最高光的时刻，不论结果，只享受过程。

小干部竞选

这么多年的工作经历告诉我，大多数家长或多或少都会希望自己的娃能当个小干部。至于想法嘛，无外乎让孩子锻炼锻炼，增强孩子的信心，在亲戚朋友面前也很有面儿。

我和我的"乱"班，在约定中自由地玩耍着，缓慢地进步着，默契中成长着，一转眼升入了四年级。一年一度的小干部改选来临了。

许多年来，我都特别特别迷惑，别人评选小干部一节课就搞定，填表上交，每次最后就剩下我。有时候两节课都不够用，甚至有时候要跨越两天。

| 小　家 |

"众人皆有余，而我独若遗。"我的磨叽到底因为啥呢？很多事情我干得都比较磨叽，评选小干部一直是我干得最磨叽的事情。

这样的"落后"持续了很多年。直到有一次，同事说，他们先是班级自荐，也可以推荐。学生写选票，举手表决，很快就可以出结果啊，选出前七名为中队委，再选八到十四名为小队委，分配下任职就可以了。我恍然大悟——我竟然独昏昏亦独闷闷地玩得太过火了。

我的磨叽的评选方式没有标准，倒是好玩儿，全是自由发挥，掌声笑声叫好声不断。

每次评选之前，我都要和孩子们有一次推心置腹的聊天：当任何小干部，不管中队委还是小队长都要以身作则，最重要的是学会如何为大家服务，如何提升自己的能力水平。评选班委，我们不以学习成绩为最高参考标准，为大家服务的热情和责任心最重要。如果你想好了，请准备三分钟之内的现场演讲。我们最好在小学毕业前都有机会当一次班委，体会一下当"官儿"的感觉。

当天的评选尤为隆重，我亲自主持，从最高职位开始竞选。孩子们紧张又兴奋，我们期待着，一场好戏就要来临。

"首先请所有参加'中队长'竞选的同学到讲台中央——"，我刚开口，一下子上来四个。好家伙，眼里泛着光，脸上写着自信，人人有备而来。

夏琳姑娘最先发言。她稳重秀气，是三年级的中队长，一上台就有小干部的范儿，脱稿演说。总结自己以往的工作，展望未来愿景，感谢大家的支持。真情动人，娓娓道来，慢悠悠，稳当当，竞选词像散文诗一样美，声音像唱歌一样好听，怎能让人不喜欢？

侯翼热情，古灵精怪，是男孩子们心中的榜样。他一手拿着竞选稿，一手比划着，那节奏、那气势、那自由且自信的表达，简直像个段子手："你们选我，因为我不仅做事情效率高，而且我还长得帅——（他

亲爱的小孩——唤醒与绽放生命

做了个鬼脸）你们先别笑啊，每天看见个帅帅的人站前面布置工作，是不是感觉很好呢？哦，那我的优势你们谁不知道啊，就是会给各类同学做思想工作，我博览群书，演说能力强，处事灵活，你们选择我肯定没错。如果你们这次没选择我，没关系，说明你们下次一定会选我，对不对？"引得大家尖叫时，他接着表演："我就把自己当中队长一样热情工作，我爱集体的心FOREVER——选择幽默的中队长，你每天都会有快乐陪伴！"夸张的表情，搞笑的动作，大家笑得前仰后合。

杉烁是个朴实宽厚的大男孩，总是默默无闻为集体无私奉献，他清清嗓子说："我呢，最大的优点是做事有条理，有担当。从小到大，你们都知道，我总是第一个到校，我最喜欢为同学们服务，我爱我的集体。而且，我公正无私，当学习委员的时候，大家都非常信任我。这次我竞选中队长，请你为我投上宝贵的一票。"在班级，他有一群铁杆粉丝，因为无论谁有困难他都热情帮忙。

方瑰姑娘有魄力有想法，是一匹黑马。她手里拿着竞选稿，快活地看着大家，干净利落的马尾辫透着干练，扑闪着大眼睛，笑得很迷人。我们都期待的时候，她把稿子竟然折叠起来，镇定地望着台下说："我要竞选中队长，你们可能都想不到，我就是要挑战一下。第一步，就是收起我的竞选稿，我可以竞选不上，但我必须拿出我的勇气，我有梦想，我就要争取。我的优势是思维灵活，男生女生都有我的支持者。我敢作敢为，最大的优势是——那些淘气的男生都'畏惧'我一点儿，呵呵呵，我是认真的。我会带领大家取得优秀班集体，我的自信和勇气能不能征服你呢？"

我把四个名字郑重地写在黑板上，四位转身，面向黑板，同学们举手表决，每人只可以投一票。最终，夏琳继续连任中队长。

竞争最激烈的永远是体育委员，斗志昂扬的上来五位男生，一位女生。女生是刚落选的方瑰，这不让须眉的劲儿，这飒爽英姿的范儿，男生主动为她让出C位，现场一片欢腾。男孩子互相拱手，彼此鼓励，嘻

| 小　家 |

嘻哈哈，好不热闹。坦率的程诚，憨厚的杉烁，足球队长果哥，学霸小天，小淘气萧刚，大家依次发表演说，各有各的特点，各有各的风格。举手表决，小天晋级，杉烁和方瑰再次落选。

宣传委员和文娱委员都是比较文静的女生来竞选。同学们很快选出自己心仪的人，方瑰在宣传委员这个岗位上几乎全票通过，她如愿以偿成为中队委的一员。

卫生委员，看着是个累活，可是有心的孩子不怕累，就愿意当卫生委员，工作每天都能看到成就感啊。竞选的有三位，杉烁就在其中。两次失利没有影响到他的状态，同学们把最适合的工作留给了他，票数当然第一。

组织委员和纪律委员，虽然也是中队委员，两道杠，可孩子们并不买账，因为没有实打实的工作内容，对于小孩来说，他头脑里没有概念。为了给他们锻炼的机会，我往往给两个委员具体的活干。两位想为大家服务的小孩来竞选，没有竞争者也没有悬念，一派其乐融融的样子。

七个人竞选成功，不用二次分配职务，一次定型，没有争议，只有欢乐。第二节课接着选小队长，这个就比较容易，演说后直接选出前七位就可以了。

侯翼失落了，因为他除了竞选中队长，其他职务都没有参加竞选。根据我的观察，侯翼真是个人才，我必须给他锻炼的机会。他最适合和中队长夏琳搭班，一个男生一个女生，一个料理班级事务，一个负责中队工作，一个性格外向，一个性格内向，一个豪放，一个细致，一动一静，对集体来说简直是完美组合。

于是，我宣布：“我认为有人气，有能力，有担当的侯翼适合当我们的班长。这个职务不用选，是我自己定的，不属于向学校推荐的中队委员的范围。但是呢，他会和中队长一起配合，助力我们班取得更好的成绩。”

亲爱的小孩——唤醒与绽放生命

我的话音一落,祝福的掌声响起,羡慕的眼神儿一起投向侯翼。他吐着舌头,眨着眼睛,有点受宠若惊。这也是班级历次改选之后我的固定安排,只为给失落的小孩足够的信心,只为给更多的小孩机会看到最好的自己。

"亲老师在上,受徒弟一拜,承蒙您信任有加。臣本顽童,躬耕于学海,苟全性命于考场,不求闻达于同窗,恩师不以臣卑鄙,委以重任,一锤定音讲台之上,咨臣以班长之职,由是感激……"课间,侯翼正对着我,比划着,抑扬顿挫地"瞎白话"。

我狡黠地看他一眼:"你别贫了,赶紧干活去,看看卫生做好了吗?"他开心地鞠躬道:"定不辜负您之期望,弟子必将尽心尽力,望您不吝赐教!"侯翼作揖,蹦跳着跑开。

看着这背影,想象着他永远合不拢嘴的乐观的模样儿。这是孩子该有的样子,自然流淌着美好的感觉。

我总是固执地有个小心思:班级的小干部队伍,尽量男女人数平衡,小学各个班级几乎都是女生比男生强,我们尽量给晚熟的男生锻炼的机会。我们总是责怪男生没有女生懂事,男生没有女生负责任。我们是不是给了男生承担责任的机会,是不是顺应了男生的特点而因材施教?

再有呢,内定个班级秘书。班级秘书是个什么岗?这个职位也有我的私心,每次内定的理由各不相同。有非常优秀但从不爱讲话的胆小的孩子,给他一个亲近老师的机会;有快人快语性格泼辣不被同学欢迎的孩子,找一个证实他实力的机会;有一腔热情极其想做点事情但能力还不足的孩子,那就搭个平台给他锻炼的机会。秘书这个岗位,只给我心中最需要它的人。如果说班长的岗位是因岗而设,那秘书的岗位就是因人而设。

此时,方玫就是最需要秘书岗位的女孩。方玫与方瑰同时竞选宣传委员,方瑰的竞选词可谓句句打中要害:"我今天是第三次站在讲台上了,足以证明我为班集体服务的执着。但是,但是——很不巧的是,竞

| 小　家 |

争对手居然有我的亲姐姐。我纠结了一秒，只一秒，还是选择了参与竞选。我知道姐姐更守规则，比我的人气更高，学习成绩也更稳定，但这是班干部竞选，姐姐我也不能谦让。方攻，对不住啊，私事我们回家聊。"她看着姐姐抱歉地笑着，"在这些对手中，我更具备宣传方面的优势，我号召力更强，更自信，我更愿意为大家做出自己的贡献，希望给我投出你宝贵的一票。"

听到这里，方攻羞涩地低头，露出俩大酒窝，脸颊微微地泛红。

显然，她没有料到妹妹如此强势。她一直把自己当个真正的姐姐，一个温暖的好姐姐，时时处处照顾妹妹。同在一个班级，双胞胎势必被更多的拿来各种比较。从一年级开始，姐姐就在各个方面稍微逊妹妹一筹。班干部评选结束后，妹妹入选中队委，姐姐连小队委都没评上，我的私心眼儿完全是为了双胞胎的平衡。

我宣布我的秘书是方攻，理由是她很细腻，她人际关系好，做事有条理。含蓄而内敛的方攻，微微地笑着，又露出两个大酒窝，脸不觉得又红了。果然，她的秘书工作做得非常好，第二学期她成为语文课代表。一年后，姐姐和妹妹双双成为中队干部。听说六年级两个人都不再竞选，把机会留给更多的小伙伴。

学校的小干部队伍大概十四人，而我每次都会任职十六人，这多出来的两位，没有学校的正式"编制"，但是他们一样兢兢业业，无一例外地都竭尽全力地生长，成为年度黑马。信任是有生命力的，我信，一直信。

中、小队干部选完之后，各个工作岗位都是要竞选的，只能第二天继续了。

餐车助理和电教助理竞选的人很多，都要一一演说，投票产生。大硕和萧刚等同时竞争餐车助理，憨厚的大硕腼腆地表达着自己的诚意："我力气很大，我不怕累，我想竞选。"萧刚呢，实事求是地说："我平时纪律不是很好，我想大家应该信任我一次，我也想为大家服务，希望给我个机会。"萧刚落选的时候,眼泪一串串掉下来,他伤心的样子那么真诚。

男孩子们喊着:

"下次有机会。"

"换个工作也挺好。"

"给萧刚的勇气鼓掌。"

懂事的孩子们总会给伙伴最好的安慰。忽然想起接班时,他们打打闹闹的各种不省心,而现在,又是那么让人感动。图书员、爱迪生灯长、爱家门童、鲜气大师、粉笔官儿……哪怕只有一个人竞选,也要演说,来证明自己适合这个工作,也要投票,过半数才可以任职。

班级如果四十人,我一定多设计出几个岗位,不要让孩子觉得这最后的岗位没人选,就只能归我了。要让孩子很有尊严地选择岗位,为的是让每个孩子努力生长的心有空间可以安放。余下的岗位怎么办?兼职分配。

"八仙过海,各显神通",演讲中诞生的小干部各就各位,我和我的"乱"班相处也一年有余了。突然有一种"无边光景一时新"的美好感觉,展望着"万紫千红总是春"的繁花盛景。争奇斗艳中孩子们欢快地生长着,我却走不动了。

病休之前,我和我的这个班级还经历了一次"大事"——"飞花令"最佳现场。

竞选小干部,忘不了动人的场景:既有惊艳的演说,也有声泪俱下的发誓;既有从不大声言语的孩子突然铿锵有力地完成超越,也有默默无闻的孩子突然被激发出幽默的天分。

竞选不是真的选,而是真的投入;无所谓输赢,过程最珍贵。过程里突破,过程里感悟,过程里成长,过程和每个孩子的心产生了微妙的化学反应。每一个敢于演说的孩子都是值得敬佩的!自信地站在属于自己的舞台上,那是你最高光的时刻,不论结果,只享受过程。

一个教育活动好不好,看看孩子的生命状态就可以知道。

| 小　家 |

家长感悟

　　竞选班干部本来应该是一个很欢乐、很锻炼孩子的过程。孩子们毛遂自荐，发表演讲，投票选举……好不欢乐。老师依据投票结果，辅以参考孩子的自我认知、性格特点，替孩子找到最适合他们的职位，让他们在随后的学习和班级生活中得到最大限度的成长与提高，这是多么的正能量。每一个活动都是为学生的成长服务的，每一个孩子都应该有锻炼的机会。这种服务，这种锻炼，切合了学生的实际，促进了孩子的成长就是美好的。摒弃世俗，保留纯粹"为了孩子的健康快乐成长"，我相信这才是教育真正的意义。

2020 届毕业生李屹康的家长　李继华

　　读着小朋友们的竞选词，令人耳目一新！真是敢想敢说、无拘无束的心灵！如果有一半的小朋友从小就有这样的选举训练，长大后就会有更多的年轻人关注国家发展，并且敢于站出来承担责任。想起在多年前，儿子也曾是班长。新学期换班主任后，新班主任打电话给我：明天换班委，你儿子如果选不上班长怎么办？我回答：选不上就选不上呗。果然，第二天放学后，儿子告诉我老师让他当学习委员了。我跟儿子说：不管你自认为是多么优秀的学生，也总会有老师或者同学不喜欢你，看不惯你的，这也是缘分。我没让儿子去检讨自己哪里不讨大家喜欢，而是保护他的个性，鼓励他坚持做正确的事情。后来，一切都好。

2007 届毕业生栾思飞的家长　郭红玉

亲爱的小孩——唤醒与绽放生命

○ 孩子,你所有的付出以及犯下的错误都会变成你的财富。成长即出丑,出丑之后才是飞跃式地成长。我永远会和你说,孩子,别怕,因为你正在长大。

"飞花令"

"春城无处不飞花,寒食东风御柳斜",韩翃笔下春日长安城花开柳拂,缤纷绚烂的景色中,翩然跃出"飞花令"。随着《中国诗词大会》的热播,全国掀起了一股诗词的热浪。每一个热爱诗词的你我将共赴一年一度的诗词盛宴,孩子们的狂欢当属我们班最耀眼。

飞花令啊飞花令,让人疯狂让人愁。

这是四年级春季学期正式开学的第一天,本学期第一个早自习。早上进班看了一下,让孩子们预习课文。几分钟后,我再次进班,门口巍然屹立着一个背影!她倒背着手,注视着全班,孩子们鸦雀无声。那是

| 小　家 |

向来温暖如春天般的副校长，但此刻表情严肃——怎么了？我感觉到事态的严重。无巧不成书，第一天就被逮个正着。

"早上太闹了，拍桌子的，跳到椅子上的，嗓门巨大，你来了你处理吧。"副校长说完，转身的瞬间和我默契地对了个眼神儿，去其他班级巡视了。

我"威武"地站在教室门口，有点儿不怒自威的感觉。小轩和小天站出来，承认自己是"罪魁祸首"。

"我，我，我错了……"小天皱着眉头，吞吞吐吐。他的小手指抠着裤子，"我们玩飞花令呢，结果，声音越来越大，就嚷起来了。"

"怨我，老师。我来得早，就等小安和小天来，我想和他们玩飞花令，好不容易都来了。"小轩挠着脑袋，声音不大，"可是，座位太远，不能下座位，我，我，我对着对着，就，就站椅子上了。"小轩说得真诚明白。

"我看他站椅子上，我就捶桌子，要压过他的气势。"小安也站起来自我检讨。

我很了解我的学生。小轩一遇到诗词就兴奋得忘乎所以，有时还用红领巾"摇旗呐喊"。小安和小天都是诗词帮的死忠粉，刚刚结束的诗词大赛余温还在，憋了一个假期，好不容易见面，总算找到了对手。复原一下场景，这几个尽情表演，其他人不是叫好就是起哄……最终场面失控！

他们三个胆战心惊地站着，其他人规规矩矩地坐着，我不动声色地盯着他们。小轩、小安、小天，极有才华的男孩，激昂的情绪来临时是控制不住的。

他们有很多共同点：博览群书，擅长推理，思维敏捷，善于表达，艰涩难懂的奥数，让人头疼的写作，对他们来说，都是兴趣所在。

"你们说玩'飞花令'，是玩吗？这分明就是鸡飞狗跳，再说了，能现在玩吗？老师不是讲早自习的要求了吗？规矩呢，瞬间就忘了？能耐得都把校长引来了。说过多少回了，早自习学会管理好自己，专注、安静、独立做事。你们玩儿高兴啦！想到班级纪律了吗？"我严肃地质问着，第一天的规矩还是得树立起来。在集体的规矩和孩子的天性之间做到平衡，真是个让人发愁的事。

飞花令啊飞花令，让人欢喜让人忧。

第一节课就是我的语文。一张凶巴巴的脸，转身的瞬间就得满面春风起来，老师的"变脸"也是基本功。毕竟面对的是正在长大的孩子。

我书写完"飞花令"三个字，走到座位之间，动情地说："蒙曼老师说，中国人都有一颗诗心，诗词是每个中国人血液里流淌的'文化基因'。中国诗词大会，让全中国人都享受了一次诗词的盛宴，把中国人沉睡的诗心——唤醒了。"我拿捏着抑扬顿挫的调儿。孩子们的眼神儿瞬间亮了，一双双小眼睛似乎在讲话。

"'飞花令'是最扣人心弦的环节，既惊心动魄，又酣畅淋漓！每次都看不过瘾，跃跃欲试的人呀，你在哪儿呢？"我停下来，四下里寻摸着。孩子们偷偷乐了，纷纷把目光投向早自习的"罪魁祸首"们。

"来，早上玩飞花令的小伙子们，我给你们一个舞台，上来展示一下。"话音一落，全班一下子沸腾了，笑声、掌声、叫好声，不绝于耳。

"小轩，你跳得最高，实力最强，你挑选两个选手和你比拼。"我其实使了个坏心眼儿，讲台上，小轩一对二。我脱口而出——花。四五个回合之后，小轩竟然占了优势。

同学们疯狂鼓掌时，我打断了竞赛，索性一坏到底。我站到小轩的对面，形成了一打三。小轩见状，双手交叉于胸前，一条腿前伸，一副成竹在胸的自信模样："老师，请手下留情——"

小轩出了题目——月。果然是飞花令的超级粉，他越战越勇，一对三毫不含糊。八九个回合之后，小轩遇到了困境，急得他拍着脑门，咬着嘴唇，紧蹙眉头。

| 小　家 |

"在座的同学，都是你的百人团。"独乐乐不如众乐乐，我出招救急。百人团被勾起来的热情越燃越旺。等到同学们情绪达到最高潮，"飞花令"戛然而止！掌声中，他们三个男孩众星拱月般灿烂。

"请问在场的所有选手，比赛的时候，怎么想出带'花'的诗句呢？"我索性把他们引入繁花更深处。有的说，想哪个诗人爱写花；有的说，我用"花"组词；有的说，想每个季节开什么花；有的说，先想花名，然后想诗句，桃花，梨花，杏花，荷花，菊花，梅花……

"早上玩'飞花令'挨了批评，现在玩'飞花令'获得了掌声，这是为什么呢？"我问。

结论自然而然就有了：对的事情，得选择对的时间和场合。

接下来的两周，"飞花令"总是每个课间最热话题。有对决的，有观战的，有抱着"唐诗宋词"背诵的，有悠然自得听乐儿的。

想要判断孩子的是与非，就得层层拨开眼睛看到的事实，放下大人固执的思维方式，从孩子的初心去窥探，就会发现别样的精彩。

"飞花令"大概火了三周时间，温度递减的时候，我想我得加把柴。"学校的'最佳现场'你们敢不敢报名？"我试探着问。

"敢！"他们似乎什么都敢，初生牛犊不怕虎，"老师，那报什么呀？"

"飞花令呗。"

"噢——"集体的欢呼声中，小轩又激动得跳了起来。

六个男生，一拍即合。女生腼腆，面面相觑，任凭我怎么哄，怎么激励，都不动声色，只是浅浅地笑，轻轻地摇头。无论是为了平衡还是为了比赛更具有观赏性，必须得有女生参加。

热爱古典文学的阿紫，实力足够，却说什么都不好意思参赛。她一直以来都不是很遵守纪律，也常常因为各种小淘气挨批评，还没有建立起自信。课间，我和她聊天："阿紫，参赛吧，你可是女生第一人选呐。"和小孩聊天，欣赏是最好用的办法。

"嘿嘿，不参加，不参加。"阿紫头摇得像拨浪鼓，笑着跳着跑开了。哼，小家伙，你这是不想参与的样子吗？我琢磨着她。

一遇到机会就逮着她问："阿紫，你得参加，我知道你喜欢。女生太少了，我们不能示弱呀。"我换激将法。

"老师，我不敢，我背的诗没有男生多。"她又捂着嘴转身跑开。孩子的第一次往往会这样，无比地向往，但自己没有把握又不敢轻易尝试，只好茫然地自相矛盾着。错过就失去了，再有机会需要等啊；冲破瓶颈呢，虽然难点儿，但那就是飞跃啊。就这么让她错过吗？不，等我再逮着她就不会放过。

"阿紫，我想了三天，终于想到了你最合适的角色，要不你当主持人？"我刚一说完，她捂着嘴巴笑，笑得花枝乱颤的，欢喜地点头，就这么同意了。通过公投，确定了两名参赛的女生，主力队伍组建完成。往后的日子里，我只有优哉游哉欣赏的份儿了。

飞花令啊飞花令，让人齐心又陶醉。

这个捧着《中小学必备古诗词》，那个翻着《唐诗三百首》，还有《中国最美古诗词》《诗词鉴赏》，统统成了课间读物。你们和诗词亲密对话，我怎能不窃喜呢？看我一闲下来，他们就在我面前炫耀着比拼。我可从不敢轻易接招，顶多当个裁判烘托下气氛。

日子在春暖花开、草长莺飞的季节滑过去，距离我们的"飞花令"最佳现场专场展示越来越近了，选手们的劲头也更足了。

"啊，你都背那么多了吗——"

"我一天背三首，课外班作业太多，抽空背的。"

"台上不能丢人呐，我要超过你一个就行，老兄，你要加油啦。"

"愁啊，我怎么会同意加入这个飞花令比赛呢，我是最弱的选手啊。"

| 小　家 |

"参赛的都好厉害呀，背了半本唐诗啦，太佩服了。"观众们羡慕得不要不要的，有事没事，就给选手出题当乐趣。我猜，叽叽喳喳中是他们幸福的蜜糖吧。

满甬道的樱花开得正热闹，小孩们在草地上沐浴着花瓣雨，一串串的笑声荡漾开来。

"老师，老师，小涵作了一首花的诗。"小姑娘扬起脸，"叫什么来着，迎春金黄——樱花粉，片片香雨什么绿茵？对，染绿茵！您说好不好？好不好？"

"好，特别好！飞花令现场，自己创作的诗也可以朗诵哦。"我说得正儿八经。小姑娘开心地把樱花瓣放在我的手心，我嗅花沉醉中，猝不及防的，我的头顶上洒下了花瓣雨。

"哪个天女在散花儿！让我看看，抓住你就别想回天上去了。"我听到咯咯咯地笑，她们如花儿般，笑作一团。妙哉！都是飞花令惹的"祸"！

飞花令啊飞花令，让人着火又着魔。

光背诗词，有人背得嗓子都哑了。这是惯性，没办法，拦不住。我说什么好呢，不要太拼啦，该玩还得玩呀。他们不听，非说几百人台下坐着，一下子被刷掉，多现眼呐。阿紫呢，开始写她的主持词，每次修改完都拿给我看，我每次都夸赞她的进步。我说很好了，她偏不，继续精雕细琢。比赛临近，九人核心团异常忙碌，却也个个精神抖擞。

是时候全班总动员了。每一次活动，不仅是选手个人的绽放，也是班级形象的展示；不仅是每个人超越自我的专属舞台，更是打造集体凝聚力的绝佳时机。选手组、策划组、电教组、宣传组、后勤组陆续成立起来。校内宣传，票务准备，奖品安排，秩序维持……全班一心，其利断金。

亲爱的小孩——唤醒与绽放生命

阿紫妈妈悄悄告诉我,阿紫每天晚上对着镜子一遍一遍地模仿董卿,声情并茂,像着了魔似的。阿源既是参赛选手,又负责 PPT 制作,可谓费尽心思。他见缝插针地拜师学艺,GET 了很多新技能。就连我,也在业余时间为选手们拍摄了一组大片。当易拉宝形象海报摆在学校大门口,还真有模有样的。"飞花令"的火,无疑也燃烧到课堂上了。那种自信,那种思辨,自由阳光,精彩绝伦。

飞花令啊飞花令,让人痴迷又洒脱。

"五月榴花照眼明,枝间时见子初成",报告厅门前榴花正艳,报告厅里座无虚席。幞巾、袍衫、书卷、画扇,神采奕奕,风度翩翩——"最佳现场"终于来了。阿紫声音洪亮,落落大方;全班同学聚精会神,情绪激昂,你听——

"诗词中有生机勃勃的春天——等闲识得东风面,万紫千红总是春;

也有大雨滂沱的夏天——黑云翻墨未遮山,白雨跳珠乱入船;

诗词中有凉爽清新的秋天——空山新雨后,天气晚来秋,明月松间照,清泉石上流。

也有大雪纷飞的冬天——忽如一夜春风来,千树万树梨花开。"

"亲爱的老师、同学们,大家好!我是主持人阿紫,欢迎来到'最佳现场',今天我们班全体同学为大家带来诗意浪漫又紧张刺激的飞——花——令。"

比赛扣人心弦,掌声此起彼伏,欢呼声震耳欲聋,现场的气氛高潮迭起。宣传报道组的小记者如此记录了此次活动:

随着阿紫抑扬顿挫地朗诵"大江东去浪淘尽,千古风流人物……"把大家带入诗词的天地。全班互动四季诗暖场后,"飞花令"活动正式开始了。只见参赛的八名选手,身着古装,手摇扇子,朗诵着定场诗,踱着步子依次出场,那一刻我们仿佛穿越了时空,回到了文人辈出的唐宋盛世,现场瞬间就燃炸了。

| 小　家 |

　　初赛两两对决，紧张激烈。首先出场的是小天和杉烁。小天最富有激情，俨然是自信满满的诗仙；杉烁沉着冷静，多次在倒计时最后两秒钟完美对答，第一轮小天胜出。接下来，"飞毛腿"小涵和班长侯翼竞争最为激烈，你来我往惊心动魄。一个稳重，一个机智；一个深情诵读，一个铿锵有力，十来个回合不分胜负。侯翼急得频频口误，小涵静如止水，最后侯翼凭借着压秒的脱口而出，力挽狂澜。小涵准备不足，大意失荆州。第三组上场的是学富五车的小轩和才思敏捷的小安，这俩人势均力敌，二人都是快人快语，你来我往，对答如流，结果小安重复诵读遗憾出局。最后一组扣人心弦，选手夏琳不愧为中队长，泰然自若，稳重第一，步步为营。阿源强势回击，夸张的动作和古怪的腔调活跃了紧张的气氛，最终搞笑的敌不过沉着冷静的。

　　接下来复赛的较量更为精彩，四位都是"武林高手"。现场求助时，观众的热情达到了沸点……

　　四十分钟的活动很短，我们为此奋斗了将近三个月。当老师的，要像农民热爱土地一样，乐于耕耘。挥洒汗水时怀着希望，得空就看着庄稼可劲儿地生长。

　　"接天莲叶无穷碧，映日荷花别样红"，期末考试，"飞花令"出现在侯翼的作文中：

　　这次'飞花令'真的很新颖，玩得很过瘾，之前在电视上看的节目变成现实。选手们在场上的表现精彩绝伦，选手之间的较量让我惊心动魄，为起死回生的选手热烈鼓掌，也为自己卡壳惊出了一身的冷汗！这是全新的体验，也是跨越式的成长。

　　每个孩子都有犯错的权利，"飞花令"又一次升华了"集体"在我们心中的意义。曾经的"乱"班，创造了意想不到的惊喜。很多时候，班集体的成功是一种快乐情绪的力量螺旋式推动。每个生命都会向着美好生长，善待孩子犯的"错"，走近他们的心，陪伴他们扎扎实实地走过童年的一段路。

飞花令啊飞花令，让人感伤又感动。

毕业之际，我很荣幸，应邀参加了孩子们的毕业联欢会。他们不再属于我的班，已有两年之久。此时此刻，我已经得知了好消息。"飞花令"八个选手里的五位即将走进人人向往的人大、北大、清华的附中，夏琳去了中央音乐学院附中，另两位升入了自己的理想中学。阿紫自从"飞花令"亮相之后，成了学校大大小小活动的主持人，少先队活动、开学典礼、毕业典礼，都有她的精彩绽放。她已退去羞涩，成为自信豁达的明星主持人了。

孩子们的优秀离不开家长潜移默化的渗透和言传身教的影响，更离不开他们自己持续不断的强劲的自驱力。老师的意义呢，就是想方设法为孩子提供一个无限的舞台，让孩子成长为最好的自己。无论未来是国之栋梁的参天大树还是默默无闻的含羞草，都享受快乐，都实现生命的意义。正所谓孩子天生有一对翅膀，老师的任务是帮助他们飞翔。

生活总会给你答案，只是时间的早晚，有些答案看得见，有些看不见。"谢师恩"的环节中，主持人侯翼在介绍我的时候，如是说——

她断案如神，不怒而威，专治各种不服，力"碾"年少轻狂的我们；她身兼数职，全宇宙无敌，是我们足球赛场的主教练，是我们飞花令现场的总导演，是我们合唱的总指挥。她带着我们挑战一个又一个不可能，她带着我们稳稳地走过了幸福的三、四年级……

听着这样的褒奖，尽管有些夸张，我的眼泪还是情不自禁地涌出来。我们奋斗过，我们精彩过，成长路上的每一个坚实的脚印清晰可辨。每一个脚印里都有故事，不同的故事点亮了我们每一个平凡的日子。

生活本身是教育，成长需要仪式感。平凡日子要有光，新鲜才有吸引力！

飞花令啊飞花令，让人思念到如今。

这个班，是我第一次因自己的身体原因不得不舍他们而去的班，自

| 小　家 |

然更多留恋，更多感慨。无论是飞出教室约定的美妙，还是足球赛的团结一心；无论是"飞花令"PK 的精彩，抑或是小干部竞选中的自信，都不足以立体地呈现出 400 多个日子的万千姿态。

组团看望刚开学就受伤的小妍妍和大妮儿，"成语故事大会"中各种捧腹的不着边际；运动会 60 米包揽男女"双飞人"的振奋人心……点点滴滴都化作回忆。我们也走出校园，到云天聋儿学校体验生活，和聋儿互动，组织义捐。作为学校的志愿班，把学校义卖后采购的物品进行分类、清点、记录、封箱、贴标签，孩子们用小手装满了将近三十个大箱子。望着大卡车远去，孩子们的心也跟着飞往西藏阿里。

心中有爱，就是生长的力量源泉。

怎样读懂一本书——孩子们的分享发自肺腑：笑笑说，拿到一本书观察封面想象内容；琪琪说，细读前言清晰思路；小天说，内容简单的跳着读，再补白没读的就行了；小安说，先看开头再看结尾，觉得喜欢再重读；夏琳说，历史书读不懂，我就反反复复读，直到读懂了再往下读；小雅说，读的时候不能着急，要有丰富的想象和深入的思考；小艾说，我读得很慢，因为我要用心地做批注；阿紫呢，每天早上醒来第一件事就是在被窝里读书。

"锻炼强健体魄，读书浸润心灵"是我所有带过的班级的共同目标。他们对自己的掌控而非攀比的状态，恰恰是最好的模样。

班级飞跃式地蜕变，台前是我们四十几个师生，幕后是一百多人的后援团。

四年前，在最好的时光里，我们相遇。两年前，班级蒸蒸日上时，我当了逃兵。暑假来临，是那样的匆匆，我逃得彻底，了无痕迹……没有告别，亦不能告别。感触最深的就是"飞花令"最佳现场。准备的过程中，身体的不适持续加重了。"最佳现场"结束的时候，现场一片欢腾，我蹲在台阶上忍着隐隐的痛。健康亮起了红灯时，为了自己，也

亲爱的小孩——唤醒与绽放生命

为了孩子们,我必须按下暂停键。心存感激,唯有不负。感恩所有的遇见。

那个九月,开学的日子,我和孩子们没能见面。缘深缘浅,留给昨天。我记录了人生的第一次缺席的感受——《有缘同行,不说再见》:

你好,九月。整整二十载,为你痴狂,为你奋斗,今天,选择安静地守候,明天,微笑着和你一起慢慢走。

绚烂金秋,天高云淡,菊花芬芳,翘首期盼——开学了。而我,却缺席了。

亲爱的小孩,不知道你们是不是很留恋我,反正我很舍不得你们。满打满算,我们在一起的时光400多天,我觉得是有幸同行,不知道你是不是也这样觉得呢……

我热爱我的工作,也很爱很爱我的学生。如果我不小心伤害过你,请你不要再难过,有机会要告诉我,或者不告诉我,烦恼都不要记得。遇到困难,如果你需要,记得想起我。

有幸同行,不说再见。

亲爱的孩子:如果你很爱我,也请你一样好好爱现在的班主任;如果你不爱我,你会爱上现在的班主任。

爱你们的大朋友　宋老师
班主任交接班的那一天　于深夜

夜深人静,无限感慨,躺在床上翻看朋友圈里各色的开学典礼。嘀嘀,来了消息。夏琳和我心有灵犀,她正在和我同频共振——《有缘同行,不说再见》:

我们是幸运的,能遇见您这样理解小孩的老师。

三毛曾说过,我们每个人的一生都是孤独的,或许某个时候,会

| 小　家 |

有人牵起我们的手，陪我们走一段路。但这不是必然，或许在某个地方，会放下我们的手。虽然是这样，但是我从来没有想象过，在我的一生中，会有您这样的一个人，来牵起我的手，陪我走过我至关重要的一段路。

所有人都曾经是小孩子，但是长大了，就变得不再理解小孩子的心思，而您却恰恰相反。虽说这个世界上，魔法师不存在的，但是您却懂得一种魔法，那就是赢得我们班所有人的心……

夏琳

9月1日

一遍一遍地看，我哭得稀里哗啦的，再伸手时，半包纸巾空了。

我爱哭的时候便哭，想笑的时候便笑。只要这一切出于自然。我不求深刻，只求简单。

三毛，是你懂了我们，还是我们懂了你？那段时光，我们都那么美好。原来美好就是有故事可以讲的日子。未来，孩子们会有更多好故事，我就是安静地听故事的人。

春城无处不飞花，小孩都会长大。

六年级毕业后，阿紫弥补了当时的遗憾，参加了山东电视台诗词大会的节目录制。阿紫从容淡定，熠熠生辉。两年之后，阿紫发消息给我：老师，我全年级语文最高分，我还是主持人。

时过境迁，写下这篇文章时，孩子们正在为初三而奔忙。内心还是你们小时候的模样，耳边还是那首我最爱的歌——

你们都是好孩子，异想天开的孩子，相信爱，可以永远啊；你们都是好孩子，最最善良的孩子，相信爱，可以永远啊。

春城无处不飞花，每个小孩都是一朵花。花期不同，姿态各异；芳香独特，品格唯一。

亲爱的小孩——唤醒与绽放生命

"含苞饮清露,童声出疏桐。居高声自远,非是藉秋风。"我斗胆篡改了虞世南先生的诗,致敬先人也赞美未来!

要不是你们淘气得出了圈儿,哪来的我们今生的相遇?

要不是你们想方设法要出去玩,哪里有我们神秘的约定?

要不是当初那个"鸡飞狗跳"的早晨,哪儿来的后来"龙腾虎跃"的奇迹?

孩子,你所有的付出以及犯下的错误都会变成你的财富。成长即出丑,出丑之后才是飞跃式地成长。我永远会和你说,孩子,别怕,因为你正在长大。

潜龙腾渊,鳞爪飞扬。乳虎啸谷,百兽震惶。鹰隼试翼,风尘翕张。奇花初胎,矞矞皇皇……

梁启超先生的《少年中国说》铿锵有力,余音回荡!

亲爱的孩子们,天高云阔,任你飞翔。小小少年,自带其光,前程似锦,来日方长。

家长感悟

寓教于乐,在玩中学,在学中玩,"飞花令"就是最经典的诠释。唐诗宋词,承载了中国千年的文化和美学,承载了古代文人的审美情趣。宋老师用"飞花令"这个机缘来组织活动,激发了孩子们内在的学习动力,并且不断"煽风点火",让这个动力具有持续性。在这个过程中,孩子们玩得嗨,个人内在动力得到激发,班集体的情绪被充分调动,最终呈现了一台精彩的活动,这就是教书育人的最高境界。

2021 年毕业生侯贵茗越的家长　　侯福新

| 小　家 |

孩子的生活日常也应随着时代而来，思维发展也是应该紧随时代而发展。时事与热点是很好的发展孩子思维的载体。未来都是社会的孩子，不能脱离实际。

2003 届毕业生常笑晨的家长　王筱娟

班级二

迷你班会

遇见这个班纯属偶然
我回归的时候
恰巧前班主任临时调换岗位
"规矩"中彼此尊重
"迷你班会"中共同成长
"看得见的看不见的"是家长们的大爱对集体的意义……
想起他们就想到"迷你班会"
这个名字蕴含着成长的意义
也预示着一位班主任精进的开始

| 小　家 |

○ 不判断，不评价，不分析，走近每个小孩，静静地听故事，好好地讲故事，就好了。

规　矩

王羲之《阔别帖》曾曰：阔别稍久，眷与时长。

回归校园，迎来我职业生涯的第十个班，寓意十全十美。班主任接班之前总是怀着美好的期待。但半学期中途接班，对班主任来说，是极大的考验。既然已经归来，一切都是最好的安排：心怀感恩，且行且珍惜。

那是个春季学期，一切都满怀着希望，欣欣然充满生机。上班那天，透着丝丝缕缕的清冷，阳光却很好。天空像崭新的蓝水晶，清朗得发亮，让人精神愉悦。仿佛听见冬天的离开，怀着春的希望回来，就像

亲爱的小孩——唤醒与绽放生命

一匹战马重返战场。

接了新班级,规矩好不好,一天便知晓。第一次走进班级,几个小孩正在擦桌子。见到我,孩子们露出一丝惊讶,然后是微微含笑问老师好。孩子们陆陆续续地来了,每一个孩子都会礼貌地问候我,我轻轻地回礼,带着发自内心的欢喜。

第一天接触孩子,我的规矩是不提任何规矩。自然状态下孩子们什么样子,对我来说很重要。规矩好,一切都好办。

中午,他们看书的时候,我静静地凝视着他们。脑海里飘过前两任班主任——严谨而又开朗的白老师,严格而又有大爱的洪老师。老师既要有"严",又得有"爱",二者相辅相成,不可或缺。

"教不严,师之惰",要想培养出了不起的人,必须经受"严"的历练。这个班级基础扎实,秩序井然,感觉自己好幸运。我此时初愈回归,遇见这些孩子们是一场美丽的意外。

初识这些十岁的孩子,感觉如此美好:早自习安静有序做自己的事情;课间准备好学具才去玩;做操时小干部有责任感,宽厚从容;午饭分餐,孩子们有序排队,每一个孩子都会感谢老师。细节最能看出一个班级的风貌,自然状态下孩子的言谈举止就是班级的文化密码。

我也有个"规矩",接新班,第一个月不单独添加家长微信,这个规矩保持了十来年。加了微信,无外乎几个意思:花样欢迎也好,各种褒奖也罢;汇报孩子长处也好,数落孩子不足也罢……我要自己最新的认知和判断,"不要打扰我,不要打扰我,不要打扰我",这是我心底的呼喊。身心健康问题是最重要的问题,这是新旧班主任交接时必须交代清晰的。其他的信息越少越好,我要认识原汁原味儿的孩子们。

这个规矩,很多家长不能理解,甚至是难以接受。但是既然是规矩,我就不会妥协。试想,四十多个孩子我还认不全,家长我也没见着,什么预热都没有,就添加微信,热情地和我聊天,我怎么对得上号

| 小　家 |

呢？我得多难啊。家长精心发来了消息，不回吧，显得高冷而没礼貌；回吧，回复啥呢，说着不着边际的客套话，多耽误工夫呀！

开学的第一个月，我要把时间都用来和孩子们在一起。全身心地投入，全面地了解，为的是今后的教育教学有的放矢，因材施教。

大概认全怎么也得半个月吧。等我熟识了孩子，所有的教育才可以循序渐进地展开。到那时，我们再聊聊孩子的事，推心置腹，事半功倍，才有意义。

实践证明，我的规矩对未来的班级建设是大有裨益的。

"老师，我是××爸爸。"寒暄了两分钟后，转到了正题，"您呢，是特别好的老师，我家孩子整体表现也挺好的。前任老师不太严格，班级纪律不好，我呢，嗯，和你们领导都很熟，您有什么需要帮忙的，您就直接说……"

接到这样的消息，我不想说，也不能说。我一定会温柔地告诉他，每天和孩子在一起的是我，不是我们领导。您放心，领导在或者不在学校，领导见我或者不见我，我都会一视同仁对待孩子。

"老师，我孩子呢，成绩不是很理想，就是很没规矩，比较淘气，属于管不住自己的，我们也不惯着他。他比较机灵，他呀，就是对学习还没入门。我和孩子妈妈都是曾经的学霸，这孩子按说成绩也差不了……"

听着家长的诉说，职业素养告诉我倾听是一种礼貌。

"老师，我孩子请假多，这真没办法。爹妈没了，媳妇离了，亲戚朋友没人愿意帮助我，我自己带孩子，又当爹又当妈，还得赚钱养家，我多不容易啊。老师，我难着呢，所以我们可能随时请个假啥的……"

对于要聊天诉苦的家长，我能说什么呢？我该说什么呢？老师帮助孩子进步是老师的职责所在，家庭内部的琐事，我们真的不能牵扯。

"老师，我家孩子一直都特别好，一直都是班干部，一直都是好学

亲爱的小孩——唤醒与绽放生命

生，老师们可喜欢她了，您也会喜欢她的，她特别有趣。她在家也特别懂事，乐器、舞蹈、围棋、奥数、画画、滑冰……都特别积极学习，可懂事了，孩子很辛苦，但是吧，放弃哪个她都不同意。马上高年级了，孩子想着争取三年'三好生'……"

我似乎看到家长得意扬扬的样子，似乎看到孩子负重前行的样子。手机这边是一位班主任不动声色的样子。

一想到这样的曾经，这样的尴尬，就觉得必须有个规矩，人人平等的规矩。无论您是高级官员还是工薪阶层，无论您是京城首富还是低保家庭，无论您是博士后还是初中生，无论您是本地地主还是外地北漂，无论您貌美如花还是相貌平平，无论您是我的同事还是一年不联系我一次的妈妈……我统一把您看成两个字——家长。只有这样，我眼前的孩子才是一样的。

家长、老师、学生构成一个等腰三角形，处在顶点的孩子怎样获得更好的成长？处在支撑位置的两个底角，家长和老师之间的信任和尊重至关重要。

还记得那句意味深长的话吗？老师是这个世界上唯一一个与你的孩子没有血缘关系，却愿意因您的孩子进步而高兴、退步而着急的"外人"。老师这个"外人"应该是每个家庭重要的人之一，孩子人生的启蒙阶段这个"外人"显得尤为重要。

当然，我肯定会第一时间告诉家长我的私人电话，有任何事情都可以随时高效地沟通。一个月之后，我会陆续和家长们取得联系。两个月之后，我大概会和全班的家长至少联系一次，针对每个孩子会给出我的家校合作的建议。

人人重要，机会均等，这个规矩一直保持了很多年。努力和所有家长尽可能保持均等的半径，这样才可以画出更美更和谐的圆。

有一次，几位毕业生妈妈聊到我接班时的"冷酷无情"，她们七嘴

小　家

八舌地说，让我哭笑不得。

"开学初那段时间，我一直惴惴不安，我儿子特别淘气，您一次都不联系我啊，不了解情况，急得我百爪挠心，几次拿起电话又放下。"

"我姑娘正相反，每天回家都说挺好，快乐得不得了，我真担心她光顾着快乐，没好好学习，我也着急啊！"

"哈哈哈，我各种途径打听你的为人处世风格，我们猜，准是个铁面无私的班主任，是个不好说话的人，敬而远之吧。"

"我以前总是接到老师电话，儿子事故不断，我总是去学校赔礼道歉。一接到学校电话就莫名的紧张。那俩月消停得我都不适应了，是我儿子突然变好了，还是老师变懒了？"

她们笑得花枝乱颤，我笑得不怀好意。举杯庆贺，一切过往飘散在火锅的云里雾里，叮叮当当地响。

说起规矩，还有个班级规矩，那也是我所带的学生的终极目标。"锻炼强健体魄，阅读浸润心灵"，是我提给每个班的孩子们不变的要求。热爱锻炼，并且全力以赴，但必须加上"科学"二字；无论何时何地，都要随身带一本书，只要有空闲就读书，无论校内校外都是一样的。我常说，书可以到达你的双脚到不了的远方。

这个美好的班，不需要那么多其他规矩，他们有自己的约定俗成的班级法则。每个班级都是一个生态化的存在，老师学会在这个生态中默默观察，时不时地找小朋友聊聊天，听听他们的小烦恼，分享一下他们的小心思，同频一下他们的小惊喜……有着秘密的约会，有着美好的约定，足矣。

办公室的一角，我和辛欣面对面坐着。"老师，我从小有一种病，我其实很胆小。"辛欣不抬头，继续说，"我一直没怎么参加运动，这学期，您让我在队伍里和他们一起做操了，我好开心……"辛欣的声音轻柔而胆怯。

"孩子，我们做操时，你总是一个人孤零零地坐在操场边，你应该和我们在一起，哪怕你不能做操，就站在队伍里感受一下也好。原来我就注意过你，你还记得吗？"我悄悄地告诉她。

辛欣惊讶得张大了嘴巴，眨巴着黑亮的眼睛迷惑地看着我。

我继续说："没想到吧，半年后，你竟成了我的学生，我成了你的老师。那是一个午间休息时，你在三楼的楼梯拐角处摔倒了，我刚好路过，我和你的好朋友一起把你扶起来。"

辛欣羞涩地看我，抿着嘴笑："谢谢老师，我不记得了。"说着皱起小眉头，似乎想要找回当时的记忆。

"为什么我记得清楚呢，你小腿的皮肤上一层套着一层地开裂，有的地方渗出了血，看得我特别心疼。问你有没有受伤，你当时礼貌地回复我，说没事儿，说完，还不忘微笑着谢谢我。尽管你说得很轻很轻，但是我感受到你的坚强。"我絮絮叨叨地说，辛欣腼腆地笑。

我接着跟她说，你走了，我还呆呆地立在那儿。我想背后的妈妈更了不起，把你养得多么乐观，多么顽强，多么彬彬有礼。

她继续笑。

如果那伤痛是命运给予孩子的考验，这微笑就是孩子报答世界最好的礼物。

这天放学，姥姥没有来接芳芳。校园的花墙边，碧绿的银杏树下，我和芳芳并排坐在高高的台阶上。台阶很高，可以把腿耷拉下来。大书包累了，就躺在旁边睡着。夕阳的余晖里，我们自由自在地聊着天，夏日的微风轻抚着芳芳蓬蓬的头发。

"老师，我的爸爸妈妈都是聋哑人，是姥姥辛辛苦苦地把我养大的。如果我做得不好，您不要请家长哦。"她笑嘻嘻地，露着大板牙，还有俩浅浅的酒窝。

| 小　家 |

"你别担心,我知道的。姥姥多辛苦。我全力以赴帮助你,谁也不能欺负你哈。"我看着她的大板牙和她说笑。

"嗯,根本没人欺负我,咱们班同学特别好。爸爸不在北京,好像在外地,妈妈听不到声音。我回家,妈妈都不会给我开门,姥姥和舅舅都很爱我,我学会了自己绑辫子,您看——"

"嘿,小孩,我早就知道是你自己梳的,因为你的辫子总是像个大松鼠的尾巴,毛茸茸的,乱蓬蓬的。来,我给你重新绑一下。"我给她绑着辫子,她打开话匣子。

"我有很多课外班,我不喜欢学习数学和语文,我最喜欢跳舞,就喜欢转呀转呀,飞呀飞呀,哇,很神奇。"芳芳像含苞待放的花骨朵,娇羞着又跃跃欲试地要绽放。

"那你,现在,跳给我看一下。"我故意逗她。

她咯咯咯咯地笑,两条腿在台阶上晃啊晃,辫子也甩来甩去的。阳光里,她灿烂得就像一幅会动的油画。多么纯真的孩子,多么了不起的姥姥。

人,生而平凡,向阳生长,怀着感恩,时常微笑,就会获得好运吧。

芳芳被金色斜阳轻轻拥抱,欣赏着眼前的油画,我给自己立了新规矩:这么美好的新班级,让自己努力做到"三不"——不判断、不评价、不分析,走近每个小孩,静静地听故事,好好地讲故事,就好了。

期末,已是炎炎夏日,一丝风都没有。终究要遵从学校工作的统一安排,短短一个学期,我们的缘分就结束了。

我走出会场,感受到甬路两边的植物可着劲儿地长。石榴的小嘴巴嘟嘟着,浅浅的青皮紧紧地包裹着自己的心;山楂已经长出点个头了,挨挨挤挤的,藏在叶子间;柿子挂得高高的,倔强着,如同十来岁的少年。

亲爱的小孩——唤醒与绽放生命

你们,继续卖力地生长吧,离参天还很远呢,继续飞快地发芽吧,要遮天蔽日还要许久呢……继续卖力地生长吧,这刚刚才开始呢。

我哼哼着熟悉的歌,但是歌词却是记不太清楚了。我伫立在山楂树前,《藤》在脑海里循环播放着。

我没能如愿带着你们升入五年级,而是一下子从四年级飞跃到六年级。我不知道你们会不会留恋我,反正我无比留恋你们。这是我好多年来,最轻松快乐的半年时光,最享受的班主任时光。

我的教育理想还没有真正开始,而我,此时是不能告诉你们我的离开的,这是学校的规矩。直到金色的九月,山楂泛着微红的脸颊略显羞涩时,你们会迎来新的班主任。

当我转过脸,看太阳缓缓降。山楂就在夕阳里,却已经不是去年的那一串了。我似乎模糊了眼,发现山楂果变得又大又红了。一串串,通红通红的,在秋风里歌唱喜悦。

那么多的枝枝蔓蔓,遮挡住的是那些往昔,接着另一个往昔,那么长的缠绕,缠绕住的是那些回忆,接着另一个回忆……

我已经分不清我心里哼唱出来的是歌曲还是我自己了。

家长感悟

规矩就是行为规范,有对别人立的规矩,也有对自己立的规矩。一个老师有对自己和家长的规矩,有对同学们"强健体魄"的规矩,也有面对学校对老师要求轮换的规矩。我对宋老师和家长之间的"规矩"深有感触。我从来不曾想如何让她去优待孩子,因为从第一次见面我就能感受到她的"规矩",我也认同和尊重她的"规矩"。虽然我尊重她的规矩,和宋老师少有直接的沟通和交流,但孩子从未因为我

| 小　家 |

这个做家长的"不作为""不积极"而受到任何轻视。她一如既往坚守自己的"规矩",倾心关注着每一个孩子的成长。因为这样的规矩,所以省却了我作为家长的各种焦虑和不安,所以有了二小曾经的"十一班"温暖的家庭。有了孩子轻松快乐的成长,作为家长,我对这样的"规矩"心存感激。

2011 届毕业生陈梓轩的家长　陈志武

　　俗话说:没有规矩不成方圆,无五音难正六律。规矩是要求、是纪律、是规范。有规矩不代表严苛,有规矩才是真的爱。爱和规矩具有一致性,没有规矩的爱是溺爱,没有爱的规矩是教条。家长既希望教育是公平的,又希望老师对自己孩子好一些,这似乎是凡人的心理。文中散发出来的是老师要求建立的规矩,在规矩中充满对学生的关心和爱护。要想孩子有规矩,家长首先也要有规矩,老师能够跟家长一起建立规矩,只有这样孩子才能在一致的氛围中成长。言有所规,行有所止。吴军的《见识》一书中说:"比缺钱更可怕的,是缺乏规矩。"

2019 届毕业生姜雨德的家长　姜钧

亲爱的小孩——唤醒与绽放生命

○ 孩子的事情，往往不能以对错而论，因循着孩子幼小的心，小心翼翼地开渠引水，欢快而清亮地奔流……

迷你班会

二十多年，都在做一件事——班主任。做得好与不好，不是我自己说了算，也不是领导说了算；不是那一叠奖状说了算，也不是"紫禁杯"的荣誉称号说了算。当我老了，孩子们的回忆里是否有一位值得尊敬的老师呢？如果有，我就满足了。当孩子离开老师的时候，宁可让他们忘了老师，也绝不要在孩子的记忆里留下伤害的痕迹。

感谢这美好的遇见，让我一直怀念。"迷你班会"以优美的姿态走进我的教育生活，这要感谢那些美好的小主人公。遇见纯洁的孩子，遇见纯情的家长，我的心少了那些琐事的羁绊，从容安静的心可以专注地

| 小 家 |

沉浸。我的教育方式,在这半年发生了最大的改变。

我总会反思:这件事有没有更好的处理方式?我总会反问:今天的教育生活是否体现了尊重和平等?我总会反省:今天的教育教学是否鼓励了独立思考?生命如此美妙,我们却为之做得太少。

什么样的老师才是真正的好老师呢?仁者见仁,智者见智。自主、独立、诚信、文明、自信、快乐、责任感、成就感……在早期的带班经历中,总想着风格,属于我的班级的风格。越是想要一个风格,距离自然之道就越来越远。

人的生命属性决定了教育不能只针对一个孤立的面,教育应当像中医诊治,重视个体的生命特点,在掌握个体的内环境、社会环境和自然环境的基础上,进行辨证施治。

教育是一个真实的生活的场。在这个场里,是我们师生的教育生活,随时随地发生的任何事,都可以是教育的载体。任何故事,都可以正向解读,都可以获得营养。以生命唤醒生命,以生命点燃生命,彼此提供有效能量,呈现最好的生命样态,在这和谐的场里,师生共同成长。

就像家乡妫河边的森林公园,树长树的,草长草的,花儿开花儿的,虫儿唱着虫儿的……它们肆无忌惮,想怎样就怎样,却创造了一方自由和谐的天地。好老师是不是要像这片土地与河水一样呢?滋养万物而不邀功,善利万物而不争。

开学后的第二天就开始做广播体操,向阳一直懒洋洋的。两周后,广播里再次播放《小苹果》时,他就干脆立着不动了。我提醒他几次,都没什么作用。

"向阳,生活中你彬彬有礼,课堂上你思维敏捷,这样的男孩我多喜欢。每当做操时,我都为你难过,为什么不爱锻炼呢?"我先扬后抑,问得很小心,"你能告诉我什么原因吗?"

亲爱的小孩——唤醒与绽放生命

"老师,您说我们为什么要做操呢?锻炼身体,是吧。那为什么要扭来扭去地跳广场舞呢?"向阳平静地告诉我,"这并不适合我们男生,太难看了,我们都不喜欢做,我们可以打球啊、跑步啊……"

当初广播操的开发者,各个学校的实践者,做梦也不会想到小朋友会这样想吧?我想悄悄地问,《小苹果》《小可乐》是谁的主意收录进小学的广播体操呢?你们做调研了吗?

我肯定向阳的直率,但是我没有答案,也没有理由反驳他,更不能轻易地批评他。

向阳有着小小的眼睛,洁白的牙齿,紧实的肌肤,说话的时候语速极快。他逻辑清晰,头头是道,有时候也是个靠谱的淘气包。什么样的学生才是好学生呢?没有统一的答案,就像每一株生物,就像每一种动物,做真实的自己,最好的自己吧。

"那好吧,向阳。我觉得你说出了自己的心里话。那你调查一下,再到网上查查资料,下次的主题班会你来主持,主题就是——我们不爱做操。"我说得轻松,他听得愉快。

没想到的是,他为此兴奋起来,立刻组建了团队。所有的课间,他都忙着他的主题班会。

当孩子为了一件事情投入地忙碌时,他的能量就会释放得自然而充足,他的思维就像活火山般活跃。

两周之后,他遇到了困惑:"老师,我没办法完成任务啦,网络上所有的资料都说的是做操的好处啦,做操的重要啦,我找不到不爱做操的素材。"他愁眉苦脸的样子无比真诚。

"这样吧,倒不如你直接换个主题——我们为什么要做操。"我不能让他半途而废。

"对呀!我怎么没想到呢,行,我试试吧。"向阳豁然开朗。

他又开始忙碌了,团队分工,设定方案,写主持词,编相声,练小品……课间，午管理，他都拉着一拨人神神秘秘地排练着。

当一群孩子投入到某件事情时，班级的能量就流动起来了，那是看得见的正能量。

一个月后，向阳说他可以开班会了。黑板上赫然写着"我们不爱做操"六个大字。题目一出，全班哗然。五分钟的相声《做操》，包袱不断，全班炸开了花儿似地笑；自导自演的无厘头小品《忙活》，逗得人仰马翻，桌子被砸得啪啪地响。

我实在忍不住，躲在教室后面的角落捂着嘴笑。向阳，你得有多大的脑洞啊，我不禁感叹：你这个天才！

接下来，他让小组长抽签，现场答题。没有彩排，他要整出什么新鲜玩意儿？根据以往观察，他还是靠谱的孩子，我放心好了。

谁能说出做操的三个好处？好好做操为什么很难？不爱做操有什么办法呢？做操不用力，心里在想啥？你喜欢什么样的广播操？如果不锻炼，你觉得会怎样？老师在和不在，你为什么不一样？

教室里自由而欢快，掌声不断，笑声不断，这架势是定要把观众HIGH翻。

我这个观众呢？完了完了，他们根本无视我的存在。

向阳的能力得到最充分的展示，他的自信和洒脱彻底征服了大家。他的广播操，早已经在这一个多月的准备中发生了可喜的变化。

每个孩子都有自我生长的能力，大人最好不要强加干预。无痕地引领，耐心地等待，真心地欣赏，就够了。

班会的结论是——"我们？不！爱做操！"一个问号，两个感叹号，巧妙的创意，剧情反转，主题升华，一个小男孩完成了蜕变。

从向阳的故事里，我看见一束光。"迷你班会"渐渐成为班级的日常，我甘愿做个旁观者。"迷你班会"随时随地召开，虽然有唇枪舌战，但彼此相亲相爱。

亲爱的小孩——唤醒与绽放生命

中午午休时,收到微信图片,甬道上一枚彩色的毽子。同事告诉我,毽子是从四楼扔出去的,估计是我们班的小鬼。

距离午管理上课还有十分钟,立刻唤回中队长,接下来是紧锣密鼓地排兵布阵。上课铃声响过,中队长组织迷你班会。她站在讲台上,随即抛出了一个问题:"同学们好,什么是高空坠物?"

大家纷纷举手。一位男孩郑重地说道:"高空坠物现象被称为悬在城市上空的痛。"

"高空坠物的杀伤力有多大?你有没有过高空坠物的经历呢?"中队长继续提问。

"我知道这样一个案例,6层楼扔下的一瓶矿泉水,能够砸穿石膏板。"

"15米高空扔下的鸡蛋,可以击穿3毫米厚的玻璃。一个物体从高处落下,落的高度越高,它到达地面的时候,速度就越快,鸡蛋所携带的能量和冲击力也就越大。根据自由落体的运动规律,鸡蛋的落地速度大概在60码左右,再结合非常短的接触时间,它产生的冲击力大概在自身重力的一百倍左右。"

"1千克的花盆,从10楼扔下来,威力堪比机枪!"

孩子们惊呼着,目瞪口呆,倒吸着凉气。当孩子们的心被吊得足够高了,中队长正式请我出场。

"我们班在四楼,掉下去东西是不是高空坠物呢?"我说。

"算——"孩子们异口同声。

"我们都是儒雅的人,有人向楼下扔过东西吗?"我问。

沉默中,兵兵猛地抬起头,僵了十秒钟,随口而出:"老师,我——中午扔毽子了!"他自己说出来了,他自己竟然说出来了!这个小家伙,淘气得全校闻名,从来不会主动认错,没理还要犟三分。

教育的好方法,就是让孩子自我发现,自我教育,自我成长。

"兵兵,你今天很有担当,是真正的男子汉,那怎么补救呢?"

| 小　家 |

我问。

"我和老师去值班,我检查安全。"他说得很干脆。

"好!"孩子们叫好、鼓掌、尖叫。这样情到深处的自然表达,成长的路上多么可贵。我们的孩子太需要表达,而我们的环境恰恰是要求乖乖地听话。

我们的临时班会十分钟就这样结束了。兵兵果真值了两天班,回来给全班同学认真地做了总结。那一刻,兵兵像个老师一样郑重而严谨。这是破天荒的正经干事,第一次。

犯了错误的孩子,都有自我检视的能力,大人们真的不用指手画脚,趾高气扬,气急败坏。我们需要给他一个环境,一个足够安全的环境;我们需要给他一份信任,一份发自内心的信任。

"迷你班会"包罗万象,"迷你班会"随时上场,这是你我共同的能量场,这是你我悄然的成长地。

有一次,"六一·SHOPPING MALL"义卖活动,奥北不仅把十元买来的平底锅玩具以五十元卖给好朋友,后来又把玩具拿回去,朋友找他要,他拒不承认,干脆扔了玩具。"都是平底锅惹的祸",迷你班会就此召开。

整整一节课,同学们从诚信交易、多角度思考问题、安全隐患、道德规范、抵挡诱惑、智慧处事等各个方面谈自己的想法。好一场痛快淋漓的思维碰撞,好一场临场发挥的精彩辩论!

我惊讶于孩子们思维的广度和深度。就是在这样的唇枪舌剑中,拨开眼见的事实,直抵一件小事背后的深层意义。奥北开始默不作声,后来主动走到台前给大家鞠躬道歉,并愿意还回平底锅玩具,捐出五十元善款。"迷你班会",让淘气包们改头换面,让孩子们面对问题学会理性思考。

亲爱的小孩——唤醒与绽放生命

"葫芦兄弟"是集体生活中的突发事件,由我亲自上场主持。上操回来的路上,我们按照往常一样排队按顺序回班。前面是三年级,紧接着是四年级。我走在班级中后位置,照看到两头都比较方便。

"停!停!为什么往下走?绝不可以,必须向上走。"当我看到刚上到二楼半的队伍退下来时,我扯开嗓门喊道。

"老师,体委带着从二楼拐弯,去一楼音乐教室拿葫芦丝了。"有人解释。

眼看着后面上来的学生和我们班下来的学生混在一起,把楼道堵得严严实实。"向上,回班!这是命令!"我喊得声嘶力竭。

孩子们从老师的怒吼中感受到了威力,默不作声回到班里,规规矩矩地坐好。

当十来个男孩依次出现在班级门口的时候,着实被教室里的鸦雀无声吓了一跳。我让他们一字排开,站在讲台上。肩上挎着,手里抱着,腋下夹着,每个人身上大概长着四五个葫芦丝。"葫芦兄弟"们丈二和尚摸不着头脑。

给足孩子感受和思考的时间,安静中的生长是极其珍贵的。三分钟后,酝酿到刚刚好。

"这些做好事的'葫芦兄弟'为什么要站在这里呢?"我抛出了问题。

"葫芦兄弟"面面相觑,尽力保护着就要跌落的葫芦丝。

"他们私自变了行走路线,有危险。"

"如果全班都跟着一起去了,会和上楼的冲突,后果可能不堪设想。老师经常给我们讲踩踏的危险事件。"

"体委不应该带头去,安全第一,老师经常说的。"

"体委没有经过老师同意。极特殊危险情况除外,不可以私自拿主意的。体委是指挥者,就要统领全局。"

……

| 小　家 |

同学们的好榜样——体委伍百里,这个平时严谨而有担当的男孩,有点承受不住了,他看起来很无辜,紧张得快要哭出来。

"谢谢葫芦娃。你们很辛苦,又很热情,但这长在身上的葫芦对大家是最好的警示。这个举动好危险啊,人人都有责任,我的责任最大,因为我是班主任。"我赶紧为小伍减压。

很多时候,教育点到为止,不要难为孩子,要感谢他为大家带来这个真实"事故"做案例。

伍百里颤抖着告诉大家,半路想起来忘记拿葫芦丝了,就临时起意,带着同学们从二楼跑了,没想那么多。同学们纷纷发言,说出了"三思而后行""吃一堑长一智""安全第一原则""文明秩序比抢时间更重要"等深刻的体会。

生活即教育,这是多么朴素的真理。

《厕所里的泡泡秀》《我陪着你康复》《电脑没安好心!》《亻免丶》《十指兄弟》《什么是合格的小学生》……一个学期,我们开了十几次"迷你班会"。

早自习,午管理,品德与社会课,课间,只要学生有需求,只要有必要,我们就召开"迷你班会"。谁认为有必要召开,谁就做主持人。"迷你班会"是孩子们喜爱的班级生活方式。有时候开完了班会,他们会立刻写下自己的感受,那是他们最富有真情实感的佳作。每一篇都有感而发,每一篇都经典。

我变得惜字如金,倾听与观察大于表达。孩子们有比我的想象更惊艳的表现。班会讨论的过程就是孩子们真实成长的过程,教育是为了让生命更美好。孩子的事情,往往不能以对错而论,因循着孩子幼小的心,小心翼翼地开渠引水,欢快而清亮地奔流……

"迷你班会"悄然变为新的班级文化符号。

亲爱的小孩——唤醒与绽放生命

"如果出错——记得幽默"。我给他们讲索契冬奥会的故事：原本开幕式中五朵雪绒花满满绽开形成五环，然而右上角的那一朵雪绒花太淘气，它没有认真听讲，一直当它的雪花，世界瞩目的盛会，五环变成四点五环。怎么办？闭幕式上，幽默乐观的俄罗斯人用百余名演员扮演发光的鱼在海中游动，队形逐渐变化成"四环加一朵花"的形状，继而这朵花慢慢舒展，组成完美的五环。这美丽的意外，俄罗斯人用自嘲和幽默弥补遗憾，成为永恒的经典。

教育中的差错，可以乐观幽默地处理，为心灵减压。

"如果惹祸——我要负责"。我给他们讲日本著名文化人类学学者高桥先生在秘鲁某大学任客座教授的故事：一天，与高桥夫妇比邻而居的美国教授夫妇的小儿子在踢足球时，一不小心打破了高桥家的玻璃窗。按我们东方人的思维，美国夫妇一定会带孩子登门道歉。但第二天早上，只有男孩自己一个人抱着一块大玻璃来高桥家。高桥夫妇不仅原谅了他，夸他是个有责任心的好孩子，还送他一袋糖果。男孩却拒绝了，理由是：自己闯祸要自己负责，而不该受奖励。

孩子成长中的事件，要理性地担责，为成长助力。

"如果出错——记得幽默"，"如果惹祸——我要负责"，孩子们对自己的行为要有清晰的认识，坦然地面对，教育的任务是为他们描绘童年的底色。"成长即出丑"，师生怀着对彼此的包容和信任，一切美好都会自然生长。

我看着孩子们的变化，我陪伴着他们长大，是多么有趣的经历，是多么幸福的人生体验。人的一生如果是一条长长的链，小学老师就是开始的那几环，每一环都应该牢固、光洁、耀眼。孩子未来长成什么样子，一定和我有关，哪怕只一点点。正如一位妈妈说，孩子的未来不能说和某位老师有关，但他一定和每位老师有关。

"迷你班会"是班级生活里生命和生命的对话：有真诚的理解，也有幽默的调侃，有咄咄逼人的唇枪舌剑，也有旁征博引的以理服人……孩子们处事的风格也在悄然改变，明理宽容，成为淘气包们的新名片。

"迷你班会"是动态的，捉摸不定的，它随机产生，它不断地演变，它似乎是螺旋着向上升腾，我们每个人都浸润其中。

有话可以自由地表达，生命可以自由地呼吸。他们乐观地进取，他们独立而率真。在出错中积累经验，在论辩中明理修身，让成长真实发生。

班级是一个能量场，在能量流动中找到自己的方向。孩子的进步，取决于他能够自由地观察，能够独立地思考，能够安全地表达，能够在成就感中长大。

"迷你班会"，真实的故事，共同的成长，故事里有力量，也有爱和芬芳。

家长感悟

对孩子成长过程中出现的一些小问题，一味地评价对错，简单地进行说教，不仅不会解决问题，反而容易逼迫孩子走上相反的方向。每次遇到和发现孩子的小问题的时候，老师没有粗暴地制止，也没有向孩子灌输成人的思想，而是让学生们自由地表达，适当引导后再得出结论，巧妙地把"老师说"变成"学生说"。给予孩子充分的信任和自由，人人都可以说出自己的想法，这些想法汇聚在一起就碰撞出了思想的火花。理越辩越明，道越论越清。一次激烈的辩论胜过十次枯燥的说教。"迷你班会"不仅及时解决了孩子成长过程中的小问题，而且容易入脑入心，使问题不再是问题，而成为孩子们成长的助力。

2021 届毕业生王浩丞的家长　　王斐

亲爱的小孩——唤醒与绽放生命

孩子是独立的生命个体，内心思想世界单纯而丰富。孩子们需要自由、尊重与安全感，具有天然向上的内生动力。"迷你班会"是在钻研了解孩子的心理成长特点和需求后，探索应用了简单有效的沟通、管理方式。孩子在学校里会遇到各种问题，对事物缺乏是非、优劣的分辨判断能力。老师单纯的讲解、批评、说教也许会起到一定效果，但这样的沟通是老师单方向输出的，对于孩子而言可能认识不够深刻，或者会逆反。"迷你班会"的形式是先让孩子们自己独立地观察、思考，讨论时可以自由地表达观点，在他们亲身参与的过程中明辨是非，形成共识，得到成长。"迷你班会"相信孩子，激发了潜能，让孩子学会思考，提升解决问题的能力，是一种十分有效的参与式的自我提升方式。它可以唤醒点燃稚嫩多彩的生命，绽放属于他们自己的光彩。

2019届毕业生陈健安的家长　陈闯

| 小　家 |

○ 有些教育，我们看得见；有些教育，往往看不见。要等到遥远的未来，那些所谓的"教育"已经和孩子融在了一起，却了无痕迹……

看得见的，看不见的

似乎总有一种力量，在流动着，这流动有着无形的巨大的力量。我明明看不见，它却始终围绕着我，我时时刻刻感受到它的流动。那些力量温柔地生长着，伴着每个孩子。在他们的一举一动里，在他们闪亮的眸子里，抑或是在他们平静的呼吸中。

上班的第二周，中午分餐的时候，渊城悄悄地举起手："老师，我还没有香蕉。"渊城是年级最魁梧的男孩，四年级已经一米七。他善良得与谁都无争，总是慢吞吞地说出自己的想法；他友好得见到哪位老师都毕恭毕敬地问好，不管认识或者不认识；他总是努力地做好自己的

亲爱的小孩——唤醒与绽放生命

事，又那么渴望有人偶尔帮助一下下。

还没等我说什么，三四只香蕉举到了渊城的面前。"我，只要一个。"渊城憨憨地笑笑，顺手拿了一个距离自己最近的，孩子若无其事地散开。

课间，只要有作业改错，总有小伙伴在渊城身旁，告诉他每个题目的秘密。那么认真，那么快乐。直到渊城的作业完成了，孩子们若无其事地走开。渊城总是憨憨地说着同样的话："我要谢谢你，谢谢你帮助我。"

这场景着实让我感动，小朋友真心地想着他，爱着他。尽管他比大多数小朋友高出将近二十厘米，尽管他没有那么强的学习能力。但是什么都挡不住一个有爱的集体蓬勃生长的力量。

转眼就到了"三八妇女节"。家长打来电话，想借此机会让孩子们表达对女性的问候，需要中午时间进校园和孩子们沟通。

当天来了三位妈妈，适宜的淡妆，精致的打扮，她们很重视仪式感。她们提着几个大袋子，装着色彩缤纷的康乃馨。一位妈妈和孩子们讲女性在生活里扮演的重要角色，告诉孩子们这个节日是个特殊的节日，希望一起用插花的方式表达对女性的问候。每个小朋友扎一枝最美的花，送给妈妈。

孩子的小眼睛眨呀眨的，安静地听，笑得花儿一样美，跃跃欲试，但并不吵闹。

妈妈还补充说，先扎好蝴蝶结的九位小朋友，把学号写在黑板上，还可以有第二次机会，当爱的使者，去给教过咱们班的女老师送花。

孩子的眼睛雪亮雪亮的，坐得笔直，他们的小心眼儿里都想拥有这个难得的机会。

妈妈们说，老师太辛苦了，我们不给老师添麻烦。

我懂了，她们不用我。我只静静地看，当个好观众，成全她们。

| 小　家 |

　　每个人一枝花，一条彩带。一位妈妈耐心地教给孩子们扎蝴蝶结的方法。

　　奥北是个粗枝大叶的男孩，根本不会扎花，气呼呼的；渊城听不太懂阿姨的讲解，拿着花自言自语，憨憨地笑；还有几个小男孩，手忙脚乱，整了好几回，也扎不出蝴蝶结来。

　　看来，既要保护好花儿，又要在光滑的塑料薄纸上扎蝴蝶结，并不是件容易的事儿。熟能生巧，孩子的动手能力是从小练成的。两位妈妈忙活极了，不停地有孩子围在身边问这问那。

　　另一位妈妈呢，正站在渊城身边，单独教他扎蝴蝶结呢。阳光透过窗子射进来，正好洒在他们脸上。妈妈耐心的样子，渊城开心的笑脸，绘出温馨的美。

　　让我意想不到的事在安静中酝酿着。第一个扎好蝴蝶结的女孩，跑到黑板前，盯着黑板，犹豫了五秒钟，辫子一甩，直接到淘气包奥北身边，教他扎蝴蝶结去了。

　　紧接着第二个、第三个扎完的孩子，也没有去写学号，纷纷去帮助没能扎好蝴蝶结的小伙伴。教室里，三三两两合作起来。他们专注的眼神里，灵巧的小手上，写着童真的美。

　　我找到了——找到了！是那种流动的力量，没错的，这种力量就在眼前，一定是的。教室里，流动着无言的美。

　　当我沉浸其中的时候，孩子们陆续都做完了，纷纷回到自己的座位。可是，黑板上却一个学号都没有。

　　"我们选九位同学为老师送花，选谁呢。"一位妈妈问。我不知道她是忘了刚才的话，还是故意而为之。

　　"渊城。"

　　"奥北。"

　　"芳芳。"

　　同学们七嘴八舌地说着名字，有第一个做完的小洁，也有不会做的

亲爱的小孩——唤醒与绽放生命

渊城，很快就有九个人了。

"我也想去送花，我好想原来的老师，可是我不是最快的……"小薇胆怯地站起来说。

"可以。"孩子们欣然同意，小薇很开心地坐下。

"阿姨，我陪着渊城去吧。"一个小男孩自告奋勇。

下课了，送花儿的信使飞出教室。三位妈妈和教室里的孩子，认认真真地收拾卫生，我赶紧加入了她们的行列。妈妈们劝我，让我别插手，她们自己收拾，不给老师添麻烦。她们还要感谢我，感谢我给她们这个机会。

我的心里得有多么感谢她们呀。这个美好浪漫的中午，又一次升华了"随风潜入夜，润物细无声"的境界。

甘地说：

衡量一个国家文明程度的四个标准是：看这个国家的人们怎么对待动物、女人、老人和弱者。

其实，衡量一个班集体优秀程度的标准，何尝不是看这个班级的大人和孩子们对弱势学生和特殊学生的态度呢？

母亲节，一位妈妈送来设计好的卡片。拜托我引导孩子们给妈妈写几句话。家长们很周到，每一个节日的仪式感都不能少，家庭和学校完美结合，助力孩子们成长。

"六一·SHOPPING MALL"全校义卖，前来助阵帮忙的全是好爸爸阵营。每一个有愿望的小店主，他们都欢迎。爸爸们毫不吝啬夸赞，称孩子们为最棒的爱心大使。尽管有的小家伙，总是把钱算错了；还有的小家伙玩够了一阵子，才来义卖一会儿，没两分钟又跑得不见踪影……爸爸们总是和颜悦色的，不厌其烦地指导小店主。他们总是笑呵呵地说，只要奉献一点爱心，都是最棒的孩子。

| 小　家 |

亮亮的妈妈生病了，亮亮爸爸不在身边。妈妈的情绪不好，孩子就不开心了。家长志愿者们知道了后，自愿成立了小队，每周轮流去亮亮家陪妈妈聊天，陪孩子游戏。等我知道这事的时候，她们让我不要过问，她们只想安静地做事，不想被打扰。

我在心里为她们鼓掌。

班级就是一个家，是以孩子们为纽带的一起生活六年的家。哪个家都有几个带头的志愿者家长，把大家凝聚起来，有活一起干，有困难一起帮，有好事一起分享，心总是暖暖的。

"幼吾幼以及人之幼"，他们无私又宽广，他们友爱又温暖。爸爸妈妈永远是孩子最好的老师。爱，是童年最好的营养，联结着未来的健康茁壮。

六一儿童节刚刚过去，期末接着来临，紧锣密鼓地忙活。七月初，孩子们就放了暑假。老师们当然还有总结会、教研会、分享会、培训会、人事分配会等等。孩子们一考试完就快乐得不得了，全班只有我心事重重。

只有我知道缘分戛然而止了，只有我哼着《藤》的曲调，静静地立在山楂树前，看夕阳染红了山楂一串串：那么多的枝枝蔓蔓，遮挡住的是另一个往昔，接着另一个往昔。

又是一个金色的九月，我们开学了，像做了个噩梦，从四年级跳到了六年级。我一点都快乐不起来，我知道我即将迎来一个人人皆知的特殊班级——毕业班。

九月十日，那是个周一。中午，我在校园里漫无目的地溜达。抬头又看见那串山楂，那串在七月和我对过眼神的山楂，它们已经悄然长大。

"宋老师！"一群小孩，欢快地跑来，手里抱着一本精致的画册。一个小男孩双手递给我，他们调皮地看我，闪亮的眸子会说话。

亲爱的小孩——唤醒与绽放生命

"老师,这是您的教师节礼物。"小男孩仰起脸说。我把孩子们揽进怀里,孩子们腻腻歪歪地靠着我,我们都好开心。他们叽叽喳喳地说着什么,我一句都没有听清楚。

山楂树前,我捧着画册坐在楼门前的台阶上。"老师,好好看,要喜欢我们的礼物啊!"孩子们边跑边喊,那背影像风一样自由。

鹅黄色的封面,淡淡的;洁白的百合花,盛开着;我和孩子们的照片,隐隐约约的,画册中飘来淡淡的幽香。

忽然记起我刚接班的时候,也收到过一本画册,是送给我之前的班主任的。画册是彩色的,32 开,精巧而美观。我打开第一页,映入眼帘的是班主任和孩子们的合影,师生笑得灿烂无邪。凝视着照片,我好生羡慕。没想到,半年后,我也收到同样珍贵的礼物。

翻开第一页就是我们活动的合影,每张照片都配有文字和日期,半年来的点点滴滴,记录着我们的成长。翻到每个孩子日常的大作文,字里行间是字斟句酌批改的痕迹。白色的纸张、黑色的书写、红色的批改,就像洁白无瑕的雪地,点缀着朵朵梅花,那是我们真实生活的记忆。时间静静流淌,记忆总会珍藏。

我们的时光,难忘的时光:书法比赛的板书清晰可见,朗读比赛的阵势就在眼前,古诗比拼的热度似乎还在燃,合唱的歌声多美多甜,校园 CS 激战正酣……照片里是满满的回忆,聚在生命的长流里,沉淀。

孩子们写给我的知心话,充满童趣和童真。内心的暖流淌过,又淌过,最纯净的心灵,最真挚的祝福。

开开说:

真想再和您来一次 CS 大战!非常喜欢我们的班歌《苔》,"苔花如米小,也学牡丹开",激励我要自信、要努力,做更好的自己。

佳佳说:

您记得吗?当时在操场您与我们打成一片,互相追跑,您就像一位

| 小　家 |

老顽童，仿佛和我们一样的年纪……

诗！什么情况下写的诗？不靠谱派的诗——

沐沐写给我的诗：

有语藏心里，

下笔却无语。

心意道不尽，

关爱值千金。

我写给沐沐的诗：

内心有诗意，

才情总外溢。

吾心你可懂？

知情意行一。

沐沐妈妈写给我的诗：

生命与生命的　交融

温暖出人生的　诗意

真善美的教育　大道

藏在了老师的　爱里

我们仨写的诗，小朋友淳朴的诗，我的白开水一样的诗，妈妈美好心境的诗，我们仨游戏的诗竟然也被收藏了。

天哪，还有我发布的群消息！这，这完全出乎意料。从进群成为群主的第一条到告别班级的最后一条，足足几十条呀！彼时彼刻，我是怀着怎样的心情写下那样煽情的话呢？有心的人把往昔汇在一起，成为我们共同的记忆珍藏。

我看到了我自己，那么清晰。

画册的封底是歌词——《苔》。那是二月二十六日开学第一天，第一节课，我第一次开口说话："孩子们，这是我送给你们的新学期礼物，

亲爱的小孩——唤醒与绽放生命

我们一起来听歌。"每次开学前,我都会精心设计一个小小的"不一样",给新学期一个崭新的仪式感。后来,这首歌成为我们的班歌。每次搞活动,我们都唱歌,歌声悠扬,情谊绵长。

> 白日不到处,青春恰自来。苔花如米小,也学牡丹开……

《苔》陪伴我们一个学期。眼前飘过几帧从前啊,脑海中浮过最美的现场。我的心似碧波荡漾,我的眼朦胧着似乎看不见。

> 如果没有那次眼泪灌溉,也许还是那个朦胧小孩……

艺术节上,白色的衬衫,鲜艳的红领巾,孩子们随风轻轻摆动,美妙的童声深情地唱着:

> 溪流汇成海,梦站成山脉,风一来,花自然会盛开……

短短二十周,我当班主任时间最短的班,给我的回忆却最暖。他们无一例外全面支持我的工作。我得以静下心来,毫无半点杂念,时时刻刻和孩子们在一起。

班级是个小家,家中有老师和很多爸爸妈妈,孩子是我们共同守护的未来。大人彼此尊重,相互信任,相亲相爱像一家人;大人从容淡定,乐观包容,默默无闻传递真感情。大人之间形成了一个流动的场,一个有向心力的无形的场,孩子们自然会去学大人的模样。

情不自禁地想起一个画面:

> 茅檐低小,溪上青青草。醉里吴音相媚好,白发谁家翁媪?
> 大儿锄豆溪东,中儿正织鸡笼。最喜小儿亡赖,溪头卧剥莲蓬。

有声有色,有情有趣,舒适而宁静,人与自然和谐统一,不也正是我们教育向往的生态环境吗?

有些教育,我们看得见;有些教育,往往看不见。要等到遥远的未来,那些所谓的"教育"已经和孩子长在了一起,却了无痕迹……

天高云淡,清风拂面。

山楂树下,一位老师,手捧画册出神。

山楂树上,几只小鸟,瞅着果儿辩论。

| 小　家 |

家长感悟

　　学校教育，家庭教育都是社会教育中的一部分。相互配合产生1+1＞2的效果。让孩子进入到一个充满正能量的环境，首先要做好表率的就是家长。

2015届毕业生曾令旸的家长　　杨春梅

　　"大人之间形成了一个流动的场，一个有向心力的无形的场，孩子们自然会去学大人的模样。"这个大人，不单是老师，还是父母、家人，甚至社会上的人。尤其是常伴孩子身边的人，身教胜于言教！有些"教育"确实不着痕迹，却一直都在潜移默化地渗透，甚至会是一个能量场，时时地发送着能量，对孩子进行着影响。如果有一天，当你惊觉，孩子这么出色或者孩子出现了问题时，就检醒自己的日常行为和认知。孩子在不断成长、不断学习，你有没有在不断成长、不断学习呢？

2021年毕业生侯贵茗越的家长　　侯福新

　　从少年到终老，也是人的本真，从离家出走到终归故乡的旅程。一生中，有人去攀越千山，有人去阅尽百城，而作为小学老师，坚守着一方天地，几十年的时光中，会有千余颗少年初成的本真在身边缓缓流淌而过，这是独属小学老师的美好，虽然代价是常年咽炎、血压忽高忽低。当少年离开校园踏入繁华时，这些本真也将和孩子们自己暂道一声珍重。那些过往是老师和家长共同的珍藏。而此时孩子们还未启程，而老师恰好也在。波光粼粼，闪烁的是彼此眼中纯真的光，这风景胜却了尘世间的万紫千红。

2014届毕业生沈疏桐的家长　　沈源

后记
AFTERWORD

"期待十年以后的你们。"

又想起我大学时的班主任项未来老师给我们的毕业赠言，真可谓惜字如金。不用文采，平铺直叙，对于毕业季多愁善感的我们而言——老师啊，您的话可真"环保"。如今二十多年过去，老师的话就如醇酒一般，随着时间的沉淀越品越有滋味。这短短的九个字，那么意味深长，似乎包含着一切。

1997年7月1日，是我初为人师的日子。时间长了脚似的，我在兢兢业业、平平淡淡的教师岗位，一晃已有二十五年之久。再回首，陪着我走过生命旅程的已有十三个班，大概五百多个小孩。

亲爱的小孩，你们好吗？

谢谢你们，启迪了我的智慧，滋养了我的心灵，丰富了我的生命。

为了不辜负每一个小孩，我不断钻研教育类的书籍，学着前辈的样子好好做教师。做着，做着，就做起了梦，我也想写故事。小孩的故事，成长的故事，自然的故事。亲爱的小孩，我没有一一征得你们的同意，就写了这些故事，故事里或许有你的影子，但请不要对号入座。或许你们会在不经意之间看到这些故事，或许想起当年的趣事或者不愉快。此生我也是第一次当班主任，我成长的路，有你们的功劳。我难免也会犯错，有些错我知道了，改过。有些可能我不知道，你可以告诉我或者不告诉我，但不要怨恨我，那样你会不快乐。当你看到这些故事的时候，请"手下留情"，这也是我第一次写作。

开始写故事时，大概是上班的第四年。写着写着就停笔了，故事本来真实感人，写出来却那么乏味。

第七年，又开始写故事，写着写着又停笔了，那些故事实在像是工作总结，索性记流水账算了。

第十二年的时候，忽然又有了写的冲动。缘由是一个叫坤坤的少年，他即将独自远行去大洋彼岸求学。他的妈妈和我说，当年我写给坤坤的便条上鼓励的话语，到初中他依然视为珍宝。临行的时候，那些便条已经和他的行李打包，准备陪着他去异乡求学。惊讶之余，感慨良多，那些平常日子的无心插柳，竟一直在鼓励当时正在蹒跚追赶的少年。

第十五年的时候，遇到了为师之路最重要的事情——生命教育。似乎是一盏灯，照亮了我的笔和我的心；似乎是一扇窗，打开满目的风景。循着对生命的思考，静下心来写故事。反复推敲中，教育方式悄然转变着；不断积累中，对生命的感悟渐渐深入。

最要感谢的是首都师范大学初等教育学院刘慧院长。刘老师是"中国陶行知研究会生命教育专业委员会"的理事长。她和她生命教育团队深深地吸引着我。连续十几年的时间，成都、苏州、深圳、北京，各个地区的年会中，我聆听两岸四地的研究者们对生命教育的真知灼见，感动于生命教育的先行者们积极地探索和引领。生命教育叙事就是我要寻找的讲故事的最好方式。"生命至上""敬畏生命""优化生命""助力生命"等内容让我欣喜万分，教育不就是让每一个生命个体更优质吗？我们的校训——"绽放最美的自己"，正好和生命教育的内涵不谋而合。

后 记

再次走进教室，看到的不再是调皮捣蛋，不再是特殊后进，而是一个个鲜活的生命个体不同样态的精彩呈现。"希言自然"，我的耳朵学会安静倾听，我的眼睛学会真诚欣赏，我的表情学会平等交流，我的心学会感受小孩一丝一毫的变化。

亲爱的读者，你们必须信，信教育的美好。信任是一种有生命的感觉。大人信了，孩子才会信。俗话说，跪着的老师教不出站着的学生！一个优秀的老师，一定是手上有戒尺，眼里有光芒，内心有敬畏，灵魂充满爱的老师。

我写自己的教育故事，不去总结所谓的教育方法，不去探究教育秘籍，只写真的故事，善的故事，美的故事。故事采用第一人称来写，为的是增强代入感，并不表示我是多么卓越的老师。

我的教育故事是一千多万人民教师的缩影，也是小学班主任与众不同的朴素日常。

尊重教育，尊重教师，也就是尊重我们的孩子。倘若我们尊重每一个生命，我们就会有更好的未来。我努力把小孩的故事最立体地呈现出来，不仅有事件，也有情绪和情感。希望大家能够通过小孩的故事更加了解教育行业，对教育，对老师，请少些埋怨和挑剔，多些宽容和理解，老师们的心静下来，才能为小孩做更多有意义的事。

一位教育有方的妈妈说："我们需要完全地尊重孩子，他们是未来，我们需要仰视孩子，我们要向孩子学习。理想的目标是孩子能感应到自己的生命本质，顺利而愉悦地完成他自己的生命功课。"我的同事说："对小孩子来说，班级就是他生活的小世界。"她们说得多好啊，每个孩子都无比重要，孩子们最需要的是体现自己的价值，而每一个班集体都会为孩子描绘上人生的底色。未来是自我管理时代，世界的孩子最需要学会独立思考，我们要保护好他们身上最宝

亲爱的小孩——唤醒与绽放生命

贵的财富。想起一句话：我们不知道给这一代怎样的更好的未来，但可以为未来预备更好的下一代。

亲爱的小孩，我要感谢你：贺琦岳说您尊重我们玩的权利；宇家慧说您三年把咱们班带领到自信爆棚；最艰难的时候，周豫送上温暖的拥抱……感谢每一个小孩给予我的一切，这是我教育生命的源泉！

小孩的爸爸妈妈，也要好好谢谢您：感谢三十多位家长，倾情奉献阅读感悟。您的赞赏和鼓励，您的信任和友谊，让我备受鼓舞，感恩你们对一个班主任的厚爱。我们由老师和家长的关系已经升级为好朋友，是多么美好的事，这是我教育理想实现的最好的土壤！

亲爱的老师们，更要感谢您：感谢我的求学之路上每一个恩师的关爱与教导。三年级的班主任房书琴老师为九岁的我搭建舞台，让曾经生活在穷乡僻壤的我打开眼界；四年级时因迷恋初中的"五四青年节"演出逃了学，错过午饭时间，班主任胡淑霞老师把自己家做的午餐送给我；六年级时，侯慧敏和张永强两位老师，在我生病的时候驱车十几公里，颠簸在蜿蜒曲折的山路上送我回家；因为我小学长得高大，宿舍床板不够长，宿管的张志娟老师让我和她同住老师宿舍，我每天晚上享受 VIP 待遇，看一会儿晚间新闻；大队辅导员闫淑云老师是我生命里最重要的存在，我们的书信往来达十年之久；初中我寄宿，个把月回不了家，郭秀琴老师常常把我带回家，并给我饭费让我吃得好一点；班主任穆桂芝老师总是在我最困难的时候伸出援助之手；延庆师范的陈雪荣老师教给我正确的人生观、世界观；师范大学的高宝英老师引导我自信入职……所有老师的爱呵护着我。我带着您的温暖，成长为您的样子。亲爱的老师，学生向您致敬！您的爱是甘甜的雨露。

谢谢我的亲人：感谢亲爱的爸爸妈妈，给予我最好的营养，正

| 后 记 |

直，诚实，朴实，善良；感谢我的侄女宋子瑜给我最真实的阅读反馈，你们的爱是阳光。

感谢编辑孙伟强先生，感谢责任编辑李媛女士。感谢为这本书贡献爱的所有人。正是所有的爱，成就了这本生命叙事故事集，它不能教给读者什么，但或许会让读者感受到点什么。

校园是个与众不同的神圣的地方，我很喜欢电影里的说法：我一直觉得它是有灵魂的，它不是单纯的由楼房排列成的集合，它们是活的。当班主任二十五年，依旧可以和孩子们一起哭，一起笑，一起疯。想法简单，心灵清澈，多好。酸甜苦辣中，浸润着我们的梦想；三尺讲台上，书写着祖国的未来。我们小学老师是基础的基础，我们可能会被遗忘，但是我们就像鸟儿飞过天空，曾有过刹那最美的线条。

我是一位小学班主任，也是语文老师，我会继续努力，让教育的每一天有意义。

如果这本书会帮助到成长中的小孩，如果能给您带来教育的思考，我会感到非常幸福。感谢您读完这本书，如有不妥，请提出宝贵意见。

宋丽荣

2022 年 4 月 8 日

图书在版编目（CIP）数据

亲爱的小孩：唤醒与绽放生命 / 宋丽荣著. -- 北京：线装书局，2023.9（2025.1 重印）
ISBN 978-7-5120-5534-6

Ⅰ．①亲… Ⅱ．①宋… Ⅲ．①散文集－中国－当代 Ⅳ．①I267

中国国家版本馆CIP数据核字(2023)第126313号

亲爱的小孩：唤醒与绽放生命

QINAI DE XIAOHAI：HUANXING YU ZHANFANG SHENGMING

作　　者：	宋丽荣
责任编辑：	李　媛
出版发行：	线装書局
地　　址：	北京市东城区建国门内大街18号恒基中心办公楼二座12层
电　　话：	010-65186553（发行部）010-65186552（总编室）
网　　址：	www.zgxzsj.com
经　　销：	新华书店
印　　制：	河北文盛印刷有限公司
本：	889mm×1194mm　1/16
印　　张：	24.5
字　　数：	360千字
版　　次：	2025年1月第1版第2次印刷
定　　价：	69.00 元